姫君の賦《ふ》

千姫流流《りゅうりゅう》

玉岡かおる

PHP
文芸文庫

○本表紙デザイン＋ロゴ＝川上成夫

姫君の賦《ふ》
〜千姫流流《りゅうりゅう》

目次

序

また何者かが自分を呼んでいた。

姫、姫、姫――。

静寂の中にやっと眠りを得たばかりという頃、満ち潮のようにそれは現れ来て、音もなく忍び寄っては、ちろちろと、狡猾《こうかつ》にこの身を舐《な》めようとする。

気配で振り返れば、そこはもはや真っ赤な火の海。

めらめらと大きく膨《ふく》らみ、自分を呑《の》み込もうと迫って来ているのだった。

火は揺れる。叫ぶ。走る。ごうごうと唸《うな》り、赤く明るく伸びて育って巨大になって、美しいものもけがれたものも選ぶことなく、すべて呑み込み燃え広がる。

姫、おいで、さあおいで。

――炎の中に声がした。いとしい人たちの声に似ていた。姫、姫、と自分を探し、求めている。

けれども一瞬、その火の赤にどす黒く巣食う魔物が見えたのだ。

あとずさりすると、火はたちまち凶暴になって燃えさかる。阿《あ》鼻《び》叫喚《きようかん》のおぞましい音を響かせながら、嵐より激しく渦巻《うずま》きながら。

おまえだけが逃《のが》れるのか。われらを捨てて去って行くのか。

姫、姫――。

声は苦しみ、暴れ、獣《けもの》のような雄叫《おたけ》びとなり、轟音《ごうおん》に呑み込まれ、やがて耳をつんざく悲鳴となって爆発する。

第一章　敗軍の姫

　江戸城ではすっかり花が散り、お濠端《ほりばた》にも葉桜の緑がまぶしい季節になっていたが、ここ鎌倉の東慶寺《とうけいじ》では、鬱金桜《うこんざくら》がようやく開花し始めたばかりであった。

「花散らしの雨であったに、ここの寺はなおも花が絶えぬようじゃな」

　明かり採りに少し開けておいた丸障子《まるしょうじ》から庭を眺《なが》める女主人の声に、お局《つぼね》は衣を着せかけた手を止める。

　よくお眠りになられましたか、とわざわざ訊《き》かなくても、悪い夢を見もせず目覚めたことがわかる爽《さわ》やかな声だ。

「姫さまもお庭に出てごらんになりますか」

　ご夫君《ふくん》を喪《うしな》ったあとは落飾《らくしょく》し、すっかり簡素ないでたちになられた人を、なお〝姫〟と呼ぶのはそぐわないかもしれない。だが侍女《じじょ》となった幼い日から、ずっとそうお呼びしてきた。四十半ばにおなりの今も匂《にお》い立つばかりの気品が漂《ただよ》うこのお方を、それ以外の名でお呼びすることはできないであろう。

「よい。早くから歩き回っては、寺の方々も気が急《せ》こう。花ならここからでも見飽きぬ」

昨日からの一泊を、客人として過ごしている。姫の身分では、おそらくこの寺始まって以来の貴賓《きひん》になろう。姫に充《あ》てられた客殿の奥の間は、襖《ふすま》に萩《はぎ》の花などが描かれていて、寺の中ではもっとも明るく華やいだ造りになっている。おそらく、この寺最大の庇護者《ひごしゃ》である姫が、いつかこうして客となられる日を想定して保たれてきた部屋だ。もっと庭がよく見えるようにと、配下の侍女に目配せをして丸障子を全開させる。

朝の光が射しそめて、姫の頬をつややかに映した。簪《かんざし》も櫛《くし》も挿《さ》さない髪は髷《まげ》の後ろで短く切り揃《そろ》えられていたが、豊かな黒髪が姫の若々しい生命力を表していた。

障子の円のかたちは、丹念に手入れされた庭の緑を切り取っている。そこには翁草《おきなぐさ》や紫蘭《しらん》など、つつましやかな花も咲いていた。

けれども姫はそれきり目を閉じてしまわれた。

静かであった。松の枝を鳴らす風に混じって聞こえる泉水《せんすい》のせせらぎだけが、この世の音だ。ほかはあまりに静かで、聞けば聞くほど、どこかで聞いた別の音のように思えてくる。それは、遠いあの日の川べりの気配か――。

ちゃぽん、と櫂《かい》が川面《かわも》を叩《たた》く音がした。

いや、空耳《そらみみ》だろう。またあの日が思い出されてくるだけだ。追憶《ついおく》のたび、よみがえる風景は、川べりを離れる出航の場面から始まる。どこかで法螺貝《ほらがい》や銅鑼《どら》の合図も響いてきて。ちょぼも同じく目を閉じた。

＊

＊

始まりは火だったのか水だったのか。

夜通し焚《た》かれた篝火《かがりび》は朝靄《あさもや》の中にいつしか消され、あとは水面《みなも》だけが広がる。

自分の人生がどこから始まったかと訊かれれば、ちょぼはやはり、あの六歳の日の川靄がたちこめる水辺であったような気がする。あの日ばかりが鮮明で、それまでの、平穏で満ち足りていたであろう母との暮らしは、何一つおぼえていないのだから。

あの朝、川にたちこめていた靄がだんだんと薄れていくのを、ちょぼは大きく目を見開いて眺めていた。そして、靄に包まれていた景色のすべてが姿を現した時、思わず声を上げてしまったものだった。

そこは伏見《ふしみ》の川泊まり。大坂と京を結んで人や物資が出入りする賑《にぎ》やかな水路の拠点であるが、その日見た光景は常とは違った。

靄が晴れるごとに現れる舟、舟、舟……。延々と切れ目なく、おびただしい舟が連なって接岸しているのを、ちょぼは目で追い、もう一度目を丸くしたものだ。

もちろんどの舟も、ぎっしり中身の詰まった長持《ながもち》や塗りの箱を積み込み、真新しい油単《ゆたん》に覆《おお》われている。藍《あい》に白く染め抜かれた葵《あおい》の紋《もん》の晴れがましさ。荷物の数は、数百というから、岸で荷を守って出航を待つ人、乗り込む人は、総勢一千を下らないであろう。

それらのうちの、とびきり大きい二階建ての赤い御座船《ござぶね》は、まるでそれ自体が御《ご》殿《てん》のように壮麗《そうれい》だ。そんな船に、自分も一緒に乗れると知った喜びといえば尋常ではない。舞い上がるほど嬉《うれ》しかった。

その大船は、まるで寺社のような朱塗りが映《は》えて、随所に蒔絵《まきえ》で華やかな装飾が施《ほどこ》されている。真新しい銅で葺《ふ》いた屋根は、明け染める陽《ひ》の光を跳ね返して輝いていた。そして黒漆《くろうるし》が艶光《つやびか》りする乗り口へは、まるで早くおいでなさいといざなうように、陸からまっすぐ、赤い毛氈《もうせん》が敷かれているのだ。

「これ。ちょぼ。そんなに、はしゃいではなりませぬ」

たちまち母が摑《つか》まえに来て、目の高さにしゃがんで言い聞かせた。

「よいか。そなたは幼いながら、大きなお役目を与えられた身。わが家の誉《ほま》れとなるお役目なのですぞ。わかるか？」

「はい」と答えたものの、船が気になり、それほど真剣に受け止めたわけではなかった。

「ちょぼ。もう一度言いますよ。いえ、最後に言います。そなたのお役目は、父上にも兄上にもできぬ大事なもの。戦場で手柄を立てるに等しい栄《は》えある務めじゃ」

また「はい」と答えたが、今度は着慣れぬ振《ふ》り袖《そで》の袂《たもと》が気になり、ひらひらと弄《もてあそ》んだ。

「よい子じゃ。では、そなたがお仕《つか》えするのはどなた様じゃ？」

もういいかげんに離してほしくて、今度はぶらぶら草履《ぞうり》の脚を上げたり下げたり。先日来、何度も何度も言い聞かされ続けたことだから、すっかり飽きてしまっていた。

「これっ。言うてみよ、どなた様じゃ？」

母の深刻な顔がいやだった。それまでは、ちょぼが何をしていようとおおらかな母であったのに。

「知、り、ま、せ、ぬぅー」

言うが早いか、母の手を振り切って駆けだしていた。待ちなさい、と母が叫んで立ち上がるより先に、ちょぼはもう赤い御座船へまっしぐらだった。

あとでどれだけ悔《く》いただろう。それが母との今生《こんじょう》の別れと知っていたなら、もっと行儀正しく挨拶《あいさつ》もしただろうし、ひしと抱きついて、そのぬくもりを胸に焼き付けもしたであろうに。

二階建ての御座船にはもう何人ものお女中がおり、主人を迎える準備に余念がなかった。母親は桟橋《さんばし》まで追いかけてきたが、お女中たちとの挨拶で足止めされてしまったから、その間にちょぼは船に乗り込み二階の座敷へ駆け上がった。

御簾《みす》をくぐって中を覗《のぞ》くと、これはたいへんな船であるとわかった。総漆塗の建《たて》具《ぐ》は桟《さん》の間も金箔《きんぱく》が押され、長押《なげし》の一つ一つに葵の御紋の錺《かざり》金具が施《ほどこ》されている。正面には立派な床があり、一段高く御座所《ござしょ》があって、天井《てんじょう》は総檜《そうひのき》。まるで御殿の座敷と変わらない。しかも、紅白の餅花《もちばな》の下げ飾りや赤い絹の座布団《ざぶとん》など、目を惹《ひ》かずにはおかない、あでやかなしつらえがなされているのだ。

それにも増して、御簾をからげると見える障子窓からの風景の壮観なこと。二階という高さは群を抜き、地面で見たもののすべてを別物にした。自分が大きくなった気がした。

「だれじゃ？　そこにいるのは」

我を忘れて眺め入っていたから、背後で声がした時は飛び上がった。菓子器を持って上がってきたお局がそこにいた。母よりはだいぶ若いのであろうが、それでも才気ある目の輝きは、瞬時にちょぼが誰かを見てとったようだ。

「おちょぼか？」

言われただけで萎縮《いしゅく》した。その様子を見てお局が微笑《ほほえ》んだ。

「松坂《まつざか》と申します。よろしくたのみますぞ」

松坂局――。のちに自分とゆかり深いものとなるそのお局の名を、ちょぼは、それとは知らず耳にした。

「仲良くしましょうな。きっとこの船出の先はいいことがありますゆえ」

幼い子供相手というのに、松坂局は笑顔で言った。ほかのほとんどの大人が近寄りがたく怖そうに見えた中で、彼女一人にちょぼがなつくことになったのは自然のなりゆきであったろう。

しかしこの場では返事もできず、ちょぼは、母のもとに戻ろうと階段のほうへ逃げ出した。

「待たれませ。まもなく御台《みだい》さまがお越しになるゆえ、そなたはここにいなされ」

御台さま？　頭の中で、母が何度も言った〝自分のお役目〟のことを反芻《はんすう》する。母があれこれ教えた中には聞かない名であった。

だがそれ以上、幼い頭で考える余地はなかった。栈橋のほうで、お女中たちが緊張した面持《おもも》ちで敏速に動き始めたからだった。松坂局も、これに気づいて船の乗り口へ回った。ちょぼも慌《あわ》ててあとに続いたが、岸ではすでに栈橋の両側にお女中たちがずらりと並び、しゃがんで出迎えの体勢に入っている。どうしていいやら、座敷を行ったり来たりしたあとに、言われたとおり御座所に戻り、船端の御簾の間から岸を眺めることにした。

すべての人間が頭を下げている緋《ひ》毛氈の向こう、川屋敷の中から、ちょうど出てくる人たちが見えた。

豪華な打掛《うちかけ》をまとい、金の水引で髻を高く結《ゆ》い上げた立派な婦人。花が咲いたようなその人を中心に、周りを固めたお女中の一団もついてくる。

あれが、御台さま、か。――ちょぼはまたしても目を見張った。

母の姿は後方の行列の中にみつけた。片膝《かたひざ》を立ててしゃがみこみ、頭を下げているため、ここにちょぼがいることには気づかない。

御台さまがあとにした川屋敷の前にはあらたに大きな赤い唐傘《からかさ》が開き、立派な武将が二人、床几《しょうぎ》に腰掛けようとしていた。その周辺を囲み、ずらり、重臣たちも腰をおろす。

唐傘の中の一人は髪や髭《ひげ》に白いものが交じった老人で、もう一人はまだ若い。それが将軍宣下《せんげ》を受けたばかりの家康《いえやす》と、その嫡子《ちゃくし》秀忠《ひでただ》であったことは、あとになって符合する。思い出すだに威厳に満ちた二人であった。挨拶を終えた秀忠御台《みだい》所《どころ》のお江《ごう》の方が、いよいよ船まで来る。緋毛氈をしずしずと、左手で一人の少女の手を引きながら。

少女は浅黄色《あさぎ》と桃色のあざやかな花模様の打掛を着せられていた。嬉しいのか悲しいのか、表情のない顔はまるで人形のようで、思わず見とれるほどに愛らしい。

「お足下に、お気を付けられませ」

少女にぴったり付き従うのは乳母《うば》の刑部《ぎようぶ》卿《きようの》局《つぼね》だった。お末《すえ》のお女中が進み出て、少女の足下にかがみ込むと草履を脱がせた。そのお女中たちに、少女が訊く。

「これに乗るのか?」

「さようでございます。大坂まで、するすると流れてまいりますよ」

刑部卿局が優しく答えた。

少女はされるがままに手をとられると、小さな足を船端にかけ、船に乗った。

なおも不安そうでいながら、ただおとなしくしているという様子に見える。彼女の身分では、泣いたり騒いだり感情を表すことはもっとも恥ずかしいことなのだ。だから川岸のこのおびただしい舟々のさまを見ても、母上さまが一緒に船には乗らず立ち止まってしまわれても、おちょぼのようには素直に驚きの感情を見せず、ただ心細げな面持ちにとどまっている。

その表情は、すべて理解しているふうにも見えたが、どこかでまだ納得しきっていない警戒も窺《うかが》える。だが今さら騒いだところでどうにもならない大きなできごとが進行し始めているのは了承しているのであろう。ゆえに、お付きの者たちが用意するまま、動いてやるのが最善と悟ってもいる、そんなふうに見受けられた。

それでもやっぱり幼い少女、心配そうな表情を消せないまま、無言で御座所に導かれてきた。そして、船端で小さくなっているちょぼをみつけた。

ちょぼも、少女をまっすぐに見ていた。

「姫さまの、遊び相手のおちょぼでござりますよ」

姫さま――。その瞬間に、さきほどの母の問いに対する答えを思い出していた。

――そなたがお仕えするのはどなた様じゃ？

そう、自分が仕えるのは姫さま。一つ年上の千姫《せんひめ》というのは、この少女に違いなかった。

初対面ではない。ここ半年のうちに何度か、母に連れられ伏見のお屋敷に上がり、一緒にすごろくをしたりして遊んだことがあった。だがその時はほかに何人も似た年頃の少女がおり、また、姫さまと親しく話したわけでもないから、万事、要領を得なかった。

「刑部、おちょぼも大坂へ行くのか？」

姫の問いに、乳母の刑部卿局はとびきり優しい顔でうなずく。

「さようにござります。さあ、姫さま。一緒にお遊びなされませ。貝合《かいあわ》せなどしているうちに、大坂のお城に着いてしまいますよ」

そうなさいませ、そうなさいませと、ほかのお局たちも入ってきて、姫を取り囲む。松坂局を筆頭に、伊勢《いせ》、近江《おうみ》、宇治《うじ》と、馴染《なじ》みのある地名を局名とする女房《にょうぼう》たちは、千姫付きだけでも片手はいた。しかもそれぞれにお付きのお女中が複数いる。お下《しも》の者まで数えると女だけでも百人の家来がついていくことになる。これで姫が寂しいはずはなかろう。

ちょぼはなお落ち着かず、御簾の隙間《すきま》を覗いている。桟橋のほうでは、御台さまがそっと踵《きびす》を返して行かれるのが見えた。お顔に袖を当てておいでだったのは、きっと泣いていらっしゃったのだろう。無理もない、嫁入りとはいえ、こんな幼い姫を手放すのである。だがそれもあとになって感じたことで、自分の母もきっとどこかで泣いていたであろうと思えばこその符合であった。

さわさわと波が引くように、御台さま付きのお女中たちが戻っていく。緋の唐傘の下で将軍一家が三人揃い、船団を見送る恰好《かっこう》になった。しかしちょぼは母をみつけられない。

その時、姫が傍《そば》に来て、言った。

「おちょぼ、遊ぼう」

愛くるしい唇《くちびる》、長いまつげにつぶらな瞳《ひとみ》。初めて会った時も、なんてかわいいのだろうと見とれたが、今日見る姫は、特別に豪華な着物を着せられ、うっとり眺めてしまいたくなるほど愛らしかった。

なぜに自分一人が遊び相手に選ばれたかは知らないが、少なくとも姫はちょぼを気に入っておいでのようだった。しかしちょぼはまだ船端にいたかった。母を探していたかったのだ。だから、姫に向かっていやいやをした。

「これこれ、おちょぼ。それではお遊び相手が務まりませぬぞ」

たちまち近江局から声が飛んできたので、ちょぼはなおさら悲しくなった。

そこへ笑顔で、松坂局が毬《まり》を取り出した。美しい絹の糸で巻いた、掌《てのひら》に載る小さな毬。

「おちょぼや。これを投げますぞ。姫さまと、どちらが早く拾えましょうな」

ぽん、と投げられ、転がる毬。そのあでやかな彩《いろど》りに、ちょぼは目を吸い寄せられた。子供の心は他愛《たあい》ない。一個の毬が、すぐさま姫の心細さもちょぼの遠慮も拭《ぬぐ》い去ったのだ。

船が動き出していることに気づいたのは、しばらくたってからだった。いつ舫《もや》いを解《ほど》かれたものか、法螺貝も銅鑼の音も聞くには聞いたが、姫と追いかけあう毬の魅力の前には何ほどの力もなかったのだ。だが、気づいてしまえば話は違う。ちょぼは思わず毬を取り落とし、御簾に駆け寄って外を見た。前後、右舷《うげん》、そして岸と、荷付き奉行《ぶぎょう》、貝合せ奉行らが威厳をもって率いる船が四方を堅固《けんご》に守る中、御座船はもうかなり、岸を離れている。

「母さまぁ」

思わず、ちょぼは声を上げた。

遠ざかる岸辺の唐傘の中で、お江の方が立ち上がるのが見える。同じ幼い子供の声を、姫さまの声と間違えられたのだろうか。

その時になって、ちょぼはまた思い出したのだ。母が最後と言って諭《さと》した言葉。

そなたのお役目はどんな時にも姫さまの影になることですよ、そう言っていた。

そして、こうも言ったのだった。

——姫さまはなあ、あんなにお小さいというのに、こちら岸と向こう岸、睨《にら》み合うお方どうしが互いに争わぬよう、戦《いくさ》をせぬよう、みずから橋とおなりになって敵方へ架《か》け渡されるのじゃ。

姫さまが、橋。母はうなずき、足下に小石と小石を二つ並べ、その上に落ち葉を置いて繋《つな》いでみせた。ほら、このように、二個の石が一つになったであろう、そう示しながら。

——姫さまのおかげをもってこの国の和平が保たれる。無用な戦は避けられ、命を落とさなくてもよい者が死ぬことはなくなる。なんとありがたいことであろう。

関《せき》ヶ《が》原《はら》の合戦《かっせん》で、ちょぼの兄である息子二人を喪った母には、それは絞《しぼ》り出すような実感だったことだろう。

あの時は、ちょぼは何もわかっていなかった。

ついに手にした天下になお不安を抱く太閤秀吉《たいこうひでよし》が、一子秀頼《ひでより》に、家康の孫娘である千姫をめあわせようと約束させたのは、秀吉が亡くなる前の話だった。秀頼が徳川家の婿《むこ》になれば、家康もかわいい孫姫のために、大いなる後見《こうけん》となってくれるであろう。やがて二人の間に子ができれば、それはどちらの家の子と分けることなく共通の天下人《てんかびと》となる。秀吉は遺《のこ》していく愛息のために、婚姻《こんいん》により両家の一体化をはかろうとしたのだ。

かくして姫は、もの心つかぬ二歳にして、天下人の家に嫁《とつ》ぐ定めとなった。

たしかに壮大な政略ではあった。実際、秀吉の没後、関ヶ原の合戦で徳川方の勝利となったあとも、なおくすぶっている東西の睨み合いを緩和《かんわ》させる策はこれしかなかった。

武家の棟梁《とうりょう》たる将軍家から、いずれ摂関《せっかん》ともなる公家《くげ》の総帥《そうすい》の家へ。天下の覇者から、もう一方の覇者の家へ。まさに、二つの頂点に架け渡す橋となる、この国でこれ以上ない至高の姫の、入輿《じゅよ》であった。

――そなたはそんな姫さまを、おささえするのですよ。

母は繰り返し、そう言った。しかし、今はそれをわかれというのも酷《こく》な船の上であった。

しくしくと、ちょぼは泣き出す。とにかく一目、母の顔を見たいのだ。

「どうしたのじゃ、おちょぼ」

千姫は泣いていない。それどころかちょぼを気遣い、顔を覗き込む無邪気さだ。別れといえば姫のほうこそ、将軍御台所である母お江の方と、たった今別れてきたのである。なのに、泣き出したちょぼを憐《あわ》れと思い、手にした毬を渡してこう慰《なぐさ》めた。

「おちょぼは幼いからのう。さ、この毬はおちょぼにやる。明日から毬で遊ぶ時には、おちょぼの毬を貸してくれとたのむゆえ、大事に持っているのじゃぞ。だから泣き止《や》め」

一歳しか違わない。なのに、なんと気丈《きじょう》な。

ちょぼはあまりに近くに来た姫のまつげの長さに見とれ、おかげで知らずに泣き止んだ。

「さあ、おちょぼ、姫さまが下されたそなたの毬じゃ。我らにも貸してたもれ」

松坂局がそう言って、毬を転がす。自分の毬……。美しい絹の糸の、その毬が。お女中たちがいっせいに毬に向かって動き出すと、姫も屈託《くったく》なく毬を追った。

後日、母が恋しくて一人では寝られぬちょぼに、松坂局は添い寝しながら言ったものだ。

「おちょぼ、今のそなたは幼いが、いつかこの松坂に代わり、姫さまを守るお役目に就《つ》かなければなりませんよ」

輿入《こしい》れの日が決まって以来、先頭に立ってお女中方を指揮し、準備を進めてきたお局の言葉である。家康、秀忠、それにお江の方の意向を正しく汲《く》むため、頻繁《ひんぱん》に往来しては意見を仰ぎ、諸事、心に沿うよう調《ととの》えてきた。聡明《そうめい》で、判断力に富むお局でなければ務まらぬ役職といえよう。そんなお方のように、自分が、なれるというのか——。

ちょぼには、自分の未来など考えも及ばなかった。だが少しずつわかってくることもあった。もうあの温かな母の腕に抱かれることはない。そして自分が居るべき場所は、姫さまの傍《かたわ》ら、そこにしかないのだ、と。

むろん、ちょぼが、母が本当に伝えたかった真の使命を理解するのはもっと成長してからのことだ。それはただ遊び相手になることではなく——常日頃から姫の傍にいることで影武者《かげむしゃ》となり、万が一の折には姫の身代わりになることもいとわない、ということだ。それが〝誉れ〟のお役目であり、ちょぼ以外なんぴとも果たせぬ役目であるとは、自分で気づいて初めて悟った答えであった。

船団は川面を進んだ。

十艘《そう》、百艘、岸からも、水上からも、武装した侍《さむらい》たちの警護でかためられながら、赤い御座船はとろとろ流れる宇治川を下り、やがて木津川《きづがわ》、桂川《かつらがわ》が合流する地点で淀川《よどがわ》の大きな流れに入る。すでに山城国《やましろ》を越え、船端から見える風景も摂津《せっつ》国に入ったことを示すゆるやかな山なみになった。

そして淀川が大きく蛇行《だこう》する八軒家浜《はちけんやはま》で、ちょぼは見た。靄の中からそそり立つ優美な城を。

緑青《ろくしょう》色の五層の屋根をそびやかす天守。裾《すそ》へなだらかに下る石垣の、濠へと下って水面で鏡のように折り返し、ゆらめいている曲線。太閤秀吉が贅《ぜい》を尽くした天下の名城、大坂城だ。それは圧倒的な存在感で千姫の船団を見下ろしている。水路が続くままま、船ごと大坂城の濠の内まで導き入れられると、近づくごとに外壁に描かれた虎《とら》や鷺《さぎ》が金色の輝きを増す。

なんと壮麗な城であろうか。豊臣家はこの国の地下に眠る黄金という黄金の鉱脈をすべて自分の直轄地《ちょっかつち》としていたが、それは世界的にみても最大級の富なのである。城であれ船であれ、その所有物がすべてにおいて抜きんでて豪華であるのも当然だった。そしてこれよりは、その豊臣家が姫の居場所となるのである。

船の上で、姫と並んで、迫りくる大坂城を見上げた。

姫の唇が震えている、そう気づいた時、ちょぼは落ちつきを取り戻した。

きっと姫も泣きたいのだ。なのに、こらえていらっしゃる。もう帰れない。泣いても、走っても、もうもとには戻れない。それは、川の流れが見せてくれたことだった。水はただ流れていくしかないのだった。

ちょぼは、ぐっと姫の手を握った。姫は一人ではありませぬよ、ここに、ちょぼがおりまする。言いたいのはそれだけだった。

それは、ちょぼが最初に感じた自発的な忠誠といえた。

あの日、炎に包まれ崩れ落ちる日の運命をまだ知らず、ただ大坂城は、姫とちょぼを乗せた船をぐいぐいと引き寄せ招いていたのだった。

＊　＊

鳥が鳴いた。どこかで人の声もする。寺ではもう人々が動き出している。

まさか、あの川べりの光景を思い出すことになるとは。

ちょぼはそっとため息をついた。

時は流れ、今は、姫もちょぼも、大坂城の人ではない。いや、それどころか、千姫は落飾して天樹院《てんじゅいん》という出家者となり、ちょぼも、松坂局という先代の名跡《みょうせき》を継いでいる。いわば、名前の上でもまったく別の人生を生きる、別の人になったのであった。

一つの名前での人生が終わっても、こうして、まだ生きている、暮らしている。数えてみれば、姫が大坂城の人となって暮らしたのは十二年。長い長い人生の、ほんの何分の一かの時間にすぎないのだ。なのに若い日の思い出は今もせつない。大切なものをいくつか失い、泣き、もだえ、地を這《は》う孤独を味わっても、あの一生懸命さは深く記憶に刻み込まれているからだ。

そっと両手で丸障子を閉めた。

追憶の水辺も、それで閉じられる。

「姫さま、住持《じゅうじ》どのがご挨拶にお見えになったようにござります。上段の間へ、お出ましいただけましょうか」

今は寛永《かんえい》十七（一六四〇）年、徳川が大軍を繰り出して攻めた大坂の陣から数えれば、二十五年という驚くべき歳月が流れていた。

豊臣は滅び、天下にそびえた大坂の城は焼け落ち、戦乱の世はあの炎をもって終わった。徳川と豊臣、二つの権力を繋ぐ姫の役目も、豊臣の敗北という結果をもって終わったのだ。

そのあとに新しい時代を十年余り過ごし、それすら過去として置いてきて、こうして江戸での暮らしが十四年も過ぎようというのだから、大坂の頃のことを覚えているかと問われても、ちょぼは、記憶は遠いと答えるしかない。

たぶん、こうして姫が東慶寺の尼君《あまぎみ》を訪ねるようなことでもない限り、それはずっと障子の向こう側にあるだけで、こちら側には何の影響も与えることはなかっただろう。人は、強烈な色で塗られた記憶を持ったとしても、それを閉ざして新たな色彩の襖を引けば、もう奥にやった景色は見なくなる。つまりは人も川船と同じ、ただ一方向へ、過去から未来、前へ前へと流れる定めにあるからだ。

「姫さま、ご出立《しゅったつ》には時間もありましょう。これ、天秀《てんしゅう》どの、庭をご案内してはどうか」

挨拶に来た先の住職、瓊山尼《けいざんに》からそう提案されるまで、ちょぼはまだ追憶という波の中に揺られているような気分だった。

はい、と応える三十二歳の若い住持、天秀尼の慎《つつ》ましやかな声が、一気に現実へとひき戻す。今回の滞在はまさに、彼女を訪ねてきたものだった。

「天秀尼どのみずからご案内下さるとな？　それは嬉しい」

姫は笑顔で受ける。昨日、伽藍《がらん》の内部はそれぞれ丁寧《ていねい》に案内してもらったが、庭はまだゆっくり見ていなかった。

「姫さまのおかげで、寺の眺めはわたくしの代からは一変いたしましたゆえ」

六十半ばを過ぎた瓊山尼はおっとりと微笑んだ。天秀尼がまだ若いため、今も塔頭《ちゅう》の一つに座して後見《こうけん》を務めている。彼女が住持だった時代には戦乱の跡をひきずり荒廃していた境内《けいだい》だが、今は山門、本堂、書院、客殿と、どれも格調高い檜皮《ひわだ》葺《ぶき》の屋根を並べ、鎌倉五山の寺々にも劣らぬ壮麗さだ。すべて千姫の寄進のたまものだった。

「牡丹桜《ぼたんざくら》もまもなく開きましょうし、やがて杜若《かきつばた》に菖蒲《しょうぶ》も咲いてまいります」

自分たちにできる姫への恩返しは、伽藍をひきたてる庭をきれいに整えることだけ。そう言いたげに天秀尼を案内役に送り出す。

ちょぼは目ざとく客殿の階《きざはし》の下へと目を配る。侍女が揃えた履《は》き物《もの》に不備が見当たらないかを確認するのは、いつもの慣《なら》いだ。

姫が、南部表《なんぶおもて》の雪駄《せった》に白足袋《しろたび》の足をはめ込みながら、常のようにはなめらかに履けずにいるのは、今朝、侍女に命じて新しくおろさせた蝶柄印伝《ちょうがらいんでん》の花緒《はなお》が少し固めであったのか。ちょぼは、こほんと咳払《せきばら》いを一つする。すると四、五人並んだ侍女のうちから筆頭の者が急ぎ進み出て、姫の足下にうずくまって足先の花緒を広げにかかった。

万事、姫が行く先々に目を配り、滞りなく事を運ばせるのが、ちょぼの役目。姫が雪駄の革裏《かわうら》を鳴らすように歩き出したなら、そのお役目はまず一つ終わる。

「禅寺《ぜんでら》なれば庭は枯山水《かれさんすい》と思うたに、女子《おなご》が枯れては悲しすぎまするな」

すでに姫の視線は境内の花々にある。いくつになられても枯れるというのが無縁に見える姫がおっしゃるのだ。ご自身のことはどうお思いなのであろう。ご夫君の本多忠刻《ほんだただとき》さまが三十一という若さで亡くなられた時、ためらいもなく落飾されるというのをお止めしても、まるで聞き入れられなかったのは、姫が三十になられたばかりの年だった。

片や天秀尼の清らかさは、やはり生まれは隠せないと納得させるものがある。今やこの世でただ一人、関白《かんぱく》豊臣秀吉の血を引くお方。世が世ならこの方も、〝姫〟であったのだが。

「いけませんね。そなたの顔を見ていると、いやでも昔を思い出してしまう」

似ておりまするか、天秀尼はそう訊きたかったであろう。けれど、何も問わない。また姫もそれ以上は何も言わない。

だが、ちょぼは思ったものだ。血とはなんと確かなものか、と。

昨日、天秀尼を見た時、無言のうちにまじまじと見入ってしまったのは千姫ばかりではない。主《あるじ》の無言を補う役目にありながら、ちょぼも、ほかの侍女たちも、主従してどんな言葉も出てこなかったのは、目、鼻、口元、額《ひたい》と、天秀尼の顔のそこかしこに、美丈夫《びじょうふ》だった秀頼の面影を見ることができたからだ。

ほかの女が産んだ娘が秀頼に似ていることは、千姫にとっては喜ばしいのか、腹立たしいのか。他人はそこに関心を持つだろうが、ちょぼにはすべてわかっている。なにしろ十一歳と七歳、夫婦というには幼すぎた連れ合いだったのである。血縁的には従兄妹《いとこ》であり、幼い頃から慣れ親しんだ兄というほどの存在であった事実を、ちょぼは間近に見てきている。

「豊臣家の供養《くよう》は、日夜欠かしておりませぬ」

静かに言ったものの、すぐに天秀尼は言い添えた。

「もちろん将軍家のご繁栄も天樹院さまのお幸せも、欠かさず祈禱《きとう》しております」

徳川の世で豊臣の菩提《ぼだい》を弔《とむら》うとは反逆にも響く。その気遣いに千姫は悲しげに微笑んだ。

ちょぼは躑躅《つつじ》の植え込みの傍らに、片膝を立てて身を低くした。二人だけの語らいもあることで、しばし我らはここで控えよう、との合図であった。以下、十人近い侍女がちょぼに倣《なら》った。一人、天秀尼付きの侍女であろうか、遠慮がちに声をかけてきた。

「松坂さま、……こたびはようまあお訪ね下されました。天樹院さまのご身分ともなれば動きにくうござりましょうに」

侍女とみえるが、その人は実は天秀尼の生母のお石《いわ》であった。

昨日到着した時、そう挨拶されてどれだけ驚いたことか。秀頼よりもいくつか年上だったから、もう五十をすぎていることになろう。豊臣家の家臣の娘であったため大坂の陣のあとは身寄りもなく、こうして天秀尼の近くに仕えることになったとみえる。剃髪《ていはつ》していないのは、俗世でいくばくかのなりわいを立てているからだろう。商家の女ふうに髷を結い、黒繻子襟《くろしゅすえり》に素朴な縞木綿《しまもめん》の着物姿であれば、たしかに尼僧よりも目立つことなく、天秀尼のためのささいな用事にも小回りがきく。

「姫さまは天秀尼さまのことをずっと気に掛けておいでだったのでございますよ」

「存じております。だからこそ、天秀尼さまがここの住持となられた時にも、あれほどまでのご寄進を賜り、こうして立派な伽藍が整いましてございます。おかげでどれだけ天秀尼さまの身が立ちましたことか。ありがたいことでございます」

千姫の強い後押しで天秀尼がこの寺の住持となったのは、二十六歳の時であった。その折、姫は徳川家ゆかりの屋敷を移築してまで、伽藍の再建に尽くした。

「ご自分の子でもないのを、これほどまでに慈《いつく》しんで下さって」

「何を申される。養女とされた時から、いつも我が子とお考えですぞ」

少し強い口調になったからか、お石は身を縮こまらせる。

「申し訳ございません。どれほどありがたいことか……」

世の中が変わって苦労をしたであろうことが、うなだれたお石の横顔に滲《にじ》み出ている。豊臣の残党狩りは熾烈《しれつ》をきわめたから、生きていくため身分を隠し、商人の囲われ者にでもなるしか道はなかったであろう。だからこそ、今日のようなよきことがあれば、暗い日々はすべて押し流され、饒舌《じょうぜつ》になるのも無理はなかった。

後ろから二人で眺めれば、陽だまりの中で浮き彫りになる高貴な女性二人のたたずまいは絵のように優雅で、心がなごんだ。花ではない、華やかに色めく花々ではない。なのに、おのずと香り立つような。

「思い出します、松坂さま。大坂落城のあとの、千姫さまの勇敢なるおふるまい。我が身をなげうち、将軍さまに、天秀尼さまのお命乞《いのちご》いをして下された」

「ああ、そのようなことが、ありましたなあ」

遠い遠い昔のことではあったが、それは、ちょぼも肝《きも》を冷やした一幕だった。

大坂の陣で勝利した徳川方は、まず秀頼の血を引く子らを探し出して捕縛《ほばく》した。敵の妻子を処断するのは重要な戦後処理である。わずか七歳だった女児、そして一歳年上の男児の二人が連れてこられたが、むろんどちらも千姫の産んだ子供ではない。逆に、正室である千姫をはばかって、秀頼お手つきの女がみごもったとわかったとたん、淀殿《よどどの》は大坂城の外に出して子を産ませたのだった。

二人の幼児にすれば、実の父親の顔こそ知らないものの、豊臣家からはじゅうぶんすぎる庇護を受けつつ里親のもとで養育されていたのである。それが、突然、天地が転覆《てんぷく》した。捕《と》らえられても、自分の罪が何であるかもわからなかったに違いない。お石は気も狂わんばかりに子を案じたことだろう。

将軍秀忠をぐるり取り囲むように座した武将たちの顔、顔、顔。震えながらも、そこには誰一人、自分に味方する神も仏もいないことだけは理解したはずだ。

そこへ、打掛の裾をさばきながら走り込んできた姫。将軍秀忠の前まで、誰に止められることなくやってきたばかりか、面と向かって子らの命乞いができるなど、世にこの人しかありえないだろう。

——なにとぞこの者たちをお助け下さい、罪なき幼い者たちでござります。

そう訴えて父を見上げる姫の目はまばたきもしない。

秀忠は故意に甲冑《かっちゅう》を鳴らし、ひっこんでいよと合図したが、愛娘《まなむすめ》にはたいした威力はない。いかに将軍でも、力ずくでは娘を退けられないのであった。

とはいえ、姫の嘆願は禁忌《きんき》であった。勝者が敵方の子孫を根絶やしにするのは武家の慣い。源氏の例にあるように、生かせば先でどんな輩《やから》が反勢力として担《かつ》ぎ出すか知れないのだ。未来の災厄《さいやく》の芽を摘《つ》み取ることに世間も何ら反発はしない。長子国松《くにまつ》が六条河原《ろくじょうがわら》で首を刎《は》ねられることは、誰であっても覆《くつがえ》せない掟《おきて》であった。

とはいえ、父親の情は、千姫の必死な目をやみくもに退けることはできなかった。そこで、女児のみ、殺さず命だけは救う、とされたのは異例の温情といえよう。生涯独身を通す尼として、死者の菩提を弔うことで許されたのだ。

「命をお救い下さった天樹院さまが、今もなおこのようにお心をかけて下さり、ふただびこうしてお目見えがかないますとは、まこと、夢のような」

そっと目元を拭いながらお石は言った。

夢といえば、お石には何もかもが夢のようであろう。年上の添い臥《そぶ》しとして秀頼の夜の伽《とぎ》の相手を務めたことも、秀頼の子を産んだことも、今となってはすべて夢。もとより徳川家の手前、側室と名乗って千姫と妍《けん》を競うなどという空恐《そらおそ》ろしいことができようはずもなく、子をみごもった段階で城の外へと遠ざけられた。むろん豊臣家からはじゅうぶんな手当が出たが、秀頼の寵愛《ちようあい》から離れればなおさら、腹を痛めた子がいとおしかったであろう。

「今は天秀尼さまだけが、わたくしの生きるよすがでござります。姫さまの大きなお心によって、わたくしもまたこうして息をしていられるのです」

のちに天秀尼が亡くなったあと、半年もたたずあとを追ったお石である。その墓標まで天秀尼の傍に寄り添うように建てられたのは、皆が彼女の心をよく知っていたからといえる。ゆえに、溢《あふ》れているのは千姫への感謝のみ。嫉《ねた》むことさえ身のほど知らずとわきまえる気持ちが窺えた。

いうまでもなく、姫は何も気に掛けてはおられない。当然であった、千姫こそは天下に並ぶ者なき姫の中の姫。敬《うやま》われあがめられることが生まれた時から姫の受け取るべきものであり、競うなどという行為は教えられたこともない。それどころか、自分以外の他者を慈しんでやるのが、姫であることの一つの仕事ともいえた。

「本当なら六年前の伽藍の落慶法要《らっけいほうよう》の折、姫さまがおでましになられるのが、寺にとっては最上だったでしょうけれど。でも、そこは、姫のご身分上、たいそうなことになりますゆえ」

申し訳なさそうに、ちょぼは言った。あの時、姫はご自分で寺を見たいとおっしゃったのだ。実際、寺のほうではいつ千姫が訪れてもいいように、客殿だけは明るく華やかにしつらえて、めったと使用することもなく保ってきている。しかし姫が心を掛けて再建に手をさしのべる寺社は鶴岡八幡宮《つるがおかはちまんぐう》など関東だけでもあまたあり、東慶寺のみを特別扱いにもできなかったのだ。

「めっそうもございません、そのようなことは重々承知。おでましいただかなくとも、ここが千姫さまのご庇護のもとにある寺であることは、皆が知っておりますことなれば」

ひれ伏すように首を振りながら、お石は言う。ちょぼがふと笑みを禁じ得なかったのは、人がたどる流れの不思議を感じたからだった。大坂の陣がなければ、どちらも同じ豊臣家の傘の下、同胞《どうほう》として暮らしていたはず。千姫は千姫のまま秀頼に連れ添い、天下人の北の方として君臨し、一人か二人、子も産んでいたのではなかったか。それらのお子は天下を継いで、いずれ関白の座にも昇ったに違いない。そして天秀尼も、成長したあかつきに千姫の養女となれば、豊臣家の姫としてふさわしい大名家に嫁いでいけたことであろうに。そう、千姫がその身をもって果たした使命——豊臣と徳川の共存と共栄がかなっていたならば。

だが大坂の陣が、人の世の流れを分けた。姫は勝者の側の流れに属する姫であった。その流れはどこまでも強く太く、勢いが衰えることはない。だが天秀尼やお石は、敗れ消え去る豊臣の流れにある者だった。こうして生きていることだけを幸運とする者たちだ。

子供は親を選べない。もしも正室である千姫から生まれていれば、死んだ国松も、生かされた天秀尼も、違った人生を送っただろう。そしてもっと早く助命が功を奏したなら、秀頼も淀殿も死なずにすんだ。救えなかった命を思い、姫が重い悲しみの淵《ふち》に沈みこむのを、ちょぼは何度も目の当《ま》たりにしてきた。勝者の側を流れながら、姫は同時に、敗者の流れからも目をそらすことはなかったのだ。

涙ぐむお石とは、そのまま言葉もとぎれた。代わって女主人たちの会話が聞こえてくる。

「このお庭、よう丹精《たんせい》こめられましたものじゃなあ、天秀尼どの」

頭上で鳥が鳴いて飛び立つのを目で追いながら、姫——天樹院は、先に立って小《こ》径《みち》を歩き出す。

「女ばかりの寺にござりますゆえ、せめて花で飾りたいと願いおりまして」

境内を行けば、二人の足音を聞き留め、庭掃除の女たちが慌てて手を止めた。じかに口をきくことも許されぬ身分の方々だけに、次々と膝をついてかしこまる。

「みなみな、ご苦労様です」

屈託なく天秀尼が声をかけた。

尼寺だから、境内にも女しか入れない決まりであるが、特にこれらの女たちは、事情あって夫から離縁されるのを望んで駆け込んできた者たちだった。世の定めではどんな事情でも女の方から離縁できないことになっているため、夫の乱暴や婚家の不条理にも、とことん耐えねばならない。それでもやむにやまれず救いを求めて逃げてきた女たちは、この寺に入ることで調停の機会が与えられ、うまくいかない場合も寺で二年の暮らしを勤め上げれば、夫からの三行半《みくだりはん》を得ることができるのだった。

見回せば境内には、躑躅のほかに梅や牡丹、木蓮《もくれん》といった花の木が認められたが、その手入れもこれら下働きの女たちの仕事であろう。すり切れた藍の着物に手拭いを姉様かぶりにしたいでたちには、明るさはなくひたすらにしめやかだが、みほとけと暮らすことで傷だらけの心が日一日と癒《い》やされているのは、花の多さを見ればわかる。

「そなた、――何か望みはないのですか」

しみじみと姫が訊くと、天秀尼は微笑みながら首を振った。

「昔、天樹院さまは、同じことを訊いて下さりました」

そんなことがあった。

寺に入ることが決まった時だ。生かされただけが最上の幸運となった少女は、ただ打ち震えるばかり。だから、代わって千姫が祖父家康に願い出たのだ。

――どうかこの娘が入る東慶寺が、開山よりの御寺法《ごじほう》を断絶しないようにして下さりませ。

父親も門地もすべてなくした天涯孤独な少女にとって、その日から世界のすべてとなる寺である。鎌倉尼五山の第二に数えられる格式の寺とはいえ、名だけではなく、城のように堅固で大きな力をもってこの娘を守ってくれるように。それだけが千姫の願いであった。

家康は、千姫の望みならすべて聞き入れてくれた。そうしてこれ以降、東慶寺の寺法は「権現様《ごんげんさま》お声掛かり」となったのである。

寺法とはすなわち、女の味方となって駆け込みを受け入れるというものだ。この国広しといえども、縁切り寺はわずかに二つあるばかり。世間では、天秀尼の背後には徳川の姫がいる、との見方が定着したことになり、どんなお墨付《すみつ》きより心強いことであろう。これにより、天秀尼が軽《かろ》んじられることはないと思われた。

「もうじゅうぶんに、天樹院さまはわたくしのためにお尽くし下さりました」

語る言葉の一つ一つに姫への感謝が尽くされ、そこに偽《いつわ》りがないのは、天秀尼の澄んだまなざしが証明していた。

「天樹院さまのおかげをもって権現様お声掛かりとなった以上、寺法を楯《たて》に、弱き者たちを守ってまいりまする。そのため、いっそう精進《しょうじん》する所存にござります」

姫がかけた愛も大きいが、それを知る天秀尼が返す感謝もまた深い。若くして彼女を住持にするについては、瓊山尼からも、彼女がどの修行僧より厳しく深く、己を律した勤行《ごんぎょう》に励んでいるという事実を聞いており、誇らしく思ったものだった。

「入山以来、瓊山尼さまから教えを受けてまいりましたが、近頃ではお向かいの円《えん》覚寺《がくじ》の、黄梅院《おうばいいん》の古帆周信《こはんしゅうしん》さまに参禅させていただいているのでござります」

嬉しそうな口ぶりは、自分の努力を母に聞かせる子供のようだ。

「またその周信和尚《おしょう》さまがはるかに仰ぎ見ておいでになるのが、沢庵《たくあん》和尚さまでござります。いつかわたくしも、師僧にお供がかなって参禅するのが夢であり、励みなのでござります」

名声や権力に与《くみ》しない生き方を貫き、多くの武士の帰依《きえ》を受けた沢庵宗彭《そうほう》。数々の苦難にも屈することなく、今では将軍家光《いえみつ》の近侍《きんじ》にまで取り立てられた高僧となっている。いくら尊敬していても、一尼僧が近づける存在ではない。それゆえにこそあこがれる天秀尼の、いちずな向上心が好ましく、姫は微笑む。

「たやすいことです。沢庵禅師へは、わたくしからも口添えしておきましょう」

今の世で千姫が望んで会えない人物などいない。いかに高僧といえど将軍の臣下の一人にすぎないのだ。その将軍の姉君という位置づけは、将軍よりも目上であり、父母なき今は徳川家の長者の座にあることを意味していた。従ってこの国の隅々《すみずみ》にいたるまで、くまなく、人という人は、みな姫の下に属するのだ。

「まあ、天樹院さま、そのような……。わたくしごときが、和尚さまを飛び越して、……」

「何を言われる。そなたはこの東慶寺の住持ではありませぬか」

かつて内親王《ないしんのう》が住持に座したことから松ヶ岡《まつがおか》御所と呼ばれるこの寺は、代々、北条《ほうじょう》氏や鎌倉公方《くぼう》の血縁がその任を継いできた。右大臣豊臣秀頼の遺児である天秀尼も、その座に就くのに不足はなかった。それゆえに、この不憫《ふびん》な娘が住持となる日には、寺の構えもそれにふさわしく築かねばならぬと尽力したのだ。

「ここは静かなよいお寺ですが、〝姫〟が住むにはやや寂しい。そうですね、万物をへだてなく慈しんで下さる盧遮那仏《るしゃなぶつ》を寄進いたすとしましょうか。太閤さまの大仏とはいくまいが」

「そのようなご冗談をおっしゃっては、……天樹院さま、どうか……」

天秀尼を慌てさせるが、千姫の財力をすれば髪の毛ほどの費用であった。この国の金を産出する鉱山は、かつては豊臣のものだったが、今は徳川がすべて直轄地としている。天下人の寵を受けて生まれながら、一度も姫君らしい扱いなど受けたことのない不憫な娘が、そのくらい享受《きょうじゅ》したとしてもたかが知れた分配というものであろう。顔も見たことのない父親の運命を受け入れ、その供養《くよう》に、あたら全生涯を捧《ささ》げる憐《あわ》れな娘なのである。

「どうじゃ、おちょぼ、世の中に一つくらいあってもいいではないか、殿方の寺より立派な尼寺が。小さい大仏さまなら、誰も文句は言うまいて」

他者を喜びで満たしたい、そのために自分の持てる力を注ぎたい。それは姫が幼い頃からそなえた気質であった。船端で泣いていたちょぼに、美しい毬を下さったように。

「御意《ぎょい》」

ちょぼの答えが否定でないとわかると、姫の考えがほぼ決まったことになる。あとは、ちょぼをはじめお局たちが額を寄せて、あれこれ策を練っていくばかりだ。

楽しげな千姫に、初めてさからうように天秀尼が言う。

「されど天樹院さま、もとよりわたくしは姫でも何でもありませぬ」

皆がはっと胸を突かれる低い声。そう、この人は、姫になれず敗北した。

「天樹院さまはわたくしに、成長した、とおっしゃって下さりました。小さな水のしずくも、溜《た》まってそれが溢れ出せば流れとなります。それが成長であるなら、もうもとの川の水ではございません」

命乞いした時、声も出せずに震えていた小さな娘の、これこそが成長の証《あかし》そのものであった。

千姫は黙る。天秀尼の言うとおり、自分もまた、意思とは関係なく、大坂の城に人質同然にとどめ置かれた水であった。歳月はそれを育て、溢れるまでに成長させたが、落城とともに外界の大きな流れに出ることができたのだった。そして大きな出会いと別れが巡り来て、人並みの青春を生き、人生を送り、こうして隠遁《いんとん》の身となった。流れゆかない水はない。変わりゆかない人もない。森羅万象《しんらばんしょう》、移りゆくのがこの世の慣いだ。

「嬉しいことです。今わたくしは、そなたの言葉に励まされましたよ」

「生意気をお許し下さりませ、天樹院さま」

千姫が笑ってかぶりを振る。

「まこと、女の人生はここのお山の木々のようなものかもしれぬ。動物のようにみずから動き回り走り回ることはできないけれど、地に根ざし枝を張る力は、自分で思っているよりたくましい」

見上げる木々の、揺るがぬ姿、堂々とした枝ぶり。それでいて季節季節に花を咲かせる細やかさ。

「それでは、天樹院さまのお心に添うよう、もっと花を増やしてまいりまする」

言ったのは天秀尼である。

「天樹院さまのおかげでこのような立派な伽藍ができましたからには、みほとけが下り立たれるような、花の台《うてな》を造りますのはわたくしの務め。はずかしくないように咲かせまする」

大仏まで造って下さるのなら、それにふさわしく、この境内は皆で丹精込めた花でいっぱいにして満たそうというのだ。特別な花は、人の力なくして咲きはしない。だから人を、慈愛の心で満たしたい。それが天秀尼のあらたな決意になった。

「枯山水ではなく、活《い》き山水、花山水――ですね。ほんに、そなたらしい」

沢庵禅師に通じる無欲さを、千姫は喜んだ。

「ではそなた、わたくしにちなんだ花を植えて育てて下さりまするか」

それは、天秀尼との絆《きずな》を求める千姫の願いと言えた。

「もちろんでございます。何がよろしいでしょう。お好みはございまするか」

浮き立つように天秀尼が言う。花の話題でただの若い娘になるのが微笑ましい。

生きていて、ようございましたね。こうして再会できてようございましたね。ちょぼは背後で聞いていて、心からそう思った。

「そうですね、この低い木は――？　何やら小さなつぼみがついています」

傍らの低木に目を留めたのは天樹院だった。柔らかそうな広葉は、新緑のあざやかな緑を幾重《いくえ》にも開いている。

「紫陽花《あじさい》でござります」

「ほう、紫陽花か――。七つに変化する色を持つとか」

今はまだ新芽と変わらぬうす緑だが、やがて白から黄色、桃色を経て淡い水色から青に変わり、紫へと色を深める。まるで人が、幼くて何も知らぬ白の時代から、だんだんに人生の深さに染まりゆくかのように。

「ようござりまするな。我らも、まだ自分では知らぬ色へと、染まってまいりたいもの」

暗く冷たい土の上で過酷な運命を生き抜いたからこそ、陽を浴び風にそよぐ花の時がある。赤くあでやかな花でなくとも、青でもいい、黄色でもいい、置かれた環境によりさまざまに色を変えつつ、それでも花として人として生きていく。それが、みほとけの望む現世であるのだろう。

「では天樹院さま、紫陽花をたくさん咲かせてまいります」

「たのみました」

花一つ決めることに、こんなにも充足のある会話。うなずきあった二人には、初めて共に考えた親しさが生まれた。ちょぼはただ、そんな二人を見守っている。

「ささ、石段下に乗物《のりもの》の用意が調ったようでござります」

山門では、瓊山尼が墨染《すみぞめ》の袂をゆらめかし、微笑みながら待っていた。

「お世話になりました。すがすがしいお庭をご案内いただき、たっぷり話もできました」

「それはようござりました。昔ながらに、庭の風光だけは、たちまさってござりますゆえ」

そこを紫陽花の花で満たそうという相談は、もちろん内緒である。

石段下に控える乗物は、落飾した者が乗るものだけに、さすがに姫君時代の華やかな女駕籠ではないものの、錦糸の御簾に紫の大房で飾りたてられ、黒塗に金の砂《すな》子《ご》を蒔《ま》いた棹《さお》には将軍家の三《み》つ葉葵《ばあおい》の御紋がある。

千姫の移動ともなれば、伏見から江戸へ戻る時には女たちだけでも百人の局や侍女が従い、警護の武士や忍びの者など男たちも百人規模の行列が付いたものだ。だがこのたびは、あくまでおしのび。仰々《ぎょうぎょう》しさを嫌う姫の希望によって、半分以下の員数《いんずう》でひそやかに江戸城を出てきた。それでも田舎《いなか》の殿様よりは壮麗な行列になってしまい、通行人は、これはどなた様の行列と、遠くから背伸びして眺め、また行き過ごしても振り返り見つつ、興味と感心とで見送ることになるのだった。

「姫さま、足下にお気を付けあそばせ」

ゆっくりと、皆で連れ立ち、石段を半ばまで下りた。

その時だった。門前道からなにやら騒がしい声が飛び込んできた。

いったい何ごと、と耳を向ければ、乗物の前後で片膝立ちして待機する家来たちも、いっせいに声のほうを振り返る。石段下のその向こう、円覚寺前から、それは聞こえる。

と思ったら、髪を振り乱しながら駆けてくる女が一人。

脚絆《きゃはん》に草鞋《わらじ》の紐《ひも》を締め、手甲《てっこう》に杖《つえ》を握って、裾を短くはしょった旅姿で、必死に脚を運んで駆けてくる。背後からは数間《すうけん》の距離をおいて、これまた必死の形相の男たちが現れ、着流しの裾をまくった大股《おおまた》で、二人、三人、と追いかけてくる。

「待て待て待てぃ。こら待たんか」

「兄貴、もう東慶寺ですぜ。山門に駆け込まれちゃあ、まずい」

脇目も振らず駆け続ける女にも、もう東慶寺だとの認識はあるのだろう、見上げる目に、安堵《あんど》と歓喜がほとばしる。

「ええい、止まれ止まれ、止まれと言うに」

迫りくる男たちの大声に、女は一瞬振り返ったが、ためらいはなかった。前に何があろうとも、この石段を駆け上がりさえすれば望みは果たせる。ゆえに、そこに立派な乗物や行列があるのをものともせず、遮《さえぎ》るものはすべてを押しのけると言わんばかりの勢いで、ただひたすらに石段へと駆け上がった。

「失礼、お許し下さいよー」

これが、〝駆け込み〟か。——皆は呆気《あっけ》にとられ、必死の形相の女に気圧《けお》される恰好となり、道まで空けて見送るばかりだ。

「待てと言うんだ、この悪女《あま》ぁ」

続く男たちも、乗物や従者の行列には目もくれず、女を追って石段を上がる。

女の荒い呼吸と足音は、石段途中まで来た天樹院たちの下方に迫っていた。

「無礼者、何ごとです」

ちょぼが尖《とが》った声を上げた。姫を庇《かば》いながら前に立つのは、長年のうちにしみついた行動である。

その声で、行列の者どもが夢から冷めたように、ばらばらと立ち上がる。

何をしておる、早く取り押さえよ。——続けてそう声を出そうとした時だった。

ちょぼの袂を、ぐいと引っ張って制したのは、ほかでもない、天秀尼だった。

「松坂さま、ここには権現様お声掛かりの寺法がございます。どうかお見逃しを」

たとえ千姫であっても寺法を侵《おか》させない、そんな強い意志が天秀尼の厳しい顔のうちに認められ、ちょぼは思わず言葉を呑《の》み込んだ。

「お助け下さいまし、どうか、お助けを」

女が叫んだ。商家の女らしいいでたちの、まだ若い女であった。

遠くから駆けてきたのであろう、女の着物は汚れ、乱れて、ひどいことになっている。汗まみれのその顔に手をさしのべてやりたいが、自身の体を寺の内に持ち込むことが達成の条件なのだ。寺法は曲げられない。天秀尼はじりじりとして、一歩、石段を下りた。

「そうはさせるか、観念しろっ」

男の追っ手はもう石段を二つ飛ばしで駆け上がってきている。それにひきかえ女は足ももつれ、大きく肩でする呼吸が苦しそうなほどの弱りようだ。

「ここまで来て、捕《つか》まるわけに、まいりますかっ」

荒い呼吸の下で、女は最後の力を振り絞り、顎紐《あごひも》を解いた。そして背中に垂らしていた菅笠《すげがさ》をつかみ取ると、山門めがけて投げつけた。

寺法では、女が身につけていた物の一部でも山門を通れば駆け込みは成立するのである。

ひゅう――。皆が笠の軌跡を目で追った。女はもちろん、男たちも、行列の者も、松坂はじめ尼僧たちも。

木立に囲まれた石段は時が止まったかのような静寂の世界となり、命を持って動くものはその笠一つ。ひらり、ふわり、裏と表にゆるやかに回転しながら弧を描いていく。

しかし、無情にも、重みのない菅笠は、石段の斜面をわずかに前に舞っただけで失速し、天樹院たちの数段下に落下した。

無念に歪《ゆが》む女の顔。力尽きて、前のめりになって石段に倒れる。男らがその背中に群がるように追いつめた。

だがそれに遅れをとらなかったのは天秀尼だった。石段に傾いて落ちた笠をすばやく拾うと、全力でそれを山門に向かって投げ上げたのだ。

墨染の袂が、まるで大鳥が翼を広げたかのように大きく揺れた。

ばさり。――笠が山門に落ちるのと、男たちが女の腕をつかむのとは、同時。

「駆け込みを、受理します」

瞬時をおかぬ高らかな声は、瓊山尼であった。年齢にそぐわぬ張りのある声。

「そんな馬鹿な」

女を取り押さえた男たちが、拍子抜けした声を上げて住持を見る。

これを見ていた千姫も、思わず、ほほほ、と痛快そうに笑い声を上げた。

「見届けたり。たしかに今、そこなる女の駆け込みは受理されましたぞ」

その凛《りん》とした、何者をも恐れぬまっすぐなまなざし。落飾してはいるが美しいこの女性《にょしょう》が誰であるのか、もちろん彼らは知らない。だが自分たちを見下ろすまなざしは、それまで自分たちが会ったこともない高貴なお方であることをまず確信させた。かつて戦勝者として天下に敵なしという父将軍を、恐れもせずに見上げた、あの日と同じ不動の視線。そんなものにかかっては、誰でも射すくめられたように動けなくなる。

ちょぼも、瓊山尼も天秀尼も、まるで崇高《すうこう》な仏画でも見るかのように見とれた。が、ちょぼは口を開かねばならない。姫に代わって、その意に添うよう動くのが使命なのである。

「下郎《げろう》ども、聞こえたか。下がりおろう」

よく通る、威厳に満ちた声。千姫代理、という時は、ちょぼは別人の声になる。

激しい息づかいのまま、女が男たちを睨み返した。

「な、何をおっしゃる。ごらんのとおり、あっしどもが、女が門の内に入るより先にとりおさえましたんでさ」

同じように荒い息をしながら、渡世人《とせいにん》のような男が女の腕を締め上げながら言う。ちょぼは眉《まゆ》一つ動かさず、男に言った。

「ご住持が、受理した、と仰せられたのじゃ。これ以上、男が尼寺の門前を汚してはならぬ。早々に、女を残して散じるがよい」

これで彼らが引き下がるなら、ちょぼも何も言う気はなかった。だが後ろから、女の亭主らしい男が進み出て言うのだった。

「それは、いくらご住持さまでも、あんまりな」

後ろのほうから走ってきたことといい、結城《ゆうき》の羽織のきちんとした身なりといい、裕福な商人であろうか。逃げた女房を捕らえるのに、金で雇った追っ手がほかの二人、というところのようだ。亭主は世間の法度《はっと》を理解するだけの教養があるらしい。慇懃《いんぎん》無礼《ぶれい》に言い重ねた。

「何も女房を捕まえて仕置きをしよう、なんぞと考えたりはしておりません。連れ帰って、とくと女房の務めを言い聞かせるばかりでさ」

往生際《おうじょうぎわ》の悪い男だ。いくら石段途中でも、住持が認めたものを受け入れぬとは。

「ほう。――そなた、命知らずな男だの」

ちょぼは不敵に笑った。一瞬だが、男が怯《ひる》むのがわかる。

ちょぼは、ちらと千姫を窺った。さきほどは思わずみずからお声を上げられたが、本来、民草《たみくさ》相手にじかにお声を出されるお方ではない。無言であるのはすべてまかせたとの意思表示と見て取った。

「ここを権現様お声掛かりの寺と知って言うのだな」

出るところに出られる男はいい。出るところに出られず、たとえ正論であっても通らぬ女たちのため、この駆け込み寺はある。そして、こういう男がいるから、駆け込み寺はこの世になくてはならないのだ。

「そなた、石段下に侍《はべ》りし御乗物の御紋を見なんだか」

ちょぼは、じり、と男の前に身を乗り出し、言葉を重ねる。駆け込み女も、追っ手の男も、自信に満ちたこの声に刺され、ぼんやり、背後の乗物に視線を回した。乗物の傍で中間《ちゅうげん》たちがことさら御紋に頭を下げてみせた。だから見えないはずはない、その重々しい金の三つ葉葵を。

はっと、彼らが、息を呑んでのけぞった。

蹴散らすように石段を駆け上がった、さきほどの無我夢中の場面が皆の頭をかすめる。自分たちが追い越したそれは、将軍家の乗物仕度《じたく》――。

なのに邪魔者のように押し割って駆けた。その無礼だけでも手打ちに値《あたい》する。命知らず、と言われた理由が、今になって彼らを震撼《しんかん》たらしめた。

「わかったようじゃな。姫さまのお情けである、ここまでの無礼は問わぬ。早々に下がるがよい」

青ざめ、震え上がって駆け込み女と追っ手の男が目を合わす。

「今一度言う。みほとけのご慈悲とともに将軍御姉君《おんあねぎみ》天樹院さまが、今、この者をお救いあげになられた」

しん、と鳥の声さえ止まったかに思えた。

将軍御姉君――。それが誰を意味するのか、皆の頭の中で言葉が巡り、探り、咀《そ》嚼《しゃく》される。頭上はるかで、風が山の木々を、枝々を、鳴らして過ぎた。そして皆の頭の中で、ちかりと何かに思いいたる。三代将軍家光公の御姉君なら、それは、かの千姫さまか。

皆が石段の上に、ははあー、とひれ伏すまで、時間はかからなかった。

天秀尼は黙ってうなだれ、膝をつく。

やはりこのお方はどこまでも勝者の姫だ。

当の天樹院千姫は、何を見るでもなく石段の上で風に吹かれている。

駆け込み女は、地獄のほとりで阿弥陀如来《あみだにょらい》の光臨《こうりん》を見た者のように、なおも信じられずにその人を見上げ続けていた。

第二章　落城の影武者

櫓《やぐら》の鯱瓦《しゃちがわら》にも、濠《ほり》の水面《みなも》にも、随所に柔《やわ》らかな陽《ひ》が射す江戸城の一角。千姫《せんひめ》が住まう竹橋御殿《たけばしごてん》は、この日も、のどかであった。

「あの者――どうなったであろうな」

天樹院《てんじゅいん》千姫がふいに尋ねた。

東慶寺《とうけいじ》への遠出のあとの疲れもなく、障子窓《しょうじまど》の傍《そば》に置いた鳥籠《とりかご》の前で、午後の日課としている文鳥《ぶんちょう》への餌《えさ》やりの最中《さなか》のことだった。

「さよう、寺役人の調停の結果、晴れて離縁が成立した由《よし》にございます」

何を尋ねられているか、どんな答えを求められているか、即座に受けて千姫の満足する答えを返すのがちょぼの任務である。今の質問は、東慶寺で遭遇した駆け込み女のその後を訊《き》かれているとすぐにわかった。

「そうか。すると、あのあと、亭主はすぐに三行半《みくだりはん》を書いたのじゃな」

侍女《じじょ》が擂鉢《すりばち》に用意した練餌《ねりえ》を茶杓《ちゃしゃく》ですくい、竹籠の柵の間から小鳥に与える。

「はい。いつか姫さまからお尋ねがあろうかと、寺とは文《ふみ》を交わしておりました」

おかげで駆け込みという制度に詳しくなった、ちょぼである。

「こたびのことで知りましたが、寺では、駆け込み女を保護したあと、すぐに女を寺内に住まわせるのではないのだそうです。女の幸せを第一に考え、まず復縁できないものか調停に入るのだとか」

姫は鳥籠から身を起こし、ちょぼを見た。

「復縁？　必死で駆け込んだ者に、まだそのようなことを？」

「はい。実家の親を呼んでも村や町の世話人を呼んでも説得できなければ、やむなく離縁の方向で調停が進むのでござります。そしてその調停がうまくゆかない場合のみ、寺に入るのだとか。寺に住み込むのは最終手段だそうでござります」

ため息をつく。女のあの必死の形相を見てしまったあとでは、ずいぶん悠長《ゆうちょう》なことだという気がした。頭を冷やすための期間といえばそうともいえるが、結局は女を説き伏せ、もとの鞘《さや》に収めるという、ことなかれ主義にも思える。

「調停で離縁が成立すれば、寺に入ることなく親元に戻る。実際にはそういう場合のほうが多いのだそうでござります。調停不成立の場合は寺で二年を勤め上げれば、晴れて女は自由の身」

姫はもう一度ため息をついた。何にしても長い忍耐の時間である。女にとって花の時間は短いというのに、新しい人生を手にするのには、なおもそれほど無為な時間を過ごさねばならないとは。

「ですが今回は姫さまお声掛かり。亭主も即座に応じるほかはございませんでしたでしょう」

慰《なぐさ》めるように、ちょぼは言う。

「そうでなくとも寺役人から呼び出されたり、叱《しか》られたり、最後まで徹底的に抵抗したとしても、最終的には奉行《ぶぎょう》や代官によって、強制的に三行半を提出させられるのがおちなのだとか」

「されば、早くあきらめをつけるほうが気持ちも日々、楽であろうに」

まだ納得がいかない顔で姫はつぶやく。

「愚《おろ》かなものじゃ。それほどまでして、男は女を追いかけるのか」

「どうやらあの亭主は婿《むこ》養子。女の父親が死んで代替わりしたとたん、仕事もせずに朝から酒に浸《ひた》って博打三昧《ばくちざんまい》。女遊びもはなはだしく、よからぬ者どもと交わっては借財を作り、それを止めようとした女房《にょうぼう》を殴《なぐ》る蹴《け》るで、どうしようもない男のようでございます」

それは、誰が聞いても男に分《ぶ》はないではないか。寺の門前で見た亭主の裕福な身なりを思い出すが、あれは、女房の犠牲の上に繕《つくろ》った伊達姿《だてすがた》であったのか。

「なんでも、女の実家は名の通った鋳物師《いもじ》の元締めとか」

ほう、鋳物師となと姫が関心を示した。あまたの寺社の復興に手をさしのべてきた姫は、梵鐘《ぼんしょう》や仏像を製造、建立《こんりゅう》するのが鋳物師であるとよくご存じだ。

「代々の家の身上《しんしょう》を食い潰《つぶ》しながらの亭主の放蕩《ほうとう》は、女にしてみれば生き地獄であったことでございましょう」

そのような男、どうして早く追い出せなかったものかと憤《いきどお》るが、それが男に有利な世間の仕組みというものだろう。

「縁は切れても、このあと、あの女房は、どうするのであろうなあ」

遠い目になる。実家の身上を食い荒らされたのだから、もう戻る家もなかろう。女一人がどうやって生きていくのか。またため息だ。戦国は終わり、民《たみ》が落ち着いて暮らせる世にはなったが、皆が幸せに暮らすためにはまだまだ神仏の清らかな導きがいるのであろう。暗澹《あんたん》としつつも、救いの道はあると信じて手を合わせる。

「なあ、おちょぼ。東慶寺で話したことじゃ。覚えているか。大仏さまのこと」

むろんであった。あの時の姫の話がただの思いつきでないならそれなりに進めねばならず、それとなく将軍詰めの近習《きんじゅう》たちに諮《はか》ってもいる。

「小さなものでよい。女たちがすがってくるあの寺には、どんな者にもお慈悲を下さる大仏さまが必要じゃ」

「御意《ぎょい》」

女たちの心の救済のための盧舎那仏《るしゃなぶつ》。しかし、姫の寄進ならば相応の規模となり、いくら小さくとも目立ってしまうことは避けられない。その一点が悩みどころであった。なぜなら、姫がそのみほとけに豊臣《とよとみ》家の供養を重ねていることはいうまでもない。東慶寺を訪ねたのも、単に天秀尼に面会するという目的のみならず、もしも自分の身に何かあった場合、この世に遺してはいけぬ豊臣ゆかりの品々を秘密《ひみつ》裏《り》に奉納するという目的もあったのだ。天秀尼は託《たく》された桐箱《きりばこ》の中身を見ずに、庫《く》裏《り》の奥の、開かずの納戸《なんど》に収めてくれたが、境内に坐《ざ》す大仏は世の人々にさまざまな憶測をもたらすだろう。ゆえに、千姫寄進であるのを秘して建立したほうがよいかもしれぬと、ちょぼは算段している。

籠の中で文鳥がチチとさえずり、餌をもらおうと止まり木から止まり木へ、軽《かろ》やかな跳躍《ちょうやく》を繰り返す。その愛らしい様子に、姫は微笑《ほほえ》みを洩《も》らした。

「思えば、わたくしも大坂では大切にされた。役に立っていたのであろう。籠から逃げ出そうなど、考えもしなかった」

そのことはちょぼが誰より知っている。姫には、自分が囚《とら》われの人質《ひとじち》であるという意識は皆無《かいむ》であった。無理もない、大坂城は徳川《とくがわ》にとって確かに敵の陣地であったが、姫はその一角に、姫を守る家臣団に大切に安全にかしずかれ、十二年も暮らしたのだ。だから城が落ちる寸前でさえ、逃げなければという気などみじんもなかった。それをなんとか連れ出したのは、近侍《きんじ》のお局《つぼね》たちの機転であった。

輿入《こしい》れから同じ歳月を共有した豊臣家の人々もまた、姫を傷つけない限りこの世の安泰《あんたい》は続くと信じ切っていた。時はゆるやかに優雅に過ぎていけばよかった。

「今となっては、幼い日に見た夢の一部でござります。姫さま、深くお考えめさるな」

身近にあれば追憶《ついおく》へと傾く品々を東慶寺に収めた今、何を思い出すことがあろう。少々強い口調でちょぼは言った。こういう時、幼い頃からの親しさは姉妹のように本音をぶつけられるから不思議だった。

夢の一部、と、ちょぼの言葉を反芻《はんすう》しつつも、案ずるな、ときっぱり否定できずに黙り込む姫。数日前に、うなされて起きた姫を介抱《かいほう》したばかりだが、やはり姫は、過去の悪夢を呼び覚ましているのだろうか。

「悪夢は、龍が、持ち去ってくれたはずでござりますよ」

落城ののち、人生を取り戻すかのように、別の伴侶《はんりょ》との満ち足りた時を過ごした千姫。その日々がどれだけ愛に満ちた穏やかな日々であったか、ちょぼは身近に見てきた。だから今さらそれより前に逆戻りすれば、あの美しい日々が無駄になる。

「それとも、もう一つ、鋳物師に命じて龍を造らせまするか」

大仏を造らせるなら、ついでに仕事を増やしてもかまわないだろう。

「龍、か……。そうであったな。わたくしには龍という守り神がおったのじゃな」

若い日のことだ。その悪夢がもっとなまなましく、色鮮やかに姫の眠りを襲い続けていた当初、きっぱり夢の炎に滝を浴びせて鎮火《ちんか》させた男がいた。彼はその火がふたたび燃え出さぬよう、龍を見張りに置き、姫の眠りを守ってくれたのだった。

姫の脳裏《のうり》にその人の面影《おもかげ》が浮かんだことは確かで、瞬時に表情から陰《かげ》りは消える。籠の中では文鳥が姫の視線を一身に受けとめ、軽やかに跳《は》ねた。

「おちょぼ。それなら今しばらく思い出にふけっても、龍は、守ってくれましょうな」

その目が輝いていること、憂《うれ》いに沈んでいないことを確かめて、ちょぼはうなずいた。

姫は鳥籠の入り口を大きく開いて茶杓を持った手を差し入れると、それきり黙る。鳥は一心に餌をついばんでいる。

籠の柵と同様、姫の過去の襖《ふすま》も開け放たれたのだ。ちょぼは、しばし千姫の追憶の旅に同行する。

＊　　　＊

初めて川船の中から見えた壮麗《そうれい》な城がこの鳥籠と同じだなどと、今もって、ちょぼには同意できないことだった。

たしかに、天下をめぐって徳川が豊臣の後塵《こうじん》を拝しているような状況の中では、婚姻《こんいん》とはいえ、姫が敵方へ移されたことは、囚われの印象を与えたかもしれない。だが実際には、姫の周囲には百人規模の女が仕《つか》え、その外側には侍《さむらい》たちも百人規模で付き従っていた。つまり、千姫の名の下に二百人を超す徳川の家臣団が形成されて一大勢力をなし、豊臣方の管理下にない独自の組織を営んでいたのである。

したがって、ちょぼたち家来への命令は、豊臣からではなく常に徳川の上役から出されるものであったし、特に豊臣の支配に縛《しば》られていたわけではない。あからさまな敵対や挑発的な態度をとらない限り、千姫を中心とした組織は穏やかに独立して、豊臣と共存していたのだ。

姫はそんな中で安全に、何不自由なく少女から乙女《おとめ》へと育った。

絵を習いたいといえば、京から絵師を呼ぶのに、いちいち豊臣の許可を得るわけでもない。新しい衣装を誂《あつら》えるとしても、これまた京から呼び立てる呉服商人は徳川の財でまかなわれるのだから、豊臣に断る必要もなかった。

それは、たとえるならば大坂城内に出向した小さな徳川世界、とでもいえようか。豊臣方から見れば、自分の城内に徳川の出先機関ができた、というような印象だったかもしれない。人質と言いたいものの、そこへはそうそう簡単に手も出せず、いわば千姫の治外法権が認められているようなものだった。

そして、そのようにして千姫が大坂城内に組織を有していることにより、両家の均衡は保たれ、また平和が続いたのであった。

七歳での輿入れというのも、戦国の世では特に異例のことではない。しかも城の主《あるじ》秀頼の母、淀殿《よどどの》は、姫の母お江《ごう》の姉なのである。

姉妹の母は戦国一の美女といわれるお市《いち》の方、織田信長《のぶなが》の妹であった。千姫にとっては母を、淀殿にとっては妹を、互いにどこか懐かしい人の面影をしのばせる相手であったであろう。同時に、過酷《かこく》な戦国の定めに散ったお市の方への、思いを深めることにもなったに違いない。二人は姑《しゅうとめ》と嫁である以前に、伯母《おば》と姪《めい》という、女から女に流れる共通の血の絆《きずな》をもって繋《つな》がっていることを自覚していたわけだ。

そんな二人が起居する場所であるのだから、それが鳥籠であるはずがなかった。

むろん広大な城内では、下賤《げせん》の者のように生活の場を同じくするわけではなかったから、居間も寝所《しんじょ》も互いに別々、長廊下で繋がれてはいるものの、独立した曲輪《くるわ》の主としてそれぞれが暮らした。そして、公式な行事や来客に応じる場合のみ一堂に会するといった形態が、彼ら身分ある者の一般的な暮らしぶりであった。

年始の言祝《ことほ》ぎに始まり、雛《ひな》の節句《せっく》、端午《たんご》の節句と、季節ごとに城内で催される宴《うたげ》の華やかさ。また不定期に開かれる茶会やさまざまな遊びの会も、いずれ秀頼が出入りする宮中に倣《なら》い、すべて京風に、雅《みやび》にまとめられていた。

その一つ一つの行事について、お局たちは右往左往《うおうさおう》して仕度《したく》を調《ととの》え、江戸にも諮り、また直接大坂の意見も仰ぎながら、姫が何より輝くよう、過不足なく心を砕いた。お局たちの記憶には、姫の成長ごとの、苦心が織り込まれている。

そのほとんどにおいて、ちょぼは姫に寄り添い、美しくも楽しい思いを味わってきた。中でもとりわけ忘れられないものはと訊かれれば、それは姫の鬢《びん》そぎの儀式であろう。

慶長《けいちょう》十七（一六一二）年、姫は十六歳を迎えていた。女性が成人した証《あかし》として両の耳にかかる側頭部の垂れ髪を短く切り揃《そろ》え、髪型を改めるのである。姫より一歳下のちょぼにはまだ早いから、姫が自分を置いて先に大人になってしまったようで寂しかったが、それはまさに、古典絵巻そのままの雅な光景であった。碁盤《ごばん》の上に、姫は遠慮がちに立って、吉方《きっぽう》を向く。そして鬢親は夫である秀頼が務めるのである。

「切りすぎたか？」

剃刀《かみそり》を手に、真剣な目で姫の顔を覗《のぞ》き込んだ秀頼の秀麗《しゅうれい》な面《おも》だち。二十《はた》歳《ち》になる秀頼は身長が六尺五寸（約百九十七センチ）という偉丈夫《いじょうぶ》であり、端々《はしばし》まで京風に誂えられた衣装も装身具も、いずれ天下人《てんかびと》になろうという身にふさわしいみごとなものであった。そのように花も実もある男を夫とする千姫の幸福は、比べるものもなかった。

「姫、もう一度右を向いてみよ」

鬢さえ切れば、あとはお局たちが完璧に姫の髪を整えるというのに、秀頼は左右の鬢の長さが微妙に揃わないのを気にして、もう一度姫を正面から覗き込む。額《ひたい》と額が触れんばかりの近さだから、きっと姫のあの長いまつげを見下ろすことになろう、とちょぼは思った。

「鬢が変になったら、殿《との》をお恨《うら》み申し上げまする」

上目遣いで秀頼に釘を刺しつつ、姫は言われたとおり顔の向きを変え、息を凝《こ》らしてじっとしている。その愛らしさに、

「わかっておる。姫を醜《みにく》くしようわけがない」

秀頼も微笑みを洩らしていた。むろんどのように髪がちぐはぐになろうと、それが姫の愛らしさを損《そこ》ねるはずもない。秀頼は涼やかなまなざしでしみじみ言った。

「お千。やっと大人になったな」

秀頼が姫の手を取り、碁盤の上から下ろすと、並び立った二人からは花びらがこぼれ咲くような、そんな喜ばしい空気が溢《あふ》れ出すようだった。

いにしえの物語の中で、光源氏《ひかるげんじ》が、いとしい若紫《わかむらさき》の成長を待ちきれぬばかりに鬢をそいだのも、このようであったのだろう。ちょぼたち侍女も感慨《かんがい》と期待をこめて、寄り添う二人を見ていたものだ。秀頼も、どれほど姫の成長を待ったであろうか、と。

これで、幼いがゆえに形式だけに留まっていた結婚が本当のものになる。二人が現実の夫婦となり、その間に子が生まれれば、江戸と大坂の絆はより深いものになろう。生まれた子が男児であれば、その子が両家共通の天下人となるのは、誰もが疑わぬ未来であった。

しかし姫はまだまだ無邪気《むじゃき》であった。そがれた鬢を撫《な》でながら、お局が差し出す鏡を何度も見入ってばかり。見慣れぬ自分の姿にまだとまどっている。そう、秀頼が待った〝大人になる日〟の意味もわからずにいた。

これまでの九年間、姫が人質ではない証拠に、いつ正式に夜の寝所を調えるようにお声がかかり、二人が晴れて本当の夫婦になるのか、お局たちはやきもきしていた。江戸からも再三、二人はどうじゃ、と様子を訊かれてばかりいるのに、はかばかしい返事ができずにいたからだ。

「淀さまは、殿を姫さまに近づけぬおつもりであろうか」

侍女たちの間ではそんなことまで囁《ささや》かれた。大坂城内で起きる〝徳川方にとって快くないこと〃はいつも、秀頼への直接的な非難にはならず、淀殿への不信として跳ね返るのは、女どうしならではの感情だった。

しかし淀殿にしてみれば、伯母として保護者として、あまりに幼いうちから男女の契《ちぎ》りはいかがなものかと案じ、姫を十六歳のこの日までそっとしてきたのである。

「儀式にのっとり鬢そぎの儀は終えたのであろう。あとは二人にまかすばかりじゃ」

大切な息子を姫に手渡すのかと、母としては複雑ながら、この時以降は淀殿も二人から目をそらし、なりゆきにまかせようと見守っていたようだ。

周囲のそうした空気もあって、千姫のほうでは秀頼に対し、ほのかにときめく思いがあったのは事実である。幼い頃から夫と教えられ、いちずにみつめてきた男は彼一人。恋というより先に、千姫の世界に男は彼のほかには存在しないのだ。

なのに現実は物語のようには進まなかった。お局たちが期待するほどには、秀頼が千姫の寝所に渡ってくることはなかったからだ。

無理もない。独自の御殿を占有する千姫のもとに渡ってくるには、大勢の家臣を通さねばならず、単に夫が妻と一夜を過ごすというには自然さを欠き、何事も大《おお》仰《ぎょう》になる。それより、身近に伽《とぎ》の手解《てほど》きをする年上の添《そ》い臥《ぶ》しの女たちがいて、子をなすほどに交わりも深ければ、よほどそちらのほうが気楽であったろう。

しかし、ここでもまた徳川方の不満は、淀殿に転嫁《てんか》される。

「きっと淀さまは、お二人に和子《わこ》が生まれ、姫さまが実権を握るのを恐れておられるのじゃ」

実際、淀殿にとって千姫の成人は、伯母として喜ぶべき姪の成長という意味よりも、姑として嫁の権力増大を危《あや》ぶむ複雑さをも伴っていた。秀頼が自分に従順なうちはいいが、千姫の発言力が増していけば、それは徳川方に有利な状況となる。

そこにあるのは、淀殿という老練な女主人と、若い北の方を囲む、これまた老練なお局たちという、女どうしの対立の構図だった。無垢《むく》な千姫一人ではすまない徳川方という組織を前に、淀殿のよりどころは秀頼であり、それを巡る駆け引きが、そのまま政治上も心理上も、千姫への牽制《けんせい》となっていたことは否定できない。つまり、同じ城内にいながら、母子と姫との間には、それぞれの御殿を隔《へだ》てる長廊下よりも遠い距離があったわけだ。

姫である以上、ただの妻、ただの嫁ではありえない。いくら素直な姫の気性でも、結婚生活もまた、微妙な均衡を窺《うかが》い続ける〝政治〟であるという事実からは逃《のが》れられないのだ。

ともかく、そのようにして暮らした十二年だった。

しかし、やはり姫が人質であったかと実感せざるをえなくなったのは、徳川が豊臣を再び攻めた、夏の陣が勃発《ぼっぱつ》した時のことだった。

姫が城内にいるというのに、雨のように矢が放たれ、鉄砲が撃ち込まれて、その攻撃には容赦《ようしゃ》がなかった。秀頼、そして淀殿が、姫こそが豊臣方の切り札であると認識したのは、この時だっただろう。姫を使えば徳川の攻撃を牽制できる。最終的には姫の命とひきかえに、自分たちの身の安全と和睦《わぼく》の交渉も可能だろう。

一方、豊臣家の危機に、どうして姫だけが安全なところに逃れたりできよう。逃げればみずから人質であることを認めることになる。あの時、姫は自分の意志できっぱり言った。

「上様《うえさま》、戦況がどのようになろうとも、上様や義母君《ははぎみ》さまとともにこの城におりまする。わたくしは豊臣の御台所《みだいどころ》なのですから」

それを聞いた淀殿は、奮《ふる》い立った。気丈《きじょう》な彼女の中では、もう姫を和睦の天秤《てんびん》に乗せようという気は失《う》せたであろう。誇り高い人であった。

「よくぞ申された。お千どの、そなたの実家の悪口になろうが、天下を簒奪《さんだつ》しようとの徳川の非道には、我らは最後まで正義を貫き、けっして逃げたりしませぬぞ」

鬼気迫る淀殿の顔を、ちょぼはあとになって何度も思い出したものだ。そして、秀頼の、むなしいばかりに勇ましい姿や、感謝に満ちた瞳《ひとみ》の輝きも。

「お千、かたじけない。我らの運命はどこまでも同じぞ」

豊臣方の総大将として太閤《たいこう》ゆかりの朱の甲冑《かっちゅう》で身を固めた、きらきらしいばかりの秀頼の姿。

だが、どこまでもついていくと言ったものの、彼が向かったのは、あまりにその姿には不似合いな、お粗末な籾櫓《もみやぐら》なのだ。今の彼には、家族とともに、すさまじい徳川方の攻撃から避難するしか、なすべきことはないのであった。

「さ、お千はこちらへ」

淀殿は秀頼の傍で千姫をしっかり引き寄せ、姫の振袖《ふりそで》の袂《たもと》を自分の膝《ひざ》でしっかり押さえた。度重《たびかさ》なる銃撃の轟音《ごうおん》にも崩れ落ちる粉塵《ふんじん》にも動じる様子もない。あっぱれ、この人もまた、戦国を生き抜いた姫だった。だがその人生の結末は、勝ちなのか負けなのか。

轟音に揺れる櫓の中で気丈にも女たちが身を寄せ合う姿を見た時、ちょぼは、伏見《ふしみ》を船で出る折に見た、緋色《ひいろ》の唐傘《からかさ》の内にあった三人の姿を思い出さずにはいられなかった。家康《いえやす》、秀忠《ひでただ》、そしてお江。家族という名の緋色の傘が、今もどこかで千姫を案じて見守っているに違いない。なのに姫は、滅びに直面した破れ天井《てんじょう》の城《や》で、こちらの家族と肩寄せ合って、打ち込まれてくる銃砲に身をすくめている。姫の居場所は本当にここでよいのだろうか。

「外の様子を聞いてまいる」

秀頼が、一人離れて奥へと立った。その瞬間に、千姫護衛の者たちがお局たちに鋭く視線を投げかけたのを、淀殿が見落としたのは幸いだった。

曲輪の天井の崩れ落ちる音。この状況がいつまで続くのか、このあとどうなるのか、生きた心地のしない緊迫の時間が続いた。秀頼がいなくなってしばらくのち、奥から声が上がった。

「上様っ――」

悲痛な響きのその声が、秀頼近習のものであったかどうかはわからない。

「上様がどうなされたのです？」

顔色を変え淀殿が立ち上がった。と同時に、膝に踏み敷かれていた千姫の振袖が自由になる。姫が解き放たれた瞬間だった。

「上様、早まってはなりませぬ。お千がいる限り、まだ策はござりまする」

そう、淀殿は最後まで、千姫に望みを託そうとしていた。だが、運が、彼女を助けなかった。ちょぼが淀殿を見たのは、その後ろ姿が最後だった。

千姫を護衛する家臣団が動く。さっきの声は淀殿を姫から引き離すまたとない好機を作った。姫さまを無事にお逃がしするのは今だ。松坂《まつざか》はじめ姫を囲む家臣の共通の任務はそれだった。そのため、事前に腕の立つ甲賀者《こうがもの》も送り込まれてきている。

「何をする。刑部《ぎょうぶ》、松坂――。上様は？　義母君さまは？」

素早く彼らに取り巻かれ、姫がうろたえるのがわかったが、もとより忠実な家臣たちが自分にあだなすことをしようはずもない。抗《あらが》うまでもなく、姫は家臣たちに抱《かか》えられるようにして連れ出される。

振り返ると、最後まで豊臣方の指揮を執《と》って城に残った大野治長《おおのはるなが》が呆然《ぼうぜん》と立っていた。兜《かぶと》を脱いだ鎧《よろい》姿がどこかくたびれ、折烏帽子《おりえぼし》の下から虚《うつ》ろな目がこちらを見ていた。脱出する千姫を止めようと思えば止められたはずだ。なのに彼は、早く行け、というふうに、右手の甲を払った。

実際、この機をとらえ千姫を連れ出したのは、彼女らの手柄《てがら》といえよう。大切な徳川の姫が無駄に命を落とし、敗者の側に属す必要はないのだから。

火の粉を避けるため打掛《うちかけ》で姫を頭からくるみ、大事な宝物を運び出すかのようにして曲輪を脱出。外では天守が轟々《ごうごう》と音をたてて燃えていた。

「さあ、おちょぼ、そなたの出番ですぞ」

千姫の羅《うすもの》をかぶせられ、ちょぼが前に立つ。姫は後ろで刑部卿局と近江局《おうみのつぼね》が両側からしっかりささえてはいるが、ほかの女中と同じお仕着せの打掛でくるまれているため誰もそれが本物の姫とはわからないだろう。どうせ雑兵《ぞうひょう》どもは千姫の顔を拝《おが》んだこともない。もしも襲ってくる不埒者《ふらちもの》がいたなら、ちょぼが姫の身代わりになるのであった。

「何も案ずるでない。この松坂が、こうしてともにまいりますからね」

わかっていても震えるちょぼを、松坂局は本物の姫を庇《かば》うように守ってくれた。

「そこをどきやれ。大野治長様の命《めい》により、これより千姫さまが、上様とご母堂《ぼどう》さまの助命嘆願にまいられる」

戦闘で殺気だった城内で、その名目《めいもく》を聞けば、豊臣方の侍たちも敬意を払って道を空《あ》けた。

この戦況では、千姫こそがただ一つ、豊臣方が生き延びる希望であったからだ。

もとより徳川方の陣地に入れば、千姫の御紋《ごもん》を見て前を塞《ふさ》ぐ者などいない。

「敵の者ではありませぬ。これに千姫さまがおわします」

燃えさかる城をあとに、松坂がかざす姫の懐剣に輝く葵《あおい》の御紋は、どんな荒くれ者をもその場にひざまずかせる。

「おお。これは大手柄が我に転がり込んだものじゃ。姫さまを無事にお連れせよ」

ちょぼは外から自分の顔が見えないように羅の下で縮こまった。〝影武者〟のちょぼを千姫と思いこみ、将兵たちは大切な財宝でも運び出すかのように庇いながら、先へと進んだ。

こうして千姫の一行は、家康の陣まで逃れ落ちたのだった。

＊　＊

追想を断ち切るように、姫が深いため息をついた。

「おちょぼも、思い出しておったのか？」

はい、と答えただけで、何を、と言わなかったのは、時々、姫と同じ夢を見ているのではないかと思える瞬間があったからだ。わけてもあの時の必死の逃避行は、その後もちょぼが時折、夢に見るほどだった。さかまく炎の赤とともに。

「ここまでにいたしましょう。姫さま、もう過去のことは、よろしいではありませぬか」

若い日のできごとだけに、衝撃的で、その後何度も脳裏《のうり》によみがえっては姫を苦しめ、苛《さいな》んだ。しかし、血を吐く思いで乗り越え、断ち切り、その傷跡は真綿《まわた》のごとき柔らかな愛情をもって癒《い》やされてきたはずだ。

「いや、よき思い出もある。お祖父《じい》さまのことじゃ」

夢には続きがないが、思い出には現在に至るまでの続きがある。ちょぼは、姫の追憶をもう止めずにおこうと思った。

「そうでござりまするな。姫さまのご無事を知った大御所《おおごしょ》さまのお喜びのお顔。お懐かしゅうござります」

姫の生存を知って、茶臼山《ちゃうすやま》の家康は立ち上がって出迎え、涙を浮かべて喜んだものだ。ちょぼたち近侍の者は、どれほど安堵《あんど》したことだろう。よくやった、の言葉をかけられただけで、皆、大仕事の達成感に涙したものだ。

「されど父上さまは、助命の嘆願を聞き入れては下さらなんだ」

つぶやいたきり、遠くをみつめるように姫は黙り込む。

姫が上《うわ》の空になって餌やりの茶杓が空になったことにも気づかずにいるので、鳥たちが落ち着きなく止まり木の上を跳ねて往復していた。

＊　　＊

大坂城を脱出し、家康の陣へたどりついた時のことは、今も一場面一場面が独立してそそりたつように色鮮やかだ。

「よう無事で帰ってきた。さ、姫に白湯《さゆ》を。柔らかい褥《しとね》を。ゆっくり養生《ようじよう》するがよいぞ」

伏見で別れた頃の小さな孫娘をいたわるように、祖父家康は心を砕いた。

しかし千姫は、生きて帰った自分のことよりも、まだ戦場で標的になっている秀頼と淀殿を助けてくれるよう、家康に迫ったのだ。

「お祖父さま、即座に攻撃をやめて下され。そして和睦の交渉をして下さりませ」

　そんな姫の必死な顔に、家康は渋《しぶ》い表情を示し、目をそらした。

「さあ、それは、そなたの父秀忠の仕事じゃ。わしはもう隠居《いんきょ》の身だからな」

　たしかに、戦《いくさ》を指揮する総大将は秀忠なのであった。

　そんな、と気抜けしてへたりこむ姫。しかし、あきらめるわけにはいかない。姫は大坂から遣わされた和平交渉の使者でもあるのだ。

「では、父上のところにまいります」

　大坂と江戸、徳川と豊臣を繫ぎ、日《ひ》の本《もと》に戦をなくすという自分の存在意義を、使命を、今こそ示さねばならない。

　千姫の意志の固さに、さすがの家康も唸《うな》った。

「では正信《まさのぶ》、姫を安全に、案内せい」

　傍《かたわ》らに控えた重臣本多《ほんだ》正信が、は、と命令を承《うけたまわ》る。目と目で家康の本意を察する男である。この時の祖父の腹の中を、むろん姫は何一つ知らない。ともかく家康の言葉をまるまる信じ、休む間もなく岡山に布《し》かれた将軍の陣へ行くのみだった。もちろん、ちょぼもお局方もついていく。

　そこは家康の陣とは空気が違った。すでに千姫無事確保の報を受け、ためらいもなく大坂城への総攻撃が始まっている。秀忠を囲んだ重臣たちも、勝利を目前に気負い立っていた。

なのに、当の千姫が、まるで豊臣方の回し者のように、和睦しろだの、命を救えだの、戯言《ざれごと》を言うために現れた。戦場ゆえに秀忠も苛立《いらだ》ち、姫をねぎらう前にこんな言葉が出た。

「そなた、豊臣の味方なのか？　ならばなぜに豊臣の北の方として、秀頼とともに死ななかったのじゃ」

ちょぼはその時も姫と一緒におり、その言葉を聞いた。たしかに秀忠はそう言った。無理もない、彼は敵を根こそぎ滅ぼすために采配《さいはい》を振る戦の総大将。数万の兵に引火していく士気と殺気の炎のもとは、まずその体からたちのぼる。

姫は、打たれたように、涙がいっぱい溜《た》まった目で秀忠を見上げていた。

自分は徳川の者なのか、それとも豊臣の者なのか？　父の娘ではなかったのか？　もう自分が何者であるかすら見失いかけていた。

けれども、自分をそんな不確かな境遇に置いたのは誰なのだ？　こうせざるをえない自分に、いったいどんな落ち度があったのだ？　人として、嫁《とつ》いだ家の義母と夫の命乞いをすることが、それほど父を苛立たせる罪なのか？

涙がこぼれないよう、姫はせいいっぱい目を見開いて父を見上げ続けた。口を開けば嗚咽《おえつ》になる。だからあとの言葉も続かなかった。目だけが思いを訴えていた。

両目の内に湛《たた》えられこぼれずに光る姫の涙の一徹さが、やがて秀忠の帯びた修羅《しゅら》の熱を冷ましていく。

先に目をそらしたのは秀忠だった。

「すまぬ」

将軍として口にしてはならない謝罪であった。しかし父だから許される。

「お千、よう生きて帰った」

秀忠の頬《ほお》にも一条の涙が筋を引いて流れた。別れていた十二年という歳月に、幼い娘に負わせていた荷の重さが、今になって胸に迫ったのだ。

姫はそれでも涙をこらえ、口をつぐみ、父を見上げ続けていた。しかし父の涙の前にはその気丈さもいつまでも続かない。姫の背中が波打って揺れ、やがてその場に泣き崩れる。

秀忠は総大将の席から立ち上がり、姫の前にひざまずいて、肩を叩《たた》いた。

重臣たちもうなだれていた。声を殺して泣く姫が時折洩らす嗚咽が悲しく、戦場のすさんだ地面に、慈雨のようにしみこんでいった。

やがて顔を上げた秀忠は、刑部卿局や松坂局を振り返った。

「姫を、連れて行け」

命じられたのは、ちょぼが涙を拭《ぬぐ》った時だった。姫が叱られたことによって、決死の覚悟で姫を救い出した女たちへのねぎらいも褒美《ほうび》もないのであった。悔《くや》しいことではあったが、刑部卿局も、松坂局も、姫が生きているだけでよしとせねばならなかった。それが自分たちの使命なのであるから。

これからどこへ、とも訊けないが、あとは将軍の意を察した人々が動いてくれる。後ろについていきながら、ちょぼはふと、姫の羅を陣に置いたままにしてきたことに気がついた。とって返すと、声を潜《ひそ》めて言い添える重臣の声が聞こえた。家康の陣から随行してきた正信のようだ。

「上様、姫さまにはお気の毒ではございますが、右府《うふ》さまとともに死なずに帰った姫をお叱りになった話を広めまする。さすれば上様の義の篤《あつ》さが強調される。民の心は判官贔屓《ほうがんびいき》。右府さまも淀殿もともにお亡くなりになった今、人は、滅びた豊臣に同情するでありましょうからな」

重臣の献言などは影の声として消えゆくものだ。人は大将たる者の言葉として記憶に刻む。家康に仕える正信としては、秀忠にその役割分担を望んだのだ。姫さえ生きて帰れば攻撃に手加減はなくなり、赤子《あかご》の手をひねるように豊臣を滅ぼせるが、強すぎる勝者は、この国ではあとで憎まれることになる。そのことを正信はよく知っていた。武勇よりも知略に秀《ひい》で、戦なき後の世では徳川家の政略係として活躍するこの人物ゆえの知恵だろう。

案《あん》の定《じょう》、巷間《こうかん》にはそれが広まることとなる。娘への情より、敵方への義を尊ぶ将軍。娘を貶《おとし》めることによって、将軍の重みは予想以上に浸透することとなった。しかしそんなことより、ちょぼをその場に立ちすくませたのは、正信が言った言葉の、恐ろしい事実だ。

右府さまも淀殿もともにお亡くなりになった。――彼はそう言った。それは本当なのか。ならば姫は、死んだ方々の命乞いをしに来たということか。

「畏《おそ》れながら、お尋ねいたしまする」

ちょぼは前後の見境もなく、陣幕《じんまく》を上げてその場へまろび出た。

「今のお言葉、右府さまも淀殿もともにお亡くなりになったと申されましたか。……それは、それは、まことでございまするか」

ふいの闖入者《ちんにゅうしゃ》に、皆が視線の矢を射かけてくる。場違いとは承知している。不躾《ぶしつけ》な質問であるのも痛感している。だが、だが、それが事実ならば、和平という使命をもって城を脱出してきた姫の大義はなくなってしまう。それではあまりに姫がかわいそうではないか。

誰も答えなかった、ものも言わなかった。そしてそのことが、正《まさ》に答えとなっていた。

姫がここへ来るまでの間に、天守閣も山里《やまざと》丸も炎上。もはやこれまでと悟った秀頼も淀殿も、その場で自刃して果ててしまっていた。

助命を願い、大御所《おおごしょ》の陣から将軍の陣まで回ったことも、父と問答したことも、すべて老獪《ろうかい》な彼らの時間稼ぎにすぎなかった。家康も秀忠も、二度目の陣を張ったからには、はじめから豊臣を救うつもりなど毛頭なかったのだ。

「許せ、おちょぼ。帰って姫に伝えよ。姫は今後、存分に幸せになれ、と」

あとでそうねぎらわれても、姫が生きて帰った意味はなく、また、大坂を捨てて生きながらえたという事実は、一度押された烙印《らくいん》のごとく今後一生、拭いようもない。姫の身になれば、あまりにいたわしくおかわいそうで、ちょぼは打ちのめされたようにただ悔しさがこみあげてくる。

「あんまりでござります。こんなことなら姫さまは、上様が言われたとおり、大坂城で命を絶てばよかったとおっしゃいますでしょう」

将軍に向かってこのような恨み言を口にするとは。――冷静であったなら、無礼者、と手打ちにされる危険も頭をよぎっただろう。だが、言わずにはいられなかった。あとは冷たい土の上に身を投げ出して、肩を震わせ泣くばかりだった。

「おちょぼ。……もう泣くな。よう姫を守った。礼を言うぞ」

戦場というのに、静かな声だ。ここにはもう殺気に満ちた武将はおらず、子を持つ親の心を知る人だけが居並んでいる。

これを合図に、正信がちょぼを立ち上がらせる。秀忠と、目が合った。静かで、悲しい色をしていた。

実際、ちょぼの恨み言は、彼の耳には痛かったであろう。ふと、こう洩らした。

「姫はいくつであった？　十九歳であろう。――まだまだ幸せになれるはずじゃ」

その一言が、彼の心中を語り尽くしていると思った。ちょぼは泣きながら、姫のもとへ引き立てられていった。

姫とちょぼの〝夏の陣〟は、そのようにして終わった。

第三章　切る縁、むすぶ縁

「申し上げます。春日局《かすがのつぼね》さま、お越しになられておりまする」

襖《ふすま》の外の廊下で、侍女《じじょ》が声をかける。

いつもの日課、文鳥《ぶんちょう》に餌《えさ》を与えながら会話していた姫とちょぼは、夢から覚《さ》めたように顔を見合わせる。

そうであった。午後には二の丸から、江戸城大奥《おおおく》をたばねる春日局が姫に面会したいと言ってきていた。

ちょぼは慌てて立ち上がり、鳥籠《とりかご》の世話を上女中《かみじょちゅう》に言いつけると、着替えの間へと姫に付き従う。

春日局は、将軍家光《いえみつ》の乳母《うば》として、大奥では並ぶ者もない権勢を誇る女である。歳は、姫やちょぼの母親世代に近い六十半ば。おそらく東慶寺《とうけいじ》の訪問がどんな様子であったか、姫の印象を探りに来たのであろう。姫が鎌倉へ行くについては、将軍家光もずいぶんと気に掛けてくれていた。あるいは彼がじきじきに、千姫《せんひめ》を訪ねてくれと春日局を遣わしたものかもしれない。

「上様《うえさま》は、ようまあ、姫さまを心から敬《うやま》って下されて」

打掛《うちかけ》を肩に羽織らせながら言うちょぼに、姫もうなずく。七歳年下、姫が大坂へ輿入《こしい》れする日にはまだお江《ごう》の方の腹の中にもいなかった弟だ。ありがたいことだ、彼が姫を大切に敬ってくれるおかげで、春日局ほどの実力者も、姫には敬意と最高の礼をもって接してくれる。

「天樹院《てんじゅいん》さまにはご機嫌よろしゅう、祝着《しゅうちゃく》至極《しごく》にござります」

心から信服したような謙虚なその挨拶《あいさつ》には、まったくもって裏は見えない。

「上様のご様子はどうじゃ、お変わりないか」

姫が訊《き》くと、はい、と満面の笑《え》みを浮かべ、春日局は、家光からの土産《みやげ》であると、京から届いた新茶の茶壺《ちゃつぼ》が載った三方《さんぼう》を畳《たたみ》の上に滑《すべ》らせる。

「これは、いつもながらのお気配り。ありがたいことじゃ」

「いえ、上様が今日あらせられるは、ひとえに天樹院さまのおささえなれば」

その言葉にも媚《こ》びはない。ある意味、それは彼女にとって真実だからだろう。

実の姉弟でありながら、家光と初めて会ったのは元和《げんな》元（一六一五）年、大坂落城ののちの傷心を抱《かか》え、養女にしたのちに天秀尼《てんしゅうに》となる女児を連れて江戸へ戻ってきた日のことだ。まだ十二歳の家光は、竹千代《たけちよ》と呼ばれる少年だった。徳川《とくがわ》家嫡男《ちゃくなん》として位置づけられていたものの、吃音《きつおん》があり、何を喋《しゃべ》っているのかよくわからなかったり、幼い頃から病《やまい》がちで、家臣たちもそれで将軍が務まるのかとさきゆきを案じていた。しぜん、彼にも皆の思いは伝わり、心を外に開かぬ暗い少年に育っていた。

そんな彼を、母のお江の方は疎《うと》んじた。早くから跡取りとして手元から取り上げられてしまった嫡男は、いわば徳川のもの。乳母や養育係のものだった。お江の方は、その寂しさを埋めるように弟の国松《くにまつ》（徳川忠長《ただなが》）を溺愛《できあい》した。自分の膝元《ひざもと》で育てることができたのだから、その子に情が深くなって当然だろう。

代わって、不遇《ふぐう》な家光に全力を尽くして仕《つか》えたのが、春日局だった。

大坂から戻ったばかりの姫を訪ねさせたのも、家光を思う思案の結果であった。父母の愛情が薄く劣勢にある家光の側に、ぜひとも姫を引き入れたいと考えたのだろう。彼に上方《かみがた》の絵を教えてやってほしいと言うのであった。

二人の弟のどちらをひいきにするかなど思いも寄らないことだったが、絵なら一緒に楽しむことはできる。姫は大坂で、幼い頃から狩野《かのう》派の絵師について習った。できばえのよいものを選び、いくつか家康《いえやす》に送ったところ、身びいきもあるとはいえ、大絶賛して喜んでくれたものである。好きな道を分け与えるのは、江戸城に戻って無為に過ごしていた姫にとっても、またとない気晴らしになった。むろん、家光は、周囲に侍《はべ》る女たちの誰よりも優雅で気品に溢《あふ》れたこの姉を心から慕《した》い、自慢にした。

その折、姫自身はそれとは自覚しなかったが、弟の吃音を気にもかけず、それどころか、未来の将軍に語るべき話題を選んだという。天下人《てんかびと》とは、見目《みめ》ではないし言葉でもない、ただそこにいるだけで威厳を醸《かも》す、そういう者である、と。それは実際に大坂城に君臨した秀頼《ひでより》の御台所《みだいどころ》として見てきたことであったから、ひとしお重く家光には伝わったのかもしれない。

「今も思い出しまする。天樹院さまのお言葉なればこそ、上様もお耳を傾けておいでした」

春日局には、姫の導きが何物にも代えがたく尊く感じられたのだろう。

「それに、絵のお好みも美を愛《め》でる才も、まさに天樹院さま仕込み。上方好みとでも申しましょうか、華々《はなばな》しく豪奢《ごうしゃ》なものを好まれるのは、今も変わりませぬ」

「おや。上様の派手好みはわたくしの影響か？」

そうかもしれない、姫は京で生まれて、上方で過ごした歳月のほうが江戸でのそれより長い。

「日光《にっこう》の東照宮《とうしょうぐう》の造替《ぞうたい》も、おそらく大御所《おおごしょ》さまは、もっと慎《つつ》ましい建物でよいとお考えだったと思われます」

たしかに、万事において地味で質素な家康だったから、孫の家光が建て替えた陽《よう》明門《めいもん》を目にしたなら、驚天したに違いない。姫は笑った。

「上様におかれましては、大坂はじめ、京や伏見、絢爛豪華《けんらんごうか》な上方へのあこがれはおさえがたいもののようでして」

上方からは彫り物や宮大工《みやだいく》など腕のたつ職人がごっそり日光に連れられていき、普請《ふしん》のあとは江戸に留《とど》まって新しい文化の萌芽《ほうが》が見え始めていた。

「お戻りになられた天樹院さまがふりまかれる、華やかな上方の空気の影響でございましょう」

それがいいことなのか悪いことだったのか、ともかく姫との交流をきっかけに、家光の華やかなものに対するあこがれはやみがたく、建築や装飾についてさまざまに意見を聞くうち人嫌いがおさまり、自信を取り戻したのだと春日局は言う。

「あの頃、天樹院さまは、上様を正しく徳川の後継者として認め、扱って下された。わたくしは今も、心からの感謝を胸に刻んでおりまする」

当然のことである。竹千代という名は嫡子《ちゃくし》だけが引き継ぐもの。祖父家康が授けた名だ。その子がどんな子であれ、序列を乱しては徳川の世は治まらない。

「そういえば上様の御子、千代姫はすこやかでおるか」

家光には三年前に最初の子が生まれており、姫はまっさきに招かれて、その子と江戸城本丸で対面していた。徳川家の長者として、新しく生まれた子らを一族に迎え入れるのは、今の千姫の役目ともいえた。

一方、家光も、まだ何もわからない赤子《あかご》に、「このお方がそなたの伯母《おば》上、徳川将軍家の長者にあらせられる」と、礼を尽くして引き合わせてくれたものである。以後は、堅苦しい儀礼は抜きで、季節ごと、節句《せっく》ごとに、姫もその成長を楽しみにしている。

「かたじけなくも、天樹院さまの守護札に守られ、障《さわ》りなくお育ちにございます」

自身、息子をわずか三歳で喪《うしな》った悲しい体験があるだけに、姫は人ごととも思えず家光の子を気遣っている。守護札は姫が再建に力を貸した全国の寺社から、御礼代わりに贈られてくる霊験《れいげん》あらたかなものだった。

「嬉《うれ》しいことに、またこたび、奥にはもう一人、上様のご寵愛《ちょうあい》を得る者もありまする。丈夫な女子《おなご》で、先が楽しみでござります」

かつて人嫌いであったことからなかなか女を傍《そば》に寄せ付けず、京の公家《くげ》から迎えた正室とは、夫婦としての関係も冷え切ったままであるのは周知の事実だ。世継《よつ》ぎをもうけるのも将軍の務めであることから、春日局の心配も尋常ではなく、結果、将軍の寝所《しんじょ》に上がる女についても細かに選び、統制した。

そのように一老女が将軍の子づくりについて積極的に口を出すことで、大奥が成立していったのだ。

「そうか、それはそなたでなければできない仕事。次に弟妹が生まれても、仲良うやってもらわねば」

言ってしまってから、姫は失言に気がついた。兄弟仲良く、というのは徳川家ではいまだ口にするのをはばかる言葉。嫡男の家光と、弟の忠長、二人しかいない兄弟が血で血を洗う確執《かくしつ》に苦しんだことは、さほど遠い過去になっていない。そして当然、春日局は家光の側で、その血しぶきを浴びたのだから、今の言葉は耳に痛いはずだ。

あの当時、春日局は、秀忠《ひでただ》やお江の方が弟をかわいがるあまり、家光を廃嫡《はいちゃく》するのではないかと恐れた。そしてやむにやまれぬ思いで、女だてらに駿府《すんぷ》の家康を訪ね、直談判《じかだんぱん》で家光の将軍継承の確約をとってきたのだった。

面目《めんぼく》を潰《つぶ》された恰好《かっこう》の秀忠とお江の方であったが、筋は通さねばならない。家康が存命でなければ、彼らは将軍の力をもって、親としての情を優先させたかもしれない。大坂から帰った千姫にも、これ以上ないほどの情を注いでくれた親なのだから。

ある意味、お江の方もまた敗者といえた。そんな母が、姫にはせつない。

「あのままずっと江戸城で竹千代と絵を描いていたかったのに、母上はわたくしに、熱心に再縁をお薦《すす》めになった」

今もその時の言葉を、姫は一言一句たがえることなく思い出せる。大坂のことはそう簡単には消せまいが、人生はいくらでもやり直せるものですよ、そう言った。それはちょぼも共通の記憶であった。なにしろ当時は、姫が自害しないか、神経を尖《とが》らせて見守っていたから、お江の方の言葉は何よりの導きであった。

娘が政略で嫁がされるのは戦国の世の慣《なら》い。お江の方自身、庇護者《ひごしゃ》である秀吉《ひでよし》の持ち駒《ごま》として、有益な輿入《こしい》れと離縁を繰り返し、夫を替えた。そして三度目の結婚で、秀忠の御台所におさまったのである。こんなことは特に珍しいことでもない。

「畏《おそ》れながら、わたくしも御台さまには同感でございました」

さすがに春日局も、かつての政敵であるお江の方に敬意を表した。

「女の人生は長《なご》うございます。嫁いでみよ。添うてみよ。そして子を産んでみよ。やれと望まれることは何でもその身でやってみなければ答えは出まい。それまでは終わりとは思うでない、そう仰《おお》せられたことには、まことと感服する思いでございました」

たしかにこの者、春日局の名を賜《たまわ》るまではお福《ふく》と呼ばれ、たいした身分でもない武士に嫁いで子を産んだ。普通ならそこで終わるべき女の運命だが、わが子のためにほとばしる乳が、将軍を育て、出世の足がかりになったのだ。それゆえお江の言う、女の人生の長さの意味に、ひとしお共感できるのかもしれない。

「おかしなことであるな。娘の勝姫《かつひめ》が嫁ぐ時、わたくしは自分で気づかず、そっくり同じことを言ったそうですよ」

言って、姫は笑った。

「母から子へは、まるで申し送りであるな」

母お江の方の言葉を、千姫が素直に受け入れたのはいつのことなのか。ともかく、ちょぼは、母君の言葉を聞き分けた姫の聡明さを褒《ほ》め称《たた》えたかった。姫が生きると決めたおかげで、ちょぼたち家来もみな、人生の時間を繋《つな》ぐことができたのだ。そういう意味で、姫はまさに、大勢の家臣たちの命そのものでもあった。

そしてなにより、あのまま恋も知らずに終わる人生を避けられた。姫のためには、この時まだ巡り会わずにいた〝殿〟と、深い縁《えにし》を結ぶ機会が残されたことは大きい。むろん、そのことは春日局の前では洩らしたりしないが。

「子にとって、さほどに母の影響力は大きい。まさに上様も、そなたがいなくば今日はあるまい」

ありがたきお言葉、と感極まって、春日局は畳にひれ伏した。家光に尽くした忠義を、まるごと評価してくれるのは千姫以外にはなく、また千姫だからこそ価値があった。なんといっても彼女は今や、徳川の長者、将軍すら敬う姉なのである。

「東慶寺への配慮も、この目で見てまいった」

いよいよ本題であった。

「本堂に客殿、山門に書院と、壮麗《そうれい》な建物が屋根を反《そ》らしておった」

六年前、姫のたっての希望で、まだ二十六歳という若輩《じゃくはい》の天秀尼を住持《じゅうじ》にするについて、東慶寺の修復を家光にたのんだのだったが、具体的にその建材をどこから調達するかは大問題だった。これにこたえ、みごとに知恵を出したのは春日局であった。あの立派な伽藍《がらん》は、将軍の弟、かつて国松と呼ばれた徳川忠長の屋敷でなければ、姫の期待にこたえるだけのものが建ちはすまい、と。

「わたくしが泊まった客殿には、寺にはそぐわぬ萩《はぎ》の花が襖絵に描かれておりました。忠長の好みであったかと思うと、なにやらゆかしく思えましたよ」

将軍家御用絵師の狩野派であるとは、部屋に入った瞬間から認めていた。

「恐れ入ってござります。上様には、そのようにお伝え申し上げまする」

ちょぼは黙っていた。春日局にとっては、弟君の忠長こそ、最大の敵であったただろう。自分が仕える家光に仇《あだ》なす者は、どんな手段をもってしても排除する。当時の春日局には、そんな気迫が全身から放たれていたと聞く。

しかし運命は皮肉だ。最大の庇護者《ひごしゃ》であったお江の方の死とともに、忠長はすべての野望を失った。以後、狂気の道をひた走ることになったという噂《うわさ》もあながち信じられなくはない。酒に溺《おぼ》れ、ありえないような奇行や残忍な行為に走り、家光との確執は深まるばかり。母を喪った彼の孤独を思うと胸が痛いが、この時、姫は江戸を遠く離れており、弟たちに何もしてやれなかった。それが残念だった。

そしてついに忠長は甲府《こうふ》への蟄居《ちっきょ》を申しつけられ、最後は改易《かいえき》となって領国すべてを没収される。その後、幕命により自刃《じじん》して果てた。二十八年の生涯だった。

「たった二人しかいない男兄弟。上様が兄として深き温情をおかけ下さったこと、まこと天下の大将軍と感じ入りました。忠長御台《みだい》の北の丸殿も、時々わたくしを訪ねてくれまするが、穏やかに暮らしているようです」

未亡人となった昌子《まさこ》は落飾して北の丸殿と号し、姫が住む竹橋御殿のほど近くに別邸を与えられて暮らしている。

「天樹院さまにそう言っていただけますなら、上様もご安堵《あんど》なさいましょう」

しかしちょぼはまたしても、春日局の笑顔を素直に受けとめられない。

忠長の立派な屋敷を東慶寺に移築したのは、人の目につくところにいつまでも悲劇の弟君を思い出させる建物を残してはおけない、との判断ではなかったか。昌子を竹橋に住まわせるという名目で追い出したあと、屋敷が失《う》せれば、忠長のことはもちろん、彼を滅びに追い込んだ家光とのあれこれも、口に出す者はいなくなる。

こんな思考になる自分が、ちょぼは今さらのように情けなくもある。それは戦国の後遺症、人を出し抜き先んじる、知恵と陰謀《いんぼう》の競い合いのなれのはてだ。いつになれば自分はそんなものから自由になって心穏やかにいられるのだろう。

「寺も立派になりました。きっと上様のお心ともども、大切に受け継いでいくでありましょう」

戦国の真ん中に座した人であるのに、姫はそのように澄んだ表情で言う。ちょぼにはそれが、なにより希有《けう》なことに思われた。

「よきお言葉を持ち帰れますこと、この春日にとってても嬉しきことです」

これで彼女の訪問の目的も達したようなものだ。晴れやかな顔で、春日局は体を起こすと、初めてちょぼに目を向けた。

「なあ、松坂《まつざか》どの。われわれのお役目は、主のお喜びがあってこそ。そなたの前任者のごとく、立派に勤めを果たさねばなりませぬなあ」

ちょぼが春日局をあまり好きでないのは、こうして人を見下した言いようで前任者と比較するからだ。だが言われていることは事実で、反論はできない。

「それを言われれば、越えることのできない山を示されたように感じまする」

言い返せたのはそんな一言だけだった。

江戸城に戻った姫に、一家を挙げて姫の再縁が求められることになった時のこと。天下泰平という大いなる政略のために人生を棒に振った、そのつぐないに、家康はじめ秀忠もお江の方も心を砕いた。それはあたかも戦後処理なみの心配りともいえた。

それにはまず、豊臣《とよとみ》との因縁《いんねん》をきっぱり断ち切らねばならない。姫がもう豊臣の人間ではない、と内にも外にも広く知らしめなければ、姫が豊臣の色をまとっている限り、いつまでたっても斃《たお》したはずの豊臣は、人々の中に生き残る。その際、姫のために誰にもできないほどの働きをしたのが、前任者の松坂局であった。

傷ついた千姫の心理状態を察すれば、再縁など早すぎる話なのである。姫は弟の竹千代君と絵を描くことでようやく心が落ち着き始めたばかり。思えばあれは、どこにも存在する価値なき自分をもてあましていた者どうし、姉と弟、似通う心を寄り添わせることで、つかのまの安らぎを感じていたのかもしれない。

——姉上とわたしとは、同じ仲間でございまするな。

家光がはにかみながら言った言葉を、ちょぼは傍で聞いていた。母から愛されなかった少年は、心に傷を負って孤独に過ごす姉姫を、誰より近しく感じていたのだろう。その自慢の姉姫が再嫁するとなって、もう自分が独占できないことを知り、竹千代はたいそう落胆《らくたん》したようだ。だが、すでに姉姫のおかげで強い心を取り戻してもいた。姉姫が幸せになるについては、喜んで送り出す用意があっただろう。

ともかく家康も秀忠も急いでいた。姫の身の落ち着きは、何をおいても迅速《じんそく》に行われねばならなかった。

勝者が敗者の痕跡《こんせき》をできるだけ早く消し去りたいのは、当然のこと。古代の中国では人々が敗者のことを思い出さないよう、斃した前王朝の記録はすべて燃やし、関係者をみな穴に埋めたほどだ。愛娘《まなむすめ》ゆえに抹殺《まっさつ》などできない千姫を、どう生き残らせるかということが、秀忠たちの最大の政治問題となったのはそのためだ。

そこで、〝縁切り〟の祈願が行われることになったのだ。当時はまだ秀頼が大坂城から落ち延びてどこかで生きている、などとまことしやかな噂も流れていた。だとしたらなおさら、縁はきっぱり、切らねばならぬ。敗者の御台所を勝者の姫に。豊臣の者ではなく、徳川の姫に戻すことが何よりも重要だったのだ。

――上野新田郡《こうずけにったごおり》の満徳寺《まんとくじ》がよかろう。あそこは徳川家ゆかりの寺なれば。

反論する者はなかった。人は、自分の力に限界がある時、神仏の力にすがる。そしてその大いなる存在に許されたなら、世間も納得させることができるのだ。

とはいえ、姫は江戸へ東下《とうか》して以降、竹千代と絵を描く以外は、気伏《きぶ》せりのうちに悶々《もんもん》と暮らしているばかり。そのように心身ともに傷ついた千姫自身を、さらに鄙《ひな》の地にある寺に入れるわけにはいかなかった。

そこで姫付きの女房《にょうぼう》の、身代わり代参《だいさん》ということになった。その役目を引き受けたのが松坂局であった。当初、乳母の刑部卿《ぎょうぶきょう》局《のつぼね》が行くことになったが、年齢を考えれば百日もの行《ぎょう》は無理だったからだ。

姫のもとを去る折の彼女の挨拶を、ちょぼは今でも思い出せる。

――満願《まんがん》すれば、姫さまはもう豊臣の人ではござりませぬ。

聞くほどに、姫の瞳《ひとみ》に涙が盛り上がる。泣き虫のちょぼは先に、もうすすり上げていた。

――戦《いくさ》は終わり、いかなる政略も不要の世となったのならば、姫とて自由な一人の女性《にょしょう》として生きてゆかれましょう。そのためならば、この松坂、身を捧《ささ》げても惜しくはござりませぬ。

そう語った松坂の決意を、姫も、忘れてはいない。姫が豊臣の御台所であったという事実と決別せねば、だれも、一歩もどこへも進めないのだ。

――よいか、おちょぼ。あとをたのみましたよ。

そう言って、強いまなざしで自分を見た松坂局。

大坂城へ入った時は六歳だったちょぼもまた、姫と一緒の日々のうちで成人し、落城の折には十八歳の若い侍女に育っていた。大坂の陣で父も母も喪い、もう姫の傍にしか居場所はなくなっていたから、松坂こそがかけがえのない家族といえた。

半年をかけた参籠《さんろう》による満願のあとも、松坂局は戻ってはこなかった。そのまま髪を下ろし尼《あま》となる道を選んだのだ。それは、姫が、なおも炎の夢を見てうなされるからだった。

——姫さま、松坂は今後も引き続き、姫さまのために祈っておりまする。どうか大坂のことは夢を見ていたと割り切り、新しい人生を取り戻して下さりませ。

松坂局から届いた手紙を読んで、姫は泣いた。まさに、姫の自由とひきかえに、その身を仏門に捧げた松坂局。姫が幸せであることこそが、彼女の迷うことなき忠誠だった。

あとになって、ちょぼは知る。松坂が仏門に入ったのは、確かに姫のためではあったが、大坂の陣で露《つゆ》と消えた、少なからぬ同輩朋輩《どうはいほうばい》の菩提《ぼだい》を弔《とむら》うためでもあり、そのうちには将来を言い交わした一人の武士も入っていたこと。かなわなかった人生の夢を読経《どきょう》のうちに流し去ることで、姫を巡るすべての者の無念や恨《うら》みを清め慰《なぐさ》め、ひたすら姫の幸福に代えようというのであった。

その献身があって、姫も徐々に落ち着いていった。悪夢に苛《さいな》まれる回数が減り、健康を取り戻しつつあるのを見て、縁切りが明らかに皆にも確信された。

「神君《しんくん》家康公も秀忠公も、あの者の忠義にはどれだけ感謝なさったことか。我ら女中職にある者の鑑《かがみ》でござりまするよ」

春日局が強い調子で松坂局を褒めた。

代参とはいえ千姫縁切りの満徳寺が、東慶寺と同じく公儀《こうぎ》の駆け込み寺としての寺法を与えられ、不幸な結婚に苦しむ女たちの最終的な逃げ場として世の役に立ち続けたのには、入山した松坂局の功績があった。

尼となった松坂局は、寺に入って四年後には亡くなった。すなわち、姫が最愛の〝殿〟と巡りあって子に恵まれ、安らいだ家庭を得たのを見届けてのことになる。

「みごとな働きでありましたな。今、先代の松坂どのが生きておられれば、この春日ともよき同輩になれましたでしょう」

そうだろうか。老いたのちの松坂局を想像することのできないちょぼには、彼女は今もあの時のまま、小さなことにも気が利《き》き手回しのいい、姉のような姿であった。きっと権力にも報酬《ほうしゅう》にも無欲な、ただただ姫を思う心で務めるお局であったことだろう。けっして春日局のように、その手に権力を握ることは望まずに。

そう、ちょぼの春日局への反感は、彼女が京の朝廷に参内《さんだい》し、従二位《じゅにい》の位を下賜《かし》されたり緋《ひ》の袴《はかま》の着用を許されたりと、分不相応な待遇をもぎとってきたことによる。そのためにどれほどの賄《まいない》が公家たちに流れたか、それにより朝廷の権威がどれほど踏みにじられ反感を買ったことか、けっして僻《ひが》みではなく、一人の民《たみ》として不快に思ってしまうからだった。

しかし春日局のほうでは気にも掛けていない。将軍の乳母が従二位であるなら、その乳で育てた将軍本人はもっと高い位のお方であると、すべては家光の権威のために役立つのだから。

「おちょぼが松坂の名を引き継ぐこととなったのは、二十二の時であったな。名前が空回りしたような気がしたものじゃぞ」

ちょぼの思いをよそに、姫が笑いながら当時を思い出す。何か難題に直面した時、あの松坂局ならどうするか、と考えるちょぼの姿を知っていればこそだ。

実際、ちょぼにとっては育ての母のようなものであり、侍女として歩むべき道の極《きわ》みに立つ大先輩であり、永遠にその背中を追うべき人でもあり——。

だが、いまだその背中は遠い。

「ほほほ。めざすものが大きいのはよきことです。成長とは、己の小ささを知ることから始まっていくのです。知らずにいる者は、永遠に育たない」

春日局の助言は少しも嬉しくはない。それでもやはり、ちょぼにはしみる。

「よいのです。おちょぼだけが大きゅうなれば、わたくしが困る」

助け船を出すかのように姫は言った。そう、ちょぼと姫とは光と影。ただでさえ姫という大きな存在についていくのに、ちょぼはどれほど苦心をしているか。ちょぼは、ただただかしこまって姫に深く頭《こうべ》を垂れた。

思い出す。松坂局の代参による縁切り行のおかげで、晴れて新しい人生へ踏み出す準備が調《ととの》った時、やはり姫は言われた。今度はどこへ流されていくのであろうか、と。

縁切りがすんだとはいえ、〝豊臣方〟の生き残りである千姫の処遇は大きな難題だった。いつ姫を担ぎ出し徳川を転覆《てんぷく》させようとの動きが出るかもしれない。そのためにも、姫は早く他家の人になってしまうべきだった。とはいえ、千姫の身分では、釣《つ》り合う先はこの国では朝廷あたりしか浮かばない。なにしろ天下人の家の北の方であった女性なのである。

京なら、また、船に乗るのであろうと思った。岸にたどり着いた船はすぐに舫《もや》いを結ぶが、また解《ほど》かれて、船出する。人の縁も、切られ、結ばれ、旅を続けるばかりなのであろう。だからちょぼは、姫にこう返すしかなかった。

――姫さま、ちょぼはどこまでも、ついてまいりますゆえ……。

松坂ならどう言ったろう。ちょぼもまた、生きる使命を見失った船だった。大坂の陣では立派に姫の影武者《かげむしゃ》を務めたが、戦が終われば使命も終わった。あとはあの御座船《ござぶね》の、絹座布団や餅花《もちばな》飾りと同じ、姫が暮らす空間のしつらえの一つにすぎない。

ちょぼの言葉に、うん、と声に出してうなずいた姫。そして言われた。

――ついてまいれ、おちょぼ。どこに流されようと、お祖父《じい》さまや父上が悪いようになさろうはずがない。

そのとおりだと思った。なぜなら、このお方は姫なのだ。世に二つとない徳川の宝。流されたとしても、奈落《ならく》の底に落ちたりしようはずがない。

きっとまたちょぼが泣くかと思ったのだろう。先回りして、姫は笑った。自分より他者のことを気に掛ける、そういう姫であった。

そのようにして、ちょぼはある。姫とともに、影となって。

「長居をいたしました。そろそろ、これにて」

姫とのやりとりに満足して、春日局が退出の気配を見せた、その時だった。

「あれ、鳥が」

三の間で、上女中らの声が上がった。

「早く捕まえて」

「だめ、ああ、飛んだ」

ちちちちと常より激しい声をたてて、文鳥が羽ばたく音が聞こえる。と思ったら、あっというまに飛び立ったのか、三の間から次の間、襖が開いた続きの部屋を飛び、鳥は、姫たちがいる客間の欄間《らんま》に姿を見せた。牡丹《ぼたん》の彫刻の隙間《すきま》から、ぱたぱた羽ばたきながらどこかに出口はないかと右往左往《うおうさおう》している。

「何としたこと。籠から逃げたのか」

「申し訳ございません、ちょっと目を離した隙に」

慌てふためく侍女たちの声が襖越しに返ってくる。

そういえば鳥籠の入り口は閉めたのだったか。籠を開けてもいつも小鳥は中の止まり木を離れないから、まさか外へ逃げようなどと疑わなかった。

「みな、襖を閉めよ」

差配《さはい》のお局たちの声が聞こえる。小鳥は人間たちの騒ぎに驚いて、なおも部屋中をはばたき、あちらへ、こちらへと人間たちを翻弄《ほんろう》しているに違いない。急ぎ、手拭《てぬぐ》いを姉様かぶりにしたお下の女たちが大挙、廊下へやってくる足音が響いた。

「何をしている。来客中ですぞ」

ちょぼは声を荒《あら》らげたが、自由な翼を持った逃亡者には意味なき言葉だ。

「申し訳ございません」

奥女中たちも気は急《せ》くのだろう、鳥を追って、ハタキや箒《ほうき》を振り回している様子である。そこから逃げて、小鳥は天井《てんじょう》に向かい羽ばたいたものの、座敷の広さに驚いたように、障子《しょうじ》にぶつかっては折り返し、また天井にぶつかっては向きを変え、ちちちちと飛び続けている。

「お見苦しいことで申し訳ございません。姫さま、あちらへ。春日さま、どうぞ」

なんとも滑稽《こっけい》なことであったが、その顚末《てんまつ》を姫がごらんになるには見苦しい。侍女が三人がかりで広間の襖や障子をすべて閉めたから、とりあえずこれで小鳥は外には逃げられない。欄間の透かし彫りの模様の上に止まって、座敷の人間たちを窺《うかが》っている。

この時、まなじりを上げて背筋を伸ばしたのは春日局だ。

「網を竹に付けたものを用意させよ。笊《ざる》もいる。踏み台も持ってこさせよ」

そう命じながら、立ち上がるやいなや、着ていた打掛をその場に脱ぎ捨てた。

「春日さま」

ちょぼは驚いて声をかけるが、すでに春日局は袂《たもと》から取り出した腰紐《こしひも》で小袖《こそで》の袂をまくりあげ、襷《たすき》掛《が》けになっている。

「松坂どの、天樹院さまを奥へご案内なさりませ。ここはわたくしにおまかせを」

姫を背後に庇《かば》いながら、ちょぼは呆然《ぼうぜん》と、欄間の小鳥と春日局とを見比べた。彼女はもう、着物の裾《すそ》もたくしあげている手早さだ。

「姫さま、こちらでは捕《と》り物《もの》が始まりますゆえ、どうぞ書院のほうにお移りを」

やっとのことでそう言えたが、姫は、かまわぬ、と一言こたえ、その場で春日局の行動を眺《なが》めるおつもりだ。

「おまかせ下さりませ」

いきいきとした顔で振り返り、春日局が胸を叩《たた》く。

「ほどなく、籠に収まった小鳥をお見せできましょうほどに」

やがてお下の女中たちが、竹竿を持ってきた。春日局は網がしっかり固定されているか確かめると、まるで長刀《なぎなた》を手にしたかのように勇ましく左右に振ってみせる。そして欄間の下に踏み台を置かせ、ためらうことなくその上に上った。

皆は黙り込んでその様子をみつめている。鳥と人の、静かな対峙《たいじ》の時が流れた。

やがて、ぴゅう、と小さく春日局が口笛を吹いた。それが何の音であるかを聴きすますように、鳥が小さく首を傾《かし》げる。次いでもう一度、ぴいっ、と鋭く口笛が鳴った。鳥が驚いて飛び立ったところを、すかさず竹竿を一振り。えい、の一声もない静かな動作であった。鳥の進路には網が待ち受け、鳥は自分で網の中に飛んで入るというあんばいだ。

ちちちちと、網にもがきながら鳥が羽ばたく向きにさからわず、春日局はそっと竹竿を下ろし畳の上に網を伏せた。

「おみごと」

それでもまだ春日局は表情をゆるめず、網の口を絞《しぼ》りながら踏み台から降りる。女中がすかさず鳥籠を持って近寄った。春日局が笑ったのは、鳥が籠に戻ったのを確かめてからだ。

「勇ましいのう、春日。まるで男子《おのこ》のようじゃ」

姫が無邪気に褒めた。

「はい。幼少の頃、大勢の従兄弟《いとこ》、親戚の子らと、野山を駆けまわって育ちましたゆえ」

そうであった、この人の父、斎藤利三《さいとうとしみつ》は謀反人《むほんにん》明智光秀《あけちみつひで》の家老。山崎《やまざき》の合戦《かっせん》で秀吉に敗北したあと、落ち武者《むしゃ》として山に逃《のが》れ、隠れていたところをみつけ出されて首を打たれた。おそらく父の死後は、幼かった彼女を含め一族みなちりぢりとなり、親戚中を渡り歩き、辛酸《しんさん》を嘗《な》めたであろう。鳥追いは、そんな時代に野山で体得したものか。

「上様ご幼少のみぎりには、こうしてよく虫など捕《つか》まえたものでございます」

誇らしげに言いながら襷を解く。侍女が駆け寄り、打掛を着せかけた。

「礼を言います、春日。鳥はわたくしの慰めゆえ」

姫の謝辞に、春日局は、たいしたことではない、とばかりに微笑みで返す。ちょぼはふと、このお局の別な顔を見たような気がした。

どうして彼女が好きでなかったか。身分でいうなら、ちょぼも彼女と変わらぬ侍の娘だ。それが、権力を好み、敵対する者を排除して、ただただ高みに昇り詰める姿勢。その生きようが、あまりに露骨《ろこつ》で、いやだった。けれども、三日天下といわれる光秀の世がもっと長く続いたなら、彼女の運命も違っていただろう。彼女は、世が世ならば自分の手の中にあったもの、運命が自分から奪っていったものを、自力で取り返しているだけかもしれない。そう、ここにも敗軍の姫はいた。

「では、これにて」

春日局の訪問は思いがけない顛末となった。おそらく家光は高笑いしながら聞くであろう。追って春日局には何か礼を、と考えて、ちょぼは客の出て行ったあとの襖をゆっくり閉めた。


「まったく、たいした女子《おなご》であることよ」

姫のその言葉にも裏はない。心からの信頼を寄せていることがよくわかる。

「茶を淹《い》れさせましょう。——さきほど上様から頂戴《ちょうだい》した新茶はいかがでございましょう」

姫がうなずくのを見て、ちょぼは次の間に控える侍女に短く命じる。

「これ。天樹院さまに茶を」

一息つくと、しみじみ姫と顔を見合わせたことであった。

広い竹橋御殿は、こうして一つ、また一つと襖が閉められた後は、密閉されたかのような静寂が戻る。客が帰ったあとはいつでもこうだ。またもとのとおり、ただただ広く静かな空間となる。

「たいした女子、といえば、思い出しまする。あのお方を」

言葉にするのはそれだけでよかった。二人共通の思い出の中に、春日局と同様、襷掛けで身の丈よりも長いものを振り回した女性はあと一人きりだ。

「懐かしいのう。おちょぼも、思い出していたのだな」

あとはうなずくばかりだった。

その女性、お熊《ゆう》の方――。姫の、二人目の義母となったその人は、姫が産んだかわいい孫たちのために、成長を祝う節句の宴《うたげ》では必ず、長刀の演舞を披露したものだった。まさにその名のとおり、勇ましく、またたのもしい女丈夫《じょじょうふ》であった。

ため息をつけば、また二人には追想の時が流れ出す。

＊　　＊

姫の縁切りが調った頃であった。折も折、駿府の家康を訪ねてきた者があったのだ。それがお熊の方。家康嫡男、信康《のぶやす》の息女である。

まだ徳川家康が松平《まつだいら》と名乗り、一戦国大名として三河岡崎《みかわおかざき》に割拠《かっきょ》していた戦国末期に生まれた孫だった。血筋では千姫の従姉《いとこ》になる。

父信康は家康の嫡男、母は信長の娘徳姫《とくひめ》。当時まだ勢力を張っていた武田《たけだ》を牽制《けんせい》するための明らかなる政略結婚であり、非運にも信康は軍事同盟の揺らぎの犠牲となって切腹させられた。

そのことは家康にとっても慚愧《ざんき》の思いが深く、後年、当時とは比較にならない力を持ってからは、その遺児らへの配慮も篤かった。お熊の方を娶《めと》った本多家を、桑《くわ》名《な》という東海道の要衝《ようしょう》に配置したのもその表れだ。大坂の陣から家康が引き上げる際にも、安全な領域として通過できる立地なのである。

そのお熊の方が、今度は駿府の家康のもとへ、戦勝祝いに駆けつけたのだ。その朝にも、日課となっている長刀の素振りを欠かさなかったことだろう。

「こたびは、まことにおめでとうございまする」

家康が目の黒いうちになんとか潰しておきたいと考えていた大坂の始末が成ったばかり。軍功報償《ぐんこうほうしょう》はまさにこれからだった。その機をとらえ、嫁ぎ先の本多家を大いに推《お》しておこうとの算段もある。夫である本多忠政《ただまさ》は、誠実な人物ではあるが、猛将で鳴らした父の本多忠勝《ただかつ》ほどにきわだった存在とはいえない。お熊の方は家康の孫として目通りもかなう立場であったから、これを活かさぬ手はなかった。

「大坂の陣においては、わが夫も天神橋《てんじんばし》にて先鋒《せんぽう》を務め、嫡男忠刻《ただとき》ともども怪我《けが》なく帰りましたること、何にもまさる喜びでございまする」

三河以来の家康の側近中の側近、四天王の一角で戦功を挙げてきた本多家である。それがいまや孫の代まで、変わらぬ働きに務めていることをしっかり印象づけねばならなかった。お熊の方はさらに、平静な口調で付け加える。

「わが夫の弟、忠朝《ただとも》どのの戦死という悲運もござりましたが、一族、手を携えてそれを乗り越えてまいりまする」

忠朝は本多忠勝の次男で、武勇においては兄の忠政を凌《しの》ぐともいわれたたのもしい存在ながら、冬の陣で、なんと酒を飲み過ぎて出遅れ、大敗を喫《きっ》してしまったのだった。家康はこれに怒り、猛烈に咎《とが》めた。忠朝は汚名返上のために死力を奮《ふる》って出陣し、天王寺《てんのうじ》・岡山の戦いで先鋒を務め、激しい戦闘の中で戦死をとげたのであった。彼を追い詰めたことは、家康も多少の悔いがあるはずで、事実、お熊の方の言葉には無言でうなずいて返すほかはないようだ。

しかしお熊の方は、なおも言葉を重ねてやまない。

「千姫さま江戸ご帰還の折も、わが領地桑名にお立ち寄り下さり、お元気なお姿を眼《まなこ》に留《とど》め置きましてござりまする」

大坂落城ののちは伏見の徳川屋敷で安息をとっていた千姫だが、母お江の方の待つ江戸へと戻ることになった際、大和《やまと》から伊勢《いせ》路《じ》に入り、桑名から七里《しちり》の渡《わた》しを船に乗って熱田《あつた》へと渡ったのである。

「そうか、お千まで、世話になったな」

男の仕事である戦については不用意な反応を示さない家康だったが、家族の話題についてはゆるやかに心を解く。そしてしばし、時代の犠牲になった孫娘のことに思いを馳《は》せた様子だ。

「そなたの父信康は、わしの力が弱かったゆえに信長殿にさからえず、あたら大事な命を散らせてしまった。今のわしは大御所などと呼ばれ天下すら掌中《しょうちゅう》にあるというのに、まだ一族の者は孫姫一人幸せにはしてやれぬ」

それは、お熊の方が相手だからこそ洩らした弱気であろう。

「何をおっしゃいます、大御所さまは一族みなの幸せを思って下さっておられます」

同じ孫とはいえ、家康が天下を取ろうとする頃に生まれた千姫とは境遇がまるで違う。信康の死後、家康正室築山御前《つきやまごぜん》も惨殺《ざんさつ》され、母徳姫が美濃《みの》の織田家に帰ってしまうと、お熊の方は姉の登久《とく》とともに孤児として家康のもとに残された。父母の不幸を嘗《な》めるように育ったのを、よき縁を得ることでようやく手にした平穏だった。

「して、そなたの産んだ嫡男はいくつになった」

さきほど父とともに大坂の陣で奮戦したことを強調したばかりの息子のことを、さてはもうお心に刻んでいただいたかと、お熊の方は勇むように答えた。

「はい。二十歳に。祖父忠勝公の武勇にあこがれ、今は剣も励みおりまする」

家康が出陣する戦のすべてにおいて、ただ勝つのみ、の意から忠勝と名をつけたのは、ほかならぬ家康である。以来、本多家はいくたびもの戦場で名を挙げてきた。お熊の方は、嫡男がその忠勝を慕い、剣豪宮本武蔵《みやもとむさし》を師と仰いで剣術の鍛錬《たんれん》に余念がないことも付け加えた。

「二十歳でその心意気、感心なことじゃ」

「ありがとうござりまする」

互いの話が交差する。

お熊の方は、ひたすらに婚家の発展を願う思いで息子自慢を。そして家康はただ千姫かわいさだけで、若い男と聞けばその釣り合いを。同じ話題に、それぞれ思いは別だった。

「もう戦の世は終わった。いや、わしが終わらせたのじゃ。これからはそなたたちも、政《まつりごと》に左右されることなく安心して暮らしていけよう」

嫡男を政の犠牲で喪うという不幸は、二度と繰り返してはならない。孫娘もそうだ。誰も不幸になってはならない。

「大御所さまのお力によって、戦なき世を暮らせる幸せ。わが本多家は、その平和の守人《もりびと》となる所存でござります。ほんに、ありがたきことにござりまする」

過去は過去。すでに目の前だけ、一家の未来だけを見ているお熊の方の声は明るい。まさかこの時なごやかに交わした挨拶が、息子の縁談となって降ってこようなど、実のところお熊の方も予想はしていなかった。自分自身も家康の孫の一人として並ぶ中、千姫だけが抜きんでて祖父の気がかりを独占していようとは、思い及ばなかったのだ。

それでも、お熊の方のほうからわざわざ出向いて家康との対面を望んだ事実は、お熊の方みずから息子と千姫との縁談を取り付けに行ったと世間に解釈させることになる。それほど、千姫という存在は誰もが欲しい高嶺《たかね》の花であったわけだ。

皆が予想もしなかった方向へ家康の考えを転換させたことに、もう一人、まさか自分も一役買ったとは、ちょぼもまた、予想もしなかった。

このあと、家康は江戸城へ秀忠を訪ねてやってくる。さまざまな戦後処理についての話もあったが、一家の懸案事項、一の姫である千姫をどうするかを、そろそろ片付けねばならなかったからである。

「おちょぼ、そなたもすっかり大人になったのう」

姫を見舞い、退出する家康を、ちょぼが案内に立った時であった。

長い廊下は、機嫌のいい家康にちょっとした会話の楽しみをもたらす。侍女相手なら気楽なものであった。

「そなた、姫の一つ下だから十八か。松坂局が満徳寺から戻らぬのは寂しかろう」

幼くして母と離れ、姫さま付きとなったちょぼを憐《あわ》れんで、姫が大坂城内にいた頃から、何くれとなく気遣ってくれた家康だった。松坂局を通じ、ちょぼにも簡単な文《ふみ》をくれたり、姫に大きな進物《しんもつ》が届く中には、かならずちょぼに宛《あ》てた品が一つ入っているというふうに。また、開戦前の緊迫した状況の中では、姫の様子や心理を窺うのに、いちばん身近なちょぼを最大の情報源とした。松坂局は通信係でもあったから、ちょぼについてもまめに報告がなされていたようだ。

それゆえ、落城ののち、姫を無事に連れ戻したにもかかわらず、秀忠の叱責《しっせき》に遭《あ》い、何の褒美《ほうび》もなかったことを気にかけてくれていたのだ。

「どうじゃ、次に姫が嫁ぐ先の家中で、よき者がいたらそなたも身を固めるか」

上機嫌の延長にある軽口。だが、若い娘には恥じらうばかりの話題である。

「大御所さま、おからかいはおやめ下さりませ」

侍女とて一人の女。城中のお役目を辞して家庭に入る者も少なくない。年頃に見合う話題だけに、相手が大御所であるというのに、ちょぼも緊張がゆるんだ。

「そなた、桑名の本多を知っておるの」

はいっ、と答えた時には、すでにちょぼは浮かれた顔をしていたのだろう。

「嫡男は忠勝の孫にして、けっこうな美丈夫《びじょうふ》とのことじゃが、本当か？」

そこまであからさまに問われれば、ちょぼも、あの日見た人の姿をありありと眼に浮かべる。若く、りりしく、すがすがしい、まるで若竹のようなたたずまい。あれは一瞬のまぼろし、疲弊した心に吹いた一陣の風。そう心得て、胸にしまい込んできた面影《おもかげ》だったが、家康の問いで、ゆるゆる記憶の結び目が解かれてしまった。

「ほう、その顔では、おちょぼはどうやら忠刻に一目惚《ひとめぼ》れか？」

「何をおっしゃいます、そのようなこと……」

言いながら、否定の言葉は恥じらいとなり、ちょぼの頬《ほお》を耳まで赤く染める。

あれはほんのわずかな時間にすぎない。桑名では「七里の渡し」へと船で乗り出す時、姫のために本多家の軍船が用意されたが、前後左右に付き従っていく護衛船ともども、熱田へ渡る二刻《ふたとき》（約四時間）ほどの船中のことである。その旗艦、千姫の乗る船の舳先《へさき》に立って号令を発しているのが本多家嫡男、忠刻だった。

そうと知ったのは、姫の薬湯《やくとう》をもらい受けに、船底の武者溜《だ》まりに下りた時だった。そっと船端から覗《のぞ》き込めば、向かい風を受けながら動じずに立つ若い武将の後ろ姿が見えた。このうえもなくたのもしいその姿を、若い娘が胸に焼き付けてもおかしくはないだろう。

前日は桑名の城で一泊したため、本多家を挙げてのもてなしを受けたが、領主の忠政はまだ京に詰めており、主として千姫の前に登場したのは北の方であるお熊の方だった。心身共に疲弊して江戸に戻る旅の途上であるのだから、そこは女どうしのほうが気も安らぐ。そんな配慮から、忠刻はほんのわずか、弟とともに顔を出したにすぎない。ゆえにろくに声も聞かずにいた。

むろん姫が、いちいち家来衆に特別な目を向けたりしないのは当然のこと。まして今は、まがりなりにも十二年間連れ添った夫の家を、親によって滅ぼされた直後なのである。なぜともに死ななかった、との父の言葉は、たとえ本意ではなかったにしても、まだ姫の心を切り裂いていたに違いない。

悲痛に沈む主筋《しゅうすじ》の姫を、本多家のほうではいたわしく受け止め、心からのもてなしに繋がったであろうが、姫にはどれも、当然どこでも受けるべき待遇にすぎなかった。特に本多家を心に留めるいわれはない。

それでも、折り目正しい若者の同席はその場の空気を変える。傷心の姫には申し訳ないが、ちょぼたち若い女房たちが色めき立ったのは、いたしかたないことだった。いつだったか大坂城内に若衆歌舞伎《わかしゅかぶき》の一座を招き、淀殿《よどどの》以下、女ばかりの総見《そうけん》として観劇したことがあったが、若くみずみずしい者に心を目を惹《ひ》かれるのは、男も女も変わらない。とりわけこれまで姫を囲む女だけの世界に暮らしてきたちょぼには、すずやかなたたずまいの殿方を目にするだけで胸がときめく気がした。人並みに、ちょぼも乙女に成長していたのである。

「さようか、おちょぼも惚れる男ぶりか」

「大御所さま、ご勘弁《かんべん》下さりませ……」

まさか若衆歌舞伎になぞらえることもできず、ちょぼは真っ赤になって口ごもる。そんな様子を、家康は楽しげに振り返った。

「そうじゃろうなあ、見目うるわしい者に惹かれるのは男も女も同じ。――とした
ら、坂崎《さかざき》には悪いが、姫のためには、本多がよいか」

思わぬ返答だった。

「坂崎さま、でござりまするか」

坂崎出羽守直盛《でわのかみなおもり》といえば、姫を城から連れ出した時、最初に会った徳川方の武将である。懐剣《かいけん》に刻まれた葵《あおい》の御紋《ごもん》を見せて千姫であることを名乗ると、率先して家康の陣まで露払いをして付き添ってくれた。

「おちょぼも知っておったか、出羽守を」

訊《き》かれなければ余計なことも言わずにいた。だが、忠刻のことでからかわれ、ちょぼもすっかり緊張が解けている。

――これは大手柄が我が手に転がり込んだものじゃ。それ、姫さまを無事にお連れせよ。

あの時、〝影武者〟のちょぼを千姫と思いこみ、坂崎は執拗《しつよう》なほどにちょぼを庇い、じかに手を触れながら先へと進んだ。あとで聞けばすでに息子が妻を娶って家督を継ぐばかりというのもうなずけたとおり、ちょぼの目には六十手前の老将に見えた。顔面をふちどるもみ上げに白いものが交じっていたのを思い出す。戦は何日も続いていたから、湯にも入らず着替えもしない武将のうなじからは強烈な臭《にお》いが

した。しかも今しがた負った怪我《けが》であろう、汗まみれのこめかみから血を流しているのがなんとも恐ろしく、味方といえどそれ以上近づいてほしくなかった。

だが坂崎のほうでは、戦火の中でありながら心が浮き立っているのである。

――姫さまをお守りするためならば、この出羽守、醜《みにく》く顔が焼けただれても厭《いと》いませぬぞ。

姫と間違われ、体ごと抱《かか》え込むような老将の手を、邪険に払いのけたい気分になったのは、若い女特有の潔癖からだ。なのに体をひきはなそうとした瞬間、石段につまずきよろけたのを、逆にがっしりその老将に抱き寄せられることになってしまった。戦場を駆け回った証《あかし》の男の汗がぷんと臭い、ちょぼは思わず顔をしかめた。

それ以上触れられたくないという嫌悪感はたえず顔に出ていたはずだが、夜の闇《やみ》では男には伝わらず、逆に下り坂になった曲輪《くるわ》の足下が悪くなるにつれ、何度もふらついては男の腕をたよったことを呪《のろ》わずにはいられなかった。

「どうやら好かぬようじゃな。そうじゃなあ、あれは、美しいとはいえぬからな」

言って、家康は高笑いした。背後で小姓《こしょう》たちが顔を合わせて渋面《じゅうめん》になる。

「その坂崎に、姫をくれてやると言ってしまったのでな」

驚いて、ちょぼは相手が大御所というのに睨《にら》みつける。

「許せ。あの時は姫を救い出すのに、どんな手も厭わぬつもりだったのじゃ」

なるほど、坂崎と遭遇したのはやっと内曲輪を脱出したばかりの、いわば豊臣方の領域だった。なぜにこんな敵方の陣中深くにまで徳川方の武将がいるのか、とは思ったが、それは姫の救出後には姫をもらい受けられるとの餌に食いついての行動だったのか。

ちょぼは身震《みぶる》いした。姫は、そういう荒くれ武者の餌ではない。

「大御所さま、それはあんまりでござります。姫さまが今、どれだけ傷ついておられるか――」

「そうだのう」

大御所はため息をついた。

まさかこの時のちょぼの反応が、姫みずからの言動ということになって周囲に洩れてしまうなど、思いもよらないことだった。松坂局がいたなら気づいて制止もしただろう。自分がまだ姫の影武者であるという自覚は、ちょぼからは薄れていた。

結果、姫は何の意思表示もしていないにもかかわらず、救ってくれた坂崎を、その怪我の恐ろしさゆえに嫌悪した、とまことしやかに広まってしまう。たしかに聞いた、大御所さまと話されているのを聞いた、小姓が聞いて教えてくれたのじゃ。

――出所《でどころ》がわかれば、なお人は信じる。さらに尾鰭《おひれ》がついて、そうか、まだ秀頼が亡くなったばかりというのに、早くも若い男に一目惚れしたか、と拡大して。

母には姫の影になれと教わったのに、ちょぼという影は、まるで籠から飛び出した小鳥のように飛びまわってしまったことになる。しかもそのことに気づくのは、もっとあとになってからなのだった。

何にせよ家康は、ちょぼの反応を見て意を固めた。まだまだ若い姫には、年頃の近い、胸ときめくような若武者が似合いであろう、幸せであろうと。

さっそく秀忠、お江のところに足を運んで提案する。年が明ければ姫も二十。一歳違いの、似合いの若夫婦となるのではないか。老将にとっては、自分が去ったのちの未来を固めておくことが最後の使命になっていた。それが美しい男雛《おびな》、女雛《めびな》のような一組の夫婦であるなら、それはそのまま来《きた》るべき平和な世の象徴となろう。

隠居《いんきょ》したとはいえ、父家康の言葉は秀忠にとっては重い。しかも大坂の陣ののちは、すべてやりとげたという思いが強く、言動の一つ一つが遺言《ゆいごん》めいて聞こえる。秀忠もお江の方も、ずん、とその提案を嚙みしめる。もとより、姫救出の立役者である坂崎のことなど眼中になかった。彼らは姫の身分に釣り合う相手は、この国にはもう朝廷にしかないであろうと考えていたところなのだ。

「たしかに、古いしきたりや儀式に追われる公家に嫁いで気苦労が絶えないより、家臣の家へ再嫁《さいか》するほうが、姫はのびのび、大切にされて暮らしていけるに違いありませぬな」

政略のために夫婦別れのつらさを味わわせた娘を不憫《ふびん》と思い、秀忠はすぐに賛同した。

「今や将軍家は国の大樹。もはや公家に娘をやる必要はなかろう。むしろむこうから取る側じゃ」

そのとおり、今や徳川家は、太古からこの国の支配者であった天皇家やそれを取り囲む公家たちさえも幕府の治世の下に組み込み、「禁中並公家諸法度《きんちゅうならびにくげしょはっと》」という法律でもって縛《しば》ることにも成功したのである。

もっとも、やんごとなき方々においてはこれに憤《いきどお》り、徳川への反発を強める公家衆は少なくなかった。摂関《せっかん》家にもなった豊臣と近かった者たちにとっては、千姫を担ぎ、徳川の懐柔《かいじゅう》をもくろもうとする動きも出るかもしれない。そうとわかりながら千姫を入輿《じゅよ》させれば敵に大義名分をくれてやるようなものだ。今回も、姫の婚姻《こんいん》は〝政治〟なのだった。

そんな中、母のお江の方がつぶやいた。

「女が再嫁するなら、前の結婚よりも幸せに、よき状態にならねば意味がない」

三度の結婚を体験した女性だからこその論であった。秀忠も異論はない。

「かの関白《かんぱく》にもうらやましがられた家臣団の一角との結びつきをいっそう強めることは、これからの世を治めていく力になるであろうな」

その言は、姫というものの存在価値が、戦国の終焉《しゅうえん》により大きく変わったことを示していた。姫の働きはもはや外交のためにあらず。内政固めのためにある。徳川家臣団と堅固《けんご》な絆《きずな》で結ばれることは、家康が武力で作った世が平和な手段で安定することを意味する。姫を介して親戚となれば、本多家はますます忠実に徳川をささえてくれるであろう。

こうして、重臣である本多家への、千姫の再嫁が決まった。

驚いたのは、本多家である。

「これは大変なことになった。御台、まさかそなたが大御所さまに願い出たのか」

妻の日課である長刀の素振りの時間が終わるのを待てず、当主忠政は、江戸屋敷の奥庭に駆け込んで行った。

じきじきに将軍秀忠から話があった時、飛び上がりそうになったのをなんとかおさえて退出してきたのである。すでに家康の孫娘を御台所とし徳川家との絆は深い本多家であるが、千姫の場合は格が違う。お熊の方はたしかに徳川家の血縁者ではあるが、千姫は今をときめく将軍家の姫、そこにあるだけで権力者の威光が輝く存在なのだ。

きえっ、と声を発して、お熊の方は長刀を忠政の顔めがけて振り立てる。

「お困りでしょうか」

皮肉のつもりであった。大坂の陣での戦功があったとはいえ、自分の後押しがあればこそ、なお家康にも印象が深くなるというものであろうと自負する声だ。

「何の、困ったりしようか」

この勝ち気な妻に、弱腰は見せられない。

「でかした、御台。将軍家の姫を北の方にできるとなれば、忠刻以上の果報者《かほうもの》はおるまいて」

手柄をたてたのが妻ならば、長刀で突かれようと切られようと、忠政としては、もろ手を挙げて歓迎すべき縁談であった。これで、ほかの譜代《ふだい》の家からは群を抜いて徳川家に近い家となる。なにしろ千姫が嫡男を産めば、それは将軍の外孫。一生、将軍家から遠くないところで暮らせよう。

夫の打算を、お熊の方はどう感じていたものか。長刀は脇に引っ込め、額《ひたい》の鉢巻《はちま》きを解く。

打算となれば、彼女のほうが目端《めはし》は利く。将軍の姫を〝嫁〟として迎えるのは気苦労も多いだろうが、それに比例し、得るものははかりしれない。息子の出世、お家の繁栄、富と権威。それを思えば、すべて姑《しゅうとめ》となる自分がへりくだればすむことであった。お熊の方は、ためらうまもなく進んでいく縁談の華やかさに、有頂天《うちょうてん》になっている夫を横目で眺めつつ、自分もまたこの果報を楽しまねばと心を決めた。

「さて、どのように姫をお迎えするべきか」

徳川の姫をもらい受けるということは、問答無用の一大慶事。単に姫一人が来るわけではなく、姫に付随する一大家臣団が本多家に入ることとなり、要《い》り用な経費や姫本人の資産も、惜しみなく徳川家から持ち出される。損得で考えても、これを拒《こば》む理由などどこにもなかった。

だがまだ問題が残っていた。お熊の方は夫に尋ねた。

「坂崎さまはどうなりましょうや」

そう、徳川家では千姫の再嫁先を家臣との固めに定めたものの、そうと知らない坂崎はなお期待しているであろう。

「お断りになる、とのお返事であった」

はあ、と返事しつつも釈然《しゃくぜん》としない。大御所さまの言葉を信じて彼が姫を救い出したのは周知の事実。それを、横取りすることになりはしないか。

「いや、そこは我が家のあずかり知らぬこと。ともかくこの婚儀は将軍家の本意である」

横取りではない、将軍家が本多を選んだのだ。つまりは、姫が。

襷を解き、お熊の方は天を仰ぐ。この先の運は、天にまかせるほかはなかった。

将軍一家はともかく腫《は》れ物に触るように千姫を大切にするあまり、姫の救出に奔走《ほんそう》した家臣の顔を潰すこともあえて顧《かえり》みなかったことになる。もはや徳川は日本の覇者《はしゃ》。多少の不義理もわがままも、だれに咎められることもないという驕《おご》りの上の断行だった。

加えて、出羽守には不運が襲った。駿府に戻った家康が、明けて元和二（一六一六）年一月、鷹狩《たかが》りに出た先で倒れたのだ。

死の床で、家康は、もう心残りはないとでもいうようにさまざま言い残したが、もしも自分になにかあっても、はばかることなく千姫の慶事を進めるように言い残した。先の約束には一切触れず、解決済み、との姿勢であった。

「服喪の必要はない。若者には、時は矢のように過ぎる。立ち止まってはならぬ」

あくまでも、政略のために失われた姫の青春を、これ以上少しも減じてはならぬと願うように。これでは出羽守が訴え出る隙もない。

臨終の朝、家康は姫の嫁ぐ姿を夢で見た。

あの伏見《ふしみ》の川岸と同じ朝靄《あさもや》の中、連綿と出航していくおびただしい船の上で、姫がそっと微笑みながら自分を見るのである。

お祖父《じい》さま、ありがとうございまする。今度こそ幸せになりまする。――そうして川面《かわも》を進み出す葵の紋の嫁入り船の数々。なんとよき日であろう、夢の中で家康は嬉しさに泣いた。

涙に濡《ぬ》れて目覚めたあと、命の火がなおかき消えずにいるのを確かめた家康は、右筆《ゆうひつ》を呼んで今の心境を歌に書き留めさせた。

嬉しやと　ふたたび覚めて一眠り　浮世の夢は暁《あかつき》の空

戦いに次ぐ戦いの日々。過酷《かこく》な戦国の世を最後まで生き抜いたのは自分だった。もう戦はない。夢で見た、いつまでもとぎれることのない葵の紋の船団は、自分が去ったのちの徳川を象徴していた。その行き着く先は永遠の和平だ。姫よ、美しくあれ、幸せであれ。

四月十七日、徳川二百六十年余の礎《いしずえ》を築き、家康、没す。七十五年の人生であった。

第四章　禁教の櫃《ひつ》

夜半に降った大雨が上がり、江戸城の空は刷毛《はけ》で塗ったような青空だった。千姫《せんひめ》の竹橋御殿《たけばしごてん》では、一晩中締め切っていた雨戸を、下女中たちが次々と音をたてて開けていくことで朝が始まる。足下さえぬかるんでいなければ、ちょぼは、今日は姫を庭に連れ出してみようと考える。それほどにすがすがしい今朝の空気。

こんな朝は、姫もまた昔の思い出の扉《とびら》を開けるであろう。それがこの空のように、晴れやかなものばかりであるならいい。たとえば桑名《くわな》の若殿《わかとの》、本多忠刻《ほんだただとき》との再縁が調《ととの》い、この江戸城を出ていく時の記憶のように。

ちょぼには、姫が忠刻に嫁ぐことは、家康が望んだこととはいえ、姫が生まれる前から約束されていた縁《えにし》に思われてならなかった。それはすべてが過去となった今も変わらない。その指先には、しっかり糸が結んであったのに、誰がこうももつれさせてしまったのだろう。もっと見えやすく結んであったなら、世に「千姫事件」

と伝えられる諍《いさか》いは起きなかったであろうに、とも悔《く》やまれるのだ。

そう、姫がその糸をたぐってやっと本当の運命にたどりつく前に、糸のもつれはなおも悲劇の男を巻き込んでいく。

ちょぼはため息をつきながら、あの驚愕《きょうがく》すべき事件を思い出していた。

＊　＊

あの日も、晴れやかな空だった。

四季の衣装の一枚一枚、身の回りの調度品から、気晴らしのための書画や遊びの道具に至るまで。姫の輿入《こしい》れのための雅《みやび》な仕度《したく》がこまごまと調えられていく日々は、ちょぼたち侍女《じじょ》にとっても、せわしいながらも心うきたつ日々だった。桑名はどんなところ、本多家はどんな方々、そして殿はどんなお人柄――？　寄ると触ると、これから旅立つ新しい地の話題となり、侍女たちの心を弾《はず》ませる。

準備は万端。けれども、姫の輿入れは予定どおりには行われなかったのである。

「姫さまお輿入れの日が、延期となり申した」

浮かれ気分を掻《か》き破る知らせは、幕府中枢である本丸から届けられた。千姫輿入れにあたって御輿添《おこしぞえ》として桑名まで同行することになっている永井信濃守尚政《ながいしなののかみなおまさ》の使者である。

衝撃が走ったのはいうまでもない。刑部《ぎょうぶ》卿局《きょうのつぼね》が血相を変えて訊《き》き返した。

「今さら無体《むたい》なことを。理由をお聞かせ下され」

家康の遺言《ゆいごん》にのっとり、姫の輿入れはあえて喪《も》に服さず同年九月と決まって動いている。つまらぬ横槍《よこやり》ならば許すまじ、という気魄《きはく》がお局らからたちのぼる。

「それが、坂崎出羽守《さかざきでわのかみ》どのご乱心により――」

使者が理由を述べる言葉はそれだけでじゅうぶんだった。刑部卿局も息を呑んだまま、次の言葉が出てこない。坂崎出羽守のことは、とうに大御所《おおごしょ》様ご解決済みとして、すっかり忘れ去られていたのだ。

しかし違った。皆はやっと思い出す。この縁談は、出羽守をおきざりにしたまま今日まで進んできたことを。

「その後処理にかかる政《まつりごと》にて、姫の慶事がわずかに延びまする」

乱の処理なら国政になる。そして姫の輿入れもまた単に徳川《とくがわ》家の私事ではない以上、政情が落ち着くのを待つのは当然だった。しかも坂崎といえば、直接姫の再縁にもかかわる人物なのである。

「して、坂崎さまは、何をなされたのじゃ」

お局の後ろでは、侍女数十人が、廊下で、襖《ふすま》の背後で、息を殺し、全身を耳にして事の顛末《てんまつ》を知ろうとしている。そして使者が断片的に話す中から、女たちは正確に状況を把握していった。

すなわち、武士が、それも将軍や大御所といった権力者が、いったん「姫を救い出した者に姫を与える」と約束したなら、それを守るのは筋。しかし大御所は頭を掻き掻き出羽守に、いやあ、すまなかった、あれは戦場での切羽《せっぱ》詰まった妄言《もうげん》だった、などと笑いでごまかしてすませたも同然なのだ。侍女たちの頭でも、坂崎がそうでしたか、と笑って引き下がれるはずのないことは想像できた。なにしろ命を賭《と》して救い出した姫は、鳶《とび》に油揚をさらわれるがごとく、本多の若造に嫁ぐというのであるから。一家臣といえど、このままですませられないのが坂崎の武士としての意地というものであろう。

——拙者《せっしゃ》の顔はどうなる。武士の面子《メンツ》はどうなる。

彼の咆吼《ほうこう》が聞こえる気がした。下々の間では、姫が彼の醜《みにく》さを嫌い、一目《ひとめ》惚《ぼ》れした若侍を選んだなどと、おもしろおかしく噂《うわさ》されている。彼でなくとも、武士が見《み》目《め》かたちで判断されてはたまるまい。

坂崎といえば関ヶ原《せきがはら》の合戦で徳川方について功績を上げたあと、石見国津和野《いわみのくにつわの》を与えられ、このたびの大坂の陣でも手柄を認められて加増されている。すでにその働きや人物をじゅうぶん評価されている。とはいえもとは外様《とざま》にすぎない宇喜多《うきた》の血筋。信頼度では、本多のような三河《みかわ》以来の四天王に比べるべくもなかった。

だが千姫の婿《むこ》ともなれば話は違う。一気に将軍の傍《そば》近くに駆け寄ることとなり、地位も所領も一足飛びの出世が望める。だからこそ炎に身を投じる思いで働いたのだ。それが、ここまで理不尽に扱われては、誇りある武士として立つ瀬がない。

——将軍家はこの坂崎をコケになさるおつもりか。

彼の怒りは想像に難くない。

そして彼は結論する。こうなったら力で姫を奪うのみ。武士は武をもって筋を通させていただく、と。

武力の時代の最後の名残《なごり》。彼は力ずくで姫を奪うという暴挙に出るのである。

——なんとしてでも姫を頂戴《ちょうだい》する。平和裏《へいわり》に下さらぬのなら、力をもって奪うまで。

無謀《むぼう》にも坂崎は、千姫の嫁入り行列が江戸城を出る当日、これを襲って千姫を奪おうと兵を挙げようとした。

「なんと申される。恐れ多くも姫さまを奪うなど、まさに、ご乱心の所行《しょぎょう》」

お局たちの背後で侍女たちが悲鳴を上げた。晴れがましい出立《しゅったつ》の朝を襲われ、大混乱に陥《おちい》る自分たちの姿がありありと浮かび、皆は恐ろしさにすくみながら顔を見合わせる。

たしかに無茶な話であった。だが無茶と知りつつ、すでに後先を考える冷静さは出羽守にはなかったのであろう。

武家の棟梁《とうりょう》たる天下の将軍に対し、そのようなことが許されようはずもない。そして坂崎にとって不運なことに、幕府は事前にこの計画を察知していた。

――坂崎め、何を愚《おろ》かなことを企《たくら》むか。

秀忠は苦虫を嚙《か》み潰《つぶ》したように唸《うな》ったであろう。これは家康亡きあと、自分を侮《あなど》っての謀反《むほん》といえなくもない。とはいえ、非はこちらにもあると認識している。

そこで双方に信頼のある柳生宗矩《やぎゅうむねのり》が坂崎の屋敷に派遣されることになったのだった。

将軍御座所《ござしょ》近くに影のように控える宗矩のことは、お局たちもよく見知っていた。大坂の陣では将軍秀忠の下に従軍し、大和《やまと》出身ということから徳川方の案内役を務めた上、側近として秀忠を守り、間近に迫った豊臣《とよとみ》方の武者を数人、目の前で斬《き》って捨てたという剣の腕の持ち主だ。愛刀「大天狗正家《おおてんぐまさいえ》」とともに剣豪《けんごう》として戦国を生きてきた彼は、同じく剣でのし上がった坂崎とは親しい間柄だった。

――たしかに姫かわいさのあまり、こちらにも落ち度はあった。行って、坂崎を説得してはくれぬか。

困り果てた秀忠の顔が、お局たちにも見える気がした。

こうして宗矩が、武装し立てこもった坂崎邸に赴《おもむ》く。秀忠から託された交渉内容は、切腹すれば家督《かとく》相続を許す、というものだった。彼はじゅうぶんに言葉を尽くし、秀忠の意を伝えたことであろう。

しかし逆上している坂崎は剣を納めず、最後までこれを拒むのだ。

――強情者め。

温厚といわれる秀忠も、いざ将軍の沽券《こけん》となると想像以上に意固地《いこじ》になる。坂崎のことは、もはや、徳川の姫の縁談を巡るこじれではなくなっていた。家康の後継者である秀忠の威信にかかわることであり、互いに一人の武士がすべてを賭《か》ける一本道になっていた。

武士と武士との約束でありましょう、と坂崎は最後まで主張したかっただろうが、たとえ正論でも天下を手中にした覇者には道を譲らねばならない。すぐに坂崎の屋敷は包囲された。

またしても女たちは、ああと声を上げた。そうなれば多勢に無勢、決着は明らかだった。

「して、坂崎さまは」

「そこはご法度《はっと》どおりに」

武士の作法が成文化されるのはのちのことだが、主従の間の慣例は揺るぎない。騒動の責任をとって坂崎には切腹が申しつけられた。家来に対する生殺与奪《せいさつよだつ》など、将軍にしてみればまばたきほどのことでもない。

「なんとしたことでございましょう。そのような結果は始めからわかっておりましたでしょうに、坂崎さまはなぜにそこまで」

あとの言葉は続かなかった。使者は唸るようにつぶやいた。

「さほどに、姫さまに焦《こ》がれておりましたのでござろう」

まあ、と今度は女たちの反応は低い嘆息だ。聞けば、落城の折、羅《うすもの》にくるまれた姫をかいまみた時、彼は年甲斐《としがい》もなく心を奪われたのだという。不安に震《ふる》えるか弱い肩をささえると、彼をたよってそっと腕に寄りかかる高貴な人。男としては誰だとて、奮い立たずにいられなかったことであろう。そして、その身がどうなろうともお守りせねばと、己に誓ったに違いない。

語る使者の言葉は、坂崎への同情が濃く、わずかな脚色も感じられたが、聞く側にとっては悲劇的なほうが恐ろしさはやわらぐ。

しかしお局たちの背後で、ちょぼは居たたまれずに顔を紅潮《こうちょう》させていた。

なぜなら、坂崎が姫と思い込んで恋い焦がれたというのは、影武者《かげむしゃ》である自分なのだ。しかも、自分はけっして彼に寄りかかったりはしなかった。たしかに足下が悪く石段につまずいて彼のほうによろけはしたが、それ以外はむしろ、男の体臭を嫌悪して、できるだけ接触しないようにと、顔ごと体ごと背《そむ》けていたはずなのに。

「坂崎どのは、大御所さまの陣に姫さまをお届けしてその手を離した時、必ずもう一度その手を繋《つな》ぐ、必ず繋ぐ、そう信じたことでございましょう。あわれ、どんな強敵をものともしない荒武者でも、恋は一途《いちず》」深くうなずく女たちの反応が、いっそう彼を煽《あお》ることとなり、使者は半ば悲劇に酔うかのように語り続ける。

しかし、ちょぼは一人、大きく頭を振り続けた。嘘《うそ》だ嘘だ、それが恋なら、なんとばかげた茶番であることか。彼は姫の姿も正体も知らず、羅をかぶせられただけの侍女を姫だと思い込んだのだ。恋とはそのように一方的なものなのか。彼がふたたび繋ぎたいと願った手は姫の手ではない、影武者のちょぼの、この手なのに。

自分の両手を目の前にかざし、ちょぼは身震いした。恋といえば響きはいいが、あの日、坂崎の目に浮かんでいたのは、戦場の荒ぶる心理の延長の、けだもののような征服欲ではなかったか。もう一度、自分の手を見る。拭《ぬぐ》いきれないけがらわしいものをそこに感じた。

すべての状況を知っている近江局《おうみのつぼね》が、そっとちょぼを振り返った。

その目にすがって、ちょぼは叫びたかった。早く真実を告げてやっていたなら、彼もこんな暴挙には出なかったのではないか。坂崎を失わせたことにおいて、ちょぼは大きな罪を背負ったことになるのか。そして、影が犯した罪により、姫こそ、大きな責任を負うことになるのであろうか。

近江局がそっと首を横に振る。言ってはならない、何一つ。表の政道で沙汰《さた》はすべて下ったのだ。今さら姫にかかわることは、言うべきでない。もとより影武者に意志などないのだから。

わかっている。ちょぼはそっと唇を嚙む。

のちに「千姫事件」として世に伝わることになるこの一件は、千姫奪取の陰謀《いんぼう》が未然に阻止され、坂崎出羽守は切腹、家はお取り潰しという結果となって終わる。武力で奪う、主張を通す、そんな戦国の世はもう終わったのだ。坂崎出羽守の断罪はそんな新時代の到来を物語っていた。

それでも、伝達の使者ですら坂崎への同情から主観を入れずにはいられなかったように、世の人々はこのできごとをまたとない悲劇として受け止めた。

まして豊臣の遺臣をはじめ、なおも徳川新政権に不満を持つ者たちには、じゅうぶん利用するに足る話といえた。おおっぴらに幕府のやり方を批判することができないかわり、坂崎を悲劇の主人公に仕立て上げて同情を呼べば呼ぶほど、徳川の非情や権威主義がきわだっていく。直接の将軍批判は障《さわ》りがあろうが、相手が姫であるならそこまで厳しくはない。しょせん相手は女、しかも色恋の話だ。悪意のない大衆が好む物語だと言い訳すればどのようにも逃《のが》れられ、意外に確実な政権批判の隠《かく》れ蓑《みの》になるものだ。

天下の将軍も、娘には義を踏み倒して甘くなるのか。なにより姫のわがままなことよ。若く美しい姫には義など通らず、やはり野獣よりは色男を選ぶのか。――口々に言って、世間は千姫を幕府への反感のはけ口にした。つまり、千姫を誹謗《ひぼう》することで不満を発散したのである。その結果、後世での千姫は、一人の武将をたぶらかした上に若い侍を選んだ、典型的な毒婦としての印象が定着してしまう。

本人は何一つ関《かか》わり知らないまま、ただ夫と死別し再縁した、世間で普通に女がたどる人生を送ったにすぎない。それが大いなる悪行として長い歴史の中で語り継がれてしまうのは、彼女が将軍の姫であるからにほかならなかった。大衆とは、地位や権力を忌々《いまいま》しく思いつつも、高貴な女性へのあこがれはおさえがたく、それゆえにその高みからひきずりおろし辱《はずかし》めることを痛快がる残忍さも併《あわ》せ持つのだ。

いやな思い出だった。あの頃、連日のように降った雨を、ちょぼはじっとり湿った空気の重さとともに思い出す。

もちろんこの一件は、姫には何も耳に入れていない。

「なあ、おちょぼ。刑部から、江戸城出立の日が延期になったと聞いたが、そなた、理由を詳しく聞いてはおらぬか？」

勘《かん》のいい姫は、延期を不審に思ってちょぼに訊いた。

自分をみつめる姫のまなざしに困り、ちょぼは即答ができない。姫のその目は語っている。信頼する乳母《うば》やお局たちがさして重大なことでもなさげに延期というなら、それなりに理由があろう。自分のことは、すべて皆にまかせておけば良きように運ぶことは知っている。それでも姫は、ちょぼなら裏表なく何でも知っていることを話してくれると信じ、あえてお尋ねになったのだ。

「いえ、お気にかけられるほどのことではござりませぬ。何やら調度の一つが間に合わなかったそうで、納品を待って日延べしただけと聞いておりまする」

姫に不要な気遣いをかけぬようにと、坂崎のことは一切耳に入れないよう箝口令《かんこうれい》が布《し》かれていた。そしてあらかじめ延期についての言い訳が統一され、皆が共有することになったのだ。ちょぼはそのとおりのことを口にしたまでだ。

「さようか……」

つぶやきながら、姫はちょぼの顔をじっとみつめる。まだ納得はされていないのか。ちょぼはその視線に耐えて、まばたきをこらえた。嘘をつく時、まばたきが多くなるちょぼの癖《くせ》を、誰よりご存じの姫であった。

外の世界で起こる不快なことは、すべてちょぼたちお付きの者が壁になって防がなければならない。それが自分たちの務めであるとわかっていたが、影として姫にどんな隠し事もしたくないちょぼは、今回の件はつらかった。

「これでは身がもちませぬ」

胸の鬱積《うっせき》をどうにも流してしまえなくて、ちょぼは近江局にも諮《はか》り、延期で空いた日程のうちに上野《こうずけ》は満徳寺《まんとくじ》の松坂《まつざか》を訪ねたいと願い出た。むろん許可はすんなり下りる。利根川《とねがわ》の舟運を使えば翌日には帰ってこられるだろう。

「わたくしも同行したいくらいじゃ。松坂にはくれぐれもよしなに伝えておくれ」

姫からは過分な土産もあった。そして早朝の出立というのに、みずから起きて、

「おちょぼ。――できるだけ早《はよ》う帰ってきてたもれや」

一言、長いまつげをまばたかせもせずおっしゃるのだった。

「はい。姫さまがお休みになられる前までには必ず」

周囲に大勢のお局、侍女が取り巻くというのに、ちょぼ一人、傍に一日いないことがそのようにこの人を不安な表情にさせる。ちょぼは申し訳なくありがたく、一刻を惜しんで上野への途についた。

上野新田郡世良田《にったごおりせらだ》。上方《かみがた》で暮らした歳月が長いちょぼには、道中は呆《あき》れるほど退屈な景色と映った。やがて利根川の洪水域《こうずいいき》にあたる広大な平野に、ぽつねんと見える集落。それが、権現様《ごんげんさま》お声掛かりの満徳寺を核としたささやかな門前町だった。そのほかは見渡す限り畑ばかりである。

寺も、そんな地に不釣《ふ つ》り合《あ》いでない程度の構えであって、尼寺《あまでら》であればじゅうぶんな境内《けいだい》の広さに、実のなる樹木がいくつか植わっているだけのたたずまいだ。

その内にある塔頭《たっちゅう》の一つに、松坂は起居していた。

「まったく、世間はどうしてこう、見たこともない姫さまのことを、勝手な想像でわがままに作り上げてしまうのでしょうか」

久々に会うというのに、ちょぼの口から出るのはまず愚痴《ぐち》だ。城中では周囲に少なからぬ侍女たちがいて、会話をするにもそれなりに言葉を選ばないといけない気苦労があるが、ここでは下女が一人、外で用事をするばかり。おかげですっかり気もゆるむ。

「それだけ、そなたが姫さまの代役をうまくこなしたということでありましょう」

かつてはちょぼの親代わりでもあった松坂は、今はその名も俊澄尼《しゅんちょうに》と改めて、白い絹布で頭を覆《おお》った尼僧《にそう》になっていた。しかし薄茶《うすちゃ》を点《た》ててくれながら笑った顔は昔と変わらず、ちょぼは懐かしさでいっぱいになる。

「おからかい下さいますな」

「これはすまぬ。されど坂崎さまが姫さまにこだわられたのは、何も色恋のせいではありますまい。戦国の武将にとって褒賞《ほうしょう》というものは、己の価値を量《はか》るもの。名高い茶道具一つをめぐって命を賭けるのと同じことでありましょうからな」

なるほど、武将たちは単に所領や城といった実益をもらうためだけに手柄をたてようとするのではない。関ヶ原の合戦では津田秀政《つだひでまさ》が石田三成《いしだみつなり》討伐の戦功の褒賞として家康に所望《しょもう》したのは、安国寺肩衝《あんこくじかたつき》という茶入れであった。茶入れはそれ自体高価な品であったが、それゆえに後世にまで所蔵者の名が伝わっていくのが常で、だからこそ武将たちは己の地位の象徴として、競って所有したがったのだ。

「姫さまが、茶入れと同じとは」

「おほほ。茶入れも仕覆《しふく》や牙蓋《げぶた》など、付属品を好みで増やすことができるゆえ、子が増えるのと同じ。さしずめ姫さまは、生きた茶入れ《ちゃい》といえましょうな」

あまりに明快な答えにちょぼは黙るが、それにしてもわからぬものだ。人を殺して平気な荒武者が、なぜにそのような繊細な美意識を褒賞にみいだすのだろう。

いや、静かに考えれば理解はできる。戦国の世では侍どもは、来る日も来る日も死体が転がり、死臭が漂《ただよ》う殺伐《さつばつ》とした戦場に身を置いている。殺し合いを続けながらも彼らが人の心を失わずにいられるのは、精神の均衡《きんこう》を保つ癒《い》やしがあったからにほかならない。それが茶の湯だ。たった一服の茶が、死に隣り合わせた彼らの心を平常にひき戻す。

ならば姫という存在も、色恋を越え、戦場という究極の非日常でふと人間らしい心を取り戻す、至上の変換装置であったとも考えられる。

そっと、手を見た。坂崎が姫と思い込んで、ふたたび繋ぐと望んだ手だ。もしかしたら彼はこの手に、けっして欲情ではなく、荒ぶる心を鎮める清らかなものをみつけたのかもしれない。

「姫さま自身に罪はなくとも、将軍の姫君であるというだけでその身にはゆえなき恨《うら》みもつきまとうのです。それが姫というもの。姫さまもようわかっておいでのはずじゃ」

まだ手を見ている。やはり彼女の言うことは一言一言が重い。

「されど松坂さま。大きな声では言えませぬが、将軍家も将軍家ではございませぬか。坂崎さまへの後処理は、さらに民の不満を煽ります る」

秀忠からの約束では、出羽守が切腹をするのとひきかえに家督相続を許すとのことだったのに、事件後、幕府は坂崎家を取り潰したのだ。

「仲裁の使者に立った柳生宗矩さまもあんまりです。乱を解決なされたご褒美《ほうび》に、坂崎さまの武器一式と伏見《ふしみ》の屋敷が与えられたのでござりますよ。これでは柳生さまは朋友《ほうゆう》の坂崎さまを騙《だま》したことになりませぬか」

主人にも朋友にも、そして恋した姫にも裏切られた坂崎が、ただ憐《あわ》れだった。

「いや、柳生さまのことはよく知っています。けっしてそのようなお方ではない」

薄茶碗《わん》を回してちょぼに差し出しながら、松坂は言った。同じ大和の出身だけに、親の代からその人となりはよく知っている、と言いたげな断定だった。

実際、約束を違《たが》えたのは、一つでも大名を取り潰したい幕府のほうなのだ。この非情な裁定に対し宗矩は、坂崎の嫡子《ちゃくし》平四郎《へいしろう》を引き取り、家臣とともに召し抱《かか》えている。さらにこのむごい別れを生涯忘れぬために、柳生家の家紋「地楡《われもこう》に雀《すずめ》」に、坂崎家の「二蓋笠《にがいがさ》」を副紋《そえもん》として加えるのである。朋友だけは男と男、武士と武士として裏切らなかったことになる。

「されど、それだけで坂崎さまは浮かばれましょうや」

ちょぼは事件後、いっそう鮮烈に坂崎のことを思い出すのである。特に、自分のこの手を握った、黒く汚れたごつごつと節高い指を。

「あの時そなたは、お役目を果たしただけのこと。何も悔やみますまいぞ」

そう言われ、ちょぼは肩で大きく息をした。影である自分が姫を離れて坂崎をたぶらかし、破滅に追い込んだわけではなかった。姫は茶入れで、自分は影で、坂崎に対し故意に悪事をなしたわけではない。知らずこの手が、戦場には不似合いなあこがれという清らかな心理へ彼を導いたとしても、それもけっして悪意ではない。

松坂との会話でそれらのことが整理できた。押し潰されそうだった罪の意識は、今、ちょぼの内から軽《かろ》やかに融《と》けていった。

「ご案じ召されるな。坂崎さまのお恨みも、仏門に入ったわたくしが引き受け、菩《ぼ》提《だい》をお弔《とむら》い申し上げますゆえ」

ちょぼの表情がなごみ、晴れていくのを見て松坂が言う。たしかに今の心境ならば、姫の前でも暗い顔をせずにすむ。何を訊かれても心揺らがず、どんな時も平気で笑って姫を安心させられる。

「これでようやく姫さまのもとへ帰れます。今後、姫さまが浴びるどんな泥も、ともにこの身に受けて進んでいけそうに思えます」

「泥だなどと。――そなたは今後、姫さまがやっとそのお育ちにふさわしくお受けになる果報《かほう》のすべてを、傍で見守るのではありませぬか」

ああ、そうであればいい、いや、きっとそうであるに違いない。

「それにな、おちょぼ。そなたも行く先で、佳《よ》き人と出会えるかもしれぬぞ?」

「何をおっしゃいます、さようなこと」

思わず真っ赤になって顔をそらした。松坂はおかしそうに笑っている。だがそうならいい。いつか松坂に、佳き人を引き合わせる日がくるならばいい。ちょぼは、遠い未来のまだ知らぬ恋を思った。

「天下が泰平であるとは、いとおしい」

遠い目をして、松坂は茶釜《ちゃがま》のたてる湯の沸《わ》く音に耳を澄ませる。

それにしても松坂は、かつては筆頭のお局として豪奢《ごうしゃ》な打掛《うちかけ》を翻《ひるがえ》し、何人もの奥女中を従えながら城中廊下の中央を闊歩《かっぽ》した人だった。それが、質素な墨染《すみぞめ》の衣をまとい、こんな辺鄙《へんぴ》なところにいてよいものか。将軍家では彼女の忠義にこたえ、実家の者たちを大いに取り立てたと聞くが、本人が今なお城中にあれば将軍家の信頼篤《あつ》く、高い地位で姫に仕えていたであろうにと、残念に思わずにいられない。

「そうじゃ、せっかくこうして訪ねてくれたそなたに、託《たく》したいものがあります る」

話の切れ目に、松坂は立ち上がり、水屋の奥から紫の風呂敷《ふろしき》包みを取りだしてきた。引き寄せて包みの中の桐箱《きりばこ》を改めると、はたしてそこに収められていたのは、黒漆《くろうるし》の地に螺鈿《らでん》と蒔絵《まきえ》で大胆な図柄を施《ほどこ》した円筒形の櫃であった。

「これは？」

高さは三寸（約九センチ）ほどで、軽い。茶道具のたぐいではないだろう。棗《なつめ》にしては大きく、丸形の弁当箱にしては小ぶりだ。側面にびっしり描かれた金銀蒔絵の葡萄文様《ぶどうもんよう》は近頃流行《はや》りの華やかさで、葉や実の輪郭《りんかく》も金、葉には数か所、螺鈿がちりばめてあった。たしかに姫に手渡すにふさわしいみごとな品だった。

だが答える松坂は、驚くべきことを口にした。

「それは切支丹《きりしたん》が用いる聖餅箱《せいへいばこ》と申すもの」

思わずちょぼは目を見開いた。よく見ると、上蓋《うわぶた》の表面に描かれているのは、花形に見えるものの、確かに十字架《じゅうじか》。そしてちょぼには読めないがアルファベット文字で「ＩＨＳ」とあるのはイエズス会の標章《ひょうしょう》にちがいなかった。大坂城には宣教師もたびたび訪れていたから、千姫のもとで働くお女中たちの中にも何人か切支丹はおり、ちょぼもその印は見知っていた。

それら切支丹の意匠を取り囲み、蓋の円周にはぐるり、金の光や焰《ほのお》が囲んでいる。一見ではそれがキリスト教の聖餐式《せいさんしき》で用いるＨＯＳＴＩＡ《ホスティア》というパンを収める箱であるとは見分けられない。それほど和洋が巧《たく》みに融和《ゆうわ》している。その完成度の高さたるや、よほどの職人が作った品であろうと思われた。

「わたくしが持っているには華やかすぎる品です。されど、それには戦《いくさ》で死んだ者の思いが詰まっております」

そこからはちょぼも初めて聞く話であった。松坂には、お江《ごう》の方が取り持った許婚《いいなずけ》があったのだという。坂崎家へ目付《めつけ》として配されていた武将の家臣で、竹中《たけなか》某《なにがし》という侍であったらしい。大軍を率いる合戦では全軍の戦略を統一するため、総大将から配下の武将へ目付が配されるのは常である。そして坂崎家に配された目付役も、大坂の陣ではあの千姫救出に至る城内突入の前に、城門での小競《こぜ》り合《あ》いに加わったが、不運にも竹中一人、戦死をとげたのだ。まさに松坂は、許婚の屍《しかばね》を踏み越えて姫を家康のもとへ連れ戻したことになる。

「そんな大変なことがござりましたのか……」

千姫救出のどさくさで、おそらく松坂にそのような悲劇があったことは誰も知らない。いや松坂が、誰にもそれと悟らせなかったのだろう。戦場での人の命など、吹き飛ぶ塵《ちり》にも等しい。また千姫一人の命の前には、家臣の命の十や二十、比べるべくもないからだ。

ただこの立派な漆器が届けられた。いずれ松坂に届けられる結納《ゆいのう》の品であったのか、それとも坂崎家からの弔いの気持ちでもあったのだろうか、遺品とともに形見《かたみ》の品として坂崎家から送られてきたそうだ。

「亡くなったその方は切支丹でありました。ゆえに、坂崎さま付きへと配されたのでありましょう。同じ信教ならば、懐《ふところ》深くに入り込めましょうからな」

ちょぼは、はっと目を上げる。今、松坂はなんと言った？　その目をみつめ、疑問をあえて声にする。

「ということは、坂崎さまは切支丹でござりまするか？」

それには松坂は答えない。代わりに小首を傾《かし》げただけだった。

貿易を求めさかんに来航していた南蛮《なんばん》国ではあるが、その実、キリスト教の布教を名目《めいもく》にした宣教師を送り込んでは、つぶさに情報を集積。その国の軍事力がどれほどのものか判明するや、軍隊を送り込み、アジア諸国を軒並み植民地として支配

して きた事実が明らかになっている。したがって秀吉《ひでよし》以来、貿易と布教は隔離されて、近年では宣教師が国外追放になることは珍しくなっていた。

いずれこの傾向が強まれば、国策として切支丹は完全に締め出されることとなるだろう。実際、こののち寛永《かんえい》十（一六三三）年にはさらに厳しい禁教令が出される。

切支丹禁教が国策となると、どんな大名も棄教し従わなければならなくなる。黒田官兵衛《くろだかんべえ》のように、空気を読んで早々と宗旨《しゅうし》替えできる柔軟さがあればよいが、高山右近《たかやまうこん》のように耶蘇《やそ》の神に深く信服する大名は、もうこの国のどこにもいられない。

はたして坂崎は、どちらの道を採るか。

いや、答えは自明だ。あの強情さ、融通《ゆうずう》のきかなさ。おそらく国外追放となっても信教を棄てはすまい。

そうなると、幕府としては、やがて破滅する大名のもとに千姫を嫁がせるわけにはいかなかった。大御所ならば、そんなことまで見越していたに違いない。

国家と親の心の、はかりしれない大きな思慮が働いていたことが今呑《の》みこめる。

「どうじゃ？　姫はかようにも将軍家の恩寵《おんちょう》に守られておいでなのじゃ。お幸せにならねばならぬ」

松坂の献身だけではない、これだけの人々の思いを受け止めるなら、姫は不幸であってはならなかった。ちょぼは胸の奥まで深く、松坂の言葉を刻み込んだ。

「恩寵については、わが許婚の君とも何度か話したものです。耶蘇の神は信じれば万人を愛して下さるそうじゃ。されど従順でないわたくしは、なかなか踏み切れなくてなあ」

松坂の頬《ほお》に浮かんだ笑《え》みは、あるいは後悔なのか。

「デウスさまを信じれば天国に行ける、信じぬ者は地獄行き。ならばデウスさまを知らずに死んだ者たちはみな地獄に行きますのか、と問えば、困った顔をしておられた。だからわたくしは、どんな信条の人であろうと洩《も》らさず救う仏さまにたよりたく思いましてね」

ちょぼは頭《こうべ》を垂れた。その賢《さか》しい目で、許婚に対等に向きあう、松坂が見えた。

「わかりましたか。遅かれ早かれ、姫さまのもとを去るわたくしだったのです。その行き先が夫となる男のところではなく、仏さまになっただけのこと。ゆえに、それほど今の境遇を憐れんでくれなくともよいのですよ」

話す松坂の声が明るいから、かえってそれは姫を気遣う裏返しにも思えた。

自分は青い。まだまだ未熟で、神仏のことも人生のことも、そのように深く考えたこともない。まして姫への忠義で松坂の域に至るには、はるかに遠いと痛感した。

「さあ、これを。どんな目的のもとに作られたにせよ、美しい品それ自体に罪はない。とりわけ形見の品を自分で捨てるにはしのびませぬ。よって、姫さまにご処分を願いたいのじゃ」

松坂がこれを姫に託そうという思いはよくわかった。姫は、この美しい櫃を預かることで松坂の俗世への未練を引き受け、それにより松坂はただ前だけを見て、姫のためにあらゆる人の恨《うら》みや無念を引き受け、昼夜となく祈りを重ねてゆける。

だが姫に託すということは、それまでにちょぼが、どう処分するかを考えて帰れということだ。姫はこの世で何一つご自分で考える必要はないのだから。

「わかりました。必ずこの品は姫さまに」

ちょぼはこれをその手に抱えて持ち帰った。

江戸に帰り着くともう夜になっていたが、姫は寝ずに待っておられた。どうしておった松坂は、と問いかけながらも、ちょぼが身辺に戻ったことで、ようやく日常を取り戻したような安らいだお顔をなさる。ちょぼはあらためて、わが重責を感じ直した。取るに足りない自分ではあっても、近くに侍《はべ》るだけで、この方の輪郭をしっかりきわだたせることができる。影にも影の役目があると得心できた。

ちょぼは松坂から預かった櫃を、まず姫に見せた。美しい図柄を前に、姫もため息をつきながら眺《なが》め入った。この櫃にとっても姫にまみえる機会は天啓《てんけい》であった。

いずれ禁教となれば、どのように美しかろうが巧みに和風を装ってあろうが、国が禁じるものを所持すること自体、大罪となる。だが将軍家一の姫であれば誰も持ち物を暴こうはずもない。ゆえにちょぼは、姫の名のもと、自分が責任をもって開かずの納戸《なんど》にでも封印しようと考えていた。そして毎年、この日を命日として、これにまつわるすべての霊の菩提を弔おうと。

なのに姫は、まるで先回りしたかのように、ちょぼに言った。

「これはそなたに下げ渡そう」

えっ、と顔を上げ姫を見る。

「もとより松坂もそのつもりであったろう」

姫が愛らしく微笑《ほほえ》んだ。ちょぼはますます驚きの顔になる。

「されど姫さま、かような美しき品、わたくしには使い道もござりませぬ」

しかし姫はゆったり首を振った。

「餅入《もちい》れに使うことはあるまいが、ちょぼには誰にも知られず言い放ちたきこともあろう。その中に吐けばよい。これからは、そうそうたやすく松坂に会いにもゆけなくなるからな」

胸の中で、ぽん、と何かが跳ねて転んだ。

ああ、毬《まり》だ。遠い昔、子供の頃、松坂が取り出し、姫がちょぼに下さった、あの美しい毬。あれがあるから、ちょぼは母との別離に耐えられた。今、松坂と姫は、あの毬に代わるささえをくれようというのだ。

松坂は姫がそうなさると始めからわかっていたのか。また姫にも、松坂の思いはお見通しであったのか。姫はいつも、影にすぎない自分をそのように気遣うお方であったと思い知る。

「開かずの納戸の手入れはそなたにまかせる。その用は月に一度の月命日としよう。ほかの誰も、開けてはならぬと申し伝えるゆえ」

それは、月に一度、ちょぼがこの櫃を取りだして不平不満を吐き、心の平穏を取り戻せということなのだ。松坂がいれば吐き出せたはずの恨みつらみ、不平のいろいろを、誰にも知られずこの中に吐き、そしてふたたび笑って姫の前で影となる。それはある意味、戦場に生きる荒くれ武者たちにとっての茶入れや姫と同等のものといえるだろうか。誰にとっても癒やしと安寧《あんねい》の装置は必要だ。

「かたじけのうござります。きっと大切にいたしまする」

ありがたさにひれ伏すちょぼに、姫は付け加える。

「それからな、おちょぼ。そなた、嘘をつく時、まばたきを我慢する癖を直すがよいぞ。それも、その櫃の前で練習するのじゃ」

あっ、とちょぼは肩をすくませる。まばたきをするのが嘘をつく時の癖と自覚していたというのに、姫のほうではその一歩先、まばたきを我慢するちょぼから嘘を読み取っていらしたとは。

ちょぼは首を振った。松坂といい姫といい、いずれにせよ自分はまだまだだ。櫃にはこれからどれほどの愚痴が収められるのか。今はただ美しく、主従の間に置かれている。部屋の隅《すみ》に灯《とも》された紙燭《しそく》の明かりが、人も、物も、くっきり濃い影にして襖に浮かび上がらせていた。

第五章　地に伏す龍

大勢の者を巻き込んで波乱の中に進んでいった縁談だが、当の千姫《せんひめ》はそのようなことは何一つ知らない。結局ちょぼも、櫃《ひつ》の中に吐き出したきり、坂崎出羽守《さかざきでわのかみ》の事件のことは一切話さなかったからである。

浮世の風には当たらず、天の花園に遊ぶことが姫たる者の境遇だ。耳に届くのはひたすら心地よいことばかり。それでよかった。たとえ嵐がこようと地が揺れようと、誰かがそこにまっすぐな水路を開いて進ませてくれるというのが姫なのである。それを批判するのは、姫というものの語義を知らぬ無粋《ぶすい》者と言うほかはない。

だから今度も、姫は黙って皆が用意した船に乗った。両親が決め周囲が動くその方向に。疑念は抱《いだ》かず、いや、疑念を抱くことを放棄していたと言ったほうが正しいだろう。疑念を抱くのは親や家来たちを信じないことになる。彼らが自分を悪いようにしようはずもないことは明らかなのだから、姫は、皆の善意を大前提に、用意された船に乗るだけのことだ。

ただ、その船の行き先となる本多忠刻《ほんだただとき》という者のことは気になった。それで、ちょぼにだけはそれとなく尋ねた。ちょぼは待ってましたとばかりに答えて聞かせる。むろん一から、伏見《ふしみ》から江戸への途上に一泊をした桑名《くわな》の城で、同じ座敷に座していた時のことから。

「なんと、もうお目にかかったことがある、とな？ ——されど、覚えてはおらぬ。お熊《ゆう》さまのことしか、思い出せぬ」

同じ家康の孫でありながら、その父母の盛衰によって大きく運命を違《たが》えた年上の従姉《いとこ》に、せつないような申し訳ないような、そんな気分で接したことを思い出す。

「姫さまはきまじめでござりますからなあ。お熊の方さまのことだけにお気を配っておいでてでしたもの。殿《との》のほうでは、それこそじっとみつめておいでありましたものを」

若い娘らしく、少しは姫の気分を盛り上げようと、ちょぼは浮かれて言う。

「でも大丈夫。姫さまの分、わたくしがとくと見ておきました。胸ときめく殿方でござりまするよ」

それこそ影の仕事だと言わんばかりに、ちょぼの口調は弾《はず》む。

しかし姫は逆にちょぼのはしゃぎぶりを見て、これまで自分がずっと沈み込んでいたことにより、侍女たちには楽しいこともなく、つまらぬ思いをさせてきたことに気がつくのだ。

「おちょぼ。そなたたちにも、辛《つら》い思いをさせたのじゃなあ」

「何を仰《おお》せられまする。わたくしどものことなど、数にも入りませぬ」

それでも、お下《しも》の使用人に至るまで、皆がうまくたちゆくように配慮するのがよき主《あるじ》というものだ。姫は、主としての使命感で、気を取り直す。

「まずはわたくしが立ち直らねばなりませぬな。松坂《まつざか》が身をもって断ち切ってくれた昔である。今は、どこへ行こうと舫《もや》いを結んだ先で、暗い顔はなりませぬ」

諦念《ていねん》というほどには悲しくはなく、さりとて期待というほど弾みもしない。姫というのは感情の水位はどんな時にも一定だ。そう、大坂への輿《こし》入れのために初めて船に乗った伏見の川岸から、それは全く変わらない。あの時、姫は七歳。自分が乗る船の行き先について、理解していたとは言えなかった。けれども今回は、一年をかけた嫁入り仕度《じたく》の間に二十歳《はたち》となり、すべての事情がよくわかっている。その意味では、これが姫にとっての初めての入輿《じゅよ》とも言えた。

ゆえに、皆は競って未来を知りたがった。実はあのあと、秀忠《ひでただ》もお江《ごう》の方も、千姫の婿《むこ》となる青年がどんな人物なのか一目見ておきたいという思いにかられ、急《きゅう》遽《きょ》、本多忠政《ただまさ》を息子ともども呼び出したのである。お江の方は興奮をおさえることなくこう言った。

「ちょぼ、そなたも姫に代わって立ち会ってまいれ。陰から一目、見ておくがよい」

それは願ってもない役目。ちょぼはその日、次の間に控えて一部始終を見聞きすることになった。

本多家にしてみれば、これほど名誉なことはない。弱冠《じゃっかん》二十一の忠刻には、将軍夫妻にじきじきにまみえるなど天にも昇る心地であっただろう。そなたほどの果報者《かほうもの》はおりますまいと、母お熊の方に満面の笑みで送り出されてきたと、のちになって姫に話したものだ。

果たして徳川《とくがわ》の人々は、忠刻が美丈夫《びじょうふ》であるとの事前情報から、すらりと細い優男《やさおとこ》を予想していたのだったが、面《おもて》を上げよ、との秀忠の声に臆《おく》することなく頭をもたげたその人は、予想外に精悍《せいかん》な顔だちをした野性的な青年だった。

それはそうだ、武勇をもって知られた本多家の長男なのである。その面立《おもだ》ちはたしかに、一戦も負けなかった祖父忠勝《ただかつ》ゆずりのものだ。二人は思わず、ほお、と目を見張った。天下人《てんかびと》といえど、そこは人並みの親なのだった。

さらに目を向けると、上背《うわぜい》も父より高く、鍛えこまれた体の幅は、ぴんと張ったまっさらな裃《かみしも》の上からも察しがつく。なるほど人が振り返るほどの若殿、と聞いたのは、その体全体から発せられる、若さとたくましさの織りなす空気であったかと、徳川家の両親は目を細めた。

　こうなると、いやでも二人が思い出すのは、秀頼《ひでより》だった。もっとも、娘婿でありながら秀頼は、秀忠が将軍に就任した折の挨拶《あいさつ》でさえ面会を拒《こば》んだ。唯一対面した家康《いえやす》から聞いた話でしかないが、上背が六尺五寸（約百九十七センチ）という偉丈夫であり、サルと渾名《あだな》された亡き太閤《たいこう》の風貌《ふうぼう》にはそぐわぬ立派さであったそうだ。淀殿《よどどの》によって大坂城の奥深く大切に大切に女たちに囲まれて育っただけに、公家《くげ》風の穏《おだ》やかな男であったのだろうと思い描いている。

　ゆえに今、目の前の若者がまったく違う型の男であるのに目を奪われた。なにより、臣下であることによる礼儀正しさがすがすがしく、二人は胸を撫《な》でおろす。

「平八郎《へいはちろう》忠勝の面影《おもかげ》がある」

　まず秀忠が言った。これにには父の本多忠政が相好《そうごう》を崩して答える。

「このうえなきお褒《ほ》め。たしかに幼き頃より、拙者《せっしゃ》より父忠勝に似ているとよく言われておったものです」

　猛将本多忠勝も、この孫を特にかわいがって弓矢の手解《てほど》きをしたのだとか。きっと幼い頃はやんちゃであったにちがいなく、額《ひたい》に残る小さな傷は守《も》り役を泣かせた証《あかし》であろうし、負けず嫌いを表す太い眉《まゆ》もどこか懐かしいものだった。

「武道では何が得意か。剣は、宮本武蔵《みやもとむさし》を師とすると聞いたが」

　すでに及第点《きゅうだいてん》を与えながら、なお確認する顔で秀忠が訊《き》いた。忠刻は、直接答えてよいものか、遠慮がちに父のほうを窺《うかが》いながらも堂々と答えた。

「剣はまだまだでございます。されど、一番はやはり槍《やり》、と答えられるようになりとうございまする」

ほう、と秀忠は再び目を細める。

「槍と言えば、忠勝の蜻蛉切《とんぼきり》。なるほどのう」

「恐れ入りまする。まだまだ祖父の足下にも及びませぬが」

はきはき答える中にも謙虚であるのが好ましい。

槍の刃先に蜻蛉が止まっただけで真っ二つになったことから、忠勝の槍に付いた名前が蜻蛉切。みなは彼の武勇を懐かしく思い出した。なにしろ「家康に過ぎたるものが二つあり、唐《から》の頭《かしら》に本多平八」と謳《うた》われたほどだ。さらに、織田信長《おだのぶなが》からは「日本の張飛《ちょうひ》」と称《たた》えられ、豊臣秀吉《ひでよし》からは「天下無双《むそう》の大将」と言われたこともある。そんな忠勝の若き日が、今、目の前の若者にそのまま重なるのは、秀忠にとって幸せなことであった。

お江の方もこの若武者が無条件で気に入ったとみえ、終始にこやかな視線を彼に注《そそ》いだ。これならきっと姫も気に入る、二人を並べてみたい。お江の方はじっとしていられなくなり、ついには言葉を発してしまう。

「姫にも会わせとうござりまする。おちょぼ、姫をここに呼んでたもれ」

急ぎ、ちょぼが命じられて使いに立ったが、姫のほうでは寝耳に水。

「そのように急なこと……。できぬ。今は気分がすぐれぬと伝えておくれ」

普段は何事にも従順な姫も、花も恥じらう二十歳となっている。女が、嫁ぐ前から男を見定めるなど、相手が家臣だから父も母も平気なのだろうが、夫となる男と考えるだけで、姫はいつになく胸が高鳴り、どうしていいかわからなくなる。

「よろしいのですか、せっかくの機会でござりますよ」

ちょぼのほうが残念だった。姫も一目あの方を見れば安心なさるだろうに。

「よい。――代わりにおちょぼがよく見てきておくれ」

父や母が賛成ならば問題はなかろう。彼らは何より自分の幸せを願ってくれている。そして影のようにともにこれまで過ごしたちょぼの目ならば、自分の目と同じだけしっかり見てきてくれるだろう。あとは彼女のまばたきだけを見ればよい。

こうしてはからずもちょぼが客間に戻り、姫の言葉を伝えることになる。

「姫さまはお越しになれないご様子。何卒よろしくお伝えするよう申されました」

それも上機嫌の秀忠には好ましい伝言であった。

「そうか、姫は恥じらっておるのであろう。では忠刻よ。わが姫のこと、よろしくたのむぞ」

「はっ」

その間に、ちょぼはそっと顔を上げ、忠刻を見た。この日は正装し、剃《そ》りたてた月代《さかやき》がことさらすがすがしさをきわだたせる。見ているだけで気持ちが弾んだ。ちょぼには、桑名への姫の輿入れが待ち遠しかった。ちょぼにとっても大坂への入輿の際は幼なすぎ、姫の結婚はこれが本番なのだった。

「りりしいお声でござりましたよ。水軍の話をしておいでした。船がお好きなのでしょう、上様《うえさま》がいくつか質問をなさったのにも堂々とお答えでした」

ちょぼの報告に、姫が顔をそらし聞き流しているのは照れ隠しとわかっていた。だからいっそう、ちょぼは自分が知りうる限りのことを、浴びせるように姫に語る。百聞《ひやくぶん》が一見に到達するように、姫があの方を受け入れるように、と。

「お祖父《じい》さまの忠勝公といえば、鹿角脇立兜《かづのわきだてかぶと》が有名でござります。その姿が戦場に現れるだけで敵が散ったそうにござりますよ」

姫の想像の中で鹿角脇立兜の武者が浮き上がる。それはあの落城の日、太閤ゆかりの朱の鎧《よろい》を着た秀頼よりも、ずっと猛々《たけだけ》しく恐ろしげに映った。

「生涯五十七回も戦《いくさ》に出られたそうにござりますが、かすり傷一つ負わなかったそうでござりますよ。負け戦は一度もなかったとか。そのお祖父さまに、一番似ておられるのが忠刻さまだというのです」

さまざまに仕入れてきた情報は、ちょぼ自身の好意によって膨《ふく》らんで伝わる。姫の中で、まだ見ぬ人への思いも満ちてゆく。

「そのように詳しく聞き込んできたりして、なんだか、おちょぼが嫁に行くみたいじゃな」

あまりにちょぼの話が熱を帯びるので、姫がやり返す。だが、そのとおりであった。ちょぼは今も姫の影。姫が行くところには必ずついていくのである。

「わたくしも、行く先でどなたか佳《よ》き殿御《とのご》と出会えるかもしれぬと、大御所《おおごしょ》さまのご遺言《ゆいごん》なれば」

しゃあしゃあと言って、笑いを誘う。

年頃の娘二人、本体と影は、初めて自分の進む水路の先を理解して、前向きな心でそこへ漕《こ》ぎ出す時を待つのだった。

＊

「姫さま、お発《た》ちー」

入輿の日はやってきた。九月十三日、江戸城を出発。

この時もまた、父将軍とお江の方は、大手門《おおてもん》前に赤い日傘《ひがさ》を開かせて見送りに出たが、今回はみなが微笑《ほほえ》みながらの晴れの日である。娘が嘗《な》めた苦労を思い、今度こそ幸せにと、お江の方の胸にはこみあげる思いがあった。

延々と、千人規模の壮麗《そうれい》な嫁入り行列が動き出す。長持《ながもち》や輿を担ぐ者、荷車を押す者、騎乗の者。どの顔も、戦に出掛けるのとは違って心底にこやかで、優美であった。その中ほどを、姫の乗った華やかな赤い輿がゆっくり進んだ。千姫にとっての、本当の旅立ち。これこそが新しい人生であった。

延期されたとはいえ坂崎出羽守の事件の記憶がまだなまなましいため、赤い女乗りの輿は二丁仕立てられ、その一つにはちょぼが乗る。それぞれ厳重に守られており、もしも賊《ぞく》が襲ってきても、姫が乗るのはどちらの輿かわからない。おかげでちょぼは道中、輿の中で緊張をゆるめることができなかった。

陸路、東海道を西に進み、亡き家康の終焉《しゅうえん》の地、駿河《するが》に入ると、一行はしばし参拝のため停止した。すでに葬儀は増上寺《ぞうじょうじ》で執《と》り行われたが、遺体は久能山《くのうざん》へ葬《ほうむ》り、位牌《いはい》は三河《みかわ》の大樹寺《だいじゅじ》へ納められている。死後一年たてば日光山《にっこうさん》に小さな堂を建てて勧請《かんじょう》せよと、細かく指示して逝《い》った家康だったが、それらの指図がまだ隅々《すみずみ》まで守られている。

「おちょぼ。まだ信じられぬ。実感が湧《わ》かぬ。お祖父さまがもう地上におわさないなど」

姫はちょぼには本音を洩《も》らす。そしてそれはいつも、影のちょぼと同じだ。

「大御所さまというお方は、いつも遠くでどっしりかまえ、姫さまのことも世のことも、すべてがうまくいくよう思慮し見守っておられる、そういう存在でござりましたね」

ちょぼの思いと同じであるから、姫は黙ってうなずく。この日も家康がどこか空の高みから、自分の行列を見守ってくれているように思え、二人並んで本陣の屋根を見上げた。

空は明るく晴れて、山は青く、柔らかな雲がたなびいていた。よきかな、よきかな。どこかで家康の声が聞こえる気がした。姫、つつがなく過ごすのじゃぞ、そう言ってくれているような。

希代《きたい》の戦国武将として生きた家康が、まさにこの世でし遺《のこ》したことはこれだけとばかりに調《ととの》えていった孫娘の嫁入りは、秋晴れの空に見送られ駿河を発った。

十日をかけて行列は尾張《おわり》まで進み、木曽川《きそがわ》を前に、陸路は尽きる。東海道は慶《けい》長《ちょう》六（一六〇一）年に伝馬《てんま》制が実施され、五十三次の宿駅が置かれることになったが、めざす桑名はその四十二番目の宿にあたる。熱田《あつた》の宮《みや》宿から桑名宿への間だけは、唯一、海路となり、「七里《しちり》の渡《わた》し」を船で通行しなければならなかった。名前の由来は、この陸地沿いが満潮時に七里となるからで、渡し船による所要時間は二刻《ふたとき》（約四時間）である。

姫の行列も例外でなく、揖斐川《いびがわ》の向こう岸へは船になった。桑名城は水城である。後世、対岸に朱《あか》い大鳥居が建てられ、そこから先は伊勢路《いせじ》に入るという目印となる場だ。

その対岸から、本多家が差し向けた屋形船が出迎えに来た。姫を迎えるにふさわしく綺羅《きら》で装った船である。

まず姫が乗り込み、輿入れの大行列も次々と荷を積み込んであとに続く。供奉《ぐぶ》船《せん》、護衛船、おびただしい数の船が、ゆったり、波路を渡っていくのは壮観だった。凪《な》いだ海は快く姫を迎えるかのように穏やかで、やがて先頭が入城するに至るが、最後尾はまだはるかな水上に姿が見えてこない。

ここ桑名に領地を賜《たまわ》ったのは、徳川四天王の本多忠勝である。十万石《ごく》の大名に封じられた。

忠勝が入封《にゅうほう》するやいなや手を付けたのが、この城郭《じょうかく》の築造だった。伊勢湾、揖斐川など天然の要害《ようがい》を利用した地に本丸、二の丸を配し、西と南に濠《ほり》を巡らした複郭式の水城で、普請《ふしん》にあたっては、同じく四天王の一人、井伊直政《いいなおまさ》も家臣を動員して応援したという。

揖斐川沿いには船着場を整備し、四重六階の天守をはじめ、五十一基の櫓《やぐら》と四十六基の多聞《たもん》が立ち並んでいる。まさに水の要塞という風格だった。

「おちょぼ、あそこにいるのは龍か」

御簾《みす》の内から、姫が目ざとく櫓の上の瓦《かわら》を指さした。船の内では例によって二人一緒だ。

「どれにございります？　姫さまはお目がよろしゅうござりまするなあ」

「そなたの目がようないだけじゃ」

浮き立つ心の表れか、互いに言いたいことを言い合って笑い、ちょぼが言われるほうに目を移せば、たしかに櫓の瓦の上には何かいる。

よくよく目をこらせば、それは這《は》いつくばった姿の龍のようだ。どこからもよく見える櫓の上。海に向かって身構えて、まるでこの地を守っているかに見える。そして、新しく入城してくる千姫の大船団を、迎えるべきか襲うべきか、思案しているかのような。

立派な角があった。ここからだと距離があるから定かではないものの、龍の顔の大きさは人の頭ほどあるのではないか。

姫もちょぼも目が離せなくなっていた。船が水門めざして進むにつれ、その目は揺らぐことなくこちらを見据え、鱗《うろこ》に鎧《よろ》われた長々とした胴体を波打たせている姿が明《さや》かになる。

「あれがいるので、ここの櫓を蟠龍櫓《ばんりゅうやぐら》と申すそうでございます」

江戸から随行してきた千姫御輿添の一人、永井《ながい》信濃守《しなののかみ》尚政《なおまさ》が、角と髭《ひげ》とは金属で、あとは体も顔も鈍色《にびいろ》の焼き瓦でできていると、説明する。

御輿添にはもう一人、青山大蔵少輔幸成《あおやまおおくらしょうゆうゆきなり》が任じられて別の船に乗っている。ほかに、貝桶《かいおけ》の船には安藤対島守重信《あんどうつしまのかみしげのぶ》が付いていたが、さらに付け人として佐野正長《さのまさなが》、染木正信《そめきまさのぶ》ら何人もの家臣が従うというものものしさだ。

「龍は水を司《つかさど》る聖獣で、あのようにして陸上にいる限り水も穏やかで、航海も安全にゆきまする。水中の魚たちも安心して棲《す》めようというものでござれば」

蟠龍とはとぐろを巻いた龍を言い、地面にうずくまって、まだ天には昇らない。

「されば、嵐の折は、あの龍は水に潜《もぐ》って櫓にはいないのか」

姫が驚いて尋ねたので、信濃守は慌てる。

「さあ、それは……。嵐の時は誰もここまでまいりませぬゆえ、確かめた者はおりませぬが」

いかにも正直者らしい答えがおかしくて、ちょぼがからかう。

「では永井どの。次に嵐が来た時、ぜひ姫さまのために、龍がそこにおるのか見てきて教えて下さりませぬか」

「これ、おちょぼ。無体《むたい》なことを言うでない」

真《ま》に受けた永井が目を白黒させているので、姫がたしなめる。それほどに、ちょぼは新しい地に興奮している。

「いえ、次の嵐には、必ず」

汗をかきかき答えるのを見て、ちょぼはまた声を出して笑うのだった。

船はなおも進むが、龍はずっと睨《にら》みつけている。目を離せないまま、姫は訊く。

「城下はこの城の背後にあるのか」

「はい。忠勝公が縄張りをなさり、〝慶長の町割《まちわり》〟として整備されましてございまする」

姫の入輿にさきがけ、現地に何度も足を運んだ永井だ。今度はしっかり答えた。

その町づくりでは、まず城下を流れる大山田川《おおやまだがわ》と町屋川《まちやがわ》の流れを変える一大普請が行われた。これらの川を外濠《そとぼり》として利用し、城の守りをかためるわけだ。のみならず、この濠を利用し、城内から船で海に出ることができるようになっていた。

「城の北辺を東海道が通っており、〝七里の渡し〟の発着点となっております」

永井の話で、東海道を往来する旅人たちの姿が目に浮かぶような気がした。天候によって渡し舟が出たり出なかったり、旅程のうちの難所の一つになっているが、その分、桑名宿では人や物資が滞留《たいりゅう》し、城下に賑《にぎ》わいをもたらしている。よき統治であることがしのばれ、姫はまず安堵《あんど》する。

「姫さま、お着きー」

櫓では合図の太鼓《たいこ》が打ち鳴らされる。続々と船が水門に入るさまは壮観だった。

城内の船着き場には積み荷の上げ下ろしのための広い運上場《うんじようば》があったが、船の到着はいちどきになるので、ごった返している。迎えに出てきた本多家の面々は忠政にお熊の方、そして忠刻本人も、みな正装である。

「お出迎え、ご苦労にございまする」

よく通る声で御輿添の永井が、青山、安藤とともに進み出る。対する本多家の請け取り役は、松下河内と長坂太郎右衛門。姫を囲む女の一団は、それぞれ挨拶の儀が交わされたあとの上陸になる。さらに、姫の乗った輿は船揚場からそのまま長曲輪《ながくるわ》まで運び込まれ、玄関先の車寄せに横付けされて扉を開くことになる。文字どおりの輿入れであった。

姫は一歩も地面を踏むことなく、曲輪の廊下に下り立った。直接人々の目に触れないよう白無垢《しろむく》の被衣《かずき》に覆《おお》われた姫は、ちょぼたち侍女に手を引かれ守られながら、新天地に足をおろした。

「千にござりまする」

被衣をずらし、姫は緊張を隠せない小さな声で挨拶をした。こんなところで対面か、とちょぼは思うが、相手が臣下であれば、姫の到着に現れないのは非礼になるからしかたのないことであった。

ため息とともに、本多家の人々がいっせいに姫を見た。

将軍姫君のお衣装は、一目でほかとは違う格の高さで、たちまちあざやかな花が開いたかのようだ。お江の方が一つ一つ吟味《ぎんみ》して選んだおびただしい数の衣装の中でも、この日の打掛《うちかけ》は京の織師、染師、刺繡司《ししゅうつかさ》を動員して作らせた最上の品で、淡い朱鷺色《ときいろ》の流水模様に小花を散らした総柄が姫の初々《ういうい》しさをきわだたせている。豊かな黒髪は後ろで高く結《ゆ》い上げ、二十歳の若さにふさわしく金銀の水引で結んで、うなじから背へ垂らしてあった。

「姫さま、ようおいで下された」

忠政が言葉をかけると、永井がそれに返礼する。だが彼らより存在感を放ったのはお熊の方だ。よく通る声に喜びを隠しもせず、笑顔で迎えの言葉を述べた。

「ほんに、この日を待ちわびました。姫さまをお迎えするのは一家の誉《ほま》れ。一日千秋《いちじつせんしゅう》の思いで指折り数えたこの日を迎えられましたこと、夢のようでござります」

ちらりと視線をそちらへ移せば、恰幅《かっぷく》のいい婦人が打掛の褄《つま》をからげて微笑んでいる。その隣にいる中肉中背の男が忠政か。二人並ぶとやはりお熊の方の印象が強く、ちょぼから聞いた鹿角の兜は、この人のほうが似合いそうだと姫は思った。

だが姫は何も言わない、ただうなずく。視線は常に一尺（約三十センチ）先に落としておくものと決まっていた。だから、忠政、お熊の方夫妻から視線を移したのは、たった一度きりである。

なのにその時、お熊の方に並んで、姫をみつめる男と目が合った。――忠刻本人だった。

ありえぬことだった。姫の身分を知りながら、そのようにはばかりもなくみつめることができる者など、今では父母しかこの世にいない。

またたきつつも、姫は目をそらすことができなかった。忠刻のまっすぐな目はあまりに率直に、姫への関心を隠せずにいる。どんな姫か、噂《うわさ》どおりに美しいのか、若くとも天下人《てんかびと》たろうという者の北の方であったからには、傲慢《ごうまん》な姫ではないのか、と。

どこかでその目を見た、みつめられた。姫にはなにか既視感があったが、思い出せない。誰であろう、まるで自分を見定めるように、静かに窺っていたのは。

「姫さまには、お疲れでございましょう。すぐに二の丸にてご休憩のほど。さ、案内せよ」

忠政が言う。促《うなが》されて、姫は視線をめぐらす。遠く曲輪の庇《ひさし》越しに、自分を乗せてきた船団が、岸に並んでなお揺れている、そんな様子が見える気がした。しかしもうそれに乗ることもない。ちょぼがそっと、姫の手を取り、前へいざなった。

その時、驚くべきことに、忠刻が進み出た。袴《はかま》の膝《ひざ》に手をそえ、一礼する。

「本多忠刻にございます。これより、みどもが姫を案内いたしまする」

堂々としたふるまいではあったが、花婿《はなむこ》みずから案内に立つなど前代未聞。刑部卿局《ぎょうぶきょうのつぼね》ほか、お局たちが怯《ひる》むのがわかったが、ちょぼは進んで姫を手渡した。

「かたじけのうござります。さ、姫さま」

誰であれ、姫が直接返答することはない。忠刻本人が姫を案内するというなら、望むところではないか。

忠刻は礼儀正しく黙礼したが、あとは、侍女どもなど目に入らぬような間合いで姫の傍《そば》に立った。ちょぼは自分が立つだけの足場を失い、一歩、後ろに退く。背後から見る忠刻は、小柄な姫と並ぶとずいぶん大きな男に見えた。上背だけなら秀頼のほうが大きかったかもしれないが、肩幅も胴回りも、忠刻のほうがずっと幅があって頑丈《がんじょう》に思える。ちょぼはそっと俯《うつむ》いて笑《え》みを隠した。

だが姫は少々うろたえていた。どこに行っても先頭、どこにあっても中央。それが姫の定位置であったから、隣に忠刻がいるこの居並び具合は、妙に違和感をもたらすのだ。

それでもこの違和感こそが、きっと自分の新しい人生なのであろう。臣下への再嫁、という意識はなかったが、これが相応の立ち位置なのだろう。慣れねばならぬ。

姫はそっと目を上げた。するとまたしても、自分をみつめる忠刻の目と合った。

すずやかだが、笑みでほぐれた優しい目だ。

弾《はじ》かれるように目をそらす。おそらく頬《ほお》は赤く染まっていたはずだ。そして姫は気づくのだ。その目をどこかで見たと思ったが――。

龍だ。それは、船の上から見た、あの龍の目だ。晴れ渡る水面《みなも》を見渡しながら、民の航路が穏やかであれ、漁がさかんであれと地上を見守る、あの蟠龍の、焼き瓦の目。

鹿角脇立兜を受け継ぐべき荒武者でありながら、自分を見守るその目の中に、優しいものを感じて、姫はそっと目を伏せた。


婚礼の儀は、三日三晩にわたって行われた。

なにしろ花嫁が将軍の姫であることから、本多家は上を下への大騒動。随所で必要以上の気遣いが払われることとなったが、将軍家ではそれを配慮し、姫を迎えるにあたっての祝宴の酒肴《しゅこう》から薪能《たきぎのう》にいたるまで、必要な人員や費用はすべて江戸から遣わされている。

先発隊は数日前から城に入って準備にあたっていた。当然ながら、何かにつけて混乱も生じたが、そこは本多家の者たちの譲歩によって秩序が保たれていた。ともかく本多家始まって以来の慶事に、喜びは緊張を上回り、誰もが浮かれていたのである。

その意味では、姫はまさに、人々に喜びと笑顔をもたらす福の女神であったかもしれない。誰もが姫を敬《うやま》い、誰もが姫を愛した。

そんな姫が、夫となった忠刻としみじみ言葉を交わしたのは、三日目の夜、白羽《しろは》二重《ぶたえ》で調えられた新床《にいどこ》で、二人向き合った時だった。

「姫はお疲れになったのではございませぬか」

まずそのように敬語でねぎらう忠刻に、いいえ、と言葉にはせず姫は首を横に振った。

「そうか、それならよかったが――。拙者《せっしゃ》は、少し疲れました」

言って、褥《しとね》の上にあぐらをかく。まだ表座敷では酒宴が続き、家中の皆が喜びの酒に酔いしれていることだろう。

だが言葉はそこで尽きて、彼は大きく深呼吸した。

「あー、こういう場合、何をどうすればよいのでござろうなあ」

本多家の若殿として二十一歳にもなったからには、女と過ごす夜は初めてではなかろうに、姫の身分を前にためらっているのだ。さりとて姫から何ができようか。

「あらためて、――忠刻でござる」

言うにこと欠いて自己紹介とは。姫が笑えるはずもなく、いっそう身を固くする。

するとなにに気づいたものか、忠刻はついと立って襖《ふすま》を開ける。次の間に控えていたちょぼと近江局《おうみのつぼね》は驚いてかしこまる。その頭上に、忠刻は言った。

「江戸城とは違って小さな城だ。宿直《とのい》はよいから、そなたたちも下がって休め」

近江局が慌てる。夜間に何か異常があっては自分たちの責務を全《まっと》うできない。言いかけると、忠刻は笑みを洩《も》らし、

「大事ない。これよりは、拙者が姫の傍にいる」

不敵ともいえるその目に、女二人は気圧《けお》されてしまう。

「明《あ》け六《む》つに戻ってまいれ。さすれば勤めも果たされよう」

ちょぼは、近江局と顔を見合わせる。今夜からは、自分たちの主人はこの人になる。姫にも命令できる人。まして自分たちがさからえるはずもなかった。

ためらいつつも、二人、丁寧《ていねい》な礼をし、打掛の裾《すそ》をさばいて次の間をあとにする。長廊下にそって小部屋がいくつかあった。こうなればそう遠くない部屋で仮眠するしかなかろうという判断を、互いに無言で確かめた。二人、それぞれに裾を引いて部屋から遠ざかる。

「少し、お飲みになりまするか」

ちょぼたちを追い払った忠刻は、いたずらに成功したように肩をすくめて、姫に

勧めた。

「お役目に忠実なのはよいが、あの者たちも疲れておりましょう。ここからは姫と二人、あらためて祝宴とまいりましょうぞ」

枕元にしつらえられた飾り膳《ぜん》から屠蘇《とそ》杯を取り、忠刻が勧めた。もとより姫に酒をたしなむ習慣はなく、これも小さく首を振る。

「わたくしが、お注《つ》ぎいたしましょうか」

ちょぼたちがいたなら、めっそうもない、と駆け寄るところだ。日常のこと万事、お局や侍女にまかせ、他者に酒など注いだことなどない姫だ。

「では頂戴《ちょうだい》しよう」

遠慮するかと思ったが、彼は堂々と杯《さかずき》を差し出し、姫に注がせた。

一気に杯を空《あ》ける飲みっぷり。姫は背筋を正した。この男は地上でただ一人、自分に酒を注がせる男なのだ。いや、夫となるからには、姫にどんなことでもさせられる。

「我が家の恥を言うようですが、叔父《おじ》の忠朝《ただとも》は冬の陣で、酒を飲みすぎて敵に後れを取り、大御所さまに大目玉を食らったことがあるのです。以来、酒はほどほどに、というのが我が家の家訓になりました」

父忠政の弟、忠朝のことである。冬の陣での敗退を家康に咎《とが》められ、翌年の夏の陣では、汚名返上のため天王寺《てんのうじ》・岡山《おかやま》の戦いで先鋒《せんぽう》を務めた。正面から毛利勝永《もうりかつなが》軍に挑んだのだが、奮戦むなしく戦死した。

「叔父は息をひきとる時に、酒のために身をあやまる者を救うようにと遺言したそうで、今や戦没の地で酒封じの神に祀《まつ》り上げられておりまする」

杯を盆の上に伏せ、忠刻は笑った。家康も秀忠もさほど酒をたしなまない人だったから、叱責《しっせき》はさぞ厳しかったであろう。気の毒で、姫は笑えなかった。

「笑っていただけるかと思いましたに」

首を傾《かし》げながら忠刻はつぶやく。そうか、姫の気持ちをほぐそうとしてくれているのだ。思いが伝わり、姫はかすかに笑った。

「殿の家のお話は、もっと聞きとう存じます」

忠刻も微笑んだ。やっとうちとけた空気が二人の間に流れ出した。そのため姫も、自分でも思わぬ言葉を口にすることができた。

「この城に入る前、龍が、おりました」

何の脈絡《みゃくらく》もない。だがそれが最初に心に留めた本多家のものだ。

「ああ、蟠龍櫓の龍でござるか」

まだ空を飛ばず嵐を呼ばず、伸びやかに地上に伏して、陽《ひ》を浴びる龍。

はい、とうなずき、姫はそっと上目遣いに彼を見る。

「殿に、似ておりました」

どこが、と訊かれるものと思ったのに、忠刻は不意を突かれたように姫を見る。

「新しくこの水域にやってくる者を見張り、異議ありと思えば動き出すかのような龍でした」

「それは――」

姫がこんなふうに喋《しゃべ》ってくれるとは思わなかったのだろう、忠刻は姫が人形でなかったことに打たれたように、つい、思ったままに口を滑《すべ》らせる。

「我知らず蟠龍のごとき礼を失するような視線になりましたのは、それは、姫が拙者のもとに来てくださることが決まって以来、ずっと恋《こ》い焦《こ》がれていたからでしょう。だから、姫が、本当はどんなお方か、知りたくてたまらなかった」

常に他者から褒《ほ》められることに慣れた姫にも、心をじかにつかむような告白に聞こえた。

「会ったこともないのに？　わたくしに？」

心を揺らされただけに臆病《おくびょう》になり、姫はたしかめずにはいられない。

「はい。高貴な姫さまというのは、そういうものでござろう。平安の昔にも、姿など見せたはずもないのに、その存在だけで男たちは恋に惑《まど》った。男とは愚《おろ》かな妄想《もうそう》の生き物です」

たしかにそうだ。姫は、忠刻が武勇だけの男ではなく、教養も積んだ男であると知る。

「ではこうして実際にご覧になって——妄想はいかがなりましたでしょう」

聞き慣れた追従《ついしょう》はもういい。本当のことが聞きたかった。そして忠刻なら本当のことを言いそうな気がする。だが彼は、姫をみつめ、やはり脈絡もなく言うのである。

「姫のまつげは美しゅうござるな」

そんなことではなくて、——と反射的に目を上げた時だった。

「そのまま」

命じられたなら、そうせざるをえない。彼は自分を自由にできる男なのだ。

膝を一歩進めて忠刻が近づき、右手でそっと姫の頰に触れる。そして、何か言ってくれるかと思ったが、そのまますると姫の体を抱き寄せる。そして、壊れ物を胸の中でいとおしむように、忠刻はしばらくそのまま動かなかった。

この日のために調えられた真新しい絹の夜具《やぐ》から、かすかな香が匂《にお》い立つ。この空間の隅々にまで、姫の平穏、そして愛の実ることを切望する者らの思いが充《み》ち満ちていた。

頭の中を、思いが巡った。幼くして豪奢《ごうしゃ》な大坂の城に嫁いだこと。義母となった淀殿の美しい顔、波打つ金襴《きんらん》の打掛の数々。そして、鬢《びん》そぎをしてくれた秀頼の端正な顔も。

彼との夜は数えるばかりだった。もとより、彼は身近に添《そ》い臥《ぶ》しの側女《そばめ》を置き、至れり尽くせりで扱われて男の欲望を散らすことのできた男だ。ゆえに、まだ青く未熟な千姫に対し、彼自身が丁寧な性の導き手となることはなかった。彼にとっては快楽は与えられるものであり、みずから得ようとするものではない。それはほかの、富や身分や権力などという、およそ地上の民がほしがり、また奪いあうものと同列にあった。彼は生まれながらに、それらすべてを与えられていたからだ。

しかし前夫との記憶をたどる時間は長くはなかった。やがて忠刻が、抱きしめた腕に力をこめる。めくるめく思いで頭の中が空白になる。忠刻という男を、姫はまずその重みで知った。

「姫を、いかががいたそうか」

目を閉じる。いかがも何も、いかようにされようと忠刻に身をまかせる覚悟はできている。なのに彼は、姫を抱いたまま、ありえぬほどの静かさで言うのだ。

「姫はお小さい頃に、世の安泰《あんたい》のために尽くされた。けれども結局、悲しい思いをされた。我らは姫の犠牲を尊く存じまする。そんな姫に、拙者は何を返せるのか」

返す、など。天下の和平に貢献するのが姫の定めであって、何も忠刻一人のための犠牲ではなかった。なのに彼は、ちゃんと姫の生きた意味を知ってくれていた。

つん、と涙がこみあげる。まさかそんなことを言われようとは。

姫は言葉もなく、顔を見られまいと首をそむける。濡《ぬ》れたまつげの先に、忠刻がそっと唇《くちびる》を触れるのがわかった。

「みんな忘れて下さいますか。――これよりは、この忠刻が傍におりまするゆえ」

声もなく、うなずいていた。ついていこう。今度は自分の意志でどこまでもこの人に。抱きしめる腕を抱きしめ返すと、鍛えられた鋼鉄のような胸板が姫をもろく押し潰《つぶ》す。

あとは、二十一歳と二十歳の若い男女にどんな礼儀がいるだろう。

外では、夜の曇天《どんてん》を割り、雨が降り始めていた。

ちょぼは、庇《ひさし》を叩《たた》く雨音で目覚め、蔀戸《しとみど》を下ろす。廊下にもわずかに雨が降り込んでいたが、近江局をはじめ、侍女たちはみな疲れて眠りこけている。

姫さまは大丈夫だろうか、ふと奥の寝所《しんじょ》に目をやるが、すでに明かりは消えている。

これよりは、拙者が姫の傍にいる。――自信に満ちた忠刻の目を思い出し、ちょぼはふたたび寝間に休む。長旅の疲れが泥のように、ちょぼを眠りにひきずりこむのだ。

雨はやまない。婚礼の儀式のあいだはあれほど晴れたというのに、天はなにか別の時期へ変わろうと企《たくら》むように、しだいに雨の勢いを増していった。

むろん、寝所の二人に雨音が届くはずもなく、城も櫓も濡れそぼる。

龍がまだ櫓の上にいるのか水に潜ったのか、誰も確かめるすべもなく、夜の雨は降り続けた。

第六章　播磨姫君《はりまのひめぎみ》

雨は海から嵐を呼び、桑名《くわな》の町で大暴れして、通り抜けた。増水した揖斐川《いびがわ》の濁りがやっと収まり、人が渡れる水位になるのに五日はかかった。桑名宿は、川止めで旅を中断された客たちで溢《あふ》れている。

江戸の将軍のもとに、千姫《せんひめ》婚礼の次第が伝えられるのには、さらに十五日を要した。報告の使者には、いちばん若いちょぼが同行として選ばれたが、なんといっても女の足である。それでも、途中、輿《こし》や駕籠《かご》に乗らずに歩いて、無事に江戸城に到着した。

「忠刻《ただとき》さまと姫さまは、仲むつまじくお過ごしでござりまする。お二人並ばれたご様子は、まるで男雛《おびな》と女雛《めびな》のように美しく、皆、お二人のお姿を見飽きませぬ」

ちょうど秀忠《ひでただ》も奥を訪れ、お江《ごう》の方と並んでこれを聞くことになった。

「おお、そうか。二人、むつまじゅうしておるか」

二人は相好《そうごう》を崩し、身を乗り出してちょぼの報告を洩《も》らさず聞いた。

豊臣《とよとみ》と徳川《とくがわ》を繋《つな》ぐ政略の一つとして結ばれたこの夫婦も、年を重ね苦労を経て、権力者に似合わぬほどの親しい絆《きずな》で寄り添い合い、こうやって並の夫婦のように、くつろぎ語らうような時間も少なくなかった。

「ほんにようございましたなあ、殿《との》。大御所《おおごしょ》さまもきっと安堵《あんど》なされて下さりましょう」

煩雑《はんざつ》な政《まつりごと》とは違って娘の嬉《うれ》しい知らせだけに、秀忠も目を細めてこれを聞く。

「して、桑名の城はどうじゃ」

「はい。少々狭くて、江戸からついていった者たちが長局《ながつぼね》で溢れております。出発の前の夜も、わたくしは近江局《おうみのつぼね》とひしめきあって休みました」

これには秀忠もお江の方も吹き出した。

「それはそうであろう。どんな城もこの江戸城や大坂城と比べては小さく見えよう。ことに桑名は海戦のための軍事の城じゃ。女どもには住みにくくて当たり前」

将軍の名のもと、大名が所有できる城は一国に一城と定めた法令を全国に発布したのは夏の陣後のことである。新しい城は許可なく築城できないのだから、将軍が住まう江戸や千姫が長く住んだ大坂を凌《しの》ぐ城が存在するわけがなかった。

「されど、……その海戦はまた起きるのですか」

お江の方の指摘に、秀忠は返事に詰まる。そうであった、大御所家康《いえやす》が心を砕いた徳川幕府の世では、もはや戦《いくさ》は終わったのであった。

ここに至って、親として二人は初めて、姫を嫁がせた城の広さという物理的な問題に気づく。これまでは、まず精神面での姫の居心地のよさだけを優先してきたのだ。

「姫がそんな手狭《てぜま》なところで心地よく過ごしていけましょうや」

十万石《ごく》が手狭なわけがなかったが、お江の方に問いかけられて、ちょぼはどうにも答えられない。ふむ、と秀忠も考えこむ。

「たしかにそうじゃな。将軍の姫が、夫の親たちに遠慮して部屋住みの息子と一緒に小さくなって暮らさねばならぬとは、不憫《ふびん》ではあるな」

「本多《ほんだ》家が姫を粗雑にはすまいと思いますが……。新たに屋敷の一つも建ててやってもらいたいところ。それには費用もかかりましょうしなあ」

あとは、二人の間でぽんぽんと投げ合う会話を聞くだけになる。ちょぼは、いかに天下の将軍家でも、娘のことになればただの甘い親になるのであるなと微笑《ほほえ》ましかった。

お江の方は、表の政治に口を挟んではならないとは思いつつ、やはり言うべきことは言っておこうと思うらしい。

「加増というのは、なりませぬか？」

ずばりと言われ、秀忠はなお詰まる。

「そうじゃなあ。さりとて、桑名周辺は、もうきっかりと治まっておるからなあ」

どこの領地を持ってくるか、誰に与えるか、家臣の移封《いほう》や加増は将軍の大きな権限であり、悩みどころでもある。最終的には幕府の考えとして、重臣たちに意見を聞いた上で、皆が納得するかたちにせねばならないが、決定権を持つ将軍として素案は形作ってあるほうがいい。秀忠はもう一度、ちょぼを見た。

「ともかく忠刻は姫を大事にしてくれるようじゃ。なあ、おちょぼ」

不意に振られてたじろいでいては、姫の使者は務まらない。すかさず、

「はい、それはもう、宝物のように」

そう答えた。二人はまたも満足げに微笑み、うなずきあう。

「それにまさる手柄《てがら》はあるまい。褒賞《ほうしょう》なら二倍、三倍、くれてやっても惜しゅうない」

さっそく秀忠は小姓《こしょう》に地図を持ってこさせて、思案を始める。

「おちょぼ、ご苦労であった。また呼びにやらすゆえ、ゆっくり休むがよい」

お江の方にねぎらわれ、ちょぼは大役を終えて下がった。とはいえ今夜はどこで控えていればいいのやら。

案内を待って三の間に控えていると、入れ違いに側近の本多正純《まさずみ》がやってきた。

「上様《うえさま》、播磨《はりま》の件、いかがいたしましょうや」

三十畳もある座敷には、襖《ふすま》の陰に侍女《じじょ》が一人控えていても目に障《さわ》らない。案内を待つ間、聞くともなしに、ちょぼは彼らの会話を聞くことになった。

「池田《いけだ》のことか」

播磨は五十二万石。瀬戸内《せとうち》の播磨灘《なだ》に臨《のぞ》み、西国《さいごく》からは必ず通らねばならない要衝《ようしょう》でもある。しかも気候や地味《ちみ》のよさから、古来より莫大《ばくだい》な米の収穫が得られる地として知られ、国守の時代も守護や地頭の時代も、任地先として人気があった。そんな良地をまるまる与えられたのが池田輝政《てるまさ》である。関ケ原《せきがはら》で戦功があり、家康から破格の取り立てを受けたのだった。

とはいえ池田は、どれだけ信頼に足るといえども外様《とざま》である。

西国には徳川と戦って敗れたのち領地を縮小されて収まった大名が多いため、家康も、最後までこれら外様の動向を気にしていた。彼としては、自分の代では天下を手中に獲《と》ったものの、子や孫の代で覆《くつがえ》ることを何より恐れていたのだ。徳川の安泰《あんたい》を永遠のものにするなら、なんとしても西国を鎮《しず》めねばならない。それには播磨に、睨《にら》みを利《き》かせる者を置きたいというのが本音である。

池田家へは、輝政の後妻として家康の娘督姫《とくひめ》を嫁がせるなど、親戚としてのつながりの強化が図られてはいたが、後継者である利隆《としたか》は徳川とはゆかりのない先妻の子だ。彼にも秀忠の養女を嫁がせたものの、先般、三十代の若さで亡くなった。その嫡子《ちゃくし》光政《みつまさ》は、まだ八歳になったばかりである。

「童児《どうじ》に、西国を鎮める睨みを利かせる役目は重いであろう。のう、……」

秀忠が言うのが聞こえた。

「さよう、渡りに舟、とは申しませぬが」

正純であった。あとは、沈黙。

五十二万石を誇った播磨池田家であったが、輝政亡きあとを継いだ利隆は、徳川家への遠慮から弟忠継《ただつぐ》に西播磨十万石を譲っており、実質四十二万石となっているらしい。

「幼い当主には因幡鳥取《いなばとっとり》三十二万石を与えるか。十万石ほどは、辛抱《しんぼう》してもらうしかないな」

数字の上ではそうなるが、播磨は太閤秀吉《たいこうひでよし》の時代から検地《けんち》見込みがゆるく、実質の藩主の実入りはもっと多かったから、池田家には大きな損失といえる。

とんでもない相談がなされている、とちょぼは思った。これこそ天下をその手に握る者たちの会話であろう。姫にかかわってくる領地の話とはいえ、ちょぼはそれ以上聞いているのが恐ろしくなって、そっと座敷から退出した。

彼らの相談がどういう結果になったか、奥詰めのお局たちの噂《うわさ》話から知ったのは、ちょぼがふたたび江戸を発《た》つ前の日のことだ。あの場で聞いたとおり、池田家は鳥取へ国替えだそうだ。

幕府の決定には誰もさからえない。おそらく秀忠はあのあとも地図に書かれた石高を睨みながら、正純と二人、ああでもないこうでもないと策を練ったことだろう。誰からも不満が出ず、のちに恨《うら》みを残さない方法で、姫に与えてやれる領地。甘い親心の算段は、姫のためには好都合となる。

そうして、本多家の移封が公表されたのは、ちょぼが桑名に戻って二月《ふたつき》後、元和《げんな》三（一六一七）年が明けてまもなくのことだった。姫が嫁いで三月《みつき》が過ぎようとしていた。

移封先は播州姫路《ばんしゅうひめじ》――。

皆は色めき立った。しかしその采配《さいはい》は本多家のみを優遇するものではなく、秀忠らしい深慮があった。

池田家から取り上げた播磨を、お熊の方ら家康の長男信康《のぶやす》の遺児たちにも、と考えた結果なのである。非業《ひごう》の最期をとげた信康の娘らは、その後互いの息子と娘を結ばせてより緊密な親族になっていたのだ。

世が世なら、庶子《しょし》の秀忠が徳川家を継ぐことなどありえなかった。まして将軍になるなど、誰が考えたであろうか。家康の正当な嫡子《ちゃくし》であった信康を供養《くよう》することは、この幸運を受けて家長となったからには、何より優先して行うべきものだった。人は、死者の無念や恨みをもっとも恐れるものである。

よって遺児である姉妹にこれを与えることとしたのである。

姉の登久《とく》が嫁いだ小笠原《おがさわら》家に明石《あかし》十万石。そして妹のお熊《ゆう》が嫁いだ本多家には、桑名の倍増である。もっとも、その千姫が入輿《じゅよ》したことを加味して姫路二十万石。とはいえ明石には忠政《ただまさ》の次加増分は次男政朝《まさとも》に分割され龍野《たつの》五万石が別にされた。とはいえ明石には忠政の次女が嫁いだから、まさに本多家は播磨一円に総計三十万石の領土を構える大大名になったことになる。

残りの播磨は、赤穂《あこう》藩三万石半、平福《ひらふく》藩二万石半、山崎《やまさき》藩三万石、鵤《いかるが》藩と林田《はやしだ》藩、新田《しんでん》藩にそれぞれ一万石と、実に小刻みな中小藩に分割された。すべては石高のみで辻褄《つじつま》が合うよう分配されたことだったから、小藩に封じられた領主は飛び地の管理だけでも大変だった。けれども、数字は正しいのだから文句は言えない。

――きっと大御所さまも喜んで下されよう。

ちょぼには、秀忠とお江の方の夫婦の語らいが目に浮かぶようだった。律儀なだけに秀忠には、いまだどこかで家康が見ているような、そんな思いが拭《ぬぐ》えないにちがいない。実際、家康は、秀忠にあとのことをくれぐれもと託《たく》して逝《い》ったが、それは、彼の義理堅さを見込んでのことであろう。家康の思いを裏切ることは彼にはできない。

表立った領地所有は夫の名前になるものの、実質はそこに姫がいればこその結果である。徳川の血縁の女が嫁いだあとも、暮らしがたちゆくように深慮されたこの配分は、家康の供養のつもりでもあったろう。

――さて、ここからじゃ。わが姫、お千はいかにしよう。なにしろ忠刻が本多の家督《かとく》を継ぐまでは親の脛《すね》をかじる部屋住みゆえなあ。

秀忠、お江の方の思案はなおも続いたはずだ。夫が部屋住みということは、姫もまた、義父や義母の城の内で、縮こまって暮らすことになる。彼らにとっては、それはなんとも不憫なことであり、なんとかしてやりたいと考えるところだ。

――女性《にょしょう》なれば、化粧料ということではいかがでしょうか。

そして、一刀両断《いっとうりょうだん》に結論を出すのは、いつものようにお江の方だ。

どれだけ本多家を加増しても、忠刻が継承するまでは姫の自由にはならない。ならば、直接姫に入る石高をつけてやれば、何があっても困らないのではないか。家康の死を経て、お江の方もまた、親である自分たちが、いつまでも生きて姫を庇護《ひご》してやれるとは限らないことを実感していたから、最善の知恵を絞《しぼ》り出す。問題は、その石高をいかほどにすればよいかということだった。

――さあここは、父としての上様の、甲斐性《かいしょう》というものでござりまするぞ。

答えの数字は手がかりも与えず、年上の妻らしく、お江の方はまるで夫を試すかのように流し目で見る。それでじゅうぶんだった。秀忠にとって、ここは父親の度量の見せどころなのである。

ちょぼには、顔をしかめる秀忠が見える気がした。きっと二六時中、その数字を増減しながら悩みに悩んだことだろう。将軍の姫として千姫が自由にできる収入。妥当な額とはどの数字であろうか。そして秀忠の数字遊戯は、ついに驚くべき額を弾きだすのだ。

千姫様御化粧料、十万石――。

それは大大名の石高に相当する別格のものだった。

「姫さま、やはりお父君はたいしたお気のかけようでございまする」

思わずちょぼは歓声を上げた。同輩の近江局たちが、はしたないとたしなめるが、どの顔も同じ思いが溢れている。

「世に姫君は多数おられまするし、化粧料持参の姫もあって婚家で尊ばれましょうが、わが姫さまはそれらの方々とは別格。日本じゅうの姫の中で群を抜く姫であることがこれで知れましたなあ」

まるで自分の手柄のように、皆は十万石という数字に酔いしれ、騒ぎやまない。

「言うならば、姫の中の姫。頂上の姫さまにござりまするな」

「それはそうじゃ、武家の頂上が将軍さまなれば、その姫君も頂上の姫」

破格の化粧料は、翻《ひるがえ》って、将軍がどれだけの財力を持つ父親であるか、万民に広く数字で思い知らせることとなったのである。

江戸城でのちょぼの報告は、たしかに功を奏したのだった。

＊

本多家で、この朗報に飛び上がらんばかりの声を上げたのは、お熊の方だった。

「でかしましたぞ、忠刻《か》どの」

これは、戦場で命を賭けて戦い、抜きん出た手柄を立てるよりも大きな成果といえた。十万石を得るためには、どれだけ敵の大将の首を挙げねばならないか。なのに誰を殺《あや》めることもなく、また誰を泣かすこともなく、忠刻がその手で勝ち取ったも同然の褒賞なのだ。

「どこにそのような武将がおりましょう。そなたは殺生《せっしょう》ではなく、人を活かし福をまきちらして手柄を立てたのです」

しかし忠刻はそう言われることが不本意だった。自分は千姫が将軍の娘だから慈《いつく》しむのではない。姫が姫であるから、いとおしいのだ。

だがそんな思いを、誰がわかってくれるだろう。

国替えの仕置きは幕府から黒印《こくいん》をもって伝えられた。忠刻は父忠政とともに江戸城に出仕《しゅっし》し、それを受けた。

だが、その折、詰めの間に控える大名たちが忠刻に投げかけた視線はさまざまだった。心から祝う者、褒《ほ》める者。本多家の勢いを認め、今から親しくなっておこうと近づく者もある。そして裏腹に、嫉《ねた》む者、やっかむ者の横顔も見えた。無理もない、将軍の姫とは、それほど得がたい褒賞になる。

色男はよいな。姫を寝所《しんじょ》でかわいがるだけで加増になる。——そんなあからさまな声まであるらしい。帝鑑之間《ていかんのま》を通りかかった時には、もっと卑猥《ひわい》な噂話に自分と姫がまつりあげられていることも知り、体の底から怒りで震えた。誰がそのようなことを、と振り返れば、そこにあるのはどれもこれも好奇の目に見える。おのれ本多家を徳川四天王と知っての戯言《ざれごと》か。もしも声の主がわかれば、腰の物を抜いて一刀のもとに斬《き》り捨てたいところだった。

「平八郎《へいはちろう》、何をしておる。早くまいれ」

温厚な父忠政には、この場のやっかみが聞こえないのか。あるいは、そんなことなどどうでもよいと超越しているのか。それはそうだ、今や本多家は将軍家にいちばん近い重臣となった。

忠刻は深呼吸を一つ、する。長廊下に描かれた松の絵図がようやく目に入った。こらえねばならない。姫の背負う果報も不幸も、すべて合わせ担《かつ》げる男になってこそ武門の誉《ほま》れといえるのだ。そう言い聞かせる。

ようやくのことで苛立《いらだ》ちをおさえ、もとの冷静な忠刻に戻れたのは、上段の間で将軍に拝謁《はいえつ》した時だった。秀忠はゆったりと座し、満面の笑《え》みで忠刻を見た。

「よう来た。さきほど金地院崇伝《こんちいんすうでん》に、本多家の播磨入国の日に吉日を選ぶよう申しつけたところじゃ」

金地院崇伝といえば家康の知恵袋。豊臣を滅ぼす口実の鐘銘《しょうめい》事件など、徳川幕府の権力確立を画策《かくさく》した高僧だ。そんな仏者にわざわざ入国の日を占わせるとは。将軍からの破格の親しさに、忠政、忠刻は、ははっ、と揃《そろ》って平伏《へいふく》する。

「忠刻よ。播磨に行けば、もう余《よ》も御台《みだい》もそうそう姫に会えなくなる。姫を、くれぐれもたのむぞ」

なるほど、愛娘《まなむすめ》の旅立ちのために金地院崇伝を使ったのか。忠刻はもう一度、平伏した。

今は舅《しゅうと》となった人である。男と男、千姫という同じ女性を、互いに違う立場で慈しむ。その意味で、今は誰より近しい存在といえる同性だった。誰が何と言おうと、姫が幸せであることを願うことにおいて、彼も自分も、なりふりかまわず全力を尽くす。

「上様より下された掌中《しょうちゅう》の珠《たま》。何より大切にいたしまする。また、みどもも、珠にふさわしき武士となるよう精進《しょうじん》してまいる所存にございます」

きっぱりと言い切ると、秀忠は満足げにうなずいた。

「よき男じゃ。忠政、よき嫡男《ちゃくなん》を持ったのう」

すでに目尻《めじり》に涙を滲《にじ》ませている秀忠の視線を受けて、ありがたきお言葉、と父忠政がかしこまり、忠刻は両手をついて頭を下げた。

数々の戦、そして権謀術数《けんぼうじゅっすう》のはてに大御所家康が築いた天下。それを引き継いだ秀忠は、国家の安泰《あんたい》という大事業を担っている。自分は姫と一緒に、のちに元和《げんな》偃武《えんぶ》といわれる戦なき世の始まりの象徴となってみせよう。その志《こころざし》、誰に後ろ指をさされることがあろうか。

父とともに、誇りを取り戻して御前《ごぜん》を下がった。こののちは、本多屋敷へ別々に帰宅するのである。すると、控えの間へ退く長廊下で、背後から忠刻に声をかける者があった。

「本多どの。まだ下城までにお時間はござるか」

徳川四天王の井伊《いい》家分家筋にあたる直勝《なおかつ》だった。年が近いことから、時折城中で姿を見かけると言葉を交わしたりする仲である。どちらも、三河以来、徳川家をともに支えてきた祖父たちから伝わる縁《えにし》が呼ぶのかもしれない。不思議とうまが合う間柄だった。

その直勝が、そっと柱の陰に忠刻を呼んで言うのだった。

「豊臣の北の方との具合はいかがでござる」

むっ、と忠刻は身構えた。今は〝豊臣の北の方〟などではない。れっきとした本多家嫡男の北の方である。この男までもが下品なことを口にしようというのか。江戸城内で、姫を貶《おとし》めるようなことを言うとは許されぬことだ。

「いや、申し訳ござらぬ。実はお耳に入れておきたい儀があってな」

血相を変えた忠刻に気づき、直勝は慌《あわ》てて笑顔を作る。

忠刻は黙っている。何の話であろう、嫌な予感がする。直勝はかまわず言った。

「大坂の陣で大勢の者が命を落とした。徳川をよしとせぬ者たちが、千姫さまによからぬ噂をたてておる」

どんな、と訊《き》くのも不快であった。姫のことは、誰にも何も言わせたくはない。

「誰も言えぬであろうから、拙者《せっしゃ》が思い切って言う。だが勘違《かんちが》いしないでほしい。おぬしの気を悪くするために言うのではない。あとでほかから聞こえれば、もっと気分が悪くなるであろうから、今言うのだ」

そこまで聞けば、彼が嫉みでもやっかみでもなく、自分や姫のためを思い、耳に入れようとしてくれているのがわかった。

「姫さまには秀頼《ひでより》の怨霊《おんりょう》がとりついている、とのことだ。いや、もう少し聞け。

──ただの噂だ。だがその噂を語る者どもにすれば、おぬしが不幸になれば秀頼の勝利と喜ぶ」

ばかばかしい、自分の敵は死者だというのか。

「拙者は生きている者しか相手にはせぬ」

言い切った。秀頼がどんな男であったか知らないが、もうこの世にいない男だ。

その顔を見て、直勝はほっとしたように口元をゆるめた。

「おぬしのその言葉で安堵した。怨霊や亡霊で脅《おど》かそうというのではない。いいか、おぬしらが不幸になって喜ぶ者がいるということを忘れるな。その者たちは、今の安泰を覆し、天下を昔に戻そうと企《たくら》むやつらだ」

今度は真剣に直勝の目をみつめ返した。

彼の忠告はもっともだった。まだ世間には豊臣に心寄せる連中がいて、徳川の世を転覆《てんぷく》させようと狙《ねら》っている。そんなことは知っていた。だが自分の身にそれらの者の目が向けられているとは、本当のところ、まだ自覚がなかった。幸せすぎて。有頂天《うちょうてん》すぎて。姫は、それだけ耳目《じもく》を集める天下人の姫であるということだ。

「直勝、よく言ってくれた。姫を守ろう。誰にも何も言わせぬように、全力で」

怨霊も亡霊も、けっして姫には近づけない。秀頼のことなど、もう思い出させぬほどに姫が自分の懐《ふところ》の中で幸せになれば、誰も何も言えないだろう。ある意味、その噂とは、自分たちに最高に幸せであれと援護《えんご》する声と受け取ればよい。

直勝と、しっかりうなずきあって別れた。

戦の世は終わったが、たがいに徳川をささえてきた家だ。ささえる方法は刀や弓ではなくなっても、志は変わらない。

その日、本多家江戸屋敷に帰った忠刻は、客分の宮本武蔵《みやもとむさし》を呼びにやらせ、剣の稽古《けいこ》を申し出た。

「若殿、今日は何かありましたかな」

武蔵は、大坂の陣では徳川方の家臣である三河刈谷《みかわかりや》藩主水野勝成《みずのかつなり》の客将として参陣したが、陣後はふたたび流浪《るろう》の身となっていたのを本多家が抱《かか》え、今は主に家臣の剣の指南役などを務めていた。希代《きたい》のこの剣豪を、忠刻が何より信奉《しんぽう》したからである。

「何かあったと、わたしの剣が申しておりまするのか」

ほんのわずかな立ち合いで、武蔵は忠刻の揺れる心理を読み取ったようだ。不敵に笑うと息もつかせず打ち込んできて、忠刻はそれを払うことだけに必死になり、いつか迷いも邪念もどこかへ飛ぶ。

全身全霊で対峙《たいじ》する熱のこもった稽古のあとは、井戸端《いどばた》で汗を拭《ふ》きながら話しこむのも、この師匠と過ごす楽しみの一つだった。

「先生は、怨霊を斬れますか」

「怨霊を、ですか」

意外な忠刻の問いに、武蔵は訊き返す。武蔵が神仏にたよらぬ人であるのはよく知られている。だがたよりにしないからといって、さらに踏みつけることまでできるのか、祟《たた》りや復讐《ふくしゅう》が怖くないのか、それを訊きたかった。この時代、神仏を信じないということは傲岸不遜《ごうがんふそん》な人間である証《あかし》なのだ。

それがまじめな問いとわかると、武蔵は静かに答えた。

「鬼に会っては鬼を斬る、仏に会っては仏を斬る。そんなやみくもな戦国の世はもう終わりましたからな。怨霊にも怨霊の言い分がありましょうて。斬る前に、それを聞いてやればいいのではないでしょうかな」

たしかにそうだ。人であるなら言葉を話す。それを問答無用で一言も喋《しゃべ》らせず、武力で攻める時代ではない。上様が大御所から引き継いで造ろうとする世は、ゆるぎなき文治の世だ。人知を超えた神仏にたよる先の見えない時代は終焉《しゅうえん》を告げ、今は人が神仏にさきがけて人のための世を造る。

「怨霊の悲しみを、聞いてやれる男にならねばなりませんな」

話してよかった。こんな話題でも真摯《しんし》に答えてくれる武蔵の懐の深さに救われた。

「もう剣も必要ないやもしれませせぬ。拙者は庭いじりなどが向いているようで」

巌流島《がんりゅうじま》での佐々木小次郎《ささきこじろう》との決闘をはじめ、生死を賭《か》けた数々の対決で名を挙げてきた男が、まるで菩薩《ぼさつ》のような穏やかさでそう言う。とても数十人の人間を斬った男には見えない優しさで。

忠刻は、ここにも徳川が築いた泰平がかいまみえる気がしていた。

「なんといっても先生は播磨ご出身ゆえ、我々が播磨に入るについては、先生の意見もあれこれお聞かせ願いたく存じまする」

剣より見識こそを求められるのは、なにより泰平な時代の証であろう。汗のひいた素肌に夕風が吹きすぎる。ここちよいのは存分に竹刀を振ったからではなく、もう自分の心が定まったからだ。忠刻は、早く姫に会いたいと思った。

桑名に戻ったのは如月《きさらぎ》に入ってからになる。父忠政はまだ江戸に残り、上様御用の登城が続いた。忠刻は先に、家中に転封の準備を指図せねばならない。

帰国した忠刻を、まるで凱旋《がいせん》武将のように、城じゅうが喜びをもって迎えた。千姫の居間ではなおのこと、ちょぼたちお付きの者一人一人が、江戸の沙汰《さた》を誇るように忠刻の足音を聞く。

「城移りは夏になりましょう」

挨拶《あいさつ》もそこそこに、忠刻は今後の予定を姫に告げた。

家臣一同、下僕《げぼく》にいたるまでの大移動は一家を挙げての大事である。葉月《はづき》には城地受け取りのため家臣を姫路に派遣することになるだろう。幕府からは小堀遠州《こぼりえんしゅう》、村上三右衛門《むらかみさんえもん》が立会人として派遣されることが決まっていた。

「まず妹どもが文月《ふづき》に明石へ入りまする。姫路へ我々が入るのは葉月。弟政朝の龍野入りは、さらにそののち、長月《ながつき》になりましょうかな」

「ではわたくしは、いつ？」

「姫は五日後に、母上とともにおいでなされ」

言うと姫は少し黙り込む。金地院崇伝の選んだ吉日からは少しずれるが、女の仕《し》度《たく》のほうが大事だろうと、余裕を持たせて決めたのだ。けれども、姫はどうやら不満らしい。

「もっとあとがよろしいのか」

せっかく将軍が姫のために選ばせた吉日は、この際、城地受け取りの日に充《あ》てればよいから、できるだけ姫の希望を優先させるつもりであった。だが、覗《のぞ》き込むと、姫はまつげを伏せて横を向いた。

「逆でござります。――五日も殿と離れるなんて」

やっと姫の不満のわけに気づき、忠刻は微笑む。なんとかわいい人であろう。半月あまり江戸と桑名に離れただけで寂しかったか。そっと手を伸ばして頬《ほお》に触れる。

「離れれば、こうして次に会う時が楽しみになりまする。先に行って、姫を迎える仕度をいたさねばな」

それは本当で、無骨《ぶこつ》な水城の桑名城内には、姫にふさわしい雅《みやび》な花鳥図の一枚もない。父は移封と同時に姫路城の増築を願い出ており、それがかなえば姫のために風流な御殿も築いてやれるだろう。そのため忠刻は、早くも人を介して京の狩野《かのう》派の絵師に、千姫のための障壁画《しょうへきが》を手がけてくれるようたのんでもいた。それにかかる費用の心配はまったくなかった。千姫の化粧料はこういう時のために使われるものなのだ。

「姫の好きな、花や鳥の絵で埋めましょうぞ。姫路は美しい城ゆえに」

言われて姫はうっとり微笑んだ。

「武蔵野《むさしの》の、四季の草花がいい」

ささやかなわがままだ。京で生まれ、大坂へ嫁ぎ、上方《かみがた》の絢爛《けんらん》たる文化に包まれて育ってきたが、今は武蔵野の、粗野だが自然のままの景色が心には添う。

「姫が望むものなら、いかようにも」

今まで千姫が自分から望んだものなどない。望まなくとも与えられたからだ。だが今は、忠刻と過ごす二人きりの時間がほしいと強く願う。そのまま忠刻の胸に体を預けた。

優しい時間が過ぎていく。今日も龍は櫓《やぐら》に伏して海をみつめ、天地の平穏にまどろんでいるだろうか。

忠刻はそっと目を伏せた。これほどまでに、自分が姫をいとおしく思うようになるとは思わなかった。

姫はどこまでも純な、きよらかな人だった。こんな人が悲しい目に遭《あ》い、傷つくのは、男として耐えられない気がする。世間では、姫が秀頼だけを先立たせて生き残ったことをあしざまに責めるが、忠刻は、姫が生き抜いてくれたことを感謝したい。生き抜いてくれたおかげでこうして出会えた。

自分の腕の中で安らぎ眠る人の黒髪を撫《な》でながら、忠刻は思う。もし本当に怨霊がいるなら、今こそ勝ち誇りたい。この人は自分と出会うために生まれたのだ。それまで会った人もできごとも、自分に出会うまでのただの通過点にすぎない、と。

寄り添えば、眠りについた千姫の長いまつげが優しく揺れた。

＊

姫路へ移る日が迫った葉月のある日、また雨が降った。

一足早い野分《のわき》であろうか。桑名は海に面しているため、夏から秋にかけてたびたび襲う嵐が、町に大きな被害をもたらすこともあった。

その夜、姫はひどくうなされた。びっしり寝汗をかいて、そして声を上げたところで目が覚め、揺り起こした忠刻の顔を認めて呆然《ぼうぜん》としていた。

「どうなされた。悪い夢でも見られたか」

それが忠刻と知って救われたような安堵の表情を浮かべたものの、反動で気がゆるんだか、両の目に涙が滲んだ。

何があったか訊こうとしたが、その前に、姫は忠刻の胸に頭をもたせかけて顔を伏せる。

子供をあやすように髪を撫で、抱えるように身を横たえて、姫が眠るのを見守る。

前にも一度、姫が悲鳴を上げて目覚めたことがあった。わななく体を揺さぶれば、火が、火が、とつぶやいたことから、姫はまだ落城の折の衝撃をひきずっているのであろうと推測できた。姫は一言も言わないが、おそらく炎の記憶に苛《さいな》まれ、崩れ落ちる天守のがれきの音を聞いたのにちがいない。

無理もない。戦を本職とする武将でも、生死を分けた戦いの記憶はのちのちまで夢に見るという。正直、まだ年若い忠刻には、戦といえば夏の陣で先駆けの軍を率いたことが最大の体験だが、あの大御所家康でさえ、三方原《みかたがはら》の敗戦で武田信玄《たけだしんげん》に負けを喫《きっ》して脱糞《だっぷん》するほど怯《おび》えて命からがら逃げ帰り、ずっとのちまで夢に見たと重臣たちには語ったそうだ。

いまだ姫の心に陰《かげ》りを落とす炎の悪夢。ちょぼからは、側近のお局が縁切り寺に代参《だいさん》し豊臣との悪縁は断ち切られていると聞いていたが、これではご利益《りやく》もないではないか。

姫が深い眠りに就《つ》いて、かすかな寝息を立て始めたのを確かめると、忠刻は床《とこ》を出た。

廊下のはずれの長局で、羅《うすもの》を着て横たわっているちょぼを見る。静かに歩いたつもりだったが、気配でちょぼはすぐに起きた。

「殿、……いかがなされました？　姫は？」

まだ深夜のことである、寝ぼけているのも無理はない。

「龍を、連れてくる」

すでに二本の刀は手の中にある。ちょぼは驚いて起き上がった。

「いずこへ、でござりまするか」

次の間で、寝間着を脱いで着替えるのを手伝った。その時、忠刻はずっと気になっていたことを初めて口にした。腹心の侍女なら知っているであろう。

「おちょぼ。姫は前から、夜半にうなされることがあったか」

ちょぼの手が止まる。

即座に否定しないのがちょぼの答えであろう。――やはりな。忠刻は確信する。

「いえ、その……、はい、以前は、激しく夢に苛まれておいでのようでございました。されど、桑名にお越しになられてからは」

最後まで言わず、ちょぼは口をつぐむ。桑名に来てからは、姫の眠りに寄り添ったのは自分ではない。忠刻だった。心から慈しんでくれる男の胸で眠る夜に、だんだん慣れてやすらぎをみいだすうちに、もうそんな悪夢を見ることもないかと思っていたのに。

「夢を忘れさせて下さったのは、殿でございます。姫さまは桑名にお輿入《こしい》れなさってから、まことに、くつろぎきってお眠りあそばしましたゆえ」

偽《いつわ》りではなかった。恥ずべきことながら、ちょぼは侍女たちとの間でも、忠刻の大いなる力をたたえ合っていたものだ。人は、心を打ち砕かれてこなごなになっても、真にぬくもりを持つ誰かによって、ふたたび再生できる、よみがえる。愛は、人を蘇生《そせい》させるのだ。

ちょぼたちは知っていた。たとえ宿直《とのい》から遠ざけられても、二人の寝所がいかにいたわりに満ちた幸福な空間であるかを。二十二歳の血気盛んな男といえば、自分の欲望だけで性急になりそうなものを、忠刻はあくまで姫の思いを優先させる。いやがってはいないか、痛みはないか、常に気遣い、姫の反応を待った。征服欲にかられ、自分本位に荒々しいだけの愚《おろ》かな男も多いというのに、忠刻は違う。こんなところで力ずくになるのは正しい男のすることでなく、勇者は戦場でだけ暴れればよい、そう考える知性が見えた。

だからこそ心に深い傷を負った姫も心を開き、癒《い》やされていったのだ。姫の表情が、これまで一度も見たことがないほど明るく優しく花開くのを、ちょぼは奇跡のように見守ってきたのだから。

これ以上、何を望むだろう。すでに二人は正真正銘《しょうしんしょうめい》、心と心で結ばれた夫婦だった。

しかし忠刻は無言だった。少しでも自分の手が及ばない部分があるのを不服とするかのような、勝ち気な眉《まゆ》。猛将本多忠勝《ただかつ》ゆずりの気性は、今、何を敵とみなすのだろう。

その間にも風雨は激しさを増し、戸板を鳴らし叩《たた》いていく。おそらく城のすぐ外、揖斐川には白い三角波がたち、海から押し寄せる暴風が川の流れを逆流させているはずだ。水城ゆえに、櫓はその足下まで波に洗われ、さかまく風雨が容赦《ようしゃ》なく降りかかるのは常のことだ。

小袖《こそで》と狩衣《かりぎぬ》に着替えた忠刻は、ちょぼにはもう目もくれず、裏口に向かって歩き出す。

「殿、お待ち下されませ。こんな嵐の中、いったいいずこへお出ましか」

戸口まで追いかければ、忠刻は不寝番《ふしんばん》の下男《げなん》に蓑《みの》と笠《かさ》を持ってこさせ、大雨の中に出ようとしている。

「若殿、どちらへまいられます」

家来たちも異変に気づき、大慌てで身繕《みづくろ》いしながら現れ出た。

「櫓を見にまいる」

「櫓？　――そんなこと、朝になってからになされませ。今は危のうございります」

もはや半狂乱の懇願だった。なのに男たちは、冷たくちょぼに一瞥《いちべつ》をくれただけで背を向ける。殿の行動に対し、女の出る幕はない、そう告げるような目であった。ちょぼは泣きそうになった。もしも忠刻になにかあったら、姫はどうなるのであろう。

「殿、どうか、どうかおやめ下されませ、城の内におとどまり下されませ」

引き留める声は、ほとんど金切り声に近かった。しかし忠刻は出て行く。若殿お待ち下されと叫びながらばらばらと背後に続く家臣たち。開かれた戸口からは、横なぐりに吹き荒れる雨が、太く白い線になって夜の闇《やみ》を切り裂いている。嵐の中に消えた男たちを、ちょぼは呆然と見送った。

騒ぎを聞きつけて、武者溜《むしゃだ》まりから急ぎ身繕いしたか、一人、宮本武蔵が現れる。ちょぼを振り返ると、笠の紐《ひも》を顎《あご》の下で結びながら笑顔で言った。

「侍女どの、ご案じめさるな。そなたは姫の傍《そば》に戻られるがよい。なに、ただの縁《えん》起担《ぎかつ》ぎでござりましょう、若殿は信心深いお方ゆえ。ほれ、火には水。水は龍と申すであろう」

謎《なぞ》めいた言葉であったが、ちょぼは武蔵の言葉から、忠刻がしようとしていることが理解できた気がした。同時に、その場にへなへなと座り込んだ。

姫が今なお夜にうなされるのは、炎上する大坂城の天守の夢だ。救えなかった人たちへの慚愧《ざんき》の念だ。それを、忠刻は、この嵐の水で鎮めて消してみせようというのだ。安穏《あんのん》と陸《おか》でうたたねをしていた、あの蟠龍《ばんりゅう》を使って。

忠刻が戻るまでの時間は、とてつもなく長く感じられた。

戸板が間断なく風雨に叩かれ、音が鳴り止まなかったせいもある。本当に龍が暴れて空と海の区別なく駆け巡っているような、そんな気がした。姫を起こそうかと何度も迷った。しかし今姫を起こしてはますます事を大きくするだけだ。姫は何も知らずに眠っているほうがいい。ちょぼは板間に座り込んで、ただ祈った。

やがて嵐の音が一時的に静かになったと感じた時だった。裏戸が開き、どやどやと男たちが帰ってきたのがわかった。龍ではなく生きた人の動きがこれほど安堵をもたらそうとは。

なのに、ちょぼの口を突いて出たのは間抜けな言葉だった。

「りゅ、龍は、いたのでござりますか？」

龍は水の王者。こんな嵐は、龍が天に帰るために風雨を呼ぶのだと信じられていた。だから、きっと櫓にはもういるはずがない。そう思っていたのに。

だがずぶ濡《ぬ》れになった忠刻はそのまま通り過ぎ、小姓たちが着替えを持ってあとに続く。取り残されたちょぼに、最後尾から入ってきた武蔵が晴れやかに言った。

「いた。龍は、まだ、おりましたぞ」

問い返そうとする傍へ、忠刻の部屋から小姓が飛び出してきた。

「若殿は、今宵《こよい》はあちらでお休みになられる。急ぎ、湯を沸《わ》かさせておるゆえ」

そうして、これを姫に、と差し出す袱紗《ふくさ》の上の、細長い銅の鋳物《いもの》。

覗き込んで、武蔵が言った。

「龍の角だ」

受け取りながら、ちょぼは小姓と武蔵をかわるがわる見た。

「おそらく龍は、水に飛び込む寸前であったらしい。若殿がみごと捕《と》らえられた」

武蔵は、本当にそうと信じているような笑顔である。もう一度、袱紗の上に目を落とす。青錆《あおさ》びてなお鋭い金属片。これを実際に瓦《かわら》からもぎとってきたというのか。

「それを返してほしくば城まで来いと、龍には言っておられた」

土間では付き従った家臣たちが得意そうに言う。蓑を脱ぎ捨てても、小袖も袴《はかま》もぐしょ濡れの濡れ鼠《ねずみ》だ。それでも、若殿に付き従って、事を成した達成感に満ちている。

「されど……。龍が取りに来たら来たで、どうしようもなく困るのでは……」

狭い長局がぐしょ濡れになる。ちょぼは妙に現実的につぶやいた。

「かまわぬ。角がなくば龍も恰好《かっこう》がつかず天にも海にも帰れまい。嵐は治まる」

皆の達成感はそれだった。そしてそれは、忠刻本人の目的達成にほかならない。

「もし龍がここに来れば、魂を焼かれて眠る人の炎を消してくれるでござろう」

低い声で武蔵がそう言った時、ちょぼは胸を射貫かれた気がした。

人の魂を焼いて焦《こ》がす苦しみの炎を、天空翔《かけ》る龍の水で、鎮《しず》め、消す。本当に、そのようなことのために、忠刻は嵐の中を、蟠龍櫓に登ったのか。姫のために。

「そういうお方でござるよ、若殿というお方は」

武蔵がちょぼの肩を優しく叩く。手の中の鋳物の角が、冷たく重く感じられた。

「殿が獲《と》ってこられた角である。姫が目覚めたらお見せすればよろしかろう」

ちょぼは、鋳物と武蔵を見比べ、言いようのない感動に震えた。

＊

嵐が治まった翌日は、あの豪雨が嘘だったように、からりと晴れた空になった。

暴風による被害は長廊下の雨戸や書院の屋根など随所にあったから、蟠龍櫓のことも、若殿の仕業《しわざ》と知る者はごくわずかだった。

しかし姫には何をどう話そうか。ちょぼは姫の身繕いを手伝いながら、言葉に迷った。

「姫さま、実は昨夜、これを、殿が……」

こうなったら龍の角を見せるしかない。

「蟠龍櫓の、あの龍の、角の部分でござります」

「龍の？——角とな？」

事の始終を聞かされて、姫はどれだけ驚いただろう。まさに絶句、言葉を失っていた。

龍の角は、すでに乾いた布で拭《ぬぐ》って紫の袱紗にくるんだものを漆《うるし》の箱に収めてあったが、姫はそれを見たまま塞《ふさ》ぎこんでしまい、何を言っても反応がなく、ちょぼを困らせた。

台風一過のすがすがしい廊下を渡って忠刻が姫の居間にやってきたのは、夕刻近くになってからだった。どうだ姫、これでもう大丈夫。そう言いたげに入ってきた忠刻をみつめたとたん、姫は何か言うどころか、ただその両目から、ぼろぼろと音をたてそうな大粒の涙がこぼれ出す。

「どうなされた。なぜお泣きになる？」

嵐をも顧《かえり》みず櫓に登った忠刻は、その勇気や行動力に姫が感心するかと期待していたから、泣かれたのは心外だったであろう。

「姫、お案じめさるな。もうこれで炎の夢に恐れることはござらぬ。どんな火も、龍がたちまち消してくれようほどに」

人は自分の弱さを知るがゆえに、危機に陥《おちい》った時、絶対的な救い主がいるとわかれば強くなれるものだ。そんな心理を知るからこそ、忠刻は無謀《むぼう》にも大雨の中に挑んだのだ。

けれども慰めれば慰めるほど姫の涙は止まらない。困り果てた忠刻が、救いを求めてちょぼを見た。しかし、そんな二人の間にどうして入っていけようか。ちょぼにはわかっていた。喜怒哀楽を出さない定めの姫君が、今はそのすべての感情に翻弄《ほんろう》され、思いが突き上げ、それで涙を溢れさせるしかないことを。

そこまで自分を案じてもらえたことの喜び。そのために危険を冒《おか》したことへの怒り。こんなことで大切な男に心配をかけた哀《かな》しさ。そして、こうして無事に会えたことの嬉しさと。まさに喜怒哀楽という感情が自分の中にあったことすら忘れていたのを、彼が思い出させてくれたのだ。

だが、わけがわからず忠刻は謝った。

「悪うござった。姫によかれと思ってやったこと。これからはちゃんと姫にも訊きまする」

だからもう泣かないで下され、と姫を覗き込む目の懸命さ。

大切にされることに慣れた姫が、みずから大切にしたいと望むものが、今わかった。姫は落ち着きを取り戻して、涙を拭《ふ》いた。

「殿とともにまいりまする。ずっと、ついてまいりまする」

唐突なその言葉の意味を、忠刻はどこまで理解しただろうか。

それは単に転封先の姫路を意味するのではなかった。これまではただ、周囲が決めた運命の船に、ちょぼとともに乗せられ、流されていこうと言っていたのである。抗《あらが》いきれない姫の行く手を、きっと周囲が悪いようにするはずはないから、だから流されていこうと。そうして嫁いできた桑名だった。けれども今は違った。姫は自分の意志で、乗り込む船も流れゆく先も選んだのだ。それは忠刻という男の船だ。嵐の中を龍にも挑み、天を翔《かけ》るか海を潜《もぐ》るかしれないが、それでも、どこであってもともに行く。

「殿、だからお千をほうっていってはなりませぬ」

ちょぼは思わずうなだれた。姫がやっと自分の言葉で望みを伝えた。そう、今日は、姫が人形ではなくなった日だ。

「姫路では新しい国造りが始まる。この角は、桑名の土産に持っていこう。そしてここには、鋳物で龍を作って置いていこう」

播磨――。まだ見ぬその優しげな地への旅を思う。

だが今度は流されるのではない。忠刻と行くのである。姫はもう、炎の夢を見ることはない、そう思った。

第七章　出世城

元和《げんな》三（一六一七）年八月、本多忠政《ほんだただまさ》、忠刻《ただとき》は揃《そろ》って大坂に入り、国入りのための仕度《したく》を調《ととの》えた。なにしろ大坂は国内のあらゆる物資が集まるばかりか、京に近く、洗練の技を駆使した名品の数々を発注できる。千姫《せんひめ》を迎えて以降、雅《みやび》な文化への意識の高まる本多家では、この際、どの品も財を惜しまず調達し、海路、大坂湾を西へと出発することとなった。

まず忠政、忠刻が先発し、それぞれの北の方、お熊《ゆう》の方と千姫が入城したのは五日遅れてのことである。

「あの山なみは、何という」

右舷《うげん》に続く陸《おか》の景色に眺《なが》め入りながら忠刻は訊《き》いた。船は先頭にあり、父忠政が乗る旗艦船《きかんせん》を先導するかのように、風を切って前を進んでいる。

「あれが武庫《むこ》の山なみにございます。こうして浪花津《なにわづ》から見ればまさに〝むこう〟。うまく言ったものでございまするな」

浪速津から忠刻の船に同乗し、播磨《はりま》への案内役となったのは宮本武蔵《みやもとむさし》である。播磨を生国《しょうごく》とする彼には土地勘《かん》があることから、何を訊いても答えは明快に返ってくる。

「上古《じょうこ》から瀬戸内は水の通路。九州太宰府《だざいふ》へ向かうにも、はるか大陸をめざすにも、人々はみな、この水の道を通ったのでございまする」

「そうか。彼らが船上から眺めた同じ景色を、今、我らも見ているのだな」

父忠政にも、太閤秀吉《たいこうひでよし》が断行した明《みん》国遠征の折、祖父本多忠勝《ただかつ》とともにこの水路を進んだ日があったと聞く。当時は東国《とうごく》の大名たちさえ参戦し、大坂からこの水路を通って西へ、西へ、九州肥前《ひぜん》の名護屋《なごや》へと集結した。その時と同じ海を前に、いったいどんな感慨《かんがい》が父の胸をよぎるのであろう。そっと後ろの船を振り返る。

忠刻にとっては、大坂より西へはこれが初めての旅である。

五日後に来る千姫にとっても、大坂から先はどこも初めての地になるはずだ。いったいどのような感慨を持ってこの景色を眺めることか。あとで互いに話をする時を思うと楽しみで、忠刻はいっそう熱心に景色に眺め入る。

「このあたりは摂津《せっつ》の隅《すみ》、そこから転じて、須磨《すま》と言うのだそうでございます」

須磨と聞いて忠刻の頭に思い起こされてくるのは源平の合戦《かっせん》になる。都を落ちた平家の軍は、この海岸に陣を張り、東から来る源氏を迎え討とうとしたのだった。

名高い一ノ谷《いちのたに》の合戦である。

「なるほど、これだけ山が海に迫っていれば人が住む余地もない。後ろの固めはじゅうぶんだし、前だけに目をこらし、海と、街道からの攻撃に備えていればいいと誰でも思う」

忠刻はぐるりと視線を巡らせた。

「まさか背後のあの山から、騎馬《きば》で敵が駆け下りてこようとは、な」

そしてため息。古戦場は、人の叡智《えいち》と勇気のぶつかる場所だ。自分が大将であっても予想しえたかどうか、そんなことを考える。

「さよう、背水《はいすい》の陣《じん》のその後ろにも、目を置くのが真の備え」

のちに細川《ほそかわ》家に抱《かか》えられ、彼の兵法の集大成となる『五輪書《ごりんのしょ》』を記す武蔵である。忠刻と眺める景色の中にも、勝利の法則を探るのであろうか、やがて、

「そこを越えれば播磨でござります」

武蔵は悠々《ゆうゆう》と右手を挙げ、行く手を指した。次々と頂上を空に競う山々が尽きれば、いよいよ播磨だ。忠刻は大きく深呼吸した。

つわものどもが戦った海は今、ひたすら穏やかに凪《な》いでいた。

「風待ちのため、今宵《こよい》は船は明石《あかし》に泊まりまする」

水夫《かこ》の長《おさ》が告げてきた。

明石からは播磨である。山だらけだった摂津も、ここで地面を区切るようにすべての山裾《やますそ》をゆるやかに海へと落とす。その向こうには緑にけむる淡路《あわじ》がせり出し、海峡を越せばただただ平坦《へいたん》な播磨の野がどこまでも続いていくのだ。この後は、飾《しか》磨《ま》の港まで一気であった。

「忠刻どの、お待ち申しておりましたぞ。さ、城へ案内いたす」

明石では、ひと月早く七月に国入りをすませていた妹婿《いもうとむこ》の小笠原忠真《おがさわらただざね》に迎えられることになった。彼と忠刻は母親どうしを介した従兄弟《いとこ》でもある。

移ったばかりの明石の船上《ふなげ》城は、この時はまだ高山右近《たかやまうこん》が天正《てんしょう》年間に築いたままの姿で林崎船上《はやしさきふなげ》にあった。あとに入った池田輝政《いけだてるまさ》の甥由之《おいよしゆき》が、ここを改築するまもなく池田宗家の鳥取《とっとり》移封《いほう》に従い米子《よなご》へ移ったためだ。海が近いために潮風が松林を吹きさらすような野性的な趣《おもむ》きだったが、茶人でもある忠真はかえってそれをおもしろく思い、簡素な普請《ふしん》ながらも、まっさきにここに茶席を設けていた。

「まもなく義父上《ちちうえ》も接岸なされよう。まずは一服」

後続の忠政の船の到着を待って、彼は皆を茶室へ案内する。文字どおり松籟《しょうらい》の音を聞きながらの濃茶《こいちゃ》の点前《てまえ》は、いっそう侘《わ》びを深める印象であった。

「婿殿、いかがかな、明石の印象は」

岳父《がくふ》である忠政が、久しぶりに会う娘婿忠真に上機嫌で尋ねると、彼は喜びを隠せない様子で答える。

「はい、一言《ひとこと》で申せば、豊かな土地でございまするな。上古《じょうこ》より文明が開け、早くから金属器を用いたり、ため池や水路など灌漑《かんがい》のための普請があちこちで行われていたため、米の実りが豊かなのでございまする」

海がなく雪深い信州《しんしゅう》松本《まつもと》からここ播磨への移封は、まったく、彼が本多家の婿であったことによる恩寵《おんちょう》なのである。気候が温暖で地味《ちみ》の肥《こ》えた平野そのものの播磨は、海に面して風光明媚《ふうこうめいび》なだけでなく、長い歴史の内に丹念に築かれてきた文化が生きており、眼に触れるものみな彼を感動させているようだ。

「領民の気質はどうじゃ」

重ねて忠政が訊いた。

「さよう、地が豊かゆえ、争う心なく、みな穏和な気質と見受けました」

播磨に入って日は浅くとも、目に映る違いは顕著《けんちょ》であり、どれも彼の満足に繋《つな》がることになったであろう。

「されば、この城はなんとかせねばならぬなあ。どうにも場所が好ましくない」

戦国の世ならば海の近くで水軍の見張りにも役立ったであろうが、統治するための城としては偏《かたよ》りすぎている。忠刻もそのことは上陸してすぐに気づいていた。

「追って、上様《うえさま》に、築城の沙汰《さた》を願わねばならぬな」

「されど父上、築城の儀は……」

慌てて忠刻が言う。

新儀ノ構営堅ク停止令《ちょうじせし》ムル事。——元和元《げんな》（一六一五）年に、将軍秀忠《ひでただ》の名で発布された武家諸法度《ぶけしょはっと》では、新たな築城は認められない。居城を修復する時であっても、必ず申請をするべきとされていた。

「わかっておる」

忠政は悠々と茶碗《ちゃわん》を回した。

「だがな。何はなくとも国を治めるにはまず城じゃ。城がなくんば国もなし。幕府への申し出のことはわしにまかせよ」

すでに彼の頭の中には播磨統治の図面が引かれている。娘婿の城といえど、明石も本多家一門の領地の内と見れば、自分がなんとかしようと思うのであろう。

「どうじゃ、武蔵、そなたがあらたに城を置くとすればどこか」

首を巡らし、忠政は末席に控える武蔵に訊いた。

剣の指南役《しなんやく》として忠刻の近習《きんじゅう》に取り立てたのであったが、意外にも彼にみごとな手蹟《しゅせき》と絵の才能があると知れたのは、くだんの大雨の夜、龍の角を持ち帰ったあとのことだった。お守りとして姫に持たせる箱書きにさらさらと文字を描き、傍《そば》に龍の顔を描き添える手の巧《たく》みさ。また、手すさびと称し、流木を小刀で彫り刻んで創り出した小さな阿弥陀仏《あみだぶつ》には、皆が賛嘆《さんたん》のため息を洩《も》らすほどだった。どれも、自然界の生物を実によく観察しており、均整に破綻《はたん》なく、細部も正確で、まるでそのまま写したような迫力がある。

そこで忠政は、彼の美的感覚を町や城の建築に活かせないかと考えているのだ。機能性だけに重きを置いたこれまでの造り方とは違い、自分がこれから築く城には威容《いよう》や風格、完成度といった観点がほしい。城造りなど、彼も思いも寄らないことであろうが、まずは小笠原家に遣わせ、城下の縄張《なわば》りなどにも参画させてみようという発想はすでにこの時から頭にあった。

彼はにこりともせず、茶釜《ちゃがま》の沸《わ》く音より低い声でこう答える。

「畏《おそ》れながら殿のお考えと同じ。統治のための城は戦時の城とは異なり、領地をあまねく見晴《みは》るかす高台にあるのがよろしゅうございましょう」

「たとえばどこか」

まだ地図の図面でしか見ていない領地である。ここは地勢に明るい武蔵の意見を参考にしようというところであった。

「播磨では、最高の地は、すでに先人たちが占領しておりまする」

謎《なぞ》めいた言葉であったが、皆は理解した。古代から発展した播磨には、いたるところに古墳《こふん》があり、海を見下ろす好条件の地にはその昔に権勢を誇った豪族たちが眠っている。武蔵はそれらのうちの一つを言っているのである。

「人丸塚《ひとまるづか》だな」

忠政がつぶやくと、婿の忠真は震え上がるように背筋を伸ばす。

「しかし義父上。塚というのは、誰彼が葬《ほうむ》られている場所にございますれば」

忠真が臆病《おくびょう》というのではない。特に信心深い者でなくとも、死者を畏れる心はあり、葬られた者の眠りを妨げるというのは、あまり気が進むことではなかった。

「心配はご無用にござりまする。場所を遷《うつ》すだけのことにござれば。礼にのっとり改葬すれば死者も祟《たた》りませぬ」

度重《たびかさ》なる非情な戦いを重ね生き抜いてきた男だけに、神仏を信じぬ武蔵の言葉はそっけない。忠政は笑い、婿のためにこれを補《おぎな》う。

「たしかに。手厚く葬り直せば、かえってその地の守りとなって下されよう」

まだ承服できかねている婿の忠真の横顔を流し見ながら、忠政の頭にはもう、古代の人々が最良の地として選んだ塚の場所を、忠真の新たな城の位置と定めている。実際、これが現存する明石城になる。

「ほかに、播磨について思うことはあるか」

漠《ばく》とした問いであったのに、これにも武蔵は淡々と答える。

「播磨は広く、さまざまに土地柄もしきたりも違いますれば、明石と姫路《ひめじ》も微妙に人の営《いとな》みも異なっておりまする」

たしかに、人間の性《さが》をそう簡単にひとくくりにできるなら、領主の務めも苦労はない。

「では姫路の西の、龍野《たつの》も同様であろうな」

武蔵は目だけで、うなずき返した。

龍野へは、遅れて九月、次男の政朝《まさとも》が上総《かずさ》国大喜多《おおきた》城から移ってくることになっているのであった。川のほとりの鶏籠山《けいろうざん》に、代々、さまざまな戦国武将が山城《やまじろ》を築いた地だが、ここもまた最適の地を踏査《とうさ》しなければならないだろう。

「もっともなことじゃ。領民たちの気質を知るには、じかに見聞するが何より。平《へい》八郎《はちろう》、そなたも国入りののちはよく見ておくがよい」

明石も龍野も気には掛かるが、なにより姫路の国造りこそが播磨の肝心《かんじん》だった。

茶碗を回された忠刻は深くうなずく。

その忠刻に、武蔵はさらに一言、気になることを言う。

「若殿様。姫路は今も太閤びいきの地にございまする。なにしろ太閤がここを起点に播磨の国固めをなさり、かの中国大返しをなしとげた足場の地にございますれば」

その播磨の地に、国入りしてくるのは太閤家に繋がる千姫なのだ。本多家にとって、それが吉と出るか凶と出るか。それは忠刻しだい、ということになる。

答えることなく、忠刻は音をたてて濃茶を吸いきった。すでに姫のことについては、この茶のように、苦くとも甘くともすべて呑《の》み下す覚悟はできている。

「何にせよ、明日はいよいよ姫路入りじゃ」

このあとは姫路の領内にある飾磨港まで一日。

「上陸後は陸路になりまするな」

飾磨からは城までわずかな距離というのに、水路がないためいったん荷を積み直すことになる。荷揚げについても運搬についても、すでに先触れを出し、村々に賦《ふ》役《えき》を募《つの》ってあった。なにしろあとから来る千姫だけで荷は数百。人手はいくらでもほしい。

「桑名《くわな》のように、船で一息《ひといき》に城内まで行くことができれば楽でございまするがな」

つい不平をこぼすのは忠刻の若さのせいだ。それを、忠政がおっとりとかわす。

「いや、本来はそのように計画されていたのじゃ。完成を待たずに池田どのが没したため、水路も中途で終わっている」

名城を築いた池田輝政にとっての最後の心残り。それが水路だ。海に繋がる路《みち》が備わっていない姫路の城は、いまだ未完ということになる。

「ならば、城への水路を完成させることが我らの最初の仕事になりまするか」

思わず武者震《む しゃぶる》いする。姫路の地が呼んでいるように思えたのだ。むこうの地、未完成の新しい領地を全《まった》きものにするのは、池田ではない、本多である、と。

「明石も、姫路も、互いに城造り町造りはこれからでございまするな」

茶碗が亭主《ていしゅ》の忠真のもとに返される。

空《から》にした碗《わん》の底に現れた陶面のごとき、あらたな領土。男たちは、新しい地に思いを馳《は》せて、話は尽きなかった。


翌日も海は凪いで、飾磨までは沖に散らばる家島《いえしま》の群島を眺めながら、まさに一息だった。

上陸してみて忠刻を驚かせたのは、溢《あふ》れるような人足《にんそく》の数だった。

千姫の道中がすみやかに進むよう、父秀忠はあらかじめ、幕府公領と私領を問わず千姫が踏む地面すべてを領有する者たちに言いつけ、天馬《てんば》五百匹、人足八百五十人を徴発《ちょうはつ》していた。だが最終地となるここ姫路では、街道筋に荷役が募集されると、応募の者が殺到した。八月末のことで、田の刈り入れ時にはまだ間がある農閑《のうかん》期《き》であり、領民にとって現金収入は何よりありがたいことだが、それにしてもその数、尋常ではない。

「それが、姫さま見たさに、このように」

道中奉行を命じた家臣が言った。常なら見ることもかなわぬ将軍家の姫さまのため、これだけの数の荷役が集まったというのである。見ればどの顔も、無邪気《むじゃき》に喜び合っている。

「姫のために働くことが、そのように嬉《うれ》しいのか」

「はっ。人は牛馬とは異なり、働く動機が楽しければいくらでも働きまする」

呆《あき》れたことだ。だが、民が嬉々《きき》として集まったのは事実だった。

「民とは他愛《たあい》もないものじゃな。では、駄賃《だちん》も弾んでやれ」

姫のこととなれば忠刻も寛容になる。これも動機の楽しさゆえなのかと、苦笑する。

飾磨からはわずかな道のりだったが、忠政、忠刻の率いる本多家の供揃《ともぞろ》えは大行列を成し、陸路から姫路に入った。辻々《つじつじ》では先頭を行く奴《やっこ》たちが毛槍《けやり》を振って城主の国入りを高らかに告げ、挟箱《はさみばこ》を担《かつ》いだ奴たち、立傘《たてがさ》や台傘《だいがさ》をさしかける奴たちが、いなせな所作《しょさ》を披露しながらあとに続いた。将軍家の威容を損なわぬよう中心的な働きを成す供揃えは、これまたわざわざ徳川《とくがわ》家から派遣された者たちである。

おかげで沿道はたいへんな人出となり、押すな押すなの見物客で賑《にぎ》わった。

「早く早く。将軍家の姫さまのお国入りだと」

「今日よりは、千姫さまは播磨姫君《はりまのひめぎみ》となられるのか」

誘い合い、呼びかけ合って見物しにきた者たちは皆、その壮麗《そうれい》さに度肝《どぎも》を抜かれた。そして、家に帰って語り聞かせる端《はな》から、奴踊りを真似《まね》して見せる。

「ほれ、こうやって毛槍を振るって挟箱を担いで、ヨーヤット、とな」

うち続いた戦乱が治まったとはいえ、まだ楽しみの少ない庶民にとって、それは一生に一度見られるか見られないかの光景だった。

「播磨姫君、千姫さまが、人馬率いてお国入り」

「それ、ヨーヤット、な」

皆は浮かれながら労役に就《つ》いた。

「大儀であった。荷役の者たちにはじゅうぶんに賃金を払い、空《あ》いた箱は下げ渡すがよい」

気前のいい若殿の差配《さはい》に、家来たちも浮き立った。

約束どおり、城に運ばれて用済みとなった長持《ながもち》などが下賜《かし》され、村人たちはそれを大切に持ち帰る。正確には本多家の下げ渡しだが、領民にとっては千姫さまからの下賜品というほうがありがたさが増す。

中でも仁色《にしき》村では、二棹《ふたさお》の長持が下げ渡されたが、これをことのほか大切に重んじ、村の宝とした。長持に長さ二尺（約六十センチ）もある棹を通し、奴踊りを真《ま》似《ね》て担いで、秋祭りの氏神《うじがみ》様への奉納舞《ほうのうまい》として伝えていくことになるのである。それほど、姫のために役に立てたことは村の誉《ほま》れであった。まさか四百年もの長きにわたってそれが継承されることになるとは、誰も予想しなかっただろうが。

＊

金地院崇伝《こんちいんすうでん》の占った日からは多少ずれたが、千姫の行列が飾磨に上陸したのはすこぶる晴れ渡ったすがすがしい日だった。

「姫さま姫さま。ごらん下さい、あれが、天下の名城、姫路城でござりますよ」

輿の外から、興奮ぎみのちょぼの声が響いた。

市川《いちかわ》ぞいに大手門《おおてもん》まで進む道では、姫路城がその全容を青空の下に輝かせているのを真正面に眺められるのであった。

それはほかのどの城とも違う、輝くような白亜《はくあ》の城であった。

天守はもちろん、櫓《やぐら》も門も土塀《どべい》一つにいたるまで、ことごとく真っ白な白漆喰総《しろしっくいそう》塗籠造《ぬりごめづく》り。姫は御簾《みす》を上げ、ちょぼが指す方角を見やったが、前方にそびえるその城の美しさに息を呑んだ。

昔、淀川《よどがわ》を下る船の中から見晴るかした大坂城の威厳に満ちたさまとはまた違う。それは、何もかもが大きく恐ろしく見えた子供の目を通したからだったのか。大人になって、そして安定した心持ちで眺めるものは、みなこのようにたおやかで美しいのだろうか。

「絶等木《たゆらぎ》の　山の峰《お》の上《え》の桜花《さくらばな》――」

つい『万葉集《まんようしゅう》』のそんな古歌が口を突いて出る。古代、ここに住んだ一人の乙女《おとめ》、播磨娘子《おとめ》が詠《よ》んだ歌だ。すぐに、ちょぼが下の句を継ぐ。

「咲かむ春へは　君を偲《しの》はむ」

姫路は古代、播磨の国府が置かれた地であった。国守としての勤めを終えて都に帰ってしまう男との別れを嘆いて、娘子は詠んだ。今の姫には何ら重なる心境はないが、桜も紅葉も季節外《はず》れという今、白く美しい城が単に雅な歌の心をかきたてるのだ。

「姫さま、いけませんよ、もう一つの歌を思い出したりしては」

先回りして、ちょぼが制した。歌を学んだのは大坂時代、京から呼ばれた公家《くげ》の師匠からだった。いざという時には姫の代わりに詠まねばならない役目の侍女でありながら、ちょぼはいっこうに上達しなかったが、歌の記憶は確かなのだ。

君なくは　なぞ身装はむ　櫛笥《くしげ》なる　黄楊《つげ》の小櫛《をぐし》も　取らむとも思はず

少し前なら、ちょぼの杞憂《きゆう》は逆効果になって、歌と我が身を照らし合わせていたかもしれない。凄絶《せいぜつ》な運命のはてに秀頼《ひでより》と死別した時であったならば、たしかにこの歌のとおり、色鮮やかな着物で装うことも黒髪をくしけずって整えることも、すべてむなしく、生きる甲斐《かい》にもならなかっただろう。

しかし今は違う。むしろこの美しい真白な城の住人にふさわしく、身を装いたいと姫は思う。なにより、忠刻に優しく撫でられるために、この黒髪をよりつややかにくしけずりたいとさえ願うのだから。

「姫さま、お着き――」

櫓で太鼓《たいこ》が打ち鳴らされた。それは晴れ上がった播磨の空の四方に響くかに思えた。これよりは播磨姫君。将軍家からご降嫁《こうか》された一の姫は、播磨がもらい受けることとなる。

姫の輿と荷のすべてが、人々の歓喜とともに城に収まった。

「姫は大人気でござるな」

同じ地に暮らすことをこのように民と喜び合えることは、領主にとってこの上ない幸せといえた。その中心に姫があることを、忠刻は改めて思い知った気がした。そう、男がいかに武勇に長《た》け、よき治世を行おうとも、姫一人がここに来たという事実はそれを凌駕《りょうが》する。身分ある姫がその地にあるということは、すなわち、その地が祝福された地であるということの象徴なのだ。

「道中、姫は何をどうごらんになられた」

旅の間のあれこれを、語り合うひとときも二人には光が満ちる瞬間に思えた。酒が運ばれ、忠刻はすでにほろ酔いである。

「昔の物語など、思い出しておりました」

やはり大坂で育った少女時代、姫も、お局《つぼね》たちが好んで読み聞かせてくれた源氏の物語に心をときめかせた一人であった。その中で、主人公の光源氏も播磨の明石にたどりついて宿命の女性と出会い、人生の飛躍を迎える。その女性が産んだ姫君は播磨から立った中宮《ちゅうぐう》とも言えるのである。船から眺めた播磨は、それら輝かしい物語が展開する舞台にふさわしい豊かな地に思われた。

その横顔を、満足そうに忠刻は見る。

「空はどうでした、海は、島は、そして陸の山は」

矢継《やつ》ぎ早《ばや》な質問に、姫はどれから答えようか、迷ううちに笑いとなる。

「そのように尋問されるのでしたら、次は殿と一緒に旅を過ごしとうございます」

たしかにそうだ。同じものを眺めているなら、そのつど思いは言葉になる。

「これはわたしの誤りだった。では明日は、一緒に天守に登り、姫路という地をともに眺めましょうぞ」

ここが自分たちの国であると案内するのは、姫を何より喜ばせるはずだ。それは言葉どおり、すぐ翌日に実現することになる。

「見えまするか、あれが広峯山《ひろみねやま》、その先が増位山《ますいやま》」

手を取りながら初めて天守に姫を連れて上がり、忠刻は弾むようにその展望を説明した。姫よりわずかに五日ばかり早く入城しただけではあるが、すでに周囲の地名は宮本武蔵から聞き知っている。

二人が立つのは、五重六階という大天守の最上部だ。

見下ろせば、城の立っている丘の麓《ふもと》からはぐるぐると、三回ばかり旋回《せんかい》するかのような螺旋《らせん》状の縄張りが見て取れた。それに従い、曲輪《くるわ》が内、中、外と三つに分かれて濠《ほり》が穿《うが》たれ、土塁が積まれてそれぞれ門が構えられていた。

自分たちがいる天守閣は内曲輪《うちぐるわ》、巨大な入母屋破風《いりもやはふ》をそびやかす本丸にある。大天守からは三方に東小天守、西小天守、乾《いぬい》小天守が連立するのもよくわかった。

格子窓から、さわやかな風が吹き込んでくるのを、姫は目を細めながら受け止めた。旅の疲れはあったが、こうして二人が落ち着いたことの安堵《あんど》のほうが大きい。

ここから覗《のぞ》けば、忠刻が言う周辺の山々よりもまず、城の屋根屋根が視界の真下に入るのである。

ゆるやかな曲線を描いて甍《いらか》の線に連なる唐《から》破風。懸魚《げぎよ》を施《ほどこ》した山なりの千鳥《ちどり》破風。どちらも天守に優美さを添えるみごとな意匠だ。さらに、二重の渡櫓が三基の小天守に繋がっていき、それぞれ三重の屋根の甍を波打たせるのも雄大そのもの。

そして何よりこの城が美しい理由は、その壁の色にあった。そう、飾磨に上陸したあと、市川あたりで御簾を上げて見たとおり、輝くばかりの白さをまとったその姿だ。

「なぜにここのお城はこのように白く美しいのです?」

即座に忠刻は得意げに答えた。

「全体を白漆喰総塗籠の大壁造りにしているからです。防火や耐火にもなります し、鉄砲への防御の意味も兼ねている」

男の考えることは実用優先だ。美しいように、とはまず言わない。播磨娘子では ないけれど、女ならば、何よりも先に身を繕《つくろ》って髪をくしけずるというのに。

「この白壁こそが白鷺《しらさぎ》の名にふさわしい美観を呈しているのですね」

姫がこの城に大満足していることが伝わり、忠刻もまた満足だった。

「そしてあちらに見えるのが書写山《しよしやざん》。西の比叡《ひえい》といわれる天台《てんだい》道場です」

さらに忠刻は、はるかな視野の山々を語り続ける。

「播磨には飛び抜けて高い山はないが、どの山にもあらたかな神仏がおわします る。播磨灘《なだ》を行く舟は、古来、これらを眺めて通ったことでござろうな」

彼自身、やっと領内を見回り特徴をつかんだばかりだったが、こうして姫に語る ことで、この国の山や川への親近感が増していくように思えた。

「よき地を選んで城を築いた先人は、たいしたものでございますなあ」

姫がそのように思ったままの感慨《かんがい》を洩らすようになったのは、桑名以来のことである。ちょぼは二人の背後で、姫の嬉しい変化を確かめながら忠刻の説明を聞いていた。

姫路城は播磨灘に面した平野の北側にある山地に築かれた平山城で、『播磨国風《ふ》土《ど》記《き》』にも「日《ひ》女《め》道《じ》丘」という古名で記されている。一個の独立した山ではなく姫《ひめ》山《やま》、鷺《さぎ》山《やま》を擁《よう》した丘陵《きゆうりよう》であるため、城郭内は起伏が大きいのであった。そのうちのもっとも高い場所に立っているのが天守閣のある本丸だった。

「池田輝政どのが築いた時は本丸が政務の場所で、そこを居城となさったようじゃ」

池田家がのちに備前《びぜん》に移封されたことから、備前丸と呼ばれるようになった一角だ。

「でも、こんな高いところへ、城内の丘を上って下って行き来なされていたとは、御《み》台《だい》さまたち、女の身にはさぞ大変でしたろう」

たった一度、こうして案内されて上がってくるだけでも息が上がった千姫である。後ろに従う侍女たちも皆、今は汗を収めるために休んでいるのが現状だ。

「姫のその感想は正しゅうござる。父上はそれを懸念し、このあと、いちばん低い場所に新しく居城を造られる。こんな高いところへは、往復するだけでも無駄な時間じゃ」

三の丸の新造普請は幕府にも認められ、すでに槌音《つちおと》高く普請が始まっていた。

「ではこの天守閣はどうなりまする？」

あまりに立派なこの本丸をうち捨てるにはしのびない。そんな姫の心配顔に、忠刻はふっと悪戯《いたずら》っぽい笑みを浮かべて言った。

「この天守閣はな、代々、城主と、姫山の主《ぬし》が年に一度語り合う場だそうな」

姫山の主？　その素直な性質そのままに、姫が深刻な顔で訊き返すのを楽しむように、忠刻は声を潜《ひそ》める。

「そう。城が建つ前からこの山にいた神でござる」

山でできた日本の国土のすべての山には、人や仏が住むより先に、神々がいる。そんなことは姫もわかっていた。

「実は太閤さまが城代《じょうだい》であった時、天守を築くために遠くへお遷《うつ》ししたそうじゃ。ところが神は、もとのお山に帰りたいと嘆かれてな」

もっともらしい口調で話す忠刻に、背後では、ちょぼたち侍女も全身を耳にして聞き入っている。彼女たちにも、ここがあらたな居住の地になるのだから、〝主〟なるものを知りたいのは当然だった。

「そしてな、戻せ、とあれこれ悪さをなさるのじゃ」

「いったい、どんな？」

「さよう、夜に長廊下を歩いているとふいに目にも留《と》まらぬ速さで前を横切っていかれ、几帳《きちょう》や打掛《うちかけ》が倒されたり、襖《ふすま》が絶対に開かなくなったり」

　姿は見えず、どこから現れ何をされるかわからない、というのが恐ろしかった。

皆はその場を想像して身を硬くする。

「なにしろその正体は……」

　皆が固唾《かたず》を呑んで答えを待つ。それを見透かしたように忠刻は、

「お狐《きつね》さまじゃあ」

　そこだけ大声にして脅《おど》かしたから、姫も侍女たちもいっせいに悲鳴を上げた。

なにしろ初めての地、初めて登る薄暗い天守閣だ。物陰に、得体の知れない神か
狐が潜んでいても、なんらおかしく感じられない。

「嘘《うそ》じゃ嘘じゃ。長壁大神《おさかべたいしん》という、れっきとした神様でござるよ。ほれ、あそこに」

あまりに皆が怖がったので、忠刻は慌てて明るい声になり、眼下を指さした。

石垣の足下、地面続きの場所に小さな鳥居が見える。

「池田公が天守閣を作る時に、ふたたびここへお遷しなされたのじゃ」

以来、池田家では年に一度の長壁大神の祭礼に、天守閣の最上階を御旅所《おたびしょ》として
神を招き、城や領地の未来を語るのだという。

「神仏をお祀《まつ》りするのは、何にせよ、大事なことでござります」

脅かした忠刻をほんの少し睨《にら》んでから、姫は得心したように言った。それは幼い

頃から培《つちか》われた姫の神仏観だ。人は、人の力だけでは何事をもなしえない。人知を越えて大自然の中に存在する見えない力を借りてこそ、人のささやかな望みも成《じょう》就《じゅ》するのだ。

そんな姫だからこそ、桑名で忠刻が持ち帰った蟠龍《ばんりゅう》の角は、絶大なる効果を発揮したともいえる。水は炎にまさる。龍が背後にいるとの意識は、姫を心から励まし強くしたのか、あれ以来、悪夢に悩まされることはないようにみえた。

「もう一つ教えよう。この城は、出世城というのでござるよ」

戦国の世では、まだ主家小寺《こでら》氏の家老にすぎなかった黒田官兵衛《くろだかんべえ》。次いで羽柴《はしば》と名乗って織田信長《おだのぶなが》の一武将でしかなかった太閤秀吉。それぞれ、もとの身分が不思議に思えるほどの大出世をとげた。

そして関ヶ原の合戦《かっせん》で功を上げた池田輝政も、五十二万石の大領国を拝領してこの城に収まった。この地が山陽道上の交通の要衝《ようしょう》だけに、どの時代にも重要視され、本格的な城郭としての拡張をとげてきたのだった。

では殿も、と持ち上げてくれる姫でないのは承知である。だが本多家も譜代《ふだい》大名として大出世をとげたのは事実だった。自分は将軍家の婿なのである。出世は今さらいうまでもないことだった。そのうえ忠刻には、まだまだこの城を躍進させたい夢があった。

「これから父上が大改修に臨《のぞ》まれるが、この城は大きく変貌《へんぼう》をとげることになろう」

忠政が考える姫路城の大整備は、やがて忠刻が継ぐべき領地経営の基盤でもある。豊かで平和な国、播磨。妹の明石、弟の龍野と合わせ、この地を誰もがうらやむ国としよう。その意味でも、彼はこの城とともに大きく出世する男でなければならない。

その昔、秀吉が官兵衛から献上された時、天守は三重にすぎなかった。改修するにあたって大きな天守を築き石垣で城郭を囲ったのが秀吉だが、それは当時流行しつつあった最新の様式だったのだから、さすがといえよう。何より秀吉は、城の南部に大規模な城下町を形成させた。同時に、姫路の北を走っていた山陽道を、城南の城下町を通るように曲げたことも大きい。これにより姫路は播磨国の中心地となるよう整備されたのである。むろん、彼お得意の民への政策として、諸公事役免除《しょくじえき》の制札を与えるなど、人が集まり町が賑わう治世を行ったことは言うまでもない。

輝政の時代にはさらに、徳川家康《いえやす》の命《めい》を受け、豊臣恩顧《おんこ》の大名の多い西国《さいごく》を牽制《けんせい》する居城としなければならなかった。そのため彼は九年を費《つい》やし、大改修を行ったのだ。それがこの広大な城郭なのである。

もっとも、村々を抱え込む総構《そうがま》えの城をもくろんだにもかかわらず、それは未完で終わっている。

中濠《なかぼり》は八町ごとに門を置き、外濠からは城下と飾磨津《しかまづ》を運河で結ぶ、という計画は、今眺めてみても壮大なるもので、完成していれば、世に類をみない陸路水路全能の城となったであろう。だが水路を完成させるために克服すべき土地の高低差問題に解決をみず、さらに無念なことに、輝政の死により、計画は中断されてしまったのだった。

したがって、本多家の課題は、この運河計画を完成させることにあった。

「やってみせようぞ。陸の城を、海に繋がる水城に」

天守閣からは、忠刻が思い描いている図が姫にも容易に想像できた。

「でも、海に繋がるなら、川がいるのではありませぬか？」

「その通り。いるものがそこにないなら、この手で造ってみせるまで」

にっこり笑う忠刻の顔が不敵にも見える。

「川を？　人の手で造るのでござりまするか」

姫が目を丸くして言う。それは、聞くだけでも大がかりな普請だった。

「さよう、城の内濠から船で川へ乗り出し、海まで行けるようにする」

あ、とちょぼも気づく。それは水城、あの桑名の城と同じではないか。

わずかな期間ではあったが新婚の時を過ごした桑名の城が、姫の胸にもよみがえる。殿の頭の中には、あの城があるのだ。そうひらめいた。

　事実、彼が考えるのは、城の外を流れる船場川《せんばがわ》の改修だった。父忠政とともに視察に回った結果、親子一致で出した答えだ。とてつもない技術と工費が必要だが、これをやりとげなければ城は不完全なままにすぎない。西国への牽制を担《にな》う城、との意味は大きくとも、ただの象徴ならばいざという時、用をなさない。飾りにしては大きすぎるこの城を、西国有事の際にここで一手に戦《いくさ》を引き受けられるだけの攻防に長けた拠点にするには、どうしても克服せねばならない大普請だった。

「完成したなら、姫を、ともに船に乗せて、海に連れてゆこう」

　徳川政権の守りの城であるのだから、姫のためにも使われていい。なんといっても女が城から出るには陸路はつらい。それに対して、船に乗ったままでいいなら、川はどこにでも通じている。

　思わず姫は、忠刻の横顔を見た。自信と希望に満ちて、内から輝く男の顔。これが夫の顔なのだ。そう、はじめからすべてを有していた秀頼にはなかった顔だ。今は持たないものを造り、生み出し、その手に得ようとする時の男の顔が、このようにまぶしいものだと初めて知った。

　その視線に気づき、逆に忠刻は疑問を口にする。

「そうでござろう、姫は、わたしと一緒の船に乗ると言われた」

たしかに言った。だがそれは比喩《ひゆ》であった。それまで周囲が計画した船に乗り込むだけだった人生を、自分の意志で忠刻とともに生きるという決心の。

なのに彼は、額面どおり、姫が船に乗ってはるかな地へと出掛けることを望んでいると解釈したというのか。

彼の単純さが微笑《ほほえ》ましく、姫はつい、笑った。

「何がおかしい、——と訊きたいところだが、ここは訊かずにいよう」

「なぜにござりまするか」

「姫が笑っている、それだけでいい」

こんな時に風が吹くのは、どこかであの龍がくすぐったさに髭《ひげ》を動かしたからだろうか。忠刻の顔をみつめ返そうとしたが、天守閣の格子窓から降り注ぐ陽《ひ》がまぶしすぎる。

「殿には次々と目標があるのでござりまするな」

「そうだな。おちおち休んではいられぬ」

「わたくしも、何か——。何かこの姫路で、目標はありましょうや」

よいのです、姫はみずから何もなさる必要もない。背後で聞いているちょぼは、すぐにもそう言いたかった。姫の目標は周囲が決めればよい。今の姫は心身ともに健康で、溢れるほどの殿の情愛を一身に浴び、今の暮らしの幸せをたっぷり享受《きょうじゅ》なされればよい、と。

だが、ちょぼが言うまでもなかった。

「姫は、そうやって笑っていて下され」

忠刻の言葉は姫に向かって言われたことだったのに、ちょぼまでも幸せな気持ちにする。嬉しくて、そっと横へと視線をそらした。

この城は、幸の象徴。光溢れる城になると、ちょぼは感じた。

＊

姫さまに、目通り賜《たまわ》りたくお願い申し上げ候《そうろう》――。

姫路城に落ち着いてまもなく、城下や周辺の先住有力者から本多家へは、祝いと称しさまざまな者が挨拶《あいさつ》に訪れ、対応は各部署の奉行や目付が行う中で、もっとも身分の高い姫を名指しで訪ねてきたのはその者一人だった。

「なんと身の程知らずなことよ。姫さまが直々《じきじき》にお目にかかれようはずもない」

姫さま付きのお局のもとまで上がってきただけでも幸運と、筆頭老女の近江局《おうみのつぼね》が眉《まゆ》を吊《つ》り上げる。お局たちが代理で会うことになり、ちょぼもその場に控えることとなったが、近江局は最後まで、宮本武蔵の紹介状がなければ、とうに却下《きゃっか》していたところだと口を尖《とが》らせた。

「いずこじゃ、芥田四左衛門《あくたしざえもん》と申すは」

商人なので入り口近くの下座敷での面談だったが、そこにはそれらしき男の姿はない。見知った奉行が神妙な顔で座っているばかりだ。

「はい、ここに控えおりまする」

いきなり声を発して顔を上げたのは、座敷の内ではなく板間に平伏《へいふく》していた女であった。

「芥田四左衛門、これよりお見知りおき賜りますれば果報に存じまする」

これには近江局もちょぼも驚いた。見たところ、四十あたりか。白地に錦糸《きんし》の刺繍《しゅう》も見える趣味のいい羽織は、その者が裕福であることを物語っている。後世には商人にも農民にも分《ぶん》を守るべき法度《はっと》が出され、身にまとうものまで統制されてしまうが、今はまだ安土桃山《あづちももやま》文化の馥郁《ふくいく》たる余韻《よいん》を香らせるいでたちが通用した。低めに結《ゆ》った髷《まげ》にさりげなく大粒の珊瑚《さんご》の珠簪《たまかんざし》を挿《さ》しているのも、女が堅い身持ちの家柄であるとの主張だろう。華やかに過ぎれば遊興者と見間違えられる。女四《おんなし》左衛門《ざえもん》は、その一線の手前でみごとに綺羅《きら》と誇りを維持していた。

「これは、まさか四左衛門どのが女性《にょしょう》とは知らなんだ」

お局は、手にした武蔵からの紹介状を改めて見た。

ちょぼにも回されてきたその書状によれば、芥田家とは、黒田官兵衛がここを拠点としていた時代から姫路で勢力を持っていた一族であり、秀吉もまた重用し、戦に必要な兵糧《ひようろう》や物資は芥田家に命じれば、どんなことをしてでも調達して不足がなかったという。

「先年、病《やまい》で亡くなりました前当主に男子がなく、娘であるわたくしが跡を取りましてございまする」

なるほど、地方地方の庶民は、そのようにして家を守り継いできたのである。

「本職は鋳物師《いもじ》とな」

それも書面にあった情報だ。

「はい。足利《あしかが》さまの時代には、播磨鍋《なべ》の鋳造を請け負っていた家系にございます」

室町の頃、播磨の職人たちは銅製の鍋の製造に画期的な技術をみいだし、丈夫で火が通りやすいという質の良さから、播磨製の鍋は全国的に重宝がられた。芥田家は、播磨で銅を鋳造《ちゆうぞう》する職人たちをまとめ、組織だてて配下に置き、各所《かくしょ》からの受注や納品を請け負う棟梁《とうりよう》としての役割を担ってきた。

やがて時代とともに、その技術は日用品のみならず、寺社仏閣の鐘《かね》や銅像といった品にまで広がるようになる。戦乱では庶民の家はもちろん、数え切れないほどの名刹《めいさつ》が焼かれ、鐘や仏像を失ったから、再建にあたっては遠く関東からも芥田家に注文が入った。それを、どこの職人を使えばよりよいものが安価にできるか、即座に判断して仕事を差配し、完成品を納めるのを任務としていた。

「女子《おなご》の身では、やりにくいこともあるのではないか」

単刀直入《たんとうちょくにゅう》に、近江局が訊いた。生き馬の目を抜くようなこの世にあって、自分ならとうていそのような仕事はできないだろうとちょぼも思う。

「傀儡《かいらい》はおりまする」

四左衛門は意外なことを言った。

傀儡？ と目で問うお局たちに、にやりと笑う。

「息子がおりまするが、まだ十五。ほかにはまだ十にならない娘が一人いるばかりで。当面はわたくしが婿に迎えました亭主を表に立たせております」

「幼い息子や他所《よそ》から来た婿が傀儡というのか」

もう一度笑って、四左衛門は言った。

「男でさえあれば安心して商談に応じるような輩《やから》には、傀儡でもじゅうぶんでございます。すべては後ろで、このわたくしが差配《さはい》いたしまするゆえ」

なんと大胆なことを言うものだ。ちょぼはもう一度、上から下まで彼女を見た。質、剛健にして信頼に足る人物なれば、姫さま御用達《ごようたし》としても有益なるやと存じおり候。――武蔵の推薦《すいせん》文が頭を貫く。彼は女と知ってこの者を寄越《よこ》したのだ。

「では、なにゆえここへはそなた本人が来た？」

近江局は姿勢を正して四左衛門に向き直った。

「理由は二つ、ございます」

男を便宜上《べんぎじょう》だけ上手に使うとしゃあしゃあと言ってのけながら、けっして傲岸《ごうがん》には見えない。だがおさえにおさえた態度にもその聡明《そうめい》さは隠せずにいる。

「女性ながらも姫さまは、大大名格のお方。並みの御用商人ではなにかと不足をきたすこともあるかと、まかり越しましてございます」

なんという自信か。近江局が一瞬のけぞったのがわかる。男が当主を務めるよその商人では、姫にふさわしい格の高い品々はじゅうぶんに用意できないだろうから自分が来た、と彼女は言うのだ。そしてそれはある意味、正しい。女性が本当に求めるものがどのようなものか、女性だからこそ理解し知恵を絞《しぼ》れることだろう。

「女どうしでありさえすればうまくゆく、とは思えませぬが」

その自信がどこから来るのか知りたくて、ちょぼはちくりと言い放った。

すると彼女は初めて、脇に置いた三方《さんぽう》を静かに前へと進めた。

「これを、姫さまに」

隅に小花の刺繍が入った袱紗《ふくさ》がかぶせられている。金か。ちょぼは思う。金など、姫のほうがたくさんお持ちであるのに、と。

近江局に命じられて、ちょぼは膝《ひざ》を進めてその三方を引き寄せ、近江局の前で袱紗の覆《おお》いを取りのけた。

そのとたん、お局もちょぼも、あっと声を上げそうになる。

載せられていたのは金ではなかった。そこには、銅を鋳《い》て細部まで細やかに打ち込んで造った龍の置物があったのだ。

とぐろを巻いた胴体のうろこの一つ一つもさりながら、髭や角、そして何より恐ろしげなその表情。技術の確かさ、美的感覚の鋭さは言うまでもない。みごと、の一言に尽きた。

「なぜ龍を？」

前後左右、細部までひとしきり眺めてから、近江局が訊いた。するとまたしても四左衛門は不敵に笑った。

「我々は地にも天にも耳を持つ者でございますれば」

お局とちょぼは、顔を見合わせた。配下に忍びの者もあるということか。

こうなれば武蔵がこの者を薦《すす》めてきた理由にもうなずける気がした。質、剛健にして信用に足る者。姫の御用達にこうした者がいることは、けっして邪魔にはならないであろう。

「みごとな出来ばえじゃ。きっと姫さまのお好みにも合いましょう」

さて見返りに何を取らすべきか。袱紗をたたみながらすばやく考えを巡らせる近江局の命令を待っていると、さらに彼女は言うのだった。

「理由は二つ、と申し上げました」

そうであった。傀儡ではなく真の棟梁である彼女自身が来た理由がもう一つ。

「我が家は代々の鋳物師の棟梁でございまする」

それは武蔵の紹介状に真っ先に書かれていた。

「太閤殿下が城下を整備なさった時代、城の北側に延びる街道ぞいに開けた野里村《のさとむら》には、鍛冶《かじ》、鋳物師、武具製造の職人が集められたのでござります。わが芥田家もそのうちにありましたが、いつかすべての職工を束《たば》ねるようになっていきました」

今さらの情報だったが、秀吉が得意とする職住一致の町割り政策であり、技能者をまとめておけば何かと機能的だろう。

ちょぼたちが理解したところで、四左衛門はまたしても不敵に笑った。

「鋳物師とは、鐘も造りまする」

それも知っている。

「有名な鐘も、造りましてございまする」

それがどうした。食いつくようにお局をみつめる四左衛門の目が、もはや怖い。

「千姫さまにもかかわる有名な鐘でございまする」

あっ、と先に声を上げそうになったのはちょぼだ。素早くお局と視線をかわす。

国家安康《こっかあんこう》の鐘。

太閤ゆかりの方広寺《ほうこうじ》の鐘楼《しょうろう》に納まる、あの梵鐘《ぼんしょう》のことを言っているのか。

はい、と目だけでうなずき、四左衛門はその挑発的な目を伏せた。

なんという因縁《いんねん》だろうか。

近江局とちょぼは、もう一度、無言で視線を合わせた。当時は子供だったが、ちょぼも、よく知っている。まして近江局は、その鐘がもたらした禍々《まがまが》しいいきさつを、もっと身近に見ていたはずだ。

かつては奈良の大仏よりも巨大な盧舎那仏《るしゃなぶつ》を有しながら、度重なる火災で焼失した方広寺。これを再建したのが千姫の前夫である秀頼だった。亡き父の志《こころざし》を継ぐという意味もあったが、国家や万人のためを思っての事業であり、莫大《ばくだい》な費用は彼が単独で出資したのであった。まさに天下人《てんかびと》の政《まつりごと》なみの施策といえよう。したがって、梵鐘も、十四尺（約四・二メートル）もある巨大なものとなった。

そのように、豊臣家の威信をかけて造る鐘なら、羽柴秀吉と呼ばれた時代からのつきあいの芥田家に注文がいくのも当然であろう。芥田家ではこれを、当代随一の技術を持つ鋳物師を集めて製造した。

「そうですか、あの鐘を造ったのはそなたの家でしたか」

だがその鐘は、けっして国を安らかにする鐘とはならなかった。胴体に刻まれた銘文《めいぶん》が家康を呪《のろ》う言葉だとして、徳川家が反発、それをきっかけにあの大坂の陣が勃発《ぼっぱつ》したのだ。

「わたくしどもにはお咎《とが》めもなく、こうして家業を引き継いでまいりました」

銘文を起草した南禅寺《なんぜんじ》の長老文英清韓《ぶんえいせいかん》は、徳川家の詰問《きつもん》を受け、長く江戸に幽閉《ゆうへい》されて大変な目に遭《あ》っている。注文どおりに造っただけの芥田家に咎めがないのは当然ではあったが、それでもこの梵鐘が引き起こした国家の災厄《さいやく》については、思うところも深いだろう。

「銅は灼熱《しゃくねつ》の火で溶かして造りまする。しかし火が暴走してはすべてが無になります。そのため我が家では水を司《つかさど》る龍を常に祀っておりまする」

そう前置きして、四左衛門はふたたび目を上げた。

「姫さまは幸運な生まれのお方にござりまするが、火を扱う者として、我々には姫さまがまとっておられる炎が見えるのでございます」

お局もちょぼも、今度は目を見合わせる余裕もなく、彼女の言葉を聞いた。

それは予言か。それとも過去をさすのか。ちょぼは青ざめながら彼女の次の言葉を待った。しかし、四左衛門はそれきり何も言わなかった。

「ようわかった。されば、そなたは、姫さまのために、ようよう火を飼い慣らし、お仕《つか》えするがよい」

近江局が威厳を保ってそう言った。ははっ、とかしこまる四左衛門をみつめながら、ちょぼは脇の下に冷たいものが流れるのを感じていた。これほど幸せに忠刻との新生活をつむぎ始めながら、どこまでもつきまとう豊臣の影。姫路で善政を布《し》いた太閤への思慕《しぼ》が残る播磨ではなおのことであると実感したといってよい。

だがそれは随所で断ち切り、また焼き尽くさねばならない。自分たちはその使命の下に働く者たちであり、四左衛門がまたそこに繋がるというなら、それは心強いことであった。

姫に代わり、近江局が褒美《ほうび》の白絹《しろぎぬ》を取らせて四左衛門を下がらせた。大きなため息が、ちょぼの全身の空気を抜いていくように胸から洩れた。

しかしちょぼの不安は杞憂だった。今や姫は、間違いなくあの龍に守られている。そう実感するのに時間はかからなかった。

元和四（一六一八）年の年明けである。姫は初めての子をみごもったのだ。

「まことか、姫」

乳母《うば》であり片時も離れず付き添った刑部卿《ぎょうぶきょう》局《のつぼね》が、医師を呼んで確認したことであった。

「そのように、ござります」

姫もまだ信じられない表情で首を傾《かし》げる。

なのに忠刻は、いきなり姫を抱きしめた。

「でかした。でかしたぞ、姫。これは天下万民のための偉業じゃ」

お局たち侍女たちが控える前での手放しの喜びように、姫も突然、それは事実だと確信できたのだ。

たしかにこれは本多家のみの僥倖《ぎょうこう》ではない。将軍の姫が播磨の地でみごもられたのは、将軍の外孫。この地の繁栄は確約されたようなものだ。皆が喜ぶ、舞い上がる。家臣はもちろん、領民の一人一人、播磨の隅々にまで、この喜びは伝わり、浸透していった。主従、領民、すべての者が喜びのもとに一つになる。

春であった。幸運の星の下に生まれた姫が、ふさわしき幸せを取り戻した春。姫路の城はまごうことなき喜びの春を迎えようとしていた。

「たしかに姫路は出世の城にござりますなあ」

ちょぼは姫の帯を巻きながら、そう言わずにはいられなかった。

「そうでござりましょう。この城に来て、姫はこれまでの姫でなくなられた。こんな幸せを、手にされた」

何も答えられず、ただうなずくのみの姫。けれども、その胸の中にはあらたに生まれた感慨《かんがい》があった。

「ちょぼ、わたくしはこの姫路で、女としての大天守閣を築けそうな気がする」

晴れやかに言う姫を、ちょぼはまるで初めて見る人のような思いで眺めた。

女としての大天守閣。それはもうどこにも動かぬ証《あかし》。流れぬ証。ここにそびえ、根を張り、家族という名の強い縁を抱えて生きていく。この日のために、姫はあの炎の中を生き抜いた。忠刻に巡り会うため。そして彼と二人で泰平の象徴となる子を持つために。

ちょぼはこみあげる涙を止められなかった。

この知らせに、松坂局《まつざかのつぼね》がどれほど喜ぶだろう。早く文を届けたかった。

みんな忘れて下さいますか。これよりは、忠刻が傍におりまするゆえ。——そう言ってくれた忠刻の目が、言葉が、そして心が姫を変えたのだ。

もう炎の夢は見ない。天下人秀頼の御台所《みだいどころ》であった千姫はいないのだ。

正月のすがすがしい青空に白い絹雲《けんうん》が浮かび、まるで飛天の龍のごとく姫路の大天守閣を言祝《ことほ》いでいた。

千姫の懐妊《かいにん》が知らされた江戸城の喜びは、言うまでもない。あれだけ姫の今後について右往左往《うおうさおう》した人たちなのである。見舞いの品、祝いの品、驚くほどの品々が続々江戸から届けられ、各地の寺社に安産願いの寄進がなされた。実際に子が生まれたならば、どれほどの騒ぎになるか、推《お》して知れるというものであろう。

「姫路の城の増築を願い出るには今をおいてほかにあるまい」

この機を逃《のが》さず、忠政はかねて思い描いていた播磨本多家を揺るぎなくするため、城の普請を願い出た。

「増築とは結構な話でござりまするが、またなぜに？」

つと口を挟んだのはお熊《ゆう》の方である。本多家がますます拡大するのだから異論はないが、虚栄にすぎないのなら無用のものだ。池田氏が築いた城は大規模で、忠政とお熊の方が住まう城主の館も桑名とは比較にならないほどに広いのだ。

「当然ではないか、同じ敷地に、将軍の姫さまに遠慮させながら同居させるというのはまずかろう」

そうなのだった。忠政にとっては、千姫はあくまでも代々仕えてきた主筋《しゅうすじ》の姫。息子の嫁、と割り切って風下《かざしも》に置くことなどできない。

「それではわたくしたちが本丸を去るのですか」

お熊の方は鼻の穴を膨《ふく》らますようにして問い詰めた。この人と夫忠政とでは、その出自《しゅつじ》からいって、千姫に対する感覚が異なる。

「そうは言っておらぬ。今の本丸はあまりに遠い。そなたも上り下りに難儀すると申しておったではないか。平地に相応のものを新築すれば解決となろう。そのついでに、忠刻夫婦を別の建物に住まわせてやりたいと思うだけじゃ。いかんか？」

長年連れ添ったせいで妻の勝ち気は承知ずみだ。忠政が、いかにもお熊の方を主に考えての結果だというふうに説明すると、彼女も矛《ほこ》を収めた。

「ならばしかたござりませぬなあ。ですが、殿、忠刻はまだ家督を継いではおりませぬ。この城の主はあくまで殿でござりまするぞ」

それはいかにも夫を立ててくれた発言に聞こえた。忠政はむっと唇《くちびる》を結ぶ。とかくこの妻が、自分が徳川の娘であると示威《じい》したがるのも、長年のうちに慣れたことだ。しかしさらに身分の高い千姫を迎えた以上、彼女の見栄《みえ》はもう通用しない。

だが、と忠政は顔を曇らす。姫が忠刻に対し、お熊の方同様の態度をとったなら。——しかしすぐに打ち消した。出自に見栄を張りたがるのは周囲と区別がつかないからの背伸びにすぎない。最初から群を抜いて頂上に座す者は、みずから示さなくとも皆とは違って輝いている。すずやかな千姫のたたずまいを思い浮かべ、忠政は首を振る。そして自分の妻の、幼いまでの自負と矜持《きょうじ》を、笑って受け流してやらねばならないと思うのだ。

ともかく、池田氏の時代の築城は終わったかにみえて、その実、外曲輪の濠や門など、普請を残したままの部分もある。忠政はこれらを補修し、一気に完成させたいと考えている。家の中の上下はひとまず置いて、彼はすみやかに許可を請《こ》うた。

これを受け、将軍秀忠から新たな築城の許可が出たのは五月であった。

武家諸法度で大名が新たに城を築くことが禁じられて以降では、特例的な沙汰とも言える。やがて母親となる千姫のため、子とともに過ごすゆったりとした環境を与えたいとの親心が、ここでも例外を生み出したわけだ。

「さあ、姫が入るにふさわしい城ができまするぞ」

城の増築については、郭内の場所を慎重に選んだ。平面の上では、西の丸に忠刻の居館、その東に千姫の下屋敷を築くというのは簡単な配置だが、城はもともと姫山、鷺山という小さな山地を敷地とするだけに、曲輪の内には地面の起伏が少なくない。忠政はそんな土地の高低を見逃さず、自分たちが本丸から千姫を見下ろすことにならないよう、二人が入る西の丸に高台を選ぶという心の砕きようだった。

「どうじゃ、これならそなたも文句はあるまい」

いちおう、お熊の方を納得させておくことも怠《おこた》らない。

「まあ。かように本丸は広く大きゅうござりますのか」

その本丸が西の丸より低地にあることは図面には表れていないため、お熊の方は規模だけ見て満足した。さらに図面では見えないことだが、西の丸は本丸並みに立派な普請にするよう考えられており、忠刻が中務大輔《なかつかさたいふ》であったことから唐名で中《ちゅう》書丸《しょまる》とも呼ばれることになる。お熊の方には詳しく説明しなかったが、濠を巡らし、石垣を積み、南と北の両端に櫓を配した広大なものになるはずだった。

さて普請には、またしても近郷の百姓が人夫としてかり出されることとなった。

「その昔、おれん家は婆《ばあ》さんが、お城の石垣のためにと石臼《いしうす》まで差し出したんだ」

「〝姥《うば》が石《いし》〟だろう？　庄屋《しょうや》どんは灯籠《とうろう》を差し出したそうだ」

「おれん家なんか、古墳を掘り起こして、石棺《せきかん》を運んだって言うぜ」

そんな昔話を聞いて育った若者らが、第二期普請ともいえる本多家の築城普請に続々と集まった。

彼らの言う石臼や石棺は、石の不足を補うために広く民から集めようと、宣伝上手な秀吉が流した噂《うわさ》であった。石垣の石は大量に必要なため、思うような確保が難しく、手近にある石を何でも使わないと追いつかなかったのだ。実際、古代から文明の開けた播磨には、土地の豪族たちが葬られた古墳が無数にあった。それが、築城の際に掘り起こされ、石棺の多くが石垣に利用されたのだ。

だが今回は城といっても、嫡男《ちゃくなん》の正室の入る屋敷。しかも姫は懐妊中だ。建築の槌音とともに、喜びに沸く家中の弾みが響くようだ。

「めでたやなあ。播磨姫君のお国入りからこちら、姫路はますます繁栄じゃ」

「そうじゃ、これは本多のお殿さまの慶事であるのみならず、将軍家もお喜びなのだからなあ」

このうえ男児が生まれ、その子が長じたあかつきにはどれほどの地位に昇るだろう。譜代の家臣にとってはこの世で望みうる限りの出世が思い描け、笑いが尽きない。それが領民の下々《しもじも》にいたるまで伝わって、普請は活気を呈していた。

「姫さま、おかげんはいかがにござりまするか」

移ってきたばかりの不慣れな土地で始まった普請の音は、姫自身というより、姫を気遣うちょぼら侍女を苛立《いらだ》たせる。

「もっと静かな場所でお休みにならねばお腹に障《さわ》りまする」

そう言っては忠刻を責め、城を離れた静かな山寺への遠出を願い出たりした。

「おちょぼ、かまわぬ。懐妊は病ではない。城が築かれる槌音を聞きながら育つやや子は、さぞたくましくなりましょうて」

悪阻《つわり》の間は青白く透けたようだった姫が、夏が来る頃には食欲も増し、汗を噴くような暑さにも負けずお腹をせりだしていくさまを、ちょぼは、驚異の目で見守った。姫はいつからこのように夏の暑さに強くなられたか。なぜにこんな騒音にも耐えられるようになられたのか。

答えは簡単だった。それは姫のお腹の中にいる子がそうさせるのだ。姫を強く、たくましい母へと育てるために。

「姫、すまぬ。築城普請とややの誕生がいちどきになった」

活気に沸く城内を見回ってきた忠刻は、千姫の居間でくつろぎながら、いつもそんなふうに謝った。できれば最良の環境で姫を過ごさせてやりたい。たとえば外に連れ出し海沿いの新鮮な空気を胸いっぱいに吸わせてやれたら、と。

「城から船に乗れればなあ……」

結局、それが忠刻の悔《く》いの原点になる。身重《みおも》の姫をむやみに歩かせることはできない。だが船があればどれほど遠くにも一気に運んでやれるのだ。

築城普請は忠刻自身、初めてとなる大規模なものだったが、城のことは父にまかせても、水路の開削《かいさく》には何より熱心に没頭した。それには姫の便利なようにと願う思いが背景にあった。

そうこうする間に姿を現し始めた西の丸は、口うるさいちょぼたちお局どもを黙らせるほど行き届いた設計がかいまみえるようになった。櫓の内にも床《とこ》の間《ま》があり、すべて畳《たたみ》が敷き詰められるという豪華さで、竿縁《ざおぶち》の天井《てんじょう》にも猿頰面《さるほおめん》が張られ、化粧長押《なげし》にも一つ一つ飾りが打たれるという念の入った装飾である。

「さすが、姫さまが入ることを意識して、なかなかの造作《ぞうさく》のようじゃ」

櫓と櫓の間は百間廊下と言われるほどに長い廊下で結ばれており、その間にはいくつもの渡り櫓や長局《ながつぼね》、多聞《たもん》が建ち並び、それ自体が蜿々長蛇《えんえんちょうだ》の城壁を成して巡らされる。ずらり並んだ長局は、それぞれ本部屋と控えの部屋を持ち、廊下に向かって出入りするようになっていたが、千姫ほどに大勢の家臣を持っていればその数の多さも当然といえた。

「なんとみごとな造りでありましょう」

内覧に訪れたお熊の方もため息まじりだ。もとより愚かな方ではない。姑《しゅうとめ》として嫁と競い合う心理は人並みにあるにせよ、圧倒的な地位と財力の差がこうして形になると、むしろ息子のために喜ぶ母心がたちまさってくるのだった。

「ありがたいことじゃ。忠刻、そなたはまこと、果報者《かほうもの》」

だが姫のためにはさらに、下屋敷が新築されることになっていた。西の丸のうちでも、姫がさらに自由にくつろげる二つ目の屋敷だ。

同じく書院造りで、ここには伏見《ふしみ》城の一部が移されることになっていた。この時代の建築物は釘《くぎ》を用いないだけに、立派な寺院などは解体して運送し、それを用いて建築することがよくあった。伏見城は姫が生まれた邸《やかた》でもあり、柱や壁には随所に懐かしさも見いだせる、そんな気配りがうかがえた。

ここまでくると、もう千姫以外で大名並みの住まいを持つ姫などあるはずもなく、お熊の方もただただありがたさでいっぱいになる。

「約束どおり、襖は姫にふさわしい優美な絵で飾ろう。武蔵野の草花がよいと言っていたな。何の絵がよいか」

大小いくつもの部屋の戸襖には、狩野《かのう》派の絵師を京から招いて、金箔《きんぱく》、銀箔、緑《ろく》青《しょう》で絢爛豪華《けんらんごうか》な絵が描かれることになっている。

「薄《すすき》の絵が、よろしゅうございます」

「それはまた、枯れた景色であるな」

姫の答えが忠刻には意外な気がした。ここには華やかに咲き誇る花や緑溢れる草や木や、空にはばたく鳥を描かせ、高貴な女主人が住むのにふさわしい高雅《こうが》な内装にしようと意気込んでいたのだ。そう、かの大坂城の淀殿《よどの》の居間にも迫ろうという心意気で。

「いいえ、殿。西の丸が京や大坂、上方《かみがた》の華やかさを楽しませてくれるなら、下屋敷は、江戸の枯れた武蔵野《むさしの》を思わせればじゅうぶんです」

なんと謙虚な心ばえであろうか。姫のためにはどんな宝物でも飾ってやりたい忠刻だというのに。

「そうか。ならば姫の下屋敷は、さしずめ武蔵野御殿と名付けようか」

花や鳥の華やかさとは異なり、薄は姫の実家である江戸をしのばせる。

「では最後の仕上げじゃ。艮《うしとら》の櫓の石垣に、あれを、龍を埋め込もうと思うが、どうか」

桑名から持ってきた、あの龍の角。忠刻はそれを、石垣に埋めようというのだ。

「いえ、あれはわたくしの守り神ゆえ、……」

言いかけた姫を封じるように、忠刻は笑う。

「だからこそ、石垣に置けば姫を守ってくれるであろう」

桑名の櫓には鋳物で作らせた蟠龍を置き土産《みやげ》にしてきた。代わりに、あの嵐の夜に忠刻が獲ってきた龍の角は、ここ姫路まで持ってきている。このまま手元に置けば何の飾りとも知れない金属のかけらだが、願いをこめて埋め込むならば、それはまたとない守り本尊《ほんぞん》となってくれるはず。

「姫さま、そうなされませ。きっと龍も喜んで守り神になってくれましょう」

忠刻の杯《さかずき》に酒を注《つ》ぐのについしゃしゃり出て、ちょぼがけしかける。龍の神通力を信じたいのは、実はちょぼであるのかもしれなかった。

石の不足から石垣は、大小まちまちの形の石が随意に積まれており、いたるところに隙間《すきま》があるため、そんな金属片を埋め込ませるのは簡単なことだった。

迷信と言われようが、そうすることで人の気持ちは晴れる。忠刻の剣の師匠の宮本武蔵は神仏をたのまずを旨《むね》としたが、弱き者には、どんなものでも心のささえになるものだ。

「もう、この頃は夢は見ませぬ」

以前よりふくよかになった横顔は、姫のまつげの長さをいっそうひきたてる。幼い頃から見慣れたちょぼでも、つくづく美しいと見とれるばかりなのだから、忠刻にはなおのこと胸に迫るであろう。あれだけ苛《さいな》まれた炎の悪夢も、今は、凪にもそよがぬ大樹のように、寄せつけもしないたくましさ。

ちょぼは、はっとした。強く、揺るがぬこの人は、はたして自分の知っている姫なのか？

「さようか。だが、夢なら、この忠刻の夢を見てもかまわぬのではござらぬか？」

からかい半分、忠刻が言った。しかし姫は、もうまなざしをそらさない。

「夢でなくても、こうして現《うつつ》に見ておりますのに？」

長いまつげの目を見開いて、まっすぐ忠刻をみつめかえす。それがこの人の成長であり、男として自分が積んだ誠意の結果でもある。そう思えば忠刻には何もかもがいとおしくなるのだった。

「夢も現も、いつでも一緒でござる」

ちょうど満月。御殿の廊下を青く濡《ぬ》らすように中空に照り輝いている。その月の、欠けた部分のかけらとてないまどかさが、二人の寝所《しんじょ》に降り注ぐ。

のちに千姫は、龍の角が埋め込まれた櫓からの眺望《ちょうぼう》を好み、日常の行き来のうちに何度もそこで衣服を正したり、くつろいだりした。そのため、後世、ここは千姫の化粧櫓と別名がつけられる。窓の柵からは、なだらかに起伏する曲輪の内の男山《おとこやま》を眺めることができた。

この満ち足りた時間が永遠に続くことに疑いもなく、季節は深く熟していった。

やがて十月《とつき》、千姫は初めての子を産んだ。

忠刻の長子、勝姫《かつひめ》である。

名は、本多家を興《おこ》した猛将忠勝から一字を受けた。運命に勝つ、不安や恐れや絶望に勝つ。命の勢いそのままに産声《うぶごえ》を上げた女児は、千姫を、母という、それまで想像もしなかった者へと、みごとに〝出世〟させた。

第八章　大安宅船《おおあたけぶね》

姫路城《ひめじ》の一角に完成した武蔵野御殿《むさしのごてん》では、ちい姫と呼ばれる勝姫《かつひめ》を囲んで喜びと笑いが絶えなかった。

ちょぼをはじめ、お局《つぼね》たちから侍女《じじょ》の末端の者にいたるまで、誰もが小さな姫君に夢中になった。忙しくても振り回されても、だれもそれを厭《いと》う者はなかったし、むしろみずから進んで、世話を買って出る。気づけば互いに日常のすべてを幼児言葉で語り合っていることに気づき、また笑い合う。

「まったく、赤子《あかご》がこのようにかわいいものとは、今の今まで知らなんだ」

それは毎日、とろけるような顔で相手をしていく忠刻《ただとき》の言葉だったが、誰もが同じ思いだった。真っ赤になって激しく泣いても襁褓《むつき》をぐっしょり汚しても、何をしても誰もが笑ってちい姫にかかわりたがる。

「菩薩《ぼさつ》であるな、赤子とは」

たしかに、この世の言葉を持たずこの世に穢《けが》れず、ただただ眠りながらも人間たちを癒《い》やし笑《え》ませて幸せにする。この小さな人は、天上の意志を宿して訪れた尊い存在に違いない。忠刻は女たちが皆いっせいに、菩薩を取り巻き守る天女になった気がして夢心地になる。

「なんだ、もう寝ているのか」

乳母《うば》がやっと寝かしつけた部屋へやってきては、大人ばかり揃《そろ》った座敷をつまらなさそうに見回して、すやすや寝ている小さな姫の頰《ほお》をつついたりくすぐったり、そして起こして泣かせては忠刻自身の手で抱くのである。

「ちい姫、ちい姫、起きて父と遊ぼうぞ」

「悪い父様《ととさま》でござりまするなあ」

いちばん笑顔が増えたのは千姫《せんひめ》だろう。

今まで〝姫〟という権力の飾り人形にすぎなかったのが、今は小さな姫の母として、意志を持って、子供にまつわるすべての決定権を持つ人になった。自分がいなければ生きてはいけない小さなその人によって、千姫は初めて自分の存在価値を与えられたのだ。

「おお、泣くか、泣くか。何がそのように気に入らぬ」

言いながら、また抱き上げて、顔をほころばせる忠刻。安らかな眠りを妨害されて、全身で不快を訴え泣く子でも、それがかわいくてならないのだ。

「そなたはどこにも嫁にはやらぬぞ」

言いながら、また頰ずり。ちい姫はまだ泣き止《や》まない。

「そなたはずっと、この父の傍《そば》におるのじゃ。誰かが嫁にほしいと言ってきたら、剣でこの父が果たし合いをするまで。父に勝たねば、そなたはやれぬ」

「まあ、恐ろしや」

彼がこのように子煩悩《こぼんのう》であるとは思ってもみなかった。忠勝《ただかつ》の血筋を誇り、何より武勇を大切にする男とばかり思ってきたのに。

笑ってはみたが、千姫には、どこへも嫁にやらない、との彼の言葉は何より胸にしみた。祖母お市《いち》の方、伯母淀殿《おばよどどの》、母お江《ごう》——。さまざまな姫君の顔が浮かんでは消える。政略のため、二度も三度も嫁《とつ》がされるのが当然だった姫君が、たのもしい父親に守られ、どこにも動かずにすむ。その膝《ひざ》の上で愛情を一身に受けて暮らしていくだけでよいというなら、それこそは無数の姫君たちが待ち望んだ世の到来といえるだろう。このちい姫が育つ未来こそが、元和偃武《げんなえんぶ》。祖父家康《いえやす》や父秀忠《ひでただ》が願い、力で勝ち取った泰平の世の具現に違いなかった。

「のう、姫」

母になっても、やはり忠刻は千姫のことを「姫」と呼ぶ。

「お手柄《てがら》じゃ。よう産んでくれた、ちい姫を」

そんな静かな声でしみじみ言われると胸が詰まる。礼を言いたいのは自分のほうだ。彼はあの炎の悪夢を断ち切ってくれたばかりか、こんなにいとしいちい姫を授けてくれた。そして自分を母にしてくれた。彼こそが、溺《おぼ》れかけていた自分をその堂々たる船の上にすくい上げてくれた男なのに。

「次はきっと男子《おのこ》を産みまする」

彼の愛に報《むく》いるために、姫は次なる人生の目的を誓う。

なのにそれにも、忠刻はゆっくり首を振るのだ。

「わたしはかまわぬ。男子でなくともちい姫がいればそれでよい。これ以上を望むは強欲《ごうよく》というものじゃ」

いつか眠りについたちい姫の傍に横たわり、そっと寝顔を覗《のぞ》き込む。その表情の、なんと穏やかで円満なことか。まだ若い。弱冠《じゃっかん》二十三歳の父である。血気盛んな年頃といってもよいのに、父となって、彼にはどこか落ち着きができた。

「ちい姫だけがいれば、ようござりまするのか？　わたくしがいなくても？」

逆に、そんな意地悪を言ってのけるふてぶてしさが千姫にできた。それは二人の小さな驚きでもある。

「なんと、姫はわたしを責めようとてか。悪い母じゃ。のう、ちい姫」

どんなことも、すべてちい姫が笑顔に変えて流してしまうこの不思議。

子を持って、二人の絆《きずな》はいっそう深まった。

ちょぼはそっと二人の間に進み出て勝姫を抱き上げ、乳母へと託《たく》す。二人にはもっと、喜びに満ちた時間を過ごしてほしかった。

＊

元和五（一六一九）年が明けると、ちい姫のお食《く》い初《ぞ》め、初節句《はつぜっく》と、暦《こよみ》は赤子が回していった。そのつど、大きくなった、かわいくなったと、若い両親は手を打った。そのうち、ちい姫が笑った、寝返りをうった、這《は》い出したと、人間らしい動きで目に見える成長を示し、そのたび武蔵野御殿は他愛《たあい》もない喜びで沸《わ》き返る。

江戸城からも、そのつど立派な祝いの品々が使者によって届けられた。もとより、本多《ほんだ》家の初孫を得た忠政《ただまさ》、お熊《ゆう》の方の喜びは尋常ではない。

「姫はやはり我が家にとって福の神。この世の春は姫がもたらしてくれました」

ちい姫の成長の祝いのたびに城下には餅《もち》が配られるなど、領民はともに城主一家の繁栄を言祝《ことほ》いだ。

祝いの宴《うたげ》で、お熊の方が得意の長刀《なぎなた》の演舞を披露したのもそんな折だ。これまで千姫を迎えるにあたっては喜び八分《ぶ》、息子を取られる寂しさ二分、そして嫁と競《せ》る気持ちが一分と、お熊の方なりに複雑な思いできたのだが、ひとたび初孫を抱けば、喜び以外は雲散霧消《うんさんむしょう》した。乱世が終わり、もはや、主《あるじ》が出陣したあとの城を守るために女も武道を身につけるなどという時代ではなくなったが、戦国の生き残りであるお熊の方には、自分に連なるこの孫に、どうしても見せておきたい一家の伝統に思えるのだった。

「家祖なる本多忠勝どのの蜻蛉切《とんぼきり》とはいかないまでも、わらわのこの長刀で、小鳥くらいは落とせましょう」

そうして振るう長刀の先に、はたき落とされる鳥を思って青ざめる侍女たち。それほどに、武勇や殺生《せっしょう》は、すでに女たちから遠い。

むろんそうする間にも、忠刻が指揮する姫路城下の町造りは着々と進み、念願の船場川《せんばがわ》の開削《かいさく》も進んでいった。池田《いけだ》時代にはなしえなかった水路が整い、直接城の濠《ほり》に繋《つな》げることに成功したのである。その川のほとりには、播磨《はりま》国における本願寺《ほんがんじ》派の根本道場としての本徳寺《ほんとくじ》も創建した。城周辺はすでに、大藩としての威容《いよう》をそなえた町の構えが完成を迎えていた。

同時に忠政は、娘婿《むすめむこ》の明石《あかし》、そして次男の龍野《たつの》についても機を逃《のが》さず、幕府に築城の許可を得ることに成功すると、城造りの手伝いに乗り出した。

「ちい姫誕生で、何事も寛大に許されよう。だが勝手はならぬ。逐一《ちくいち》、幕府に伺いを立てておくことが大事。当家の行動こそがあまたの大名たちの手本にならねばならぬのだからな」

譜代《ふだい》筆頭大名との自覚があるだけに、本多家は何事も幕府と一体となって動くべきと忠政は考える。そしてそんな忠政の申請を受け入れ、幕府は正式な築城許可を出し、銀一千貫の費用と近隣の城から移築された材木も与えられることになったのだ。こうして動き出した明石の築城に、忠政が宮本武蔵《みやもとむさし》を遣わすことにしたのは英断ともいえた。

「前にも話したな。新しい城は、古代の王が選んだ場所がよい。海を見下ろす巽《たつみ》と乾《いぬい》の方角に、見目《みめ》よき櫓《やぐら》を建てるがよい」

「櫓、だけでござりまするか」

婿の忠真《ただざね》が不服な顔で問う。天守閣は、と尋ねたいのがその顔でわかった。だが忠政はただ彼を静かにみつめ返し、次いで、末席の武蔵を見やった。

高台に、南向きに二つだけ櫓を建てればどこからも見える。背後は山だ。天守閣がなくてもそれが城だとわかる。いくら幕府の信任が篤《あつ》いとはいえ、ここで調子に乗らないことが肝要《かんよう》だった。一等の場所を選んでの新築は、それだけでもほかの大名の嫉《ねた》みを買う。天守閣を造らずあくまで控えめにすることが、ほどよいさじ加減なのであった。それにたしかに明石は一国だが、忠政にはあくまで姫路に拠点を置く播磨本多の一部であるとの認識もある。

「どうじゃ、武蔵」

「はっ。察するところ、明石は中道《ちゆうどう》の城、でございまするな」

すべてを吞《の》み込み、武蔵はうなずく。

単に最高のものをめざす建築なら、銭《ぜに》と時間をかければ誰にでもできる。だが華麗すぎず素朴すぎず、ほどよい加減で築きあげるというのは、知恵がないとできないことだ。まさに中道の美に挑《いど》むわけである。これまで人を斬《き》るばかりだった武蔵は今、人を活かし国を平和に治めるための城下造りを使命とした。

「この使命に本腰を入れてみとうございます」

本多家を辞し正式に小笠原《おがさわら》家に移ったのは、何事にもいちずな武蔵の気持ちの表れだった。

「拙者《せつしや》が不在となって殿にご不便をおかけする分、三木之助《みきのすけ》を置いてゆきまする」

忠刻より八歳下の宮本三木之助は武蔵の養子で、同じく剣の達人だった。

「わかった。武蔵は明石で存分に働いてくれ」

三木之助はすぐさま忠刻の剣の指南役《しなんやく》に就《つ》き、年が近いこともあって話が通じ、やがて腹心の近侍《きんじ》となっていく。武蔵は本多家に憂《うれ》いを残すことなく明石に赴《おもむ》き、城の縄張《なわば》りはもちろん、庭園を造ったほか、城下の町割りや寺院の建設にもその才を発揮させることになった。

姫路を扇《おうぎ》の要《かなめ》にして東に明石、西に龍野と広がる本多播磨は、順調にその根を大地に張り始めたのだ。

その勢いを加速させるかのように、千姫がさらなる喜びをもたらした。その秋、早くも第二子を授かったのである。顔を見られるのは翌年五月ということになる。次は男児を。姫路城はいっそうの期待に盛り上がるのだった。

＊

しかし腹の子が姫か和子《わこ》かを見届けることもできず、忠刻は姫路を不在にしなければならなくなった。五月、将軍秀忠が上洛《じょうらく》することになり、父忠政とともに伏《ふし》見《み》に上ることになったからだ。今、幕府は朝廷との間に、将軍みずから出てこなければならない折衝事《せっしょうごと》を抱《かか》えているのだが、千姫を動揺させないために、詳しくは伝えられない。

「ちい姫とも遊んでやれぬな」

残念そうな忠刻の胸の内を知らず、武蔵野御殿では、父の姿をみつけたちい姫が、ほころぶような笑顔になってぱたぱたと這《は》い寄ってくる。お尻《しり》を持ち上げ一生懸命な姿も愛らしく、父の膝に突きあたるとつかまり立ちし、同じ目の高さになったことが嬉《うれ》しいのか、にっこり笑うのが忠刻にはたまらずいとおしかった。

「おうおう、父がそんなによいか、なあ、ちい姫」

忠刻がかがみこむとばんざいをするのは、過保護な乳母たちが絶対してくれない豪快な〝高い高い〟を、忠刻だけがしてくれるからだった。ばんざいは彼がちい姫を抱き上げやすい体勢なのである。

「そうか。こうするか。それ、高いぞ、高い高い――」

ちい姫は声を上げて喜び、父子の至福の時間は続く。そしてちい姫を膝に抱え上げたあとは、忠刻はしみじみとこう言うのだ。

「しばしのあいだは会えないが、今度会った時がもっと嬉《うれ》しゅうなるからのう」

以前は自分に対して言ってくれた言葉なのにと、姫はそっと睨《にら》んだ。忠刻の愛を競う相手がこの子ならば、それはどんな不満にもならない。それに、幼子《おさなご》は実際、少しのあいだに寝返った、這った、立ったと驚かされること続き。次に会う時には忠刻は、見ないあいだのちい姫のさらなる成長に驚かされることになるだろう。

「父上に、どうぞよしなにお伝え下さりませ」

京と姫路、せっかく近くにいるというのに身重《みおも》の体では会いにも行けない。代わりに文《ふみ》と、こちらで描いた絵を土産に託《たく》した。

「お留守《るす》のあいだにもう一人、この子も出てきて殿《との》の帰りを待つことになるやもしれませぬ」

目立ってせりだしてきた腹にそっと手を置き、姫は言う。忠刻の気がかりはそれであった。お産はけっして油断はできない。まして大切な千姫に何かあれば、それは本多家の存亡にもかかわることだ。

今日も日中、母お熊の方に挨拶《あいさつ》に出向いた時に、そのことを念押しされた。

——わかっておりまするな？　我が家が栄えるか衰《おとろ》えるかは、すべて姫にかかっておりまするぞ。ここは、書写山《しょしゃざん》はじめ、広峯山《ひろみねさん》や法華寺《ほっけじ》など、播磨一円の名刹《めいさつ》に祈願をいたしましょう。そなたはくれぐれも姫に安堵《あんど》の文を寄越《よこ》すように。

何より家の大事を考えるお熊の方であった。まして今は、かわいいちい姫のためにも、母親として末永く丈夫でいてもらわなければならない。

けれども、言えば言うほど不安顔になる息子に気づき、これは、と態度を変えた。忠刻に言ったところで、お産については男は無力なのだ。

——留守のあいだのことは案じ召されるな。この母が姫の傍についてお守りいたすゆえ、そなたは立派に務めをお果たしなされ。

不遇《ふぐう》の人生を生きてきた強い女性であったから、とりわけ上向いてきた今の幸福を逃《のが》すことはできないとの思いは強い。今や、姫と自分は運命共同体。嫁と姑《しゅうとめ》の不思議な縁《えにし》を強く実感しながら、その目は、ただこの家のさらなる繁栄だけをみつめていた。お熊の方は、どんと胸を叩《たた》いて息子を送り出したのだった。

「すべて母者《ははじゃ》をたよるように。それに、何かあればすぐに知らせよと、三木之助を置いていく。あれは韋駄天《いだてん》、足も速い。万一の折はみずから京まで走って知らせに来よう」

ほかにも忠刻は、ちょぼほか、お局《つぼね》たちにも、あれやこれやと言い置いている。

「殿がさように心配性とは存じませなんだ。万一の折とは、どんな時でございます？」

これまで彼の留守を不安に思ってきたのは姫のほうなのだ。だが今は、発《た》っていく忠刻のほうが心配が尽きぬ様子でいるのがおかしい。

「それはな、姫が、……」

言葉に詰まる忠刻。

何やら胸騒ぎがしてならないのだ。もちろん、姫が将軍の姫だから万一を案じるのではない。姫はもう、彼にとって、代わりがきかない存在なのだった。

「ご安心下さりませ。お産はこれが初めてではございませぬゆえ」

姫は言い切る。ちい姫を産んだ経験で、人生に起きる多少のことも、もう怖くはないような気がした。どんなに偉大な英雄も、しょせんこうして女が産んでやるものと知ってしまったせいかもしれない。

「たのもしいことじゃ。そんな母から生まれる子も、きっと勇ましい子であろう」

「はい。本多の家に、なくてはならない子となりまする」

みごもって以来、ずっとそうした確信があった。二番目の子だからと軽く扱われるのではない、初子《ういご》のちい姫同様、大事な存在となる、そんな子が、やがて生まれる。

忠刻が、そっと姫の腹のあたりに手を置いた。

「聞いているか、ここにいる新しい命の人よ。父と母とは、心は一つじゃ。そなたは本多家の大切な者。そなたが生まれ来るのを待っておるぞ」

殿、と姫は忠刻の顔をみつめる。

たしかに子を菩薩と思ったが、そうではない。こうして心を合わせ思いを重ね、誰より互いを大切にして父母となる、そんな者たちの心にこそ菩薩は宿《やど》る。世界のすべてが優しさに満ち、愛に溢《あふ》れているのだから。

「では行ってまいる」

心おきなく外での務めが果たせるのも、家に心配がないからこそだ。姫は笑顔で送り出した。

＊

伏見では、忠刻は将軍に召し出され、じきじきに嬉しい言葉を賜《たまわ》った。

「どうじゃ忠刻、お千やちい姫は達者にしておるか」

「はっ。おかげさまにて、みちがえるばかりのたくましい母となったようで、何の懸念もなく産み月を待っておりまする」

前回と違い、今は父親として自信に満ちた忠刻である。答える態度にも余裕がみえる。

「そうかそうか、お千がな……」

聞いて秀忠にも胸に迫るものがあった。七歳の日、靄《もや》にけむる川のほとりで、緋《ひ》の唐傘《からかさ》の内から送り出した娘。その子がようやく、幸せを得た。ふいに熱くなった目頭《めがしら》を、悟られまいと問いは続く。

「して、子を持った男親の感想はどうじゃ」

こちらの問いは、もう一人の姫の父親、忠刻を笑みくずれさせる。

「はっ。男親にとって姫がかようにかわいいものかと、つくづく感じております。上様《うえさま》の、姫を思うお心もかくやと、今にしてこの忠刻が頂戴《ちようだい》した姫の重さがわかりました」

正直すぎるほどの言葉に、秀忠は大きくうなずいた。今、この娘婿とは、人間としてわかりあえた、そんな気がした。

「たしかに家のためには男子は必要だが、娘は格別。いずれ手放す者ゆえに、神仏が男親の情をいっそう深く娘に向けて造られたのであろうかな」

　正室のお江《ごう》の方ともども、かわいくてしかたのない忠長《ただなが》に家督《かとく》を譲れないことに悩む秀忠の本音だった。男子はただ情のままにかわいがっては道理が立たない。

「次の子はいつ頃、生まれようかの」

「はて、まだ腹はさほどに下がってこぬとの由《よし》。おそらくは下旬あたりかと」

「そうか、ではそちも、早《はよ》う姫路に帰してやらねばならぬの」

　そんなふうに話した矢先のことである。後ろの襖《ふすま》を開けて、小姓《こしょう》が慌てて廊下から飛び込んできた。

「上様、めでたき知らせにございまする」

「なんじゃ」

　怪訝《けげん》な顔で秀忠が小姓を見るのと、忠刻が振り返るのとは同時だった。

　その二つの顔に向かって、小姓はこらえきれずに破顔《はがん》した。

「本多中務大輔《なかつかさたいふ》どのの北の方が、お世継ぎを挙げられた由にございまする」

　それが誰をさすのか、二人とも最初はわからずにいた。本多中務大輔。それは、ここにいる忠刻だ。その北の方とは――。

「なんと、お千が、世継ぎを挙げたとな」

　先に叫んだのは秀忠だった。

「は。まこと、おめでとうございまする」

小姓の笑顔、秀忠の驚喜の声。なのに忠刻はまだ狐《きつね》につままれたような顔でいる。

「これ忠刻。何をさような間抜けな顔をしておる。お千が産んだぞ、そなたの男児を。本多の世継ぎを」

ようやく知らせの意味がわかってきた。そうか小姓は、国元姫路からの使者を取り次ぎ、二人が会見中であるとわかったうえで知らせてくれたか。

「忠刻、もっと喜ばぬか。そなたの子じゃ。お千が、でかした」

「はっ、……」

もう秀忠は溶けそうなまでの喜びようだ。壇を下りて忠刻に駆け寄り、抱き合わんばかりに笑っている。

忠刻は頭の上で、龍が髭《ひげ》を振り立てながら舞うのを見た。

本多家に世継ぎの誕生。しかも将軍の外孫である。

姫路に飛んで帰りたい気持ちをおさえての京での勤めは、どこか上《うわ》の空《そら》になりがちな忠刻だった。だから日を変え、呼び出された時も、事の重大さにまだ実感がなかった。

「忠刻、祝着至極《しゅうちゃくしごく》じゃ。めでたいめでたい。さて、姫には何を褒美《ほうび》にくれてやろうかの」

〝姫〟とはあくまで千姫を言う。待望の男児誕生も、祝う相手は姫なのだった。

「楽しみにしておるがよい。どの大名も持てないものだ」

秀忠はそう言って小姓に奉書《ほうしょ》を持ってこさせた。祝いの品の目録《もくろく》である。

くろぐろと墨書《ぼくしょ》されたその品名は、本多家を仰天《ぎょうてん》させるものだった。

下　大安宅船《おおあたけぶね》、一艘《そう》　ほか関船《せきぶね》、小早《こはや》大小　計九艘
思わず父忠政と顔を見合わせた。

城さえ自在に造れぬ幕府の統制下、五百石積み以上の大船の建造はかたく禁じられている。事実、将軍家のほかで、千石船《せんごくぶね》となる大安宅船を有する者はいない。

そもそも徳川《とくがわ》が大船建造の禁を発令したのは慶長《けいちょう》十四（一六〇九）年、まだ千姫が大坂城に秀頼《ひでより》とともにいる時代で、関ヶ原《せきがはら》の合戦《かっせん》から九年ばかり経《た》った頃のことだった。五百石積み以上の大船を所有する大名たちに、これをすべて収公《しゅうこう》破棄《はき》せよというのであった。用意周到な家康はすでにその頃から着々と、有力大名のおさえにかかっていたことになる。

大船を所有するのは、萩《はぎ》の毛利《もうり》秀就《ひでなり》、阿波《あわ》の蜂須賀《はちすか》至鎮《よししげ》、肥前《ひぜん》の鍋島《なべしま》勝茂《かつしげ》、豊後《ぶんご》の稲葉《いなば》典通《のりみち》、筑前《ちくぜん》の黒田《くろだ》長政《ながまさ》など、主に水軍を率いる西国《さいごく》大名たちだった。命令は周到にも二度出され、沿岸航行を基本とする和船で軍用に転用可能な五百石積み以

上の軍船、商船すべてが没収された。これにより西国の有力な大名たちは、尾鰭《おひれ》をもがれた魚のように、水軍力を完全に制限されることになったのである。

そしてそれらの船は幕府の所有となって、各地の浜に繋がれたままになっている。そのうちの一艘を与えられたということは、つまり本多家が将軍家の分家となったことを表すのであった。

「これは、身に余る……」

心からの恐縮と謝辞を述べたい忠政も、ふさわしい言葉がみつからずにいる。

「姫路は先般、水路の整備も終えたのであろう」

城の増築については細かに報告ずみだ。譜代の本多が入る城は、その機能性も役割も、存在そのものが徳川幕府の一部でもある。本多の備えが重厚になるのは、幕府が西国への牽制《けんせい》をいっそう強めることを意味している。

「はっ。水路の完成により、城から一気に海へ出ることが可能となりました」

忠政が報告した。

ということは、姫路城は沖を通る船々に睨みがきいて、西国大名たちへのまたとないおさえとなったのだ。

海には船がいる。船がなければ、仮にも西国大名の誰かが船団を率いて上ってきても指をくわえて看過《かんか》するしかない。

「ならば問題ない。大安宅船を持て。池田輝政《てるまさ》の大安宅船じゃ。あれを姫路にて備えよ」

ははっ、と忠刻は奮《ふる》い立った。

大安宅船は長さ三十三尋《ひろ》（約六十メートル）、横幅十三尋（約二十四メートル）もある巨大な船だ。しかもその船体には重厚な武装を施《ほどこ》してあった。なにしろ戦闘時には、百数十人もの兵を乗せることができる船なのである。速度こそあまり出ないが、いざ海戦となれば数十人の漕《こ》ぎ手が船を推進させることから小回りもきいた。水軍は、この大安宅船を中心に、中型で快速の関船、そして関船をさらに軽快にした小早とで船団を成して戦闘に出るのであった。

「身に余る一大責務。本多家の全霊をもってこれを承《うけたまわ》りまする」

ひれ伏す父忠政の言葉にも、この並ではない預かり物への重責が感じ取れた。

世継ぎの誕生と、大安宅船の下賜《かし》と。

姫路にて、今まさに本多家は日の出の時を迎えようとしていた。

＊

「そうか、お千が、世継ぎを挙げた、となあっぱれですぞ、ようやりました」

江戸では姫路からの吉報《きっぽう》に、お江の方が立ち上がらんばかりに声を上げた。

今回もまた、ちょぼが使者の同行を命じられて江戸まで足を運んだのである。到着が遅くなったのは老齢の乳母刑部《ぎょうぶ》卿局《きょうのつぼね》と同行したからで、局は今回をもって隠居《いんきょ》を願い出ていた。

「刑部卿局、思い出しまする。お千を産んだ時のこと。世界が華やぎに満ちていた」

すぐに乳母として千姫に付けられた彼女は、当時を共有できる貴重な生き証人だった。乳母の胸に去来するのは、長いようで短かった姫の成長の軌跡《きせき》であろう。

「はい。姫さまは、それは愛らしゅう、美しくおわしました。太閤《たいこう》さまがすぐに息子の嫁御《よめご》に、とお目を付けられましたのもうなずける輝きで。それが、今は母御《ははご》となられました」

しかし最初の子である千姫の誕生があれほどは皆から祝福された慶事であったのに、お江の方は、あいつぐ女児の出産のたび、周囲の温度が下がっていくのを痛感した。男児を産まねば御台所《みだいどころ》としても半人前、などと見下されたことは、刑部卿局の知らないことだ。それだけに、早々と男児を産んだ姫の幸運に、お江の方は母として安堵が溢れ出す思いであった。

「これで姫も、播磨にしっかり根を張れましょう」

自分が味わった苦渋《くじゅう》の時が思い出される。お江の方は秀忠との間に男児を授かるまで、けっして夫に側室《そくしつ》を持つことを認めなかった。徳川家を継ぐ跡取りは正室である自分が産まねばならない。そう決心していたからだった。その結果、二人の間には七人もの子供が生まれた。おかげでこうして、徳川家御台所として将軍の傍《かたわ》らに立ち、押しも押されもせぬ北の方となった。

「御台さま同様のお幸せを、姫さまもたどられるのを見届けないのは不忠にござりまするが、この刑部卿局、じゅうぶんすぎる果報《かほう》を味わわせていただきました」

年なら、お江の方のほうがいくつか上だ。けれども、これが彼女にとっての区切りの時と思えるのだろう。互いにあの動乱の時代を、よく生きぬいた。そんな連帯感がある。

「今日まで姫のためによう尽くしてくれました」

隠居後は、実子である息子のもとに身を寄せ、駿府《すんぷ》で余生を送るという。そんな彼女を存分にねぎらったあと、視線はちょぼに向けられる。

「和子が生まれ、姫が母となり、長年の乳母が傍を去る。としたら、おちょぼ、あとはそなたが主になって姫に仕《つか》えてくれなければなりませぬ」

まだ上には近江局《おうみのつぼね》がいる、と主張したかったが、お江の方の目は譲らない。

「近江局は、このたび嫁ぐことになったのじゃ。ゆえに、そなたが筆頭」

思いがけない指名であった。

「姫の遊び相手のおちょぼは返上、これよりは松坂《まつざか》の名を継ぎ、今まで以上に仕えておくれ」

まさか、自分があの「松坂」の名を継ぐなど。――ちょぼのためらいは大きい。気の利《き》かぬ子じゃ、わからぬ子じゃと、幼い頃から言われてきた。自分のとりえといえば馬鹿正直で、どんな隠し事もできないところを姫に気に入られてきただけのこと。機転と判断力とが何より求められるお局職の、まさか筆頭となって数十名もの配下の者を率い動かしていくことなどできるだろうか。

するとそれを見透かしたかのように、お江の方はぽつりと言った。

「満徳寺《まんとくじ》に入った松坂――俊澄《しゅんちょう》はな、この晦日《みそか》に、浄土《じょうど》へと旅だったのじゃ」

驚いて、お江の方を見た。沈んだその顔は、偽《いつわ》りを言っているのではないと物語っている。

「急な出家《しゅっけ》で環境が変わったうえに、上方《かみがた》出身のあの者には東国の気候も合わなんだのだろう、風邪《かぜ》をこじらせてから早かったという」

呆然《ぼうぜん》とした。前に会ったのは姫の輿入《こしい》れ前。姿は尼僧《にそう》に変わっても、お局時代そのままに賢《さか》しく、そして優しくちょぼを受け止めてくれた。だがあれからもう三年が過ぎている。こうして久々に江戸に下って来たのだから、また訪れて、あれこれ語り合いたいと思っていたのに。

とりわけ、あの時、松坂局からもらった蒔絵《まきえ》の櫃《ひつ》のことを。

それは姫から下げ渡されてちょぼのものとなり、以後、奥勤めの長い日々をささえてくれる大事な品になっていた。何度、愚痴《ぐち》や不満を吐き出させてもらったことだろう。掃除の女中も近づけぬよう、秘して開かずの納戸《なんど》にしまってある。

だが取り出すたびに、蓋《ふた》の美しい図柄はちょぼを不安にもしていた。いくら精巧《せいこう》な細工《さいく》でも、それが切支丹《きりしたん》の図柄であるのは一目瞭然《いちもくりようぜん》なのである。禁教令が出されて六年、こんなものを秘密裏《ひみつり》に所有していることで、万が一にも姫を脅《おびや》かす災厄《さいやく》のもととなったりはしないだろうか。懸念はだんだん大きくなっていた。しかし今さら誰に相談できるだろう。

だが、そうか、姉のような母のような、あの松坂はもういないのか。——彼女ならば、きっとよき知恵を授けてくれるはずと信じていたのに。

胸の中に、喪失感《そうしつかん》が広がっていく。これで、この世でちょぼをささえてくれる人は、もう誰もいなくなった。

この身に残されたのは何だ、自分は何をして生きる。じわじわ広がる焦りの中を、ちょぼは懸命に探る。そして、悲しみにまさる希望が一つだけ残されていることに行き当たる。そうだ、自分には、姫とともに生きる使命が残っていた。

姫も、母となって少しずつ変わられた。意志を持って、声を持って、一人のしっかりした女として成長しようとなさっている。ならば影も、相応に大きく深く成長しないわけにはいかないではないか。

「大丈夫じゃ。そなたならやれる」

お江の方の声が、まるで松坂局の声に聞こえた。そなたならやれる。——それは、もう松坂局なしに、そしてあの櫃なしに、筆頭のお局として立ってゆけとの励ましなのか。

ちょぼの胸をよぎるのは、六歳の時、伏見の川端で別れた母の面影《おもかげ》だった。母は、姫の影になれとちょぼに教えた。だがもう影ではいられない。表だって姫の御用を務めるお局になる。母親になった姫が城を築くとおっしゃったのだから、自分はその城を率先して準備してさしあげる、有能なお局でなければならない。

「のう、おちょぼ。いや、今日よりは松坂」

それが自分の新しい名だとはまだ信じられない。だが、ちょぼは、自分までが新しく誕生した者のように、すがすがしい気持ちに包まれるのを感じた。

「かしこまってござります。まだまだ未熟なわたくしには松坂の名は重うございまするが、心より精進《しょうじん》して姫さまをささえてまいりまする」

言い切ったとたん、あらたな力がみなぎるのがわかる。今まではちょぼもただ周囲の流れに乗ってきただけであった。でもここからは自分ですべてを選ぶ。姫の分も先回りして、良きはからいとなるよう決めていく。姫が一歩、自分も一歩。すべてはここからだ。

「よきかな、よきかな。おちょぼ、いや松坂。これからも、姫をたのみますよ」

お江の方だけでなく、去りゆく刑部卿局からも、熱い視線でみつめられた。

「姫はまだ若い。これからまだ何人も子に恵まれましょう。子は宝。子は鎹《かすがい》。何人いても喜ばしいものじゃ」

あとはお江の方のつぶやきになるが、それも自分の実感であろう。男児でいえば、嫡男竹千代《たけちよ》のあとに国松《くにまつ》という二人目を授かったことが、思いがけない褒美のように思えたものだ。万一、竹千代に何かあっても、二人いればお家の危機にそなえられる。実際、竹千代が大病にかかり死の瀬戸際《せとぎわ》をさまよった時、どれほど国松の存在が心丈夫に思えただろう。

「男児を産んでこそ女の勝利と申すもの。その子にはぜひ、お千に幸《さち》をもたらしてほしい」

ちょぼ改め松坂局は、深々と礼をした。

「京におられる上様とは、文でその子の命名の相談をいたしましょう。わたくしからは、一つ提案がある」

はて、お江の方が提案する名とは。——知りたくて、ちょぼはつい促《うなが》すようにお江の方を見上げた。すると、お江の方のほうでも黙っておられないといった喜びをはちきらせて、言った。

「幸千代《こうちよ》――。幸をもたらす男児、幸千代、というのです」

口の中で転がすように、ちょぼはその名前を繰り返しつぶやく。

「お千には、この子の誕生によって、人生の不幸を清算してもらいたいもの」

おそらく秀忠にも異論はないだろう。将軍夫婦にとって最初の子である千姫が、これでようやく落ちつくべき人生の幸をみつけたのである。そのことに、二人は芯《しん》から、肩の荷が下りた気持ちがしているはずだ。

「大御所《おおごしょ》さまも、ほっとしておられることでござりましょう」

帰り際にふと振り返れば、お江の方が宙を仰ぐのを、ちょぼは見た。そこに、赤い唐傘《からかさ》があるような、そんな気がしたのは、あながち錯覚《さつかく》ではなかろう。

それは昔、七歳で嫁ぐ千姫を、伏見の屋敷から見送った時の唐傘だ。あの時傘の内には夫婦のみならず家康もいて、幼くして国の運命を背負って旅立つ小さな姫に涙した。家族という唐傘から、一人、外れて船出する娘に、三人ともにふりしぼるような思いで幸あれと祈った。今は家康は亡く、見守る家族は二人きりになったが、ようやく川靄の向こうにもう一つ、ぽっと音をたてて開く家族という名の唐傘を見た。

そこにはもちろん姫がいて、姫をささえる忠刻がおり、二人が抱いた愛《いと》し子がいる。

「これでようやく、わたくしどもの、親としての務めが一つ終わりましたなあ」

お江の方が言うのを、ちょぼだけでなく、その座に侍《はべ》った侍女たち皆がしみじみと聞いた。

「もっとも、男親であるだけ上様のほうは意気軒昂《いきけんこう》でありましょうな。おそらく、まだお千一人が片付いただけじゃ、子はお千のほかにも数多《あまた》おる、などとおっしゃられることであろう」

それは正しい。二人にはまだ、あと六人もの子のゆくすえを見届ける務めが残っている。お江の方はそっと目頭をおさえ、気持ちを切り替える。

今回の秀忠の上洛も、まさに千姫以外の子のゆくすえにかかわる用向きでのことだった。

「さて、あちらのほうはどうなりましょうな」

ため息をつけば、さっきまでの満ち足りた顔が、暗澹《あんたん》と眉《まゆ》を曇らせる。

「お千一人でも幸せに落ち着いてくれたは何よりの親孝行。なあ松坂。姫を、くれぐれもたのみまするぞ」

天下を握る将軍家でも娘にも孫にも甘くなるのは人の情。ほかの六人の子についてそれぞれ頭の痛いことも抱える二人であったが、幸千代誕生の朗報に、今はひとまず夫婦ともども安らいでいる。まるでひととき唐傘の内でくつろぐように。

＊

このあと、千姫が産んだ男児は将軍が名付け親となって幸千代と名付けられることとなる。命名状は三《み》つ葉葵《ばあおい》の家紋《かもん》が金蒔《きんまき》で描かれた重厚な漆塗《うるしぬ》りの文箱《ふばこ》に収められ、江戸から京に上ったちょぼに手渡された。うやうやしくそれを受け取り、ちょぼは姫路へ持ち帰る使者となるのだった。

やがて城に戻ったちょぼにより、命名状に添えられた祝いの文が読み上げられた。

「江戸の御台さまも大喜びのご様子にござります」

母からの手紙に、姫も口元をほころばせる。

――ともあれ、まずはこれでそなた様も安泰《あんたい》。妹たちもみなみな良縁に恵まれ候《そうろう》につき、母の役目もあと少しでござりまする。

誰より〝姫〟の定めに苦しんだ人だけに、今は母親として、娘にはみな幸あれかしと願ってくれているのが伝わってくる。

「妹たち、か――」

同じ徳川の姫として生まれた妹たちの顔を、順番に思い出していく。どれも、ちい姫や生まれたばかりの幸千代に、どこか似通う懐かしい面影ばかりだった。

二番目の珠姫《たまひめ》は加賀《かが》の前田《まえだ》家でむつまじく暮らしているし、三女の勝姫《かつひめ》は同じ家康の孫同士、越前松平家への従兄妹《いとこ》婚で、やはり何不自由なく過ごしており、四女の初姫《はつひめ》も小浜京極《おばまきょうごく》家に収まっている。それぞれ、政略がらみの縁もあったが、戦乱の犠牲になることのない人生を送っているのはなにより喜ばしいことだった。

「たしかに、あとは末の姫のゆくすえだけではあるな、母上の気がかりも」

母としてお江の方が今もっとも心を砕くのは、千姫が大坂にいる間に生まれた五番目の姫、松姫《まつひめ》のことだけ。年が明ければ十四になる。父秀忠がわざわざ江戸を出て上洛したのも、その件についてのもめごとだった。

彼女が生まれた時は、千姫は大坂城にいてその誕生を知らず、ともに過ごしたのは落城後、江戸に戻った一年ばかりの間である。九歳の少女に成長していた松姫は、明るく快活で、たしかに父や母の期待を担《にな》う要素があった。早々に嫁ぎ先も選び抜かれ、春には江戸城を出て、入内《じゅだい》の運びとなるのが決まっていた。

「お松も、大役であるな」

妹の行く先を思えばため息になった。父母の期待を汲《く》んだ許婚《いいなずけ》とは、もう尋常の相手ではない。雲の上人の最上層、万世を通じ天《あま》つ日嗣《ひつぎ》の、と臣民に敬《うやま》われてきた帝《みかど》、その人なのである。そのため名前も公家《くげ》風に和子《まさこ》と改める。

これまでは天下人の家に嫁いだ千姫こそが至上の姫。とはいえ互いに武家と武家の間柄で、財力や身分は拮抗《きっこう》しており、特に玉《たま》の輿《こし》とも言いがたかった。だが松姫の入内は、はるかに身分違いの、天上に昇るばかりの夢物語でもある。

なにしろ家康とて今は神君《しんくん》と尊ばれ、徳川は今をときめく支配者だが、もとを正せば都からはるかに遠い三河《みかわ》の鄙《ひな》の土豪あがりにすぎない。その孫娘が、やんごとなき禁裏《きんり》へ入内するというのだから、驚天動地の野望といえた。

むろん、徳川家では早くからこの光栄な一大事を成就《じょうじゅ》させるため、松姫の教育に力を注《そそ》ぎ、人材を集め、輿入れの品々には宮中の方々から侮《あなど》られることのないよう、伝統を学び格式を重んじて丹念《たんねん》に用意を進めてきた。ついに昨年からは松姫が入る女院御所《にょいんごしょ》の造営も幕府が手がけている。

武家の棟梁《とうりょう》の娘が入内するということは、幕府から公《おおやけ》にこうした実質的な援助が得られることを意味しており、豊かな財源を持たない宮中にとって、徳川との婚儀はけっして不利にはならないものではあった。

ただ、武家に実権をもがれた朝廷側にしてみれば、いくら贅《ぜい》を尽くしたこしらえに包まれた姫君であっても、たかが土豪上がりの家康の孫、との侮りはおさえようもないだろう。入内した姫君がその後宮中でどのような視線にさらされ続けるのか、だれもが不安を拭《ぬぐ》えないのは当然であった。父秀忠は、その財力と権力をもって挑もうとするが、はたして松姫をとことん守り抜くことができるのだろうか。

「なあ、おちょぼ。姫に生まれた者が戦《いくさ》を避ける手段の橋渡しである時代は、もう終わったのではなかったか。としたらお松のことは、和平の証というよりは、お祖父《じい》さまが最後に思い描いた権力の野望にも思えるが……。やはりお祖父さまも、最後は最高の夢をごらんになりたかったのであろうかなあ」

答えを求めるふうでもなく姫はつぶやく。ちょぼもそっと、相づちをうつ。

後水尾《ごみずのお》天皇が即位したのは慶長十六（一六一一）年。第三皇子であったこの人を、第一皇子の良仁《かたひと》親王を退けてまで帝位につけたのは、ほかでもない、家康だった。徳川が朝廷の皇位継承にまで大きな発言力を持ち、誰にも文句を言わせずこの国全体をその手で動かせるよう、虎視眈々《こしたんたん》と狙《ねら》っていたことになる。そしてこの時、家康は松姫の入内を申し入れた。入内宣旨《せんじ》が出されたのは三年後のことである。まだ大坂には秀頼がいて、千姫もともにいた頃のことだ。

その後、大坂の陣が起きたり、当の家康が死去したり、後陽成院《ごようぜいいん》の崩御《ほうぎょ》などが続いたために、松姫の入内は今日まで日延べされてきた。

しかし歳月とは罪なもの。来《きた》るべき松姫入内がいよいよ間近に迫る中、青年皇子に成長した後水尾天皇は、すでに恋もお知りになっておられた。女官の四辻与津子《よつじよつこ》をかたときもお放しにならぬばかりに寵愛《ちょうあい》し、二人の間には皇子の賀茂宮《かものみや》も授かり、宮中で大切に養育されていた。発覚したのはつい先頃のことである。与津子への帝の寵愛は深く、さらに次の子を懐胎《かいたい》しているというのであった。

これを聞いた徳川が快かろうはずはない。秀忠夫妻は、上の娘の千姫からの朗報、そして末の娘の松姫についての凶報を、ほぼ同時期に聞くことになったのである。

「ほんに、男とはどうしようもないものでございますなあ」

わかったような顔でちょぼがぼやく。

「いえ、やんごとなきお方でいらっしゃるのは承知でございますが、わたくしが母なら、腸《はらわた》が煮えくりかえっておりまする。先に徳川との約束がありながら、それを無視するようなこのなされよう。いかに詰め寄ろうかと考えまする」

すると居並ぶ侍女たちがみな口を揃えて同調する。

「さよう、わたくしが母でも、すでに子をなすほどに契《ちぎ》りの深い女のいるような男のもとへ、大事な姫を二番煎《にばんせん》じにくれてやるわけにはまいりませぬ」

「生まれたのは男皇子《おとこみこ》でござりましょう。ならば第一皇子《おうじ》。松姫さまがお産みになられる皇子の兄上がもういらっしゃるなんて、皇位継承の乱れのもとではありますまいか」

そうかこの話題、お局たちの間ではとっくに大騒ぎの醜聞《しゅうぶん》であったらしいと姫は知る。姉である姫をはばかって、口に出さずにいたのだろう。

「なるほどのう。わが母上さまもずいぶんお怒りであろう」

こういう時、本気で怒ったお江の方が、父秀忠をけしかける姿は容易に浮かぶ。千姫のことでも、ずいぶん気を揉《も》み父に働きかけてくれた母だった。その結果、秀忠がただちに京に上って直談判《じかだんぱん》をすることとなったのが、先の上洛の理由であった。秀忠としてもこの仕打ちは承服しかねたのだ。姫路から忠刻が父忠政とともに将軍に随行《ずいこう》したのをはじめ、ほかの譜代大名たちもずらり揃えての上洛だった。朝廷もさぞ青ざめたに違いない。

松姫の入内は亡き大御所が託した望み。父家康への義理、将軍としての威信、そして父親としての意地からも、黙って見過ごすわけにはいかなかった。秀忠は武家《ぶけ》伝奏《てんそう》の広橋兼勝《ひろはしかねかつ》とともに参内《さんだい》するや、恐れることなく苦情を連ねて奏上《そうじょう》した。いわく、天皇をたぶらかした与津子の振る舞いは、宮中における不行跡《ふぎょうせき》であるとの糾弾《きゅうだん》である。そう、こうした場合、責めを負うのは帝ご自身ではなく、周囲の者たち。とりわけ女が、一身に責めを負わされるのだった。

むろん帝は、私的なことともいえる愛人や子供のことに介入されて憤慨《ふんがい》し、みずから玉座《ぎょくざ》を下りると宣言された。

情を交わした女を一方的に蔑《さげす》まれ、怒りはいっそう激しかっただろう。退位すれば自分はただの皇族になり、自由に、愛する与津子とわが子で、人並みの家庭を営むことができる。もとより、ご自身は第三皇子で皇位継承者ではなかったのを、第一皇子を出家させて退けてまで皇位に就けたのは家康なのだ。こうなれば好きなようにするがよい、というところであろう。

「骨のあるお方でござりまするな」

これには姫も、敵ながらあっぱれ、と一息《ひといき》ついた。

「何をおっしゃいまする、姫。そうはまいりませぬぞ。お年頃が近いためにこのお方に入内すると決め、今日まで準備を重ねてきた松姫さまなのですよ」

わがことのように声を荒《あら》らげるちょぼ。たしかに徳川側にしてみれば、今さら幼帝を立てられたとて、年齢的に釣《つ》り合《あ》いがとれず、夫婦としての意味をなさない。家康の最後の野望はただ一つ、徳川の血を皇室に入れることにあった。娘が天皇との間に子をもうければ、いずれその子を玉座に就かせ、徳川は外祖父《がいそふ》となって名実ともにこの世を掌握《しょうあく》することができるのだ。長い歴史の中でかつて権力の頂点に座した者たちがしてきたことを、徳川もまた行おうというのであった。

「されど、少し強引ではありませぬか、なあ」

千姫は父や母の怒りを理解しながらも、天皇の側に立てば気の毒にもなるのだった。好きな女と、かわいい子供に恵まれれば、そこにほかの者が入り込む余地などないことは、こうして愛し愛され子供を持った千姫だからわかるのである。松姫には気の毒だが、ここはいっそ退き、ほかで彼女を心から愛してくれる殿方に嫁ぐほうが幸せではないのだろうか。

「いいえ、きっぱりけりをつけるために、藤堂高虎《とうどうたかとら》さまが使者として宮中に送り込まれたのでござりますよ」

「まあ。藤堂さまが」

関ヶ原の前までは豊臣方でありながら、今は徳川方で大大名に取り立てられた身だ。立場上、全力で秀忠の期待にこたえようとするであろう。

「あの藤堂さまに武士の威厳で恫喝《どうかつ》されれば、宮中深くおすまいの方々を震え上がらせるなど簡単でござりましょう」

お局たちはそう言ってきゃらきゃらと笑うのだった。

「いいえ恫喝などなさらずとも、筋は筋。退位なさればその身はどうなられるか。ご自身だけではありませぬ。多くの皇族、公家が泣きを見ることになるのを、さあ、わかっておいでなのかどうか。確かめるだけで使者のお役はなりましょう」

そして、それがいやなら与津子を追放、出家させ、松姫を入内させるようにと強要したというわけだ。

姫は絶句した。すべてをなかったこととして邪魔な者を塵《ちり》のように一掃し、その上にあらためて松姫のための毛氈《もうせん》を敷くというのだ。それが恫喝でなくて何であろう。徳川が、天皇家をも恐れぬ権力者になろうとしているのは明らかではないか。実家のことだけに、姫は言葉にもできない。戦国の世は終わったが、父は、徳川は、元和偃武とは名ばかり、何か違う方角へと暴走しているのではないか。それほど権威がほしいか、きわめたいか。それが当然であるように笑う侍女たちを見ていると薄ら寒いものを覚えた。

帝といえど人としての情はおありだろう。愛も怒りも、別れの悲しみにしろ忍耐の痛さにしろ、すべて同じ、人として併《あわ》せ持っておられるはずだ。それを、そんなふうに追い詰めるなど。

顔も知らない与津子が恐れおののき、悲しみに沈む様子が目に浮かんだが、それに劣らず松姫が不憫《ふびん》に思えるのは、実の妹であるからだろう。松姫自身は男心も政治の綾《あや》も何一つ知らず、雲の上への入内をひたすら夢見ているに違いないのだ。

「されど、さすがは帝にござりまするなあ。自分個人よりも国の安寧《あんねい》を優先させるのがお務め。ここで徳川を敵に回して公武の間であらたな諍《いさか》いを始めても、何の得にもならないことをようくご存じで」

愚昧《ぐまい》な御方ではない。国の平安を思い、帝は涙を呑んで帝たることに徹されたのだ。人としての意地も愛も、あらゆる感情を葬《ほうむ》り去って。

「そこまでして、松姫は参られるのか、宮中に」

お局たちは嬉々《きき》として顚末《てんまつ》を語ってくれる。

「はい、もう邪魔者はすべて、一掃されましたゆえ」

「関係した方々は、みな仏門に入るか、都を追われ、島流しでござりまする」

そこには一切の同情もない。お局たちには徳川の決定こそが天下の正義だ。

当の与津子と彼女が産んだ皇女梅宮《うめのみや》は宮中から追放。どちらも剃髪《ていはつ》し寺に入れられた。加えて、近侍の公家が六人も重罰を受けることとなる。もっとも重い責任を問われた権大納言《ごんだいなごん》万里小路充房《までのこうじあつふさ》は、監督不行き届きにより丹波《たんば》篠山《ささやま》藩に配流《はいる》。与津子の実兄である四辻季継《すえつぐ》と高倉嗣良《たかくらつぐよし》は豊後にそれぞれ配流の身とされた。さらに天皇自身の側近である中御門宣衡《なかみかどのぶひら》、堀河康胤《ほりかわやすたね》、土御門久脩《つちみかどひさなが》は宮中への出仕《しゅっし》を停止された。第一皇子の賀茂宮も、これら有力な庇護者《ひごしゃ》を失っては、成人まで生きていられようか。お局たちの言う〝島流し〟がけっしておおげさな表現とも思えない処断であった。

「これでお公家さま方も、将軍さまのご威光がどれほどのものか、思い知られたことでありましょう」

もはや、将軍家がこの国において思いのままにできないものなどない。お局たちは、それを誇りに、胸を張る。

「それほどまでのことが起きたとは」

姫の心が陰《かげ》る。愛する人から引き裂かれ、幼子を抱いて宮中を追われていく人の後ろ姿が見えた気がした。いく人もの人間を泣かせ、虐《しいた》げ、悲しみに沈む帝の心を、松姫に対し、優しい気持ちで向かわせることはできるだろうか。

「いいえ、それでも進むべきは姫君の道にござります」

驚いて、ちょぼを見た。怯《ひる》むことなく彼女は言う。

「姫さまとは、あらゆる草や石を踏みつけても、そこに敷かれた緋毛氈の上をまっすぐ進むお方。姫さまが、毛氈の下に何があるかを気に掛ける必要などございません」

まさにそれが姫君たる者の〝賦《ふ》〟。武士にも庶民にもさまざまな賦役が課せられるように、姫として生まれた者にも定められた義務があるのだ。

それは姫に仕えるお局としての心得ともいえた。姫がその〝賦〟を果たして清浄な毛氈の赤の上だけを歩けるよう、不都合な草や石を払い、処理していくのがまたお局たちの〝賦〟なのである。

いつからちょぼは、そんなことが言えるようになったのだろう。若君が生まれたのを節目に、正式に松坂の名を継承したが、筆頭という役目が彼女を変えたのか。はかりごとなどできないあの素直さまでも、どこかに返上してしまったのではないかと姫は危ぶむ。

「わたくしは、それでお松が幸せに迎え入れられるとは思えませぬ」

やはり姫は甘い、と言われるだろうか。心を許したちょぼだから吐露《とろ》するのだ。泣かされた者は松姫を恨《うら》むだろう、呪《のろ》うだろう。千姫の心配はそこにある。ただでさえ、武家に育った娘がしきたりずくめの宮中でのびのび暮らすことなど難しいだろうに。

しかし、ちょぼはいつものようには姫に同調することをしない。

「姫さま、妹君のことはそこまでに。後のことは、またお知らせもありましょう」

何事も深刻に考えすぎるのが姫の悪い癖《くせ》だと断じ、ちょぼが声を高めた。

「母上さまのお手紙にもこうありまする。松姫さまには禁中《きんちゅう》にお入りになって、慣れぬ皇室の定めに気苦労も多いことでしょうけれど、これは徳川のお家のため。なんとか入内は実現してもらわねばなりませぬ。そなた様もよう祈ってやって下されませ、と」

いつかお江の方も、松姫入内の名誉と虚栄に巻き込まれてしまっているのだ。

だが姫は何も言うつもりはなかった。松姫も、幼い日から女御になるためだけに教育を受けてきた娘である。今さら人生の調整はきかないだろう。そして千姫が知る限りでは、利発で素直な姫だ。きっと皆の夢をその身に背負い、みずからの〝賦〟

としてやりとげてくれるに違いない。そう思うことにした。

七歳で嫁いだ千姫とは違い、彼女は十四。もう自分でいろんな状況がわかるはず。千姫の犠牲とは異なり、これは彼女自身の夢をかなえることでもある。上昇する夢は、けっして人を怯ませない。

「なあ、ちい姫。そなたはやはり父様と母様のもとに、ずっとこうしていなされや」

いつも忠刻が言う口調を真似《まね》て、つい千姫は語りかける。

小さな姫には〝賦〟など課すまい、与えまい。天上の虹を歩まなくともよい、貴人にならなくとも長者にならなくとも、ただ健康で、賢く素直に育ってくれればほかに何も望まない。そう思った。ちい姫が、姫である必要などどこにもないのだから。

第九章　待宵《まつよい》の宴

幸千代《こうちよ》誕生とともに大安宅船《おおあたけぶね》を預かったことは、本多《ほんだ》家の誉《ほま》れの極みであった。ともかくほかの大名の誰にも持てるものではない。家臣、領民にもこの巨大な船を目に焼き付け、これを預かる役責の重さと栄誉を下々《しもじも》にまで受け止めさせる必要があった。

まずは高砂《たかさご》の浜に繋《つな》がれたままになっている大安宅船のお披露目《ひろめ》である。

船は飾磨《しかま》港に回され、池田《いけだ》時代からの御船役所において丹念に点検したうえで、補修が施《ほどこ》されることになった。船にまつわる役所や人も、城付きとしてそのまま播《はり》磨《ま》に留《と》め置かれていたから、作業には何の支障もなかった。

もっとも、あまりの大きさに、全体を輝くばかりに磨きたてるには数十人の職人が動員されても一月《ひとつき》かかった。そのため毎日、御船役所の対岸にある東堀船着場からは、ほかとは群を抜く大安宅船の巨大で壮麗《そうれい》な姿がよく見えた。

海に囲まれた島国ゆえか、民ときたら老若男女《ろうにゃくなんにょ》、船に寄せる関心と敬意はことのほか大きい。人々の驚嘆は口づてに広まっていき、ついにはわざわざ飾磨街道を下って御船見物にやってくる町人もあるほどだった。

「なんと姫路《ひめじ》はたいしたものじゃ。将軍さまの大船を預かるのじゃから」

「まさに西国《さいごく》一の大藩じゃなあ」

飾磨港は古くからの良港で、恵美酒宮天満神社《えびすのみやてんまんじんじゃ》、浜《はま》の宮天満宮《みやてんまんぐう》と、漁民たちの信《しん》奉《ぼう》を集める神社もあり、昔から港町として賑《にぎ》わっていた。池田輝政《てるまさ》はここに碁盤《ごばん》の目のような町割りを施し、人々を職業別に住まわせていた。本多家はそれを受け継ぎ、いっそう機能的な職住地域となるよう活性化させていくのだ。

すべてが整い、祝宴《しゅくえん》が催されることになったのは元和《げんな》五（一六一九）年八月、中《ちゅう》秋《しゅう》の名月に一日早い待宵月《まつよいづき》の日であった。

城の船溜《ふなだ》まりに係留《けいりゅう》された川御座船《かわござぶね》に、まず忠政《ただまさ》が乗り込む。中型軍船である関船《せきぶね》を華麗に飾り立てた船は十数艘《そう》あり、この日のみならずたびたび本多家が用いることになる。海防見回りに城から出向いていくには不可欠な船なのだった。

木肌の見える春慶《しゅんけい》塗りと、重厚な黒漆《くろうるし》とに塗り分けた船体に、金箔《きんぱく》を施した錺《かざり》金具をきらめかし、檜皮葺《ひわだぶき》の屋根と鎧戸《よろいど》で囲った、豪奢《ごうしゃ》で華麗《かれい》を極めた船である。

城の濠《ほり》から船場川《せんばがわ》に進み出て城下を南下すれば、さながら動く御殿という様相だった。川沿いではこれまた領民たちが農作業や旅の足取りを止め、見物に集まっては口々に騒いだ。

「見よ、ご領主さまの御座船じゃ」

「飾磨に繋いである大安宅船を見回られるそうじゃ」

「千姫《せんひめ》さまもご一緒か」

もちろん、領民の関心の的である千姫も、幼い子らを抱いた乳母たちとともに女房《にようぼう》衆に囲まれながら、川御座船の上段の間に乗り込んでいる。

「おちょぼ、思い出すなあ」

それだけ言えばじゅうぶんだった。川御座船は、外装に多少違いはあっても造りは似通っている。漆で塗り尽くした室内は、長押《なげし》や垂木《たるき》の先端にまで金箔が押され、姫のために天井《てんじよう》にまで網代《あじろ》を用い、襖《ふすま》に華麗な牡丹《ぼたん》を描かせた上段の間の仕様は、遠い日、花嫁御寮《ごりよう》として姫が乗った船と遜色《そんしよく》はなかった。ちょぼはそのことに満足し、しっかりとうなずき返した。

姫の遊び相手に選ばれて同船した日、ちょぼはわずかに六歳だった。ただ船の大きさ、華麗さに驚き、はしゃいだことが思い起こされる。あれから何度も船には乗った。大坂落城ののち、失意のままに江戸に送られる道中で、桑名《くわな》で七里《しちり》の渡《わた》しにも乗り、警護の船上に忠刻《ただとき》を見たのだった。その時のちょぼの印象がそのまま姫のものとなって世間に伝わってしまったことは、もうちょぼの耳にも届いている。姫がこの時、殿を見初《みそ》めたと、まことしやかに流布《るふ》しているそうだ。

だが今の幸せな二人を見れば、躍起になって打ち消すほどの話でもない。ちょぼはただ、この満ち足りた家族を乗せて、姫がどこまでも穏《おだ》やかな水面《みなも》を渡ることを祈るばかりだ。

「これはみごとな龍だのう」

上段の間に入るやいなや、忠刻は床《とこ》の間《ま》に飾られた銅の鋳物《いもの》をすぐにみつけた。芥田四左衛門《あくたしざえもん》が献上したものである。

「水にかかわるものには龍が守り神。よって、この御座船の船首にも龍を、と考えたのだが、なにしろ姫を乗せる雅《みやび》な川船。龍は穏やかでないと却下《きやっか》したのだが、ここにこうして龍があれば、もう足りぬものはないな」

子らを抱いた乳母たちを従え、姫も安心しきったように微笑《ほほえ》む。

船場川を下った御座船は、やがて人工的に造った水路、外濠川に突き当たる。これを左へ進めば飾磨の町を右手に見ながら横切ることになり、恵美酒宮天満神社の船溜まりに至る。その南側、船着き場と港町との間に位置する突堤《とってい》には、領主の別邸である飾磨御茶屋があるのだった。今後たびたび海を見回る役目を想定して建てられた。今回は特に入念に、座敷も庭も美しくしつらえられて忠政たちの来訪を待っていた。城からこの別邸まで、船でゆるゆる一刻《いっとき》（約二時間）ばかりの航路になる。

そこで初めて、皆は大安宅船を目にした。

まるで岸辺に荘厳な寺院でも出現したかのような高さ、大きさ。千石あまりを積み込める大船は、各地の寺社が神木とあがめた大木を材としただけあって、黒々と塗装された船倉と別に、三階建ての居住区が合わさる巨大さであり、船上には二層の天守が威容《いよう》を誇る。そして今度こそその船尾には、勇ましい形相《ぎょうそう》の龍がいた。

修復を担ったのは芥田家である。彼らは姫が乗る御座船のきらびやかな飾りの金具を大量に発注されたばかりか、大安宅船についても御船役所から少なくない数の職人が徴集《ちょうしゅう》された。姫路で何かを建造するということになればすぐにも必要となる職人は、たいてい、芥田家が承《うけたまわ》るというのがならわしにもなっているのだ。そして、そうした表向きの仕事に、男の四左衛門が出向くことになっているのは芥田家の内の流儀だった。事情を知るちょぼは、あらためて、自分が面会したあの四左衛門の力量の大きさに感じ入るのだった。

「恐ろしいほど大きな船でござりまするな」

やっと姫が言ったのは、釘付《くぎづ》けになった時間が相当に過ぎたあとだった。

「それはそうだ。これで外洋へ出て、海戦に臨《のぞ》んだのだからな」

実は忠刻が生まれて間もない時代に話はさかのぼる。

それはかつて、太閤秀吉《たいこうひでよし》が「唐入《からい》り」と称して明国《みん》に宣戦布告した時のこと。まず足がかりとなる朝鮮半島めざして、九州北端の名護屋《なごや》からは十六万の兵が海を渡ったが、船団の核となる母艦が、この大安宅船だったのだ。

海上を突き抜ける巌《いわお》か、あるいは島のようにそびえる巨艦。中小、数十隻の船に護られて波飛沫《なみしぶき》を上げながら驀進《ばくしん》する勇姿は、眺《なが》めるだけで戦闘意欲を奮《ふる》いたたせたことだろう。おそらく当時、東洋で最大にして最高の軍艦、と言って間違いなかった。しかも船上にいるのは、肥後《ひご》の加藤清正《かとうきよまさ》、筑前《ちくぜん》の黒田長政《くろだながまさ》と、忠刻にとっては祖父本多忠勝《ただかつ》の名と同様、伝説に近い猛将たちなのである。旗艦《きかん》の周囲には総数百艘もの船が従うのだから、これまた東洋最強の軍団と言ってよかった。

これら船団の核になる大安宅船といえば、おもに朝鮮で先陣を切った西国大名たちの所有になるが、その一人が、鳥取に去った池田家である。

「こんな船で攻め入れば、さぞ、かの国の人々も驚いたでありましょう」

姫はとにかく驚いてしまい、ため息ばかりを繰り返す。たしかに明国遠征の折には、玄界灘《げんかいなだ》に面した港には各大名たちがこれらの船団を仕立てて集結したのだから、空前絶後の光景であっただろう。時を超え、そんな勇壮な図を想起させる一艘の船。姫は思わず、ちょぼに絵筆を運ばせ描き留《と》めずにはいられなかった。

「殿はこの船を、どんな時に、どのようにお使いになるのですか？」

素朴な疑問だったが、これについては忠刻は答えに詰まってしまう。

「そうだな。万一の有事に備える、という以外には、ないであろうな」

この巨艦を中心に船団を組んで海戦に乗り出す、などというのはもう過去だ。だからこそ家康はじめ幕府の考えとして、大船の建造が禁じられたのである。今後この船がその使命と勇姿を活かせることなどあるのかどうか、忠刻にも見当がつかない。そのうえ今回の修繕《しゅうぜん》で思い知ったように、維持と管理には桁外《けたはず》れの費用がかかる。答える語尾が、しぜん力を失ったのも当然だった。

「ともかく、この大安宅船が播磨《はりま》灘にある、という事実が、西国大名たちへの牽制《けんせい》になる。それでじゅうぶんなのだ」

最後は自分に言い聞かせるような語調になった。

この船についての本当の事情をちょぼが知ることになるのは、姫たちが召し上がるお膳《ぜん》の確認をしようと階下に下りて、宮本三木之助《みやもとみきのすけ》に会った時だ。

「ここで何をなされておいでじゃ、三木之助どの。お膳に何かご不満でも？」

つい冗談めかして言ってほぐしたくなるほど、彼は怖い顔をしてそこに並んだお膳と下働きの女たちを鋭く見比べている。

「これは松坂《まつざか》どのも、吟味《ぎんみ》にみえたか。ならばお役目は交代しよう」

なるほど、城外で召し上がる食膳の警備であったか。

浜御殿《はまごてん》には厨房《ちゅうぼう》の施設がなく、湯を沸《わ》かすだけがせいいっぱい。そこで、城主一家が召し上がるお膳は城内で調理したものをこうやって浜御殿まで運び出すのである。その間に粗相《そそう》はないか、確認しておくのはちょぼたち女の仕事であったが、三木之助のような侍《さむらい》は、また別な観点で注意を払ってくれたのであろう。

「かたじけのう存じます。大安宅船に度肝《どぎも》を抜かれ、確認が遅れておりました」

事実、こんな船底の下女中でさえ、小さく開いた窓の間から、大安宅船を一目見ようと気もそぞろなのである。

「お殿様も、あんなものに乗って瀬戸《せと》の海を監視なさるとは、ほんにまあ、たいしたものでござりまするな」

すると三木之助は、話してくれたのである。

「いや、あれほどのものを管理していくのは至難の業《わざ》。外装の漆《うるし》の全面塗り替えは職人十人を動員しても半年がかりで、肝心《かんじん》の機動部などは計り知れませぬ。次の点検で修理の見積《みつもり》が上がったなら、幕府も分解のご指示を出すでござろう」

「分解?」

「さよう、あれだけの巨艦なら、寺院でもじゅうぶん建てることができましょう」

なんというもったいない話だ。ちょぼは腰をかがめて船底窓を覗《のぞ》き、大安宅船の一端を目にとどめた。

「そもそも大安宅船とは、外海にも出られる船。それゆえに太閤さまも、明国《みんこく》遠征を断行することができたのです。諸藩大名が勝手に外国と交易《こうえき》しないよう幕府が禁じられた今となっては、もう出番はございませぬ」

　三木之助の話は、狭い城内だけしか知らないちょぼには驚くべきものだった。もとより太閤秀吉の行った唐入りなど、ちょぼはもちろん三木之助も、生まれる前のことだ。

「むろん、義父《ちち》から聞いた話でござるよ。太閤さまの唐入りは、イスパニア（スペイン）による東洋の支配を阻止《そし》しようとの気宇壮大《きうそうだい》な決断だったのですよ」

　イスパニア。それはどこだ。地図の果ての遠い異国、としかちょぼは知らない。

「切支丹《きりしたん》の布教とともに、世界中の国を従わせ自分の領土にしてきた狡《ずる》い国のことですよ」

　その当時、遠い南米では王でさえ黄金と引き換えにされたあげく騙《だま》されて命を奪われ、血筋は根絶やしにされた。そして国の民はみなイスパニアに蹂躙《じゅうりん》されて支配され、もはや血統すらも彼らとの混血しか生存しないと言っても過言ではない。

　背筋が凍《こお》った。そんな国が、日本を狙《ねら》っていた。ちょぼは震《ふる》えが止まらない。

　事実、ポルトガルと世界を二分する条約を結び、無防備な民族を武力で陥《おとしい》れては植民地にして貪《むさぼ》ってきた国なのである。南蛮《なんばん》貿易と耳に優しい神をもってやってきた彼らに対し、日本は友好的な態度で接したが、いつしか太閤秀吉は彼らの本性を見抜くに至る。

「思えば太閤さまは偉大でしたな。傲慢《ごうまん》なイスパニアに対し、わが国は東洋のほかの国のようにはいかぬ、ということをお示しになられた。つまりは、明と戦い打撃を与えることのできる、この国の軍事力の強大さを世界に見せつけたのですよ」

今の世では豊太閤《ほうたいこう》の偉業を口にするだけでもはばかられる空気があるが、三木之助は気にすることもなく言った。

イスパニアなる国がどれほどの軍事力を持つ国であるかは想像もつかないが、日本の大名たちが有したこの巨大な船の周囲に集結する船団を目の当《ま》たりにすれば、たしかに交戦する気は失《う》せたに違いない。

「では、唐入りとは言うものの、本当の敵はイスパニアだったのですか」

「さよう。明の隣、マニラには総督府《そうとくふ》があり、澳門《マカオ》はやつらの最前線でしたからな。明と堂々、交戦したことは、彼らをじゅうぶん脅《おびや》かしたことでしょう。なにしろ鉄砲の保有数が違う。欧州でもこれほどの軍事力を持つ国はありますまい。ゆえに、もう武力による侵略はやめておこうと踏みとどまったのでしょう」

約八十年前に種子島《たねがしま》にもたらされた鉄砲はたったの二挺《ちょう》だったが、ものづくりに長《た》けたこの国は、自力でこれを学び、改良し、半世紀足らずで世界有数の生産国であり保有国となってしまった。これには彼らも驚愕《きょうがく》したことだろう。こんな国は、彼らが踏み荒らしてきたほかのどこにもなかったからだ。

その結果、戦いの相手であった明は、秀吉の死による講和後、国力の低下が知られることとなって瓦解《がかい》寸前。もとより朝鮮には、独自で反撃する力すらない。逆に、日本が明と戦っていなければ、どちらもイスパニアの植民地にされていた可能性さえ考えられるのだ。

「てっきり、わたくしは、朝鮮との戦《いくさ》だと思っておりました」

「そうお思いの方も多いでしょうな。朝鮮は明の属国ですから明の一部。明を攻めるためには通らなければいけないだけの地です」

ちょぼはため息をついた。あまりに知らないことが多すぎる。

「されど世間では、あの唐入りは、太閤さまが、失礼ながら、……耄碌《もうろく》なされて放言高論《げんこうろん》、できるはずもない夢みたいなことをなされたと聞いておりましたが」

おそるおそる言うと、三木之助は笑った。

「さよう、松坂どのの言うとおり、太閤さまも晩節《ばんせつ》を穢《けが》し、馬鹿げた妄想《もうそう》に取り憑《つ》かれた、ということで皆は得心しておりまする。ですが、ただの老人の妄想に、この国の武将たちがこぞって参戦いたしましょうや。はるか東北《みちのく》からも駆けつけたのでございますよ」

なるほど、太閤にそこまで権力があったというより、皆がそこまでの危機感を抱いたからこそ海を渡ってまで参戦した、という方が納得がいく。

船を持たない東国大名たちも、九州に来て、結集した船団を見て、圧倒されたことだろう。だからこそ伊達政宗《だてまさむね》などは、大船にあこがれ、のちに支倉常長《はせくらつねなが》をヨーロッパへ遣《つか》わす大船を建造したほどだ。もっとも、慶長《けいちょう》十八（一六一三）年に日本を出航した使節団は、ローマ法王への謁見《えっけん》などの大役を終えて無事帰国したにもかかわらず話題にもならず、目新しい噂話に敏《さと》い奥御殿でも何かのついでに耳にした程度だ。なにしろ切支丹は国禁となってしまった。帰国した大船が外洋へ漕《こ》ぎ出すことはもう二度とないだろう。

ふと、ちょぼの頭にあの美しい金蒔絵《きんまきえ》の櫃《ひつ》が浮かんだ。みごとに西洋と日本が融和した絶品。しかしその美しさを愛《め》でる無邪気《むじゃき》な日本人を相手に、彼らは虎視眈々《こしたんたん》と侵略の手を伸ばそうとしていた。

「ではなぜに、そうしたことがそのまま正しく伝わらないのでしょう」

過去を正しく伝えることは、自分のような無知な者のためにも大事なことだ。

三木之助はまた笑った。

「あなたも徳川《とくがわ》の家臣のはしくれでしょう。遠いイスパニアと渡り合い、明と引き分けた太閤さまを、空前絶後の偉大な武将だった、と伝えて何の得がございます？」

はっとした。たしかにそうだ。豊臣の偉業を地に墜《お》としてこそ、のちの日本を治める徳川の価値も高まる。だから姫にも豊臣との縁切りが必要だったのだ。

「大安宅船は、解体されて、姫さまが遊興で乗る女船に作り替えられてこそ意義があるというもの。それでこそ人々は海を渡った戦国大名たちの、命を張った国防の戦いを忘れ、天下泰平《たいへい》を謳歌《おうか》できるのでござるよ」

ということは、またしても姫が、泰平の道具として使われるのか。

「世界をぶんどったイスパニアも、英吉利《イギリス》に負けたそうですからな。盛者必衰《じようしやひつすい》、自慢の無敵艦隊とやらが、海戦でこてんぱんに敗《やぶ》れたとか。もう我々の敵ではない。あとは、世にはびこる切支丹を抹殺《まつさつ》すればよいだけにございましょう」

先代の松坂局から託された櫃を取り出す開かずの扉が、今また閉まる。あれは、残すべき品なのか。考えねばならない。先代の松坂の思い、その許婚《いいなずけ》の存在、そして坂崎出羽守《さかざきでわのかみ》の意地と無念。月に一度、櫃にまつわる者たちの供養《くよう》は、何か違う方法を探るべきだった。

もう一度、ちょぼは船底の窓から大安宅船を覗《のぞ》き見た。何物をも寄せ付けぬ海の王者。けれどもその〝賦《ふ》〟たる役目をなくした今は、無用のものとされ、ばらばらになって転用されるほかはないのか。その豪壮たる姿がかえって痛々しい。

そんな実情はご存じなく、姫の一家は海への短い川船の旅にはしゃいでおられる。ちょぼは、今聞いたことを胸にしまい、階上へと戻った。

「なんと風流な茶屋でござりましょうな」

姫付きのお局以下侍女たちも、船の上から見る瀬戸内の遠景にうっとりしていた。ちい姫が、父君の忠刻に抱え上げられて、大安宅船に目をみはっているのも印象的だ。のちに、この船のもとの所有者である池田家に嫁《とつ》がれ、この時見たままを語ってお聞かせになろうとは、誰も、想像すらもしないことだった。

大安宅船を見物したあとは、川御座船は浜御殿に接岸する。

古歌では秋の夕暮れの浜は花も紅葉《もみじ》もない殺風景が詠《よ》まれてわびしいが、ここは防風林を兼ねた松林の緑が美しく、城主らのためにしつらえられた菊の花が爛漫《らんまん》と咲き乱れている。城主一家は続々と岸に上がり、御殿に入った。

庭では能が催され、膳が並んで宴《うたげ》となる。酒も入って、やがて星も出るほどに暗くなると、いよいよ月も昇る。翌日の十五夜《じゅうごや》の月を待つという意味の待宵の日だ。

今宵《こよい》はここで、海に向かって設けた席に忠政以下一門の者たちが並び、やがて島影に上がりくる月を見ながら連歌《れんが》に興《きょう》じようというのである。

仮置きの床の間には、連歌の神である天神《てんじん》の画軸《がじく》が飾られ、座を仕切る宗匠《そうしょう》には高砂神社《たかさごじんじゃ》から宮司《ぐうじ》も招かれていた。懐紙に記録していく執筆の者の準備が調ったのを確かめて、最初に、亭主《ていしゅ》である忠政が詠んだ。

「潔き——心やたむる菊の水」

庭にしつらえられた菊にちなんだ発句《ほっく》は忠政が詠む。お熊《ゆう》の方がこれを引き取り、

「池の静かに月うつる庭」

と脇句《わきく》を締めた。二人で一首、できたことになるが、さらに忠刻が、

「初秋の風を簾《すだれ》に巻きとりて」

第三の句として詠んだ上の句《かみのく》が先のお熊の方と呼応し一首をなす。つまり三人で二首が完成したことになるわけだ。

潔き心やたむる菊の水　池の静かに月うつる庭

初秋の風を簾に巻きとりて　池の静かに月うつる庭

三人は、読み上げられた歌に耳を傾け、互いの顔を見交わし合う。それはまさに今、皆が見ているこの別邸《べってい》の庭の風景。初秋の気配が漂《ただよ》う庭である。

そして今度は、忠刻が詠んだ第三句を上の句に置いて、第四にあたる千姫が別の下《しも》の句を繋げていくのである。忠刻が姫を窺《うかが》う。すると姫は、静かに詠み始めた。

「軒端《のきば》に匂《に》ほふ竹の葉の露《つゆ》」

これでまた一首が完成した。

初秋の風を簾に巻きとりて　軒端に匂ほふ竹の葉の露

二人で一首、実に軽《かろ》やかな歌であった。

千姫のあとには、龍野《たつの》から訪れている政朝《まさとも》夫婦も座に繋がる。そのあとにはまだ部屋住みの三男忠義《ただよし》へ。まさに一門を挙げての慶事である。連歌は、ここに集まる者たちと本多家の繁栄を神に祈る意味合いを持っていた。そのため、まだ文字も読めない幼い子らも、名前だけでも連なる必要があった。挙句《あげく》、という最後の結びの七七《しちしち》は、やはり一門の栄《は》えを担う幸千代《こうちよ》でなければならない。

これにはあらかじめ、ちょぼが代作を命じられていた。連歌は前の人が何をどう詠むかその時までわからないため前もって準備することができず、それだけに当意《とうい》即妙《そくみょう》に創作する難しさが楽しくもある。

「松陰も——きしのかくれも明はなれ」

ちい姫の代作は、先年嫁いで辞した近江局に代わってその名を継いだ若いお局である。まさに、松の木々のかなたを明るく照らす月を詠んだものだ。

身構えていたちょぼだったが、それを聞いて恐ろしいほどすぐに言葉が湧《わ》いて出た。ここまでみな、この美しい別邸の庭の風情を詠むのであれば、最後はこの祝《しゅく》宴《えん》のおもとである大安宅船を詠みこんで締めるべきであろう。

「船さし出《い》でる——袖《そで》あまたなり」

きらきらしい船に乗り込む者たちが意気揚々《いきようよう》と月に手を差し出せば、その袖の多いことあざやかなこと。それぞれが若君さまをお守りし、船は未来へと漕ぎ出していくよ。そう詠んだ。

もうこの巨艦が海を渡ることはないかもしれないが、若君が育つ未来にまで豪壮な姿をとどめ、国を思って戦った武者たちの心を朽ちることなく乗せてほしい。

「みごとなり、松坂」

忠政からお褒《ほ》めの言葉が飛んできた。千姫も誇らしげな視線でちょぼに微笑む。

かつて、遠ざかる船で母恋しさに泣いた少女が、ここまでのお局に成長したのも、すべて、千姫とともにあった歳月の流れの結果であった。ちょぼは安堵とともに、お辞儀《じぎ》を返した。

その頃までには中天に上がった月が、海を明《さや》かに照らしていた。ちょぼには得意満面の夜だった。

帰る船では、ふともう一度、階下に下りてみた。確認に確認を重ねることは悪いことではない。忘れたものはないか、怠《おこた》った点検はないか。それは筆頭のお局の任務でもある。

すると、暗がりの小部屋の奥で誰かがうごめく気配に気づいた。ひっ、と洩《も》らした声を慌《あわ》ててこらえ、身を硬くしてあとずさったが、自分の役職を思えば退くわけにはいかない。一呼吸ついて、ちょぼはそっと覗き込む。何者かが、海老《えび》のように体を曲げて、どうやら苦しんでいる様子だ。

さらに一歩、おそるおそる踏み込んだ。そして、手燭《てしょく》を掲《かか》げた先に浮かんだ者に、ちょぼは仰天した。これは、宮本三木之助ではないか。忠刻の御座所の警備を離れてなぜこんなところに？　見れば額《ひたい》に玉のような脂汗《あぶらあせ》が滲《にじ》み、かろうじて声を上げまいと耐えているのがわかる。驚いて、覗き込んだ。

「いかがなされたのです、三木之助さま」

「しっ――」

思いがけない素早さで伸ばされた手で口を塞《ふさ》がれ、ちょぼはのけぞる。こんな至近距離で三木之助と向き合い、しかも後ろに支えるものがないから不覚にも尻餅《しりもち》をついた。慌てて片膝《かたひざ》を立てて体勢を変えようとするものの、船が大きく動いてなお均衡《きんこう》がとれない。船の旋回《せんかい》とともに、三木之助は大きく体を傾かせ、ちょぼに向かってぐらりと揺れた。

「ちょ、ちょっと、三木之助さま、――」

そのまま押し倒されるのかと思った。

だが三木之助はちょぼに触れることなく肩をすかし、そのまま、どう、と板間の上に倒れてしまったのだ。ちょぼは、ためらいながら男の額に触れてみた。

「熱い――。熱がありまするぞ。三木之助さま、何があったのです」

当初はさしもの剣豪も船酔いかと思ったが、どうやら違う。彼はほとんど意識を失いかけている。

「松坂どのにみつかったは不幸中の幸い。若殿の膳に、毒が入れられようとしていたのだ」

ちょぼは顔色を変えた。主《あるじ》に出す膳はあらかじめお毒味役が検分《けんぶん》しているはずだ。三木之助は、あのあとも、運ばれる前の膳に近づく者を見張っていたらしい。

「不審な動きをする者を見た。それを追って来たが、小柄《こづか》で刺された」

はっとして彼が左手で押さえる脇腹を見た。そこにはどす黒く血が滲んでいる。

「小柄にもどうやら毒が塗られていたようだ」

「なんということ。それでは早く、上に。――医者を呼ばねば」

「大事ない。毒は自分で吸い出し、解毒《げどく》薬も飲んだゆえ。――されど曲者《くせもの》は、水に飛び込み、逃げ去った。何の証拠も残さずに。……不覚である」

防ぎきったのだからじゅうぶんお手柄《てがら》だ。今は三木之助の体が心配だった。

「まもなく船は城に着く。松坂どの、それまでは騒いではならぬ」

今宵の満ち足りた空気を壊さないため、それで彼はこんなところに一人隠れ、こらえていたのか。

「何者の仕業《しわざ》でありましょうや」

だんだんちょぼにも自分がなすべきことがわかってくる。やがて船は城に着くが、三木之助を下ろすのは全員が下船したあとがよいだろう。そしてすぐにも人目に付かない部屋に運んで医者を呼ぶことだ。そのうえでお局たちを招集し、いっそう姫の周辺に目を光らせなければならない。

昔、大坂城にいた頃、先代の松坂局や刑部卿局《ぎょうぶきょうのつぼね》が、姫が口にするものを神経質に点検していたことを思い出す。それは淀殿《よどどの》を仮想敵とみなしての吟味だったが、今、忠刻を狙う者はいったい誰だ。

三木之助の額の汗を拭《ぬぐ》ってやりながら、疑わしい者は誰かと頭の中がめまぐるしく回っていく。姫の周りには伊賀《いが》の忍《しの》びの者も少なからず差し回されている。その厳重な警護をかいくぐって、忠刻の膳に近づける者などいるのか。いや、だからこそ姫ではなく忠刻なのか？　毒を口にするのが忠刻であっても姫であっても大事件だが、生まれたばかりの若君だったらどうなっていただろう。ちょぼは全身がすくみあがる思いがした。

「しっかりなされませ。あとはわたくしが動きまするゆえ」

力強く言った瞬間、三木之助は意識を失った。膝の上に大の男の体を抱え、本来ならば声を上げて騒ぐところ、ちょぼはこらえ、冷静になろうと努めた。

望月《もちづき》の欠けたることもなしと思えば――。この世の権力をすべて握って笑う昔の人の歌が脳裏《のうり》をよぎる。しかしその月は、人知れず家臣が一丸《いちがん》となって主を守った結果に得たものでもあった。まだ満ちるに足りない待宵の月を守るため、身を賭《と》した男の命の重みを膝に受けて、ちょぼは見えない敵に向かって奮い立った。

事件は表沙汰《おもてざた》にされないまま、姫たち一家の周辺警護が強化されることになった。あくまでも姫たちを不安にさせてはならない。食膳の毒見は、運ばれてきてからも皆の目の前でお下の者が口に入れて確認することになった。曲者の探索についても、三木之助の回復を待つまでもなく、各所でものものしい取り調べが始まっている。たえず忠刻の周辺に控えていた三木之助の姿が消えたのは目立つことであったが、養父武蔵《むさし》のもとに使いに出ていることとし、城から出して町家で療養《りょうよう》させることにした。すべてちょぼの差配《さはい》である。

芥田四左衛門にたのむと、すぐに野里村《のさとむら》の刀鍛冶《かたなかじ》の離れ家を用意してくれた。見舞いがてら、ちょぼは一日おきに覗きに行くが、そのたびごとに三木之助の顔色はよくなり、食も進んで、回復が著《いちじる》しい。

「ようございました。腕や脚を刺されていたなら、もとのように剣が使えたかどうか。急所をかすっただけですみましたのは、せめてもの救いでございましたな。かような災難なれど、運がようございました。三木之助さまには、早くよくなって殿のお傍《そば》を固めていただかねばなりませぬ」

案じたほどには三木之助の傷は深くなく、毒についても即座の手当がよかったせいで、差し障りはなかったようだ。不穏な事件ではあったが、忠刻に何ら害がなかったことはなによりの成果であった。

「かたじけない。すべて、松坂どののご配慮のたまもの」

ふだんは無愛想《ぶあいそう》な侍が、力なく横たわり、そのように素直に礼を言うのだからなんだかかわいく思えて、ちょぼはあらためて三木之助をまじまじと見た。忠刻に剣を教える立場であることから武張って見えるが、年齢でいえばちょぼより五歳は年下のはずだ。

「その後、異常はござらぬか」

こんな目に遭《あ》っても、まだ彼の心配は忠刻の周辺にある。なんといっても忠刻は、初めて彼を全面的に評価し仕官させてくれた主なのである。その恩に報《むく》い、誠心誠意、忠刻に忠誠を尽くす覚悟の三木之助だった。

「今は厳重に厳重を尽くしておりますゆえ、ご心配は召されまするな」

明るく言って、ちょぼはかいがいしく食事の世話を始めた。素直な男の世話というなら、母親になったような新鮮さがあり、うきうきした。むろん、一方の三木之助は任務のことで頭はいっぱいだ。

「今回のようにすぐに効《き》く猛毒ばかりとは限りませぬ。気づかないほどの少量を連日のように盛るということも考えられますゆえ」

今は何も考えず療養に専念せよと言いたいが、彼には無理な話だろう。

「ありえますな。調理場には伊賀者を入れて見張らせておりますするが」

「なるほど。そこまでの警戒をかいくぐって毒を盛るのは難しかろう。これで収まればよいが」

お役目上の間柄なのだから、お役目の話になるのはいたしかたない。ちょぼも顔を引き締める。

「しばらくは手も足も出せますまい。きっと相手の悪さにも歯止めがかかるはずでございます」

「それならよいが。――毒は何だったのか、調べることはできませぬか」

三木之助が吸い出した血を拭《ふ》いた布にはいくらか毒が残っているはずだ。目を背《そむ》けたくなる品であったが、これがたった一つの証拠であるのはまぎれもない。

「では調べさせてみましょう」

外では少女が毬《まり》をついて遊んでいる。ちょぼはその子を遣いにたてて、四左衛門を離れ家に呼ぶことにした。

「そなたには世話になりまする。おかげで宮本さまもずいぶん回復なされた」

血の滲んだ脇腹を押さえている侍の姿にも驚かず、こうして療養に最適な場所を提供してくれたばかりか、口の堅い医者も付けてくれた。武蔵の紹介状にあった以上に臨機応変、何でもたのんでしまえる気安さがありがたい。

「ついては、この血糊《ちのり》から、毒を見いだすことはできまいか」

そんな物騒《ぶっそう》なたのみにも、顔色一つ変えず、油紙にくるまれた布を受け取った。

四左衛門はしばらく黙ってそれをみつめていたが、おもむろに、火鉢《ひばち》の中から火箸《ひばし》を抜いたり、ほかの道具を見回し始める。

「いかがしたのじゃ」

「何か金属のものはないかと。火箸は灰にまみれており役には立ちませんので」

何に使うか計り知れないが、ちょぼは自分の髪から簪《かんざし》を抜き、これはどうじゃ、と渡してみる。

「大事なものではございませんか」

「かまいませぬ。一家の一大事よりも大切なものなどありませぬゆえ」

その潔さに、四左衛門はもちろん、三木之助も恐縮している。それでもいったん受け取ると四左衛門にためらいはなく、尖《とが》った簪の金属の先で、乾いて固まった血の痕《あと》をつついたりこすったりし始めた。

「松坂さま、まだわかりませぬが、すぐに簪の銀が変色しないところをみると、我々が知っている種類のわかりやすい毒ではなさそうです」

ちょぼは身を乗り出して説明を聞く。

「また金属系《かなけ》の毒でないことも確かでござります。水銀や銅ならよほど長期か、あるいは一度に大量に摂《と》らねば作用しません。宮本さまのそのお具合では、刺された傷口から瞬時に毒が効いたようでございますれば」

「とすれば植物の系統か。川御座船に持ち込みやすい食材ならばありうるな」

だが草も茸《きのこ》も、山野に行けば誰にでも手に入り、犯人を断定する決め手にはならない。

「さよう、毒とは、わかりにくいものでござります。大きな声では言えませぬが、父の時代、当家ではさる武将からご注文を賜《たまわ》り、籠城《ろうじょう》中の敵方の井戸《いど》に密《ひそ》かに混入させる下剤を調達したこともございます。城内では次々に将兵が腹を下して戦意喪失《そうしつ》、そこを一気に攻められて落城した由《よし》。されど、誰がどこで手に入れどのように入れたか、今もって、露見《ろけん》してはおりませぬようで」

言って、四左衛門はまたしても不敵に笑った。きりりと切れ長の目、薄い唇《くちびる》。女であることを忘れてしまいそうな、芯《しん》の強さを漂わす顔は、こうして向き合ってみると非情なまでに美しい。

ちょぼは思わず身震いした。穏やかな日々に酔っていたわけではないが、こんなことが起きれば、まだ戦の世が続いているかのような不安を感じてしまう。

「ご安心を、松坂さま。事はさほどに難しいということを言いたかっただけにございます」

女ながらに代々の家業を受け継ぎ、先代がなした業績に劣らぬ仕事で人をまとめてきた者である。その言いようには信頼がおけた。

「お城の普請《ふしん》がまだ続いていて、外部から入りやすい状態にあるのは事実でございます。我々のほうでも、入口で人足たちの照合をすればある程度は防げましょう」

千姫人気で、遠い在所《ざいしょ》からも百姓が徴用《ちょうよう》に応じてくるのだ。明確な敵がいないご時世ゆえに、たしかに警備がゆるんでもいた。それを、職人や作業現場の差配も請け負う芥田家が率先して動いてくれるというのは、なんとも心強いことだった。

「この簪は、毒に触れましたゆえ、お返しできませぬが」

はじめからそのつもりであった。

「たのみました」

毒のことも、三木之助のことも。四左衛門はすべて理解し、頭を下げた。

「御用のせつは、さきほどのようにこの子をお役立て下さい」

そう言って、庭で毬をついていた少女を指さす。

「子供のほうが目につきませぬゆえ」

はじめからそう言いつけられていたのか、怯《おび》えず、ちゃんと連絡係を果たしてくれた子だ。命じられたら一刻《いっとき》でも二刻《ふたとき》でも平気な顔で毬をつき続けるのだろうか、聡明《そうめい》そうな目をしている。

「恥ずかしながらわが娘にございます。上には嫡男《ちゃくなん》がおりまするが、病弱にてとても跡は取れませぬゆえ、まだ十歳なれどこの娘こそいずれ当主の役目を担う者。ゆえに信用にも足りまするかと」

的確な差配であった。うなずく二人を前に、四左衛門は離れ家を辞した。

「結局、犯人はもとより、毒の種類も、方法も目的も、何一つわかりませぬな」

四左衛門を帰したあとで、ちょぼはふたたび三木之助に言った。

「いや、うっすらと、わかってはいるのです」

「まことですか。それは、誰でござります」

顔色を変え、ちょぼは迫った。だが三木之助はのんびりと空を仰《あお》ぎ、こう言った。

「たとえば今の者――芥田四左衛門、とか申しましたか。あれは、太閤さまの時代から豊臣《とよとみ》と親しいのでござろう」

そんな、とちょぼは、四左衛門が去った戸口を振り返る。それなら自分はそんな疑わしき者に最高機密である毒の話をしてしまったことになる。だがあの者は、三木之助の養父の武蔵が寄越《よこ》した者であるのに。

「いやいや、冗談でござるよ。芥田家といえば代々姫路で人を束《たば》ねて仕事をしてきた者でありましょう。姫路が徳川の譜代《ふだい》大名の要地となった以上、そこに仕《つか》えて生きていくのが定めと知っているはず。なのに、その城主の若殿に悪さをすれば、一族みんな、ここで暮らしてはゆけなくなりまする」

ほっと緊張が解《ほど》ける。武蔵の紹介状だけでなく、今は実際に会って四左衛門の人柄を信頼してしまっている。それを警戒するなど、すべての者を疑えと言われるようなものだ。

「豊臣の世をしのぶ者が、まだそこここにいるということでござるよ」

その言葉を聞いて、ちょぼはまたしてもぞっとした。つまり、曲者は、まだ徳川の世を受け入れかねる者というのか。

「姫さまが不幸になることで溜飲《りゅういん》を下げようという卑怯《ひきょう》なやつらです。天下を覆《くつがえ》すほどの器量《きりょう》はないが、けちをつけるだけで目的は達せられるのだから、たちが悪い」

敵は、姿をあらわにして徳川に対抗する者ではなく、今の世に馴染《なじ》んだかに見せかけて平和の中に潜《ひそ》みながら不平を唱《とな》える、ただの反対勢力であるというのか。そんな連中など、きりがなかろうに。

「人間が治める世に完全などございませんのに。今をよしとしなければ、いつまでたっても人は幸せにはなれませぬ」

誰か知らない犯人を、ちょぼは心から憎んだ。戦乱の世に比べ、今はこんなに皆が落ち着き、安泰《あんたい》でいるではないか。

「松坂どのの言うとおりだ。それでも人は、ないものねだりをしたいのだ」

ではどうすればいいのだ。万人が満足できる世など、ありうるのだろうか。

「そやつらの気持ちはわからないでもない。だが、人を傷つけてまで望むというなら、悪いが、こちらも命を賭けて守りぬくのみでござる」

同感であった。ちょぼは深くうなずき、三木之助を見る。

目的は同じ。今後も彼と諮《はか》って、姫の一家の安全を期していかねばならなかった。二人は今までになく近しい思いで互いを見た。

「今回は、松坂どのに、すっかり助けられた」

ふっと気を抜いたのか、珍しいほど素直な三木之助の視線。ちょぼは当然のことですと首を振ったが、ふといたずらな気持ちになり、微笑んだ。

「ではお返しに、早くよくなっていただき、簪の一つでも、買《こ》うていただかねばなりませぬな」

もちろん冗談である。姫さま付きのお局だけに、身につけるものは恥ずかしくない品を支給されている。三木之助に買わせるまでもないのは彼も知っているだろう。あとは笑って、病床周りの世話をやくのだった。

＊

そんな事情を知らず、幼い子らを寝かしつけたあとの武蔵野御殿《むさしのごてん》は、大波が引いたあとのような静けさが戻っていた。

その日、忠刻はどこか元気がなかった。

「しばらく、ちい姫も幸千代も、こうしてゆっくり顔を見ることができぬな」

幕府からの命令で、父とともに安芸《あき》広島に出向かなければならなくなったのだ。

そっと襖を開けて寝顔を見入る忠刻の背後で、千姫は以前なら忠刻が留守《るす》にするとわかると、とほうもなく寂しい思いが迫り来ていたことを思い出す。今はこの子らがいるから揺るがないのが我ながらおかしかった。

「安芸へは、何を」

用向きを聞けば留守の日数も目安がつくため、訊《き》いたのである。大坂の陣後、安芸広島と備後《びんご》鞆《とも》四十九万八千石は毛利《もうり》氏から福島正則《ふくしままさのり》の領地になっている。

しばらくの間を置いて、忠刻は子供らの部屋の襖を閉めてから静かに言った。

「幕府から、福島どのに国替えの沙汰《さた》があった。よって広島城を受け取りにまいる」

振り返らずに言ったのは、もしかして姫が衝撃《しょうげき》を受けるのではないかと思ったからだろう。

幼い頃から豊臣秀吉に引き立てられて育った正則は、文字どおり豊臣恩顧の大名である。千姫も大坂城で何度か対面したことがあった。慶長十三（一六〇八）年のことであったか、秀頼《ひでより》が病《やまい》を患《わずら》った時には、まっさきに見舞いに駆けつけて、淀殿とともに枕元に侍《はべ》る千姫にも、誠実な言葉をかけてくれた。秀頼の健在を願う彼の心に、偽《いつわ》りはかけらも見えなかった。

ただ、正則は、関ヶ原《せきがはら》の合戦では秀頼の側ではなく徳川方に付いたのだ。同じ豊臣方の石田三成《いしだみつなり》と反《そ》りが合わず、家康《いえやす》に参陣したのである。大坂の陣でも、秀頼に出兵を要請《ようせい》されながらも動かなかった。時代が徳川のものであることを、早々と悟っていたからといえる。

大坂城内では最後まで客人扱いされて蚊帳《かや》の外に置かれた千姫も、豊臣のために動かぬ正則に淀殿が苛立《いらだ》っていた様子を間近に見た。淀殿にしてみれば、正則は秀吉子飼《こが》いの武将ではあるが、それはすなわち、糟糠《そうこう》の妻である北政所《きたのまんどころ》おねとの絆《きずな》。自分が産んだ秀頼を、事あるごとに家康の風下《かざしも》に置こうとする正則を快く思ってはいなかった。

最後に彼に会ったのは夏の陣が勃発《ぼっぱつ》する前だった。戦を避けるための説得が失敗に終わり、秀頼の前を辞した彼は、千姫の御座所にもやって来た。豊臣を去るということは徳川に付くということ。その悲壮な選択を、徳川にもつながる千姫に告げることでけじめをつけようとしたようだ。

――姫さまはどうなされまするか。

そう訊かれたことを思い出す。やんちゃ坊主がそのまま大人になったような粗野《そや》な男で、単純で傲岸《ごうがん》で、何かにつけて短慮《たんりょ》であるとみられてきた猛将の、どこか疲れたような静けさに、まだ十九歳だった千姫はとまどうばかり。しかしあの時、千姫は自分が言った言葉をよく覚えていた。

――わらわは豊臣の者。答えるまでもありませぬ。

若すぎて、尖るような千姫の短い答えの先で、正則はしばらくうち震えるように言葉を嚙《か》みしめ、そしてひれ伏した。

――姫さま、どうかご無事で。

祈るような、去り際の言葉。〝豊臣の者〟である千姫へのあの礼節は、最後まで彼が豊臣に忠誠を尽くしたかったことを表している。豊臣に根を張りながら徳川へと去る正則。それとは逆に、徳川に生まれながらも豊臣に残る千姫と。互いの置かれた皮肉な位置と動かしがたい決意とともに、背《そむ》を背け合って道を分けた。そんな正則を憐《あわ》れむように見送った、若すぎる日の苦い追憶《ついおく》だった。

だが運命はそれほどに単純ではなく、今や、最後まで豊臣とあろうとした千姫が徳川の築いた幸《さち》の真ん中におり、苦渋《くじゅう》のはてに徳川に付いた正則は今、そこを追われるという。

祖父家康は、最後まで正則に心を許してはいなかった。また正則も、徳川が勝てたのは自分が味方についたからだという自負で家康に接し続けた。徳川にとって、これがおもしろかろうはずがない。律儀《りちぎ》な父秀忠《ひでただ》は、家康の思いを汲《く》み取り、この危うい男を排除しようというのだろう。正則を置いていたとて、いつか仇《あだ》なす存在になる。長く祖父や父の言動を見聞きして、今では千姫にも、彼らの行う政治の方向が見えるようになっていた。

「何が罪となりましたか」

それだけは知りたかった。

「福島どのは、幕府の許可もなく、好き放題に城を普請したらしい」

振り向いた時、忠刻は珍しく暗い顔をしていた。

城の増改築や修理を大名が勝手にやってはならぬことは、もうよく浸透している。本多家がこの姫路城を増築するのに、どれだけ心を砕いたことだったろう。

「されど福島どのが、幕府の掟《おきて》を知りながら侮《あなど》ってそうしたとは思えませぬが」

自分でも気づかず姫が正則をかばうような口ぶりになるのは、実家である徳川のあまりの厳格さへの後ろめたさか。

これには忠刻は答えなかった。

先年、安芸は大雨に襲われ、水害で広島城の石垣や櫓《やぐら》が崩れてしまった。そこで正則は幕府に石垣の修築の許可を願い出たのだ。しかし幕府は二か月のあいだこれを放置した。それに、痺《しび》れを切らした正則が普請にかかった、というのが真相だった。

「幕府は勝手な修築箇所の破却《はきゃく》を命じたのに、福島どのは、その部分とは関係のない石垣を壊してごまかし、命令に素直に従わなかったのだ」

今度はただため息が出た。正則らしいといえば正則らしい。権力でおさえに来る幕府に対して面《おもて》は従いつつも、腹の中ではふんと嘲《わら》っていたのは明らかだった。

「それで、福島どのは、いかがなりまするのか」

訊かないほうがよかったかもしれない。秀忠はこの一連の行動に激怒し、彼から四十九万石を取り上げ、さいはての津軽《つがる》に移封《いほう》するという。

「なんとしたこと」

かつて豊臣家が織田《おだ》に取って代わる時、賤ヶ岳七本槍《しずがたけしちほんやり》と呼ばれた武将の中で一番の戦功を挙げ、群を抜く加増を得た猛将の、これが末路だ。それは本当の意味での、戦国の終わりといえるかもしれない。

背後でそれを聞きながら、ちょぼは思った。ここにもまた、徳川をよく思わぬ者たちが生まれた。移封となった福島家の者たちは、きっと徳川を恨《うら》むだろう。そしてその矛先《ほこさき》は、当の将軍に向かうのではなく、もっとも脆《もろ》くて弱い千姫にも向けられるかもしれない。

「姫、大丈夫か」

忠刻がそっと窺う。よほど暗い顔をしていたというのか、千姫は慌てて笑顔を繕《つくろ》って返した。忠刻の心配は、単に正則一人を気に病《や》むのではなく、こんな話でまた姫が大坂時代の記憶を蒸し返しはしないかと案じたためだ。

「平気でございまする。今は、わたくしは本多の人間でございますれば」

もう徳川の者でもない。まして豊臣の者などではない。今の自分は、このかわいい姫と和子《わこ》の母親なのだ、そう断言できる。

これでまた一つ、西国の有力大名が姿を消す。正則のことは同じ大名として忠刻も胸が痛まないはずはないだろうが、これは幕府が権威と道理を固めていくためには通過せざるをえない道だった。必ずこの先には泰平の世がある。本多家は将軍の信任も篤《あつ》く、徳川に代わって西国をおさえ、忠刻はどこまでもこの道を邁進《まいしん》していくつもりなのだろう。

徳川も本多もすでに一つ。自分も忠刻と同じなのだ。千姫はそっと目を伏せる。

欠けたることもなし、といえば、それはこの時の徳川を言い当ててもいた。

ごたごたと問題はあったが、翌年、かねて懸案の入内《じゅだい》のために、松姫《まつひめ》あらため和《まさ》子《こ》が江戸城を出発した。

朝廷側は、徳川の野望に屈《くっ》し、すべて受け入れたことになる。

和子は上洛《じょうらく》後、二《に》条城《じょうじょう》に入り、従三位《じゅさんみ》に叙《じょ》せられるなど、半月ほど滞在し、御《ご》所《しょ》へと向かうのである。その道中は、老中《ろうじゅう》酒井《さかい》雅楽頭《うたのかみ》忠世《ただよ》を筆頭にすべての大名が顔を連ね、京都所司代《しょしだい》板倉《いたくら》周防守《すおうのかみ》重宗《しげむね》とともに従うことになっていた。むろん忠政も、龍野城にある次男忠朝《ただとも》とともに出仕《しゅっし》、大人数を出して二条城から内裏《だいり》までの行列を警護した。

それまでに千姫は姫路から妹姫に宛《あ》てて、祝いの使いを送っておいた。年の離れた姉妹だけに仲良く遊んだ時間はないが、どちらも人の妻となるこれからは、共有できる喜びや悩みも出てくるであろう。そんな時には母に次ぐ親しい位置で妹に寄り添ってやりたい。そうした思いをこめて文もしたためておいた。父秀忠《ひでただ》や次期将軍の弟家光《いえみつ》も上洛していたことで、できれば自身で駆けつけたかったが、なにぶん子らが小さく、また、部屋住みの忠刻がこの行列に招集されていないことから遠慮した千姫だった。

あとから舅《しゅうと》忠政から聞くことになる当日の様子は、京でのちのちまで語りぐさになるほど豪華な光景であったという。

なにしろ将軍家の威信をかけての入内だ。

「京の人々も見たことのない行列だったそうにござりまするよ」

お局たちは頰《ほお》を紅潮《こうちょう》させて喋《しゃべ》りあった。

まず和子の車は金銀梨地《きんぎんなしじ》の高蒔絵《こうまきえ》、二頭の牛が曳《ひ》くごとに揺れる御簾《みす》からは、権力者だけが用いることのできる蘭麝《らんじゃ》の香りが漂うという、誰もが五感をそばだてる贅《ぜい》の尽くしよう。車の前後には古式のままに、牛飼でさえも布衣《ほい》に烏帽子《えぼし》の従者姿で、車の進行に合わせて優雅に進み、これを守る衣冠《いかん》の殿上人《てんじょうびと》は、太刀に弓箭《きゅうせん》を帯びて馬に乗る麗々《れいれい》しさだ。武家の随身《ずいしん》たちも、白丁《はくてい》や舎人《とねり》、鞭持《べんじ》、沓持《くつもち》、烏帽子侍を従えて勇ましく牛車に付き従う。まさに昔を今にするような一大王朝絵巻が繰り広げられたのだ。

徳川一門として、そんな晴れがましい様子を聞けば胸が高鳴る。父や母の、この日にかけた努力や、亡き祖父家康の宿願を思うと、すべてが誇らしかった。

「一目《ひとめ》でよいから見とうござりましたな、姫さま」

ちょぼたちお局らも、話を聞いて胸ときめかす。

「お松がそれで帝《みかど》と幸せになればよいが」

妹は妹、やんごとない女御《にょうご》となられても、やはり本名のまま「お松」と呼ばねば、手の届かない遠い人になってしまうようで寂しい。その妹について、最後まで気にかかるのは、早くも公家《くげ》のうちに、入内にあたって持参した献上品が少ないと陰口《かげぐち》を囁《ささや》いている者もあることだった。父秀忠がけっして吝嗇《りんしょく》なはずはなかったが、あくまでも朝廷に財を握らせまいとの警戒はあろう。したたかな朝廷を相手に回し、けっして油断はしないはずである。

「大丈夫にござりまする。女御さまには徳川家から、たくさんの家臣どもが随行しておりますゆえ」

千姫の輿入《こしい》れの時もそうだった。敵方である豊臣家に嫁ぐ姫を守って、大勢の武士や侍女で固められた。けっして姫一人が嫁いだのではなく、徳川の出先機関が豊臣の中に置かれた、という様相だった。姫の輿入れとはそういう意味合いを持つ。

今回もまた、女院御所《にょいんごしょ》には幕府から送り込まれた側近たちが新たな役職を名乗り、しっかり警護についていた。それはまるで宮中《きゅうちゅう》に、治外法権のごとき徳川家直轄《ちょっかつ》の領域が出現したも同然なのである。

千姫の場合、淀殿はそれを快くは見ていなかった。たかが小娘と侮りながらも、姫を取り巻く者たちが背後には徳川があるぞと、無言の圧力をかけていたからだ。今、朝廷内では、これをどう見ていることだろう。禁裏《きんり》を土足で踏み荒らされるような不快な思いに、帝が歯ぎしりしながら耐えておられることは容易に知れた。

そのような中で、松姫はいったいどう身を処すのか。

またため息だ。自分にはできない、やっていけない。しかし松姫はやりぬくのであろう。それが徳川の姫と生まれた自分の使命と信じ、最後まで姫としての〝賦〟に全力を尽くすに違いない。幸せであれかし。今は妹にそれしかかける言葉はない。姫の道はいばらの道だ。それでも泣かずに生き抜いた者だけが、幸せでしたと人生を語れる。母のお江《ごう》の方のように。

そんな姫の思いを知らずに、ちょぼが言う。

「今や徳川の〝月〟に、欠けたることなどござりませぬな」

得意げなその口ぶりからも、その下に連なる侍女たちのお末《すえ》の者たちまで、この日を祝わぬ者はないとわかった。

「わが本多家も、欠けたることはござりませんとも」

同じ五月、午《うま》の日は幸千代の初めての節句《せっく》を迎える日であった。剣に見立てた菖蒲《しょうぶ》を飾り、小さいながらも鎧兜《よろいかぶと》はその身を守るようにと将軍家から贈られた一式だった。幸千代には続いて五月の下旬に、生まれた日が巡りきて、満一歳を祝うことになっていた。

本多家では、これを祝って川御座船を繰り出させるのである。

城から飾磨御茶屋へ出掛けるだけの船出だが、目にする外の景色や肌に触れる風や光は一気に心を解き放つ。お局たちも、準備は大変だったがいったん川面《かわも》に出てしまうと快い風景にすべて忘れる。

ちい姫は、もうころころと駆け出すまでに成長していたから、ちょっと目を離すと上段の間から姿を消し、階段を下りて船頭のところまで行っていたりと皆を驚かせる。

幸千代は幸千代で、すくすく、という表現があてはまるほどによく眠りよく乳を飲み、早くも乳母の膝から姫のもとまで這《は》い這いしてくるまでに育っている。なのに眠ればぽってりとした頰、手首、眺めているとつい、つつきたくなるほど愛らしかった。

赤子《あかご》の顔はよく変わるというが、ある時は千姫にそっくりな穏やかな顔に見えたし、ある時は忠刻に似た腕白《わんぱく》な顔になる。そして時には忠政やお熊の方の面影《おもかげ》もみせ、誰ともうかがえない顔になった時には、これは曾祖父本多忠勝の風貌《ふうぼう》であろうか、などと皆の思いは飛躍した。何より、ちょぼたち側近の者は、将軍秀忠の風貌に似た部位をみいだすこともあって、ただ恐れ入りかしこまることもあった。そのように、どこかに誰かと似た要素を持っているのは、神仏がその子を人間に遣わす時のお楽しみかもしれなかった。

まだ言葉は意味のない喃語《なんご》しか喋らないが、幸千代は、周囲に置かれた置物をさして「犬はどれでござります?」「猫は?」と訊かれるたびに正しく指さすというので、皆がおもしろがっていろいろ試す。するとそのつど律儀に訊かれたものを指さしていくので、皆は表情を崩し、なんと賢い子であることかと感心しあう。さらに姫が、「賢い子はどれじゃ？」と尋ねると、つぶらな瞳《ひとみ》を見開き自分の頭を撫《な》でてさす様子が、あどけなさのあまり皆をどっと笑わせたりした。

「他愛もないことをさせるものよ。女どもにまかせていたらろくなことにならぬな」

そんな皆の様子に、一人、冷めた声で言うのは忠刻だった。

ちい姫にはあれだけ甘い忠刻だが、幸千代には一線を画し、早くも厳しく接しようというのが見て取れる。いっとき、幸千代に人を識別する知恵がついて、人見知りする時期が続いたことがあった。日中あまり見ることのない忠刻が来ると、顔を見ては泣き出すのである。忠刻はそれを不満がって、女どもの育て方が悪いと不平を言う。その続きで今も、女だけに囲まれたこの環境をよしとしない。

しかし子供の成長は早く、人見知りもやがておさまり、忠刻にも笑いかけるようになっている。なのに彼は、幸千代を一人前の男として扱う態度を止められない。

「殿、幸千代はまだ赤子でござりまするよ」

そのつど庇《かば》う千姫だったが、武家では男子の教育は父親が担う。忠刻は、三歳になれば三木之助に剣を教えさせると指折り数えて待つほどだった。三木之助も心得たもので、

「お待ち申しておりまする。若君、早《はよ》う大きくおなりなされ」と皆の思いを代弁し、幸千代のお相手に上がっては、四つん這《ば》いの馬になって遊ばせるのだった。

そんなことから、船の上でも、幸千代の周辺にはいかめしい顔をした守り役たちが膝を揃《そろ》えて座っている。なんとも、ちょぼたち女には興ざめな面々だったが、忠刻の指図であるならしかたない。いつものお喋りも控え、優雅に船上の時間を過ごすばかりだ。

そんな賑やかな空気に満ちた船が、川遊びを終えて城の内濠まで戻ってきた時だ。忠刻が御簾を上げさせ、晴れやかな眺望《ちょうぼう》のうちの、城壁のほうを指さした。

「あれを見よ」

三歳になって重くなったちい姫は忠刻が腕に抱え、幸千代はやはり乳母に抱かれて、船端から乗り出すように城壁を仰いだ。忠刻の指は、櫓の屋根をさしている。

「あれは」

声を上げたのは姫だった。長い廊下を外壁にした甍《いらか》の連なりの終点、瓦《かわら》と瓦が合わさる先に、何か、いる。

「鯱《しゃちほこ》、でありましょうか」

実際、二十二もある姫路城の多聞《たもん》のうちには、鯱を戴《いただ》くような立派な二階造りの門がいくつかあるのは周知の事実だ。

「いえ、鯱ではありませぬ。あれは、――」

よくよく見ないと気づかないであろう。先に、ちい姫が叫んだ。

「りゅう、じゃ。りゅう」

よくそんな単語を知っていたという驚きが加わり、皆の視線はちい姫が指さす櫓の上に集中する。

確かに龍だった。それは桑名《くわな》城で見た、とぐろを巻いて伏せた姿の龍なのである。しかもそれは頭がやたら大きく、睨《にら》んだ顔が恐ろしい。

「そうじゃ、瓦を焼かせた。鬼瓦ならぬ龍瓦だ」

姫路に来て以来、たえず曲輪《くるわ》のどこかで増築のための音がしていたから特に気に掛けなかったが、忠刻は姫を驚かすつもりでこんな普請を行っていたらしい。

「ほれ、こうして体をずらしてみよ。龍の目が、光ったであろう」

そう言って忠刻が体を横にずらすと、ちい姫がきゃあと声を上げた。

「光った！　りゅうの目が、光った」

たしかに、こちらを睨んだ龍の両目が、まぶしくきらめく。ちい姫は大騒ぎだ。

「父《とと》たま、りゅうが」

震え上がってしがみついてくるちい姫を、満足げに抱え上げる忠刻。

それは、龍の目の部分をくりぬき、その穴に背後の空や太陽が収まった時、光ったように見える細工《さいく》なのである。何度も見るうち、大人たちにはそれがわかったが、ちい姫は本気で龍が意志を持って目を光らせていると信じこんでいる。

「櫓の下の内濠も覗いてみよ」

石垣がゆるやかな曲線を描いて水に落ちるその先の、静かな濠の水面。そこを、鯉《こい》たちが悠々と体をくねらせ泳いでいるのが見えた。

「鯉は滝《たき》を登って龍になるという。男子《おのこ》にはどの親もが願うことじゃ。幸千代、そなたも城を昇って龍になれ。ここは出世の城じゃによって」

幸千代は、意味もわからず、ただ御簾の外の景色が動いていくことにはしゃいでいる。

「すべてそなたのものじゃ。この城も、この船も、浜に繋いだ大安宅船も」

ようやく忠刻が満面の笑《え》みになった。

世継ぎの成長を祝う家中の者たちが、濠端でお辞儀をしながら行く船を見送る。

たしかにここには、欠けたることなど何一つない、と千姫は思った。

第十章　逆縁の川

　こん、と鋭い音を立て、庭の鹿威《ししおど》しが傾いた。

　その音で、天樹院千姫《てんじゅいんせんひめ》は夢から覚めたように目を見開いた。

「おちょぼ、今、何どきじゃ」

　声をかけると、慌《あわ》てて外から襖《ふすま》が開かれる。江戸城内の千姫屋敷である竹橋御殿《たけばしごてん》に好んで描かせた鳥の絵の襖だ。落飾《らくしょく》の身に、金の箔押《はくお》し、紅《くれない》の顔料はそこだけ華やかに過ぎる空気を漂《ただよ》わせた。

「お目覚めにござりまするか」

　襖の向こうでちょぼが言うと、まだ時間はいくらもたっていないように思われる。

「どれぐらい、まどろんでいたのであろうか」

　ちょぼは微笑《ほほえ》み、少し、とだけ返す。だが、長い追憶《ついおく》であっただろう。そのことはわかる。

　数日前から体調を崩し、二日前には熱も出て、夢と現《うつつ》の間をさまよいながら病《びょう》床《しょう》に臥《ふ》せっていた。その間ずっと、昔のことが行きつ戻りつ、思い出された。しかしどうやら持ち直したようである。今は気持ちもさっぱりとし、熱のけだるさはどこにもない。

「ではもう少し眠っていてもよかったな」

現実に流れた時間がどうであれ、美しい思い出は、どれだけ長く浸《ひた》ってもいい。何回繰り返してもいい。姫路《ひめじ》での十年は、今なお水面《みなも》に跳《は》ねる光と花に彩《いろど》られた優しい夢であった。姫はもう一度夢を見たいと目を閉じるが、そうそう思いどおりには眠れない。

「久々に、夢で幸千代《こうちよ》に会いましたよ」

愛児を喪《うしな》って二十年以上の歳月がたっている。その声が明るいことにほっとしたのか、そうでござりましたかと、ちょぼには軽く流されてしまった。

愛らしかった。幸せだった。だから目覚めて言葉にしてもちっとも悲しくない。あれほどの慟哭《どうこく》で見送った幼子《おさなご》の棺《ひつぎ》は、数年前なら思い出すだけで胸をえぐられるほどであったのに。

ちょぼはそのまま黙っていた。時が流れ、今の姫がその追憶にも耐えられる強さを得たことを知っているからだ。悲しい悲しい思い出ではあったが、それも姫の人生には不可欠な時間であったと今ならわかる。

もう一度、鹿威しが鳴る。今度は小さく、軽《かろ》やかに。

＊　　＊

本多《ほんだ》家の待望の世継ぎである幸千代が突然死んだのは、あの輝かしい小望月《こもちづき》の宴《うたげ》を催《もよお》した翌々年のことだった。

朝まで元気に駆け回っていた子が、夕方、突然お腹が痛いと言い出して苦しみ始め、数刻もたたないうちに意識はなくなり、夜半には息をしなくなったのだ。

「どうしたのじゃ、幸千代。——幸千代が、息をしておりませぬ」

動転した千姫の声が裏返っていた。

乳母《うば》や医師団、侍女《じじょ》たちが、みな顔色を失い、こぞって幸千代の寝間《ねま》に膝《ひざ》をにじる。しかしその間にも小さな体はぴくりとも動かず、眠ったようにあどけない顔からはどんどん血《ち》の気《け》が引いて、そして冷たくなっていった。

脈をとっていた医師が、そっと幸千代の腕を布団《ふとん》の中に返し、首を振った。

幼い命の、なんとあっけないこと。まさかそんなに簡単に、みほとけに連れられていってしまうとは。

「幸千代、幸千代。目を、目を開けておくれ。母を見ておくれ。幸千代——」

嘘《うそ》だ嘘だ、きっとこの子は眠っているだけ。姫は、動かない愛児をかき抱《いだ》いた。

こうして抱いて温めていれば、そのうち、母《かか》さま、と言ってその愛らしい目を開けるのではないか。そう信じたかった。だからいつまでも離さなかった、死んだなどと認めなかった。

そんな千姫の姿を見て周囲の者がすすり泣いた。

「姫さま、それ以上のお嘆《なげ》きは、お体に障《さわ》ります」

役目柄、そう言わざるをえないちょぼの手を、激しく払いのけた姫。

泣くまいと、自分の内で懸命に戦い、幼子のなきがらから離れずにいるのは、まだ死を認めていないからだ。姫がなおも、母親としての強い思いをもって死神から守ろうと必死であるならば、ちょぼも、やはり泣くのをこらえ、姫に従わねばならない。ちょぼが泣くのはもっとあとから、涙はあの櫃《ひつ》の中へ落とす。そう決めて、すすり泣く侍女たちをそっと目線でたしなめる。

押し潰《つぶ》されそうに重い沈黙の中で、医師たちも退出できず、うなだれ続けた。

夢から覚めたように、姫が初めて声を出したのは、忠刻《ただとき》が傍《そば》に来て、肩を叩《たた》いた時だった。

「殿《との》、幸千代が……」

何を言いたかったのだろう、あとの言葉は嗚咽《おえつ》にしかならなかった。

目を開けないのです、動かないのです。思い乱れながらも、死んだとは、絶対、口に出したくはなかった。

何も言わないが、そんな姫を見下ろす忠刻の悲痛な顔が、すでに幸千代は死んでしまったという事実を厳粛《げんしゅく》に指摘していた。

その顔を見て、姫はすべてを悟ったように目を閉じた。押し殺した声が、せつなく長く、城の内を切り裂いて響く。臓腑《ぞうふ》の内から洩《も》れ出す姫の悲しみがあまりに痛々しかった。

「幸千代は、あんまり愛らしすぎて、みほとけが連れて行かれたのじゃ」

それが、忠刻が考えたせいいっぱいの慰《なぐさ》めだったのだろう。

姫の傍にしゃがみこみ、そっと肩を引き寄せる。そのとたん、うう、と声を上げて、姫は泣いた。まるで堰《せき》を切ってほとばしる瀑布《ばくふ》のように、涙の水脈が、胸に、目に、喉《のど》に生じて、それらが全身を震わせるような嘆きの声だ。

そんな姫の、子供のような泣き声を、ちょぼは初めて聞く。

姫君として育てられた千姫が、ここまで感情にすべてをゆだねたことは、今までにはない。人生にはつらいことはいくつもある。姫もこれまで、何度か泣いたことがあった。大坂落城の際も、父秀忠の陣でこらえきれずに涙をこぼした。それでも耐えた、歯をくいしばった。姫とは、ぎりぎりまで泣かない存在なのだ。そのため感情に乏しい人形かと言われても、それが姫だ。姫たる者だ。自分の力でどうにもできない大波に、いちいち泣いていては姫の〝賦〟は果たせない。

だが今は違う。あの小さな幸千代が、たった一人で黄泉《よみ》の旅路を行くと思うと、体が切り裂かれても、追いかけて、追いかけて、追いかけていってやりたかった。道に迷うであろう、怖いであろう、寒いであろう。母さま、と自分を探し求める姿を思うと、憐《あわ》れでかわいそうでいとしくて、姫はくずおれそうに身もだえた。

「あんな小さな子が、かわいそうすぎまする……」

どれだけ不安であろう、怖いであろう。一緒にいてやれない自分を責めて責めて、また泣いた。小さななきがらをかき抱いて、狂ったように名を呼び続けた夜の記憶は、その後、何年たっても薄らぐことはないほどだった。

一睡《いっすい》もせず幸千代のなきがらに寄り添う姫の傍で、忠刻もまた一時《ひととき》もまどろまずにいた。

幸千代のなきがらは、書写山《しょしゃざん》の圓教寺《えんぎょうじ》にある本多《ほんだ》家の墓所に葬《ほうむ》られることになった。そこには三河《みかわ》を生国《しょうごく》とした本多忠勝《ただかつ》も分骨されている。

「ひいお祖父《じい》さまが、しっかり守って下さるゆえ、安心いたせ」

暗くて寒い山の上に、幸千代を一人で眠らせることに、当初はなかなかうなずかなかった千姫を、皆は心を尽くして慰めた。

「そうじゃ、いま書写山で普請《ふしん》中の金堂と講堂の規模を大きくするよう財施《ざいせ》いたそう。さすればそこには多くの学僧が集まり、幸千代も賑《にぎ》やかでいられるだろう」

ぜひそうしてやってほしい、と言うかのように、姫は激しくうなずいた。

本多家では、幸千代供養のために、播磨多可《はりまたか》にある西仙寺観音《さいせんじかんのん》に田畑を寄進した。また忠政《ただまさ》の名でも、飾東《しきとう》の佐良和《さろお》村の大歳《おおとし》神社に社領を寄進した。そうすることで姫の気持ちが慰められるなら、少しも惜しい散財ではなかった。

「お千さま。大丈夫、そなたはまだ若い。夫婦がいっそう仲むつまじくあれば、またにこやかに笑える日も来よう」

暗く沈んだ空気を蹴散《けち》らすように、お熊《ゆう》の方もそう言った。ほかの者たちも皆、姫の顔を見れば、すぐにまた子は授かると明るい顔で慰めてくれた。

それでも姫は悲しみの底から戻れなかった。まる一日喋《しゃべ》らず、まばたきも少なく、日がな、どこか宙をみつめてじっとしている。それでは健康を害してしまうと、ちょぼたちお付きの者は、なんとか姫の気持ちをもりたてるため苦心しした。

死んだあの子はただ一人。どんな者も代わりにはなれない自分の宝だ。なのに、まるで朝日に溶ける氷のように、この腕をすりぬけ、浄土《じょうど》の海を渡ってしまった。

「我らがかように悲しんでいては、あの子は先に進めぬだろう」

武蔵野《むさしの》御殿に忠刻が渡ってきても、そんな暗い空気の中では会話も弾《はず》まず、閨《ねや》のことも姫は心ここにあらずで先には進まない。忠刻もまた無理強《むりじ》いはせず、傍に横たわるだけで夜を明かし、姫の心がうちとけるのを待とうとするが、そのうちだんだん気が重くなり、西の丸から出てくることがなくなってしまった。彼もまた、輝かしいばかりの日々を思うにつけ、喪失感《そうしつかん》を埋めようもないのだった。

　百日がたってもまだ泣き暮らす姫に、周囲もそろそろ痺《しび》れを切らし始める。姫の悲しみが深く、立ち直るきっかけもつかめないことはわかるが、ここから皆どうすればいいのか。次なる明かりが射しそめるよう、切り開いていけるのは姫だけだ。

　なのに姫の痛手は深すぎた。

「殿はわたくしよりも、世継ぎがほしいだけなのかもしれぬ」

　珍しくちょぼに、そんなことをこぼしたこともある。

「そしてわたくしも、殿より幸千代のほうが恋しいのかもしれぬ」

　もちろんちょぼは、すぐさまこれをたしなめる。

「なんということをおっしゃります。殿は誰より姫を案じておられるのです。お熊の方さまもおっしゃったではありませぬか。夫婦が仲むつまじくあることがすべてであると」

　ちょぼには姫の心が危険な域にあるように思えた。矢も楯《たて》もたまらず、忠刻のもとに走り込む。

「殿、どうか姫さまのもとにお渡りを。今、姫さまがいちばん必要とされているのは、殿以外にはありませぬ」

だが忠刻は、すぐにはうなずかなかった。

「まだ姫が、そういう心境ではないのではないか」

暗い声だ。驚いて忠刻の顔を見た。

いつになく青黒く陰《かげ》った面差《おもざ》し。どんよりと暗い瞳《ひとみ》。ちょぼは、胸を突かれた。

姫だけではない。殿もまた、ぼろぼろに傷ついておられる。彼自身、今は何をどうしていいかわからず苦しんでいるのだ。

無理もない。幸千代が生まれたことで、これほどまぶしい幸《さち》があろうかと思えるほどに、天地がこぞって祝福を浴びせかけるかのような頂上の喜びを味わった。幸千代が存在しなければ知り得なかったその喜びを、もしも知らずにいたならこれほどまでに、喪う悲しみでどん底に落ちることもなかったはず。

世継ぎ、世継ぎ、将軍の面影《おもかげ》を浮かべる輝かしい世継ぎ――。いなくなって初めて、皆はその存在の意味の大きさを知る。

だが忠刻だけは、どんなことでも揺らがないと思っていたのに。

ちょぼは、もしかしてと、侍女に確かめさせたことがある。すると思ったとおり、殿はこの頃酒量が増えている、とのこと。叔父《おじ》の失敗から酒はほどほどに、と話していた男が、なんということであろうか。

幸千代というかけがえのない夫婦の絆《きずな》を喪い、姫は涙に沈み、殿はすさんで酒に溺《おぼ》れる。こんなことが、あの幸せを絵に描いたような美しい夫婦の上に起きるとは。

川の流れが、逆行している。かつてあのようにきらめきながら前へ前へと流れた水が、滞《とどこお》り、よどみ、そして逆巻《さかま》いて流れを戻す。

何がいけないのだ。何がこんなことを招いたのか。ちょぼは思わず龍を思い浮かべ、祈りたい気持ちになった。

そのうえ、侍女はこんなことも耳にしてきた。

「姫さまがお世継ぎを挙げられないのであれば、ご側室《そくしつ》を考えてはどうかという声もあるそうでござります」

これには全身の血が煮え立った。たしかに、一国の若殿が側室の一人や二人置くのに問題はなかろうが、忠刻に限っては、あれほど心を相通じ合わせた姫が正室なのである。まして将軍家の姫をさしおき側室だなどと、そんなことが許されようはずはない。いったい誰のおかげでこの本多家がここまで栄達できたというのか、恩知らずなその者たちを叩き斬ってやりたい。

「誰がそのようなことを囁《ささや》くのじゃ。そんなことをなされば、姫は江戸へ引き上げますするぞ。殿も愚《おろ》かではない。そうなればこの本多家がどうなるか、ようご承知のはずじゃ」

侍女が震え上がったほどだから、ちょぼも、またしても〝影〟にすぎない自分の声が、あたかも姫そのものの声になって伝わってしまう危険性を思い出さないわけがなかった。しかし皆はあらためて思い知るべきなのだ。姫が何者であるか。この城の本当の主《あるじ》は誰であるのか。

賢明なお熊の方は、そんなことはとうにわかっている。息子も男であるからには、ほかの女を気に入りもしようし、本多家にとって多くの男児に恵まれることは願ってもない。だが今はいけない。確かに世継ぎはほしいが、まずは千姫が産んだ〝将軍の孫〟でなければ意味はないのだ。

したがって、酒に救いを求める息子を黙認するしかなかった。手近な女に慰めを求めるよりはよほどいい。ここで将軍家との縁《えにし》がこじれることは、本多家にとって最悪の事態なのである。

当然ながら父忠政は、じかに将軍に拝謁《はいえつ》して命令を受ける家臣であるから、何より姫を尊んだ。ひたすら姫が立ち直ることを願っているが、ただおろおろするばかり。どうにかしてさしあげたい、だがどうにもできず焦《じ》れている、そんなところだ。

つまり、これほどのお家の危機に、誰も、これという解決策がないのだった。

悪いことに、どこから耳に入ったか、姫はこうしたことをもうよく知っていた。

「皆が気遣っているようだが、側女《そばめ》のことはわたくしはかまわぬ。殿がそれでよいのなら、わたくしにもよいことであろう。本多の家には世継ぎが必要なのだから」

なんということ。姫は、自分の悲しみよりも、まず忠刻と、この家のことを思っている。へなへなと力が抜けた。

姫と自分は、光と影で、まったく正反対の考えでいた。ちょぼは忠刻にほかの女への移り気を許さぬ厳しい般若《はんにゃ》の顔でいたのに、姫は、すべてを許す菩薩《ぼさつ》の顔。姫君の権利をふりかざすのは心の狭いちょぼであって、自分の〝賦〟を知る本当の姫君は、そんなものより、より多数の者が享受《きょうじゅ》する安寧《あんねい》と幸せを願うのだ。

その器《うつわ》の違いを思えば、ちょぼは恥ずかしさでいっぱいになる。

だが今は、姫は〝姫君〟である必要はない。ただの一人の、子を喪って嘆く母だ。恋しい男と向き合う一人の女であっていい。ちょぼは姿勢を立てなおした。

「姫さま。ようお考え下さりませ。よいのですか、本当に殿が、姫以外の女子《おなご》を側に置いても」

食いつくように姫を見た。世継ぎのために忠刻をほかの女にゆだねる、それで後悔はしないのか。

ほろり、姫の目から大粒の涙がまっすぐに落ちた。

「姫さま――」

泣きたいのはちょぼも同じだった。姫はこんなにも殿を思っている。誰より彼の幸せを願っている。たとえ自分を押し殺しても、彼の願いを優先させたいと願う、そんないちずな姫の思いが、なぜに忠刻に通じない――。

どちらもそうだ。忠刻にしても、力で無理にも姫を揺さぶろうとしないのは何より姫を重んじるからだ。産むのは女。その女の心が調わないままみごもっても、けっしてそれはよいことでない。子を授かるにしても、二人が望み、二人がともに未来を受け止めようと、思いを一つにしなければ踏み出すべきでないと考える男であるからだ。

誰より互いのことを大切に思い、何より互いの願いを優先させる。そんな、愛に溢《あふ》れた二人が、なぜにこうして離れ離れで悲しみを抱え、苦境を分かち合うことなく独り寝の寂しさに耐えなければならないのか。

愛とは、困難なものだ。――ちょぼはため息をつく。

お役目ひとすじの自分には縁のないことだが、見ているだけで歯痒《はがゆ》くてならない。なのに愛とは、こんなにも見過ごせずに自分を惹《ひ》きつけ、そして傍《かたわ》らにいるだけでこんなにもせつない。

城を見上げた。今日もまた、白く、輝くばかりの白鷺《しらさぎ》の城は、どこまでも優雅で美しかった。姫のために、姫が幸せであるよう増築された城であるのに、今はその美しさがむなしい。ちょぼはどうしていいか、ほとほと困り果てる。

気力なく歩いて回った内曲輪《うちぐるわ》の外庭で、一人で竹刀《しない》を振る三木之助《みきのすけ》の姿をみつけた時、ちょぼはついこぼさずにいられなかった。

「本当に、若殿はいったいどうなさってしまわれたのです」

いつもなら三木之助が竹刀を振る時は忠刻のためであるというのに、彼一人しか姿がないところをみれば、稽古にも現れないのであろう。あれほどたのもしく、姫を守ると言ってくれた人であるのに、このていたらく。いったいどうしたことだ。

「拙者《せっしゃ》に訊《き》かれても答えかねる」

それはそうだ、彼とて何もできようはずがない。ちょぼはまたため息をついた。

「どうなされた？　松坂どのらしくない」

さすがに沈んだ心が表に出てしまうのか。三木之助が竹刀を止めて振り返った。

「愛が、わかりませぬ」

縁側《えんがわ》の端《はし》にしゃがみこんで、吐き出すように、つい言った。深い深い、内なる疑問。それはちょぼにとっての深刻な課題だったが、三木之助は吹き出した。

「何とおっしゃった、松坂どの」

訊き返されて、ちょぼは我に返る。

そうだ、こんな荒武者《あらむしゃ》には繊細な愛のことなど理解できぬであろう。ちょぼは吐き捨てるように言う。

「いいのです、わからなくても。――それより、たのみますよ、三木之助どの。そなた、殿が女子を近づけようなどなされたら、絶対にお止め下さりませよ」

ようやく腑《ふ》に落ちたように、三木之助は汗を拭《ふ》きながらちょぼを見た。

「松坂どの。それはまた、嫉妬《しっと》に血走る女子の本音でござるかな」

「何をおっしゃるか。わたくしは、姫を思って」

言い訳の言葉がもつれる。三木之助がまた笑った。

「若殿も男でござるよ。誰か女をいとしく思われたなら、止められたからといって、はいそうですかとやめられるものではござらぬであろう」

今度はどんな言葉も出なかった。ただ三木之助の、日に焼けた顔を睨《にら》み返すのがやっとであった。

しかしよくよく考えれば彼のほうが年下であり、家臣としてはちょぼのほうがずっと長く仕えているのである。偉そうに言い込められて、黙りたくはなかった。

「ならば三木之助どのは、いとしく思った女には迷わず直進なさるのじゃな？　なんとまあ、たのもしいこと。では、この先、拝見させていただきましょうか」

言いがかりもよいところで、三木之助は何も言い返せない。それどころか、妙にぎくしゃくとして回れ右し、ふたたび竹刀を振り始めた。

なんだ自分自身のことなら断言できないのか。――いや、男と女のことは、とても個人的な、繊細なことだ。ちょぼはそれ以上、この話題にかまうのをやめた。

「川の逆流を、なんとかせねばなりませぬ」

ともかく、ここは若殿と姫の心がばらばらにならぬように、城中の者みなが心を一つにすべき時だった。

すると、やっとちょぼがちょぼらしくなったと見定めたか、三木之助は竹刀を置いて向き直った。

「松坂どの。あれから厨房《ちゅうぼう》を厳しく見張っておりましたが、特に怪しいことは起きなんだ。それなのに、こたびの若君の死でござる」

はっと、ちょぼは正気に返る。姫のお気持ちのみを案じてきたが、そうであった、この家に仇《あだ》なす輩《やから》のしっぽは、あれ以来、まるでつかめないのだ。

「幸千代ぎみの死に、なにか思うふしがあるとでもおっしゃるのか」

自分たちが内向きのことに考えあぐねている間に、どうやら三木之助は、その後も殿の身辺に目を光らせてくれていたらしい。

「病気でもないのにあまりに突然な死は、幼児にはよくあることと医者は申した。されど、それでは納得できない部分もありまする」

それはそうだ。忠刻に毒を盛ろうとした者があるのだから、疑念は当然だろう。

「そこで、幸千代ぎみの死の前後、皆が何をしていたかどこにいたかを、すべて洗い出したのです」

ああ、自分たちが悲しみにかまけている間に、そうか、彼はそんな厳格な調査をしてくれていたのか。

「それで？」

「さよう、不自然には見えぬ幼子の病死に、まさかそこまでの厳しい詮議《せんぎ》があるとは思っていなかったのでござろう、我々が調べに入ると聞いて、慌てて逃げ出した者がござった」

ちょぼは全身が凍《こお》り付くような気がした。家中の者が皆、かわいい幸千代の死を嘆き、姫の涙にもらい泣きしている間に、早々と逃げ出す者がいたなどと。

「それはいったい、――」

誰だ、誰だ、あのいたいけない幸千代の命を奪い、姫をこんなにも悲しませた、その張本人は。

「信じられないことではござったが、それは、上様《うえさま》が京の公家《くげ》を通じて寄越《よこ》した侍《じ》医《い》の桂庵《けいあん》でござった」

名前を聞いて、ちょぼは絶句した。若君付きの医師――。

鯰髭《なまずひげ》を生《は》やした、煮ても焼いても食えないような、公家のしたたかさが滲《にじ》み出る男の顔が浮かび上がる。遠くに見るばかりで親しく話したことはないが、わざわざ呼び寄せた都の名医と信頼し、まさに若君の命をゆだねたその者が。

「朝廷内に潜《ひそ》む、徳川《とくがわ》をよしとしない者のさしがねであったようですな」

それを聞いて、ちょぼは唸《うな》った。

松姫入内《まつひめじゅだい》の件で、幕府とはもめにもめた朝廷である。その後も対立は繰り返され、朝廷の権益は著《いちじる》しくおさえられて財政も困窮《こんきゅう》し、公家の不満は根深くなった。東夷《あずまえびす》の娘にすぎない松姫を禁中《きんちゅう》に迎えてやったのに、朝廷や公家たちへの献上金はこれっぽっちか、という不平が彼らの日記に記されたほどに。

そんな公家の一人が、たまたま本多家から医師の依頼があると聞いたなら、よからぬことを思いついても不自然でない。なにしろ幸千代は将軍の外孫。将軍や幕府という本丸には近づけないが、外濠《そとぼり》を埋めるかのごとく、じわり、苦しめてやることぐらいにはなる。直接その体を診《み》ることのできる医師であれば造作もなかろう。

「ですが確証はないのです。ゆえに、仲介した公家に問いただすこともできない」

無念そうに三木之助は言う。公家からはしゃあしゃあと、幸千代のお悔《く》やみとともに、役に立てなかった医師を引き取るという都合のいい詫《わ》びを言ってきたそうだ。けれどもちょぼは直感した。

「その者に間違いありませぬな。医師が悪さをすれば、この家を不幸にしてやろうという企《たくら》みは簡単です。侍医のさじ加減によって文字どおり、赤子《あかご》の手をひねるように、若君はお命をもぎとられたことでありましょうな」

悔《くや》しさが胸に溢れた。どうしてその者の悪意に気づかなかったのだろう。わざわざ京から寄越された、やんごとなき方々の脈をとってきた医師だと聞いて、疑いもせず、むしろ、進んで大切な若君の体を差し出した自分たちの警戒心のなさ。

「宮中《きゅうちゅう》においては、早世《そうせい》なさる皇子《みこ》が少なくないと聞きました。権力を競う公家衆が、反対勢力の妃《きさき》が産んだ赤子にひそかに毒を盛って闇《やみ》に葬るからだそうな」

三木之助の言葉は、またしてもちょぼの背中を寒くする。

「嘘かまことか、あの方々の権力争いは、千年以上も行われてきたことになりまするな」

たしかにそうだ。有力な皇子を陥《おとしい》れたり殺したり、帝《みかど》のお血筋に血塗られた歴史があったことは否定はできない。警護の厳しい禁中での幼児殺しは、ある意味、お家芸ともいえるだろう。

「としたら、地方大名の奥御殿で幼児を毒殺するなど、たやすうござろう」

思わず唇を噛《か》んで拳《こぶし》を握りしめた。なんという不覚。なんという失態。三木之助が調べ上げたことがすべて真実としても、もうその侍医は姿をくらましたあとだ。

「おのれ、してやられたり。――姫さまにはとてもお聞かせできませぬ」

ちょぼは、悔しさで、臓腑の底から、誰に向けていいのかわからぬ憎しみが湧《わ》き上がるのを感じた。

「松坂どの、こらえられよ。若君が帰らぬ人となられた今は、何をしてもとりかえしはつかぬ。されど、これから起こることは防げよう。警戒をゆるめぬことじゃ」

これから起こること――。まったく、三木之助の言うことはどれも、すさまじく恐ろしいことばかりだ。しかし彼の言うとおり。敵は誰で、どこに潜んでいるのかまったくもってわからない。しかも、その者たちには本多家の人々に対して明確な殺意や目的はなく、ただ苦しめ悲しませることで将軍家を揺さぶろうというだけの愉快犯なのだ。まったくもって、卑怯千万《ひきょうせんばん》な者たち。

「この先は若殿を、なにがあってもお守りせねば」

燃えるような目で決意を誓った三木之助は、ちょぼにとっての同志であった。

自分たちは影。日なたに住まう若殿や姫が、いついつまでも輝き続けられるよう、どんな手段を使っても守りぬかねばならない。

「わかりました。我らは互いに、川の流れを正しきものに戻しましょう」

我らは、と言ったことにてらいはあったが、三木之助は意に介さずに笑ってくれた。それだけでよかった。主を思って動くのに、自分一人でないと確信できた。

外側の敵を防ぐのが三木之助。そしてちょぼは、姫の心の内側から守ってみせる。

ちょうど都で人気の猿楽座《さるがくざ》が、播磨《はりま》で小屋を張っていると耳に挟《はさ》んだ。これをお城に呼んで、皆で観劇するのはどうだろう。いや、それより、いっそ船で城を出て、浜御殿《はまごてん》で遊ぶほうがよいかもしれぬ。ともかく空気を変えねばならない。晴れやかで明るい空気を呼び込むことが必要だった。

「殿、いかがでござりましょう、皆さまで川御座船《かわござぶね》を繰り出してみては」

気候のよい時でないと姫には勧められないが、九月の今は、暑さもしずまり、また潮風《しおかぜ》もまだ冷たくはない。

「どうであろうな、姫が気乗りいたすであろうか」

なお及び腰の忠刻に、ちょぼはぴしゃりと言ってのける。

「姫さまは、お出ましになられます」

〝影〟が本体よりも強く出る時だ。たとえ姫が気乗りしないようでも、引っ張り出すのがちょぼの仕事だ。

「川御座船を出すのは簡単なことだが」

「ならばお出し下さりませ。そして存分に皆様でお楽しみ下さりませ」

いつになく強気のちょぼに押し切られる恰好《かっこう》の決定だった。

こうして、一家で飾磨《しかま》の浜の宮天満宮を参拝しようとの案は、忠刻から父忠政へ提案されて、正式に決まる。それは久々の、そう、あの浜御殿での連歌《れんが》の宴を彷彿《ほうふつ》とさせる大がかりな遠出であった。

神への参詣《さんけい》だから、気乗りも何も、信心深い姫がこれを拒《こば》む理由はない。

そうなると下を向いて暗い顔ばかりしていた侍女たちも、一気に思考が外へ向かう。姫は何を着てお出ましになるのか、自分たちの衣装はどうする、船内のしつらいはどんなお好みか。ちょぼが具体的な指示を出さずとも、皆は長年の経験で、御座所の掛け物や茶花一つ、お膳《ぜん》の品々にいたるまで、たちまち忙しく動きだした。相談と指図、質問と返事。にわかに口を開いて会話する必要が生まれ、奥御殿が活気づいた。誰もが、いつにも増して姫の気分を盛り上げよう楽しませようと心を砕き、ついには役割ごとにあちこちで、大騒ぎしながらの用意になっていった。みな、それぞれの役目のために働くことが、こんなにも楽しくすばらしいことであったと再認識しながらの仕事ぶり。武蔵野御殿の空気は一気によみがえった。

そんな周囲の空気はしぜんと伝わり、姫も、ちい姫に着せる衣装や遊び道具を選ぶ頃には、母親の顔を取り戻していった。

「ちい姫には、赤いべべを着せましょうなあ。髪も、こうして結《ゆ》いましょうか」

早くも女の子らしく装う楽しみをおぼえたちい姫が、合わせ鏡の前で母に甘える姿も無邪気《むじゃき》であった。

そうして訪れたその日は晴れ。

城の濠にはきらきらしい川御座船が浮かび、城主以下、侍女たちを従え、色とりどりの季節の衣装で乗り込むさまは、まさに百花繚乱《ひゃっかりょうらん》。建物一つがゆらりと動き出すかのような堂々とした船出は、何度目にしても心が弾む。

川面《かわも》には秋の陽《ひ》が乱反射し、風はぬるく頰《ほお》を撫《な》で、潮の香りが満ち渡る。それだけでも心が晴れるが、ずっと城にこもって暮らしていたちい姫が、子供らしい笑顔で船じゅうを駆け回るのも嬉《うれ》しいことだった。

「のう、ちい姫。そなたは丈夫で、すこやかじゃ。さすが、忠勝さまから〝勝〟の一字をもらったお子じゃなあ」

お熊の方は、そう言ってちい姫の頭を撫でる。

そんなことにも、姫はまたしても、ここに幸千代の姿がないことに胸を塞《ふさ》がれるのであるが、もう誰もそのことをあらためて口にする者はいない。

過ぎし日の浜御殿への航行では、乳母に抱かれた幸千代が傍にいた。すやすや眠っては目覚めて泣いて、乳を飲んでは満たされて眠る様子を、見ているだけでどれほど幸福であったことか。あのふっくらとした頰の柔《やわ》らかさ、抱き上げた体の小ささ、軽さ。せっかく気晴らしにと船を出してくれた家族の思いやりを知りながら、姫は、こぼれる涙をどうすることもできない。こんなことではまた殿を暗い顔にしてしまうだろう。自分の悲しみが彼に伝染することは、もうよく知っているのに。

だが、袖《そで》で涙を拭《ぬぐ》った姫を思いがけなく慰めたのは、ちい姫だった。

「母《かか》さま、母さま。どうして泣いておられるの？」

もうよく喋るようになったちい姫は、小さな指で懸命に母の涙を拭ってくれる。

「泣いてはおりませぬよ。ちょっとお目々が濡《ぬ》れただけ」

涙を落とすことと、泣くことは違う、と子供相手に苦しい詭弁《きべん》だ。それが今できるせいいっぱいの強がりなのだ。しかし、ちい姫は首を振る。

「いいえ、知っておりまする。母さまは、幸千代がいなくて悲しいのでしょう？」

つぶらな瞳をまっすぐ母に向けて言う、そのあどけなさ。いいえ、と言いかけた姫に、ちい姫は言った。

「母さま、ちい姫が一生懸命、幸千代の代わりをいたしますから、もう泣かないで」

姫は胸を突かれたように、顔を上げる。

まっすぐに母を見上げる幼い娘の瞳が涙で光っている。子供なりに、ずっと母を思って心を痛めてきたのだった。

溢れ出す涙を、姫は今度はもう言いつくろえない。すっと、ちい姫を抱きしめた。

「許してね。母にはちい姫がおりました。こんな優しい子がおりました」

言いながら、また泣いた。

「泣きませぬよ。もう泣きませぬからね」

するとちい姫が、小さな掌《てのひら》で姫の頭を撫でる。いい子いい子、のしぐさであって、ちい姫のために飼っている狆《ちん》の子犬、目々丸《めめまる》にしてやることだった。

「ほんと、母は目々丸以下でしたね」

千姫は、今こそ目が覚めた気がした。幸千代という子を喪ったが、こんなかわいい姫がいる限り、自分は母であることを忘れてはならないのだ。

「ねえ、父《とと》さまも、してあげて。母さまを、いい子いい子と」

もともと父親っ子のちい姫である、沈んだ顔の忠刻にも、気遣うことなく膝に乗り、自由に愛情を独占する。

「そうだな、二人で慰《なぐさ》めてやろうか、泣き虫の母さまを」

忠刻は忠刻で、無邪気なちい姫にはなすすべもなく手なずけられて、ごくごく自然に三人、寄り添っている。

ちょぼは胸が熱くなった、子は鎹《かすがい》とはよく言ったもの。ちい姫の存在の大きさに、今は圧倒される思いであった。

ちい姫の頭越しに、忠刻は姫を見た。いつのまにかすっかり痩《や》せてしまった憐れな人。それでも、忠刻をみつめ返す目に、わずかにはにかむような明るいものが浮かんでいるのは大きな変化だ。

「よう泣いたな、姫」

言われてこっくりうなずく素直さも、忠刻が愛したものだった。忠刻は、ちい姫のおかっぱ髪を撫でながら、言い重ねた。

「もう涙も涸《か》れたであろう」

これにもこっくり、うなずいた。

ちょぼは、ここが頃合いと見て、「さ、ちい姫」と手招きする。ちい姫は素直に父の膝から立ち上がり、乳母の膝へと移ってくる。忠刻が姫に、話し始めていた。

「前にな、井伊直勝《いいなおかつ》に言われたことがある」

徳川四天王の一角を占める井伊家の血筋のその男のことは、彼が江戸に行くたび持ち帰る話題に登場するため、姫にも馴染《なじ》みがあった。

「この世には人の不幸を願う者たちもいる。不満や嫉《ねた》みで、今を覆《くつがえ》そうと願う者たちもある。だから我らが、姫と拙者が、何より幸せでいることは、とりもなおさずこの天下が満ち足りている証《あかし》なのだ、と、そう申した」

天下を統《す》べる将軍が、泰平の象徴として家臣に嫁がせた姫である。その人生が幸せに運ばないなら、下々《しもじも》にいたる誰をも幸せにすることなどできないだろう。姫と忠刻は、そんな役目を担《にな》って結ばれた夫婦でもある。

「だから姫はいつも、幸せでいなければならぬ。姫の使命は、幸せであること。それに尽きることを、おぼえていてほしい」

強い語調で忠刻は言った。姫の目を見ながら、一つ一つの言葉をはっきりと。

「泣いてもかまわぬのだ。わたしと一緒ならば、好きなだけ存分に泣いてよいぞ」

またしても、姫の目の中に涙がふくれあがる。忠刻はさっきまでちい姫にしていたように、姫の髪を手のひらで撫でた。いい子いい子、まるでそう囁くようにゆっくりと。そして言った。

「ちい姫は正しい。泣いてもいいが、一人で泣くのは、やめにしてくれ」

思わず姫はうなだれた。そうしないと、また泣き顔を見られてしまう。

「姫、いや、これよりはこう呼ぶことにいたす。お千。……」

誰を呼んだのか、とっさには忠刻の呼びかけに答えられない。しかし髪を撫でる手が止まったのは自分の返事を待つためだろう。彼はもう一度、お千、と呼んだ。

「今日より我らはやり直しじゃ。そして、まことの夫婦を始めてまいろうぞ」

たしかに二人は恵まれすぎていた。何も決めなくとも十万石が与えられ、何も決めなくとも一男一女を授かった。挫折《ざせつ》など、およそ二人に縁《えん》のないものだった。けれどもふつう、人生にはつまずきや転倒、心折れて起き上がれないような痛みが待ち受けている。今二人が突き落とされた逆縁の嘆きは、そんな一つの苦境にすぎない。人はそれを乗り越えてこそ人なのだ。夫婦であれば、ばらばらになる危険をも試練としつつ、なんとか離れず、一本の道を行くしかないのだ。

「よいな、お千」

忠刻がそっと姫の肩を抱き寄せた。

はい、と今度は答えた。小さいけれど、はっきりとした声であった。

丸窓の向こうには、絵そのままに、どこまでも青い播磨灘《はりまなだ》が広がっていた。

察して、ちょぼは立ち上がる。続いて乳母が、ちい姫の手を引き、立ち上がる。

皆が出払ったところで、ちょぼはそっと障子《しょうじ》を閉めた。

もう大丈夫。互いをいたわる思いが通い合う二人に、あとは何の策もいらない。

忠刻はきっと、父のように強く、母のように優しく、姫を抱きしめ続けてくれるだろう。そのはずだ、彼は、自分が姫を守ると言った男である。新しい涙で姫はまた泣き崩れるかもしれないが、それはもう悲しみの涙ではない。一人で流す涙は、泣いても泣いても涸れることなく姫の心を乱したが、そうして二人、寄り添うなら、いつか心は癒《い》やされよみがえる。そして姫は自分が何者であるかを思い出すだろう。

やがて姫は言う。穏やかな声で、落ち着いた語調で。

「いつも身近に拝《おが》めるように、城内に天神を勧請《かんじょう》してもよろしゅうございますか」

龍の角を埋めた櫓《やぐら》から真正面に望めるのが男山《おとこやま》だ。姫はそこに、比叡山延暦寺《ひえいざんえんりゃくじ》の座主《ざす》、法性寺尊意《ほっしょうじそんい》が彫った天神の木像を祀《まつ》りたいという。もとは幸千代が生まれた時に、守り本尊として将軍家から贈られた像なのだ。

「幸千代が暗くて不安がらないように、黄泉路を照らす灯籠《とうろう》を建てまする。天神さまのお手にあの子が無事にたどりつけるように、参道には玉砂利《たまじゃり》を敷いて」

「そうじゃな。天神は勉学の神。ちい姫のすこやかな成長も見守って下さる」

うなずく忠刻が、もう浴びるほどの酒を持てと命じることもないだろう。

今ある幸せをおろそかにしてはならない。喪うのはもう幸千代だけでいい。

「きっと幸千代が、そこからみなを見守ってくれまする」

川が、せせらぐ。もとの、海へと流れるゆるやかな川。櫓の瓦《かわら》の上では、あの日と同じ、龍がこちらをみつめている。

「あ、また目が光った」

ちい姫が今日も無邪気に、瓦を見上げてはしゃぐ。

あらためて、ちょぼは確認した。姫の役目は幸せであること。それが〝賦〟だ。

かつて祖父家康《いえやす》も父秀忠《ひでただ》も、それを願って姫を赤い唐傘《からかさ》の外へ送り出した。姫が不幸であったなら、それはこの国が幸せではないということだ。

そしてまた、影は、それであってこそ光の傍に生じ、存在することもできるのであった。

第十一章　瓦解《がかい》の夕《ゆうべ》

姫は立ち直った。

日々、櫓《やぐら》から天神《てんじん》を拝《おが》む姿に涙はもうない。祈ることで悲しみは薄らぎ、ちい姫が健全に育つことへの願いが強まり、ささえとなった。

男山《おとこやま》に勧請《かんじょう》された天神社には、願いをこめて、金泥《こんでい》で書いたみごとな法華経《ほけきょう》を一巻、奉納《ほうのう》した。これに呼応して江戸からは、春日局《かすがのつぼね》が重厚な観音経《かんのんきょう》を送って寄《よ》越《こ》した。江戸城に戻っていた時期の、家光《いえみつ》との姉弟の親交に感謝を示してのことだった。

さらに、姫からの奉納の品として、唐鏡《とうきょう》、袖手見《そでてみ》、虎《とら》の爪《つめ》、茶碗《ちゃわん》、帯。それぞれ一流の品々が惜しみなく供《そな》えられた。どれも、幸千代《こうちよ》の冥福《めいふく》のために、費用を考慮せず用意された一級品である。

そしてちい姫のためには、あらゆる魔を跳《は》ね返す魔除《まよ》けともいわれる羽子板《はごいた》を奉納した。宮中《きゆうちゆう》のあそびを描いた絵柄が施《ほどこ》された雅《みやび》なもので、神に捧《ささ》げるにふさわしい品だった。

じゅうぶん心を尽くしたこれらの品を神に捧げることで、ようやく姫は得心できたのかもしれない。以後は毎日、武蔵野御殿《むさしのごてん》から龍の櫓《やぐら》まで出向き、そこから男山に祀《まつ》った天神を遥拝《ようはい》するのが日課になった。

「ようございました、姫さまがようやくお食事を全部召し上がられた」

姫の体調管理はお局《つぼね》たちの重要な仕事であるため、このことは食事を用意する末端の女中にまで朗報になって届く。さらに食欲が増すようにと、姫の好きなものが考えられ工夫され、どうすればより多く食べてもらえるかが彼らの励みになった。

江戸の秀忠《ひでただ》、お江《ごう》の方も、幸千代の訃報《ふほう》には言葉をなくし、姫を心から不憫《ふびん》がったものだが、それだけになお、まめに様子を書いて知らせるちょぼからの文で、姫が立ち直ったことを知ってほっと胸を撫《な》でおろしたことだろう。

この年、元和《げんな》九（一六二三）年、秀忠は将軍職を家光に譲り、大御所《おおごしょ》となった。家光は将軍宣下《せんげ》を受けるため上洛《じょうらく》し、御所に参内《さんだい》することになったが、これには忠政《ただまさ》も忠刻《ただとき》も随行している。そして家光からは、幸千代逝去《せいきょ》を悔《く》やむ言葉とともに、ちい姫についての配慮の沙汰《さた》を賜《たまわ》った。

「父上、母上におかれては、世継ぎを喪《うしな》って失意の底にある姉上を案じておられる。幼き姫だけでもつつがなく幸せに、と仰《おお》せじゃ」

将軍職を退いた今、親として秀忠の気がかりは千姫《せんひめ》だけ。そこでちい姫に早々と許嫁《いいなずけ》を定め、先の安定に道をつけようというのであった。

「そんな。まだ早すぎませぬか」

姫路《ひめじ》に戻った忠刻からこの話を聞いた姫の反応は、喜びよりも、驚きであった。ちい姫はようやく六歳。かわいいさかりだ。そんな自分のささえであるちい姫までも早々と奪われていくようで、姫は心が追いつかなかった。

「早くはないだろう。お千はいくつで許嫁が定まった？」

たしかに、二歳で秀頼《ひでより》に嫁《とつ》ぐと決められた自分を思えば、心も定まる。

「して、ちい姫はいずこへまいるのでござりまするか」

秀忠、お江の方の思慮は深い。まずはちい姫を前将軍秀忠の養女とし、鳥取に退いた池田《いけだ》家との縁組に臨《のぞ》むのである。

「将軍家の養女……」

「そうじゃ、一介の譜代《ふだい》大名本多《ほんだ》の姫ではない。あくまでも将軍家の姫として嫁ぐのじゃ」

たしかに、本多家の姫というなら、いくら石高《こくだか》を減らされたとはいえ池田家と力は拮抗《きっこう》するが、将軍の娘である千姫が産んだ娘に加えて前将軍秀忠の養女、という位置づけがついて回るなら、ちい姫の地位が侮《あなど》られることはまずないだろう。

「もう案ずることはない。大御所さまは、これでお千が何も気に掛けなくともよいようにして下さった」

そのとおり、父母ならではのありがたい配慮であった。ちい姫のゆくすえが堅固《けんご》に定まれば、親として、姫には何の憂《うれ》いもない。

「子らには子らの人生。我ら夫婦は我らの人生。我らにはこの国をもっと豊かにしていく使命がある。約束したであろう、ずっと先までお千はこの忠刻が守ると」

力強く、忠刻が言う。

そうであった。何を失っても、自分には忠刻という大船がある。いずれ播磨《はりま》姫路の領主となる忠刻とともに、御台所《みだいどころ》としてこの国に座すのが、向後《こうご》、生涯の使命となるのだった。

因幡《いなば》鳥取藩主、池田光政《みつまさ》。どんな男であろう、ちい姫を大事にしてくれるであろうか。ちい姫もまた彼をたよりとできるだろうか。親として、姫はさまざまに思い巡らせ、そしてまたちい姫と過ごす時間が今までよりも尊く、大切に思えてくるのだった。

ちい姫とのこの縁組により、外様であった池田家は、外様の中でも有数の地位を得て存続していくことになるが、そこに千姫の想いが何より強く働いたことは言うまでもない。

この日以降、天神の遥拝に、姫はちい姫を伴うようになった。彼女の生まれた姫路の城をよくよく見せておきたい。そして嫁いで遠くに行っても、ふるさととなるこの国の景色をその目に刻みつけておいてほしかった。

長い百間廊下の行き帰り、お着替え所と呼ばれる途中の櫓で休息しては、貝合せ《かいあわせ》や百人一首をして楽しむこともあった。絵を描くこともあったし、師匠が同席して連歌《れんが》の稽古《けいこ》をすることもあった。

「母上さま、この子を描いて下され、かわいい子を」

目だけが丸く大きいことから目々丸《めめまる》と名付けられた愛玩《あいがん》の犬も、いつも乳母《うば》に抱かれて一緒である。姫が得意の絵筆で特徴をつかんで描いてやると、ちい姫は大喜びでそれを数日も飾ったりする。

ちい姫は丈夫で、よく遊び、いろんなことを身につけた。

ここの櫓は築城当初は物見の役目で板敷きであったものを、千姫のために畳《たたみ》を敷き詰め、柱や天井《てんじょう》にも色彩豊かな絵が施された贅沢《ぜいたく》な空間にしたことから、化粧櫓と呼ばれている。いつかは離れていく娘であれば、こうして過ごす時間を彩《いろど》りたいし、いっそうきらめいて記憶にとどめたい。化粧櫓には、母娘《おやこ》で過ごしたかけがえのない時間がしみこんでいた。

「親としてしてやれることはいくつもないな」

しみじみと、忠刻は言う。ちい姫のことが一つ安堵《あんど》というならば、なおさら皆は早く次の子供をと望むだろう。しかし、あえて忠刻はそのことにはふれない。だからよけいに姫には気になるのだ。

「義母上《ははうえ》さまも、ずいぶん祈願を施して下さっているそうでございますね」

お熊《ゆう》の方が、山畑新田《やまはたしんでん》にお堂を建立《こんりゅう》し、薬師如来《やくしにょらい》の石像を安置したというのは、ちょぼが芥田四左衛門《あくたしざえもん》から聞いてきた話だ。

こうした建材の調達も、彼ら芥田家が本業とする。また、播磨国総社《そうじゃ》の屋根の葺《ふ》き替えも財施《ざいせ》したという。どちらも、幸千代の供養《くよう》というより、男児出生祈願のためであろう。

「やらせておけばよい。男勝《まさ》りの母上のこと、いっそ自分が神懸かって、どのようにしてもわが家に男児の誕生をと考える勢いなのだろう」

そう言って忠刻は笑い飛ばす。

たしかにお熊の方は、父信康《のぶやす》の切腹によって運命が暗転したあとも、自分のありようはすべて自分の力で切り開いてきた人だ。だから今度も、かならず自分がなんとかしてみせるというほどに、強い気概《きがい》が伝わってくる。

それがありがたいような、重いような。――ため息が出た。

忠刻が引き上げたあとの武蔵野御殿では、侍女《じじょ》がその日に届いた進物を報告する。

「またこのようなものが届いておりまする」

家臣のだれそれであったり、地元の有力者であったり、姫を信奉《しんぽう》し繋《つな》がろうとする者たちはあまたいるが、この頃は届けものがすべて共通の目的を持つ品々になっているのが明らかだった。すなわち、懐妊《かいにん》に効《き》くと伝えられる高価な漢方や、絶対男児を授かるという見たことのない食物や、子授けにご利益《りやく》があるという寺社のお札やお守り、妙な形の置物や石ころまで。薬ならどう摂《と》ればいいか、お守りならどう祀ればよいか、それぞれに添えられた説明を、お局がつらつら読み上げるのを聞いていると、なにやらおかしく、姫は笑えてくるのである。

「子を授かることは神仏だのみ。人の力ではどうもできないことなのじゃなあ」

苦笑しながら、侍女がつまんで見せる黒くいぶしたスッポンの皮を横目に見る。

しかしどんなに滑稽《こっけい》に見える贈り物でも、自分のためを思ってくれる心を疎《うと》むことはできない。それぞれに適当な言葉をみつけて礼状を書くよう、言いつける。

「皆にはすまぬ。世継ぎ世継ぎと、こんなに心配せずともよいものを。殿《との》は、子は作るものではなく授かりものじゃとおっしゃった」

それは姫が自分に言い聞かせる言葉でもあった。人が願って得られぬものは、神仏にゆだねるしかないのである。

とはいえ、誰より次の子をほしがっているのは姫であると、もう誰もが痛感している。殿のために、家のために、そして播磨の民のために。これまで、自身が望んで得られなかったものなど何一つない至上の姫が、今いちばんほしいものは世継ぎの男児、それだけなのだ。だからちょぼは、あえてそれを話題にはしない。思い詰めれば、いっそう望みは遠のいてしまうだろう。そう考えている。

民もまたいじらしい。幸千代を喪った姫を憐《あわ》れんで、村々の神社では姫に子授けを願う奉納があとをたたないのだ。捧げ物はわずかな野菜であったり魚であったり、それぞれささやかな品々だったが、心から姫の幸せを願う思いに偽《いつわ》りはない。

今年も播磨の田畑は豊穣《ほうじょう》豊作で、海は大漁だった。民は言う。

「米も魚もいくらでもとれる。じゃがなあ、何かが足らん」

「そうじゃなあ、殿様は将軍家ご譜代の偉い方やし、お城も立派なもんやけど」

そして口々に結論するのだ。

「播磨姫君千姫さまが、お幸せやないんやったら、この国も、ほかの国より豊かやとは言えんということや」

石高があり、世に雄藩《ゆうはん》といわれる強大な国はほかにもあろう。だがここ播磨には、ほかのどの国にもいない姫さまがいる。前将軍の一の姫、千姫こそが、彼らこの国に生きる民の誇りであるのだ。それがお飾りであっては意味がない。播磨にいつまでもこの栄光が続くよう、次なる領主を産んでいただき、未来永劫《みらいえいごう》、この国の栄えを約束してもらいたかった。

「このままお世継ぎができひんのやったら、播磨に根を張ることはできず、どこぞへ行ってしまわれるんやないか」

「そら困る。将軍家の姫さまがおられてこその大国播磨じゃ」

「そやから千姫さまのために子授けを祈るのや」

寄るとさわるとこの話になり、姫の多幸を祈る。中には子の授かり方を卑猥《ひわい》な話に落として楽しむ者たちもいたが、皆の関心がひと頃のように、生き抜くためのぎりぎりの線にあるよりよほどいいと言わねばなるまい。なぜなら彼らは悲しんでおらず、逆に、笑《え》みが絶えないのだから。

街道筋の村では、姫が入輿《じゅよ》の際に下賜《かし》した長持《ながもち》を振って村の祭りに舞い、興《きょう》じた。それは秋、豊作をもたらした播磨の大地のいたるところに祀られた神に捧げる感謝の証《あかし》。そしてまた来年も、この安寧《あんねい》が無限に続くことを願う俗世の祈りだ。その中に、領主の息子の嫁のことまで合わせ祈られるのは稀《まれ》なことといえるだろう。つまりはその嫁というのが千姫であればこそだった。

姫にとっては、騒がしいことであったが、皆の願いが通じたか、姫はまもなく懐妊する。

「千姫さまがみごもられたそうじゃ。次の秋には姫か若君か、ともかく赤子が生まれるそうじゃ」

「それはきっと幸千代さまの生まれ変わりであろうよ。めでたいことじゃ」

万民の思い、家族の思いが、天に通じた時だった。

年が明けると恵美酒宮天満神社《えびすのみやてんまんじんじゃ》で十日戎《とおかえびす》、八幡宮《はちまんぐう》では厄払《やくばら》い。節目《ふしめ》節目に八百万《やおよろず》の神へ詣《もう》でる民たちは、併せて姫が新しい命を授かったことへの御礼詣《おれいもう》でも忘れなかった。

江戸からは早くも、安産祈禱《きとう》のお札や体を冷やさぬようにと何疋《ひき》もの絹《きぬ》が送られてきた。

姫にかかわるすべての人が、ほんの数年前の、幸千代誕生に沸《わ》いたすばらしい日を忘れていなかった。

忠政、お熊の方の喜びは言うにおよばず、姫を下へも置かぬ扱いでこれを喜ぶ。そして姫と忠刻に至っては、大きな悲しみを二人で乗り越えたことに対する天の褒美《ほうび》にも思え、いっそう堅く心を寄せ合うのだった。

だが、春が過ぎて、花菖蒲《はなしょうぶ》が城の濠端で咲き誇る頃、産み月を前に数か月も早く、腹の子は姫を苦しませながら生まれ出てきた。なんということであろうか、その赤ん坊は産声《うぶごえ》を上げることはなかったのだ。

若君、死産――。日を見ることなく逝《い》った小さな嬰児《みどりご》が男児だったため、皆はいっそう惜しんだ。城中は、またしても、重く沈んだ空気に支配された。懐妊の喜びが大きかっただけに、無念の思いは数倍になって襲ったのである。

「大丈夫でございます。わたくしは、どうもありませぬ」

産褥《さんじょく》の寝間《ねま》で、姫は気丈《きじょう》に答えたが、忠刻に涙を見せまいとする空元気《からげんき》であるのは皆が知っていた。いちばん落胆《らくたん》し、いちばん悲しんだのは姫であるのに違いないのだ。

「産声さえも上げられなかった子だ、生きながらえても、きっと弱くて育たなかったに違いない。そうなれば我々の悲しみはもっと大きかったであろう。だからそうなる前にみほとけが連れてゆかれたのだ」

今度もまた忠刻は、そう言って姫の手を握りしめた。

たしかにそうに違いない。姫は、泣かずに、ただ涙を流した。

民の失望も大きかった。もとよりこの国は千年を超える年月、農耕をなりわいとしてきた国だ。恵みをもたらすのは大地、そして太陽。どちらも女神なのである。それゆえ姫に大地母神《だいちぼしん》と天照大神《あまてらすおおみかみ》とを合わせ見上げる思いもあった。播磨姫君は豊穣の姫。そんな願いを込めた期待が破れた時、落胆は大きくて当然だった。

「姫さまは、祟《たた》られておわすのではないか？」

「誰にじゃ」

「そりゃあ、姫さまの幸せを嫉《ねた》むお方やろう」

民は単純で、口さがない。千姫が、大坂で無念の死をとげた秀頼に祟られているとの噂《うわさ》は、火を放つより速く広まっていった。もともと播磨は太閤秀吉《たいこうひでよし》が治めた地であり豊臣《とよとみ》びいきの土地柄であるのだから、それは誰にも止められなかった。

「こうなれば、若殿さまにはいよいよ側室を持っていただかねばならんかのう」

「さいな。姫さまにはお気の毒じゃが、お家のためにはしかたあるまい」

「なんとまあ。将軍家の姫をもらいながら、本多さまも、運がいいのか悪いのか」

そう、忠政という人は、父忠勝が伝説の武将となって語り継がれているのに比べれば、凡庸《ぼんよう》というほかはないだろう。そしてその息子である忠刻にいたっては、まだ若く、家督《かとく》を継がないうちからの人物評価は誰にもできない。つまり、本多家には、千姫を超える強烈な存在感を持つ者がいないのであった。

「若殿さまには、もっと精を付けて、よきおたねをもうけてもらわねばならぬ」

ちまたの話はよくよく勝手なものだった。

しかし皆は知らない。野分《のわき》が続いた夏の終わりに、たまたま強い風が吹き、千姫櫓の一角の瓦《かわら》が濠に落ちてしまったことを。そこに埋められていたのは忠刻が桑名から持ってきた龍の断片。姫の守り神だ。城からそれが消えたことが何を意味し何をもたらしていくか、むろんそれをも、誰も知らない。

秀頼が祟る。——こんな噂が根強く、さらに確信されていくようになるのは、本多家をさらに災難が襲ったからだった。

四月、江戸から戻った忠政と忠刻が、二人同時に病臥《びょうが》してしまったのである。

「どういうことです、何があったのでござります」

早く医師を、床《とこ》を延べてお休みの部屋を。本丸も西の丸も、同時に奥が大騒ぎする中、ちょぼは血相を変えて、三木之助《みきのすけ》を問いただした。殿の体調に気をつけるのは彼ら近習《きんじゅう》のお役目ではないか。

「面目《めんぼく》ない。参勤《さんきん》のお疲れが出たとも言えるし、途上、大井川《おおいがわ》で川止めに遭《あ》い、飲み水がようなかったか、腹を壊した者が何人も出た。むろん、殿に差し上げる水には重々気をつけていたのだが」

たしかに、長旅は水が変わっただけで体調に影響も出る。まして春先の気候の変わり目でもあり、なんでもないことが原因で病を引き起こすことはあるだろう。だが、それにしても、頑丈《がんじょう》な武将二人が同時に床に就《つ》いてしまうとは。

「三木之助どの、まさか、また毒というのではありますまいな」

声を潜《ひそ》めてちょぼは訊《き》いた。しかし三木之助は首を振る。一度あのようなことがあったのだから、そこは彼が厳重に警戒していることが窺《うかが》い知れた。

ともかく必死の看病が行われた。すぐに神仏への祈禱が行われたが、おそらく忠政は前から気になっていたのだろう、家老たちを枕元に呼びつけ、播磨国総社の修理にとりかかることを命じた。

「国の鎮《しず》めは我ら領主がすこやかであってこそ。よう、祈ってまいれ」

これには姫もすぐさま呼応した。

「わたくしからは法華経一部を奉納いたしましょう」

なにしろたのみの忠刻には、八百万《やおよろず》の神々にすがり、なんとしてでも回復してもらわねばならない。同時にお熊の方も、金灯籠を二基、寄進することになった。

心配な時期は続いたが、みなの祈りの甲斐《かい》あって、やがて二人は回復した。

「ありがたいこと。もう、生きた心地がしませんでした」

殿が二人とも病に倒れたのであるから、一時はみなが肝《きも》を冷やしたのも当然だった。これも神仏の加護《かご》のおかげであろうか。忠政は約束どおり播磨国総社の修理にとりかかり、神殿の改修を果たす。

加えて忠刻もまた、回復の御礼に、姫にも諮《はか》り、社《やしろ》を格調高く飾り添える絵を奉納した。武蔵野御殿の障壁画《しょうへきが》にたずさわった京の狩野内匠《かのうたくみ》に相談し、西本願寺《にしほんがんじ》を真似《まね》て三十六歌仙図を奉納することにしたのである。なんと知仁親王《ともひとしんのう》の筆によるものが掲《かか》げられることになり、感謝の気持ちはじゅうぶん尽くされることとなった。

「これなら神様もご満足でありましょう」

とはいえ、新しい命を授けてほしいというのが本当の願いであるのに、逆に、大黒柱の男二人の命が脅《おびや》かされたことは本多家にとって衝撃であった。これまでずっと本多家が上り調子できたことが、ここに至って急に裏返ってしまったのか。口にはしないが、言いようのない不安が拭《ぬぐ》えなかった。

「どうせなら、民が参拝できるように整備しよう」

のりかかった修理である、忠政はさらに財をつぎこみ、総社の神橋を再興し、多くの者が参詣しやすいように整備した。

「そういえば書写山《しょしゃざん》も、修復を求めておったな」

摩尼《まに》殿前の湯屋橋《ゆやばし》が壊れたままになっていたのだ。忠政はこれも修復した。

「ほかにもあったか」

こうなれば、あちこち気に掛かる神様には、家内安全の祈りをこめて修復の手をさしのべるまでだ。

翌年、法然上人《ほうねんしょうにん》ゆかりの室津賀茂神社《むろつかもじんじゃ》に鳥居を建立。古くから歌枕《うたまくら》として全国に知られている尾上《おのえ》神社には、名高い松を保護し、鐘楼《しょうろう》を建立。同じく謡曲や歌に数々詠《よ》まれた高砂《たかさご》神社も、戦国時代には海上を見張るため城が置かれていたのが、一国一城令によって廃されたが、跡地に、もとあった神社を遷座《せんざ》する普請を始めさせた。

なにしろ播磨は歴史が古く、古社名刹《めいさつ》の数も多いため、戦乱で荒れたあとの始末となればきりがないのだった。

「ともかく一区切りつけよう」

二人の回復とともに、お礼参りと厄払いのための川御座船《かわござぶね》の巡航が計画された。

これまでは城の濠から運河に出て、飾磨《しかま》の浜御殿まで行って帰る、という順路が常だったが、今回はそこで大安宅船《おおあたけぶね》に乗り換え、外海へ出るのだ。そして浜づたいに、高砂神社へ詣でようというものだ。

古く謡曲にも登場する高砂は、翁《おきな》と嫗《おうな》とに象徴されて長寿を言祝《ことほ》ぐめでたい名所でもある。一家の繁栄と、城主夫妻、若殿夫妻の健康と長寿を祈るにはまたとない場であろう。なにより、鳥居からははるかに白砂青松《はくしゃせいしょう》の続く美しい浜であった。ここに壮麗《そうれい》な大安宅船で乗り付ければ、それだけでも、あらゆる力を取り戻したような気分になれる。

「もう大丈夫じゃ」

病で少し痩《や》せたが、目にはもとの明るい力がみなぎる忠刻の横顔を、姫は胸を撫で下ろしながらみつめている。

本多家の威を象徴する大安宅船は、海上に姿を現すだけで、あたりの漁船は舵《かじ》を止めてその勇姿に見入った。もう大丈夫、その言葉には、はなばなしい未来を約束された本多家の屋台骨《やたいぼね》がまだまだ大丈夫であるとの自信がこめられていた。

「殿はまた江戸へ行かねばならないのでしょう？　わが弟を、恨《うら》みたくもなります」

やがて年が終わろうとしている。年が明ければ、忠刻は江戸への参勤を果たさなければならなかった。

昔、姫路に移ってきたばかりの頃、お役目により江戸城に出仕《しゅっし》しなければならない忠刻の留守《るす》に、一人過ごさなければならないことを寂しがり、拗《す》ねたことがあった。夫婦になって、もう九年余り。それでも、苦境がいっそう二人をかたく結びつけた今、あの頃と少しも変わることなく、忠刻の留守が寂しく思える。

「お千がそう言っていたと、上様《うえさま》にはお伝えしよう。そして、新年のご挨拶《あいさつ》をすませたら、すぐに姫路に返していただこう」

「はい。そうしていただかねば、お千が父君様に孫の顔は見せませぬ、と申していたとお伝え下さりませ」

「孫？　お千、それは、……」

忠刻が言い淀む。

夫婦の間で、触れたくても触れずにきた話であった。姫も、よほど慎重に、事実が確かなものになってから伝えようと考えたのだ。だが、医師は間違いないと言ってくれた。

「はい。神仏のおかげをもって、命を授かりました」

夏には生まれてまいりまする、と先を聞かない先から、忠刻は姫の手を握った。まことか、とたしかめる言葉は出なかった。心を尽くして神仏に祈り、厄を払って、そして夫婦で大切に時を過ごしてきた。そんな自分たちの姿を、神仏は見捨てることなくお認め下さったのだ。

「世間の者に言ってやりたい。祟りなどあるわけがない。龍が、とっくに鎮めた火であるからな」

忠刻の顔が勝ち誇って輝く。

ふたたび千姫と忠刻に、大切な時が戻ってきた。忠政と忠刻は壮麗な大名行列を仕立てて、山陽道から陸路で江戸に向かった。

元旦には家光に拝謁《はいえつ》した。秀忠への謁見は翌二日であった。

「そうか、お千がまたみごもったか。そうであろう、まだそなたたちは若い。よういたわりあって、大事に産むことじゃ」

秀忠とともに、幸千代誕生を知らされて喜んだのは七年前のことである。なのに、秀忠はめっきり年老いたように見える。やはり、将軍の大役を退いたせいであろうか。将軍職を譲り、大御所となった年、家光には鷹司《たかつかさ》孝子《たかこ》との婚姻《こんいん》も調《ととの》い、入内《じゅだい》した和子《まさこ》こと松姫《まつひめ》にも女一の宮である興子内親王《おきこないしんのう》が生まれていた。親としてなすべきことのほぼすべてに、責任を果たしたという安堵があるのだろう。

「早く帰ってやれ。お千に、重々、体をいたわれと申し伝えよ」

「ありがたきお言葉」

虎の絵が豪壮に描かれた上段の間で、こうして親しく拝謁がかなうのも、譜代筆頭の本多家であればこそ。将軍家と縁戚である親しさを他大名にも見せつける恰好《かっこう》となった。忠刻には、何の不足のない年始であった。望月《もちづき》は、まだ本多家の頭上で、陰りもない。忠刻は、己の地位と重責をあらためて肝《きも》に銘《めい》じ、江戸城を出た。

一月、道中には琵琶湖《びわこ》のほとりなどまだ雪がちらつく土地もある旅であった。大坂の蔵屋敷にも立ち寄り、温暖な播磨へ帰り着くのに十日余りは要する。

姫路では、姫と、ちい姫が、溢《あふ》れる笑顔で忠刻の帰城を待っていた。

「姫、大事ないか」

先が死産であっただけに、皆の注意は尋常でなく、まるで壊れ物を扱うようにいたわられているのが姫には心苦しいほどだった。

「みなが過保護すぎるのです。これでは着ぶくれして動くこともままなりませぬ」

こんなふうにふたたび笑い合えることの幸せ。ちい姫もまた、

「父《とと》さまだけお外、いいなあ。ちい姫も、早くお船に乗りたい。龍の目が見たい」

早く戸外に出たいと焦《じ》れて、父から江戸の話を聞きたがった。

「春になれば、船を出してやろうほどにな」

満面の笑みで、忠刻はその時を示す。

春になれば腹帯もいただき、お腹の子も安定するであろう。そうなれば姫も、また一家で海に出たいと願っている。この子はあの播磨灘のすがすがしい海の風の中で丈夫に育てたい。播磨の子として大きくしたいのであった。春になれば。

なのに、四月になって、忠刻はふたたび病臥した。

「殿、殿、いかがなされました」

朝になっても起き上がらない忠刻にそっと触れた時、燃えるように熱い肌であることに姫は驚いた。

「だれか、ある。殿が、殿が――」

あとは言葉にならなかった。

床に臥せたまま目を開けなかった幸千代の面影《おもかげ》が、脂汗《あぶらあせ》を滲《にじ》ませた忠刻の額《ひたい》に重なる。こんな時に親子の顔の相似を確認するとは、なんという不幸であろうか。

幸千代、どうか父さまを守っておくれ。思わず姫は心のうちに叫んでいた。

やがてばたばたとお局たちが、侍女たちが、次々とやってくる。非常時ゆえに、近習たちも医師団を引き連れ、入ってきた。姫は乱れた髪を整えるまもなく、呆然《ぼうぜん》とその様子を眺《なが》めていた。どこか音のない、深い水底で起きているかのような、とても現実とは思えない光景だった。

ふだんから剣で鍛えた頑丈な体を誇る忠刻だけに、そうそう病に倒れたことはない。先年、父忠政と同時に発病したときも、一過性の腹下しであるとわかったからこそ、早い手当が効《き》いて回復した。姫も、看病しながら祈禱のことに頭を切り換えられた。だが瘧《おこり》のように高熱を出し、がたがた震《ふる》えている今の姿は、あの時とは違う、何かさし迫ったものを直感した。

「姫さま、あとは医師たちにおまかせを」

ちょぼが、抱きかかえるように姫を庇《かば》い、着替えの間へと連れて行く。

「どうか落ち着いて下さりませ。殿はきっと大丈夫でござりますゆえ」

顔から血の気が引き、心配のため心が落ち着かず、おろおろするばかりであるのがお腹の子にとってよいことでないのはわかっている。

忠刻の震えが治まり、小康《しょうこう》を保ったと知らされるまで、とてつもなく長い時間であるように感じられた。万一、悪い病気であったりしては妊婦に障《さわ》るため、連絡を受けるまでは傍《そば》にも行けなかったのだ。

駆けつけると、病床《びょうしょう》に就いた忠刻の枕元で、珍しく母のお熊の方が青ざめ、うろたえていた。

「お千さま、どうしよう、忠刻が」

まさかこの人からそんな弱音《よわね》が洩《も》れるとは。

幸千代に次いで、忠刻までも死の床に。そんなよくない想像が、払っても払っても頭の中に溢れた。

「これまでよくないことが起きるたび、本多の家が呪《のろ》われているからと噂されてきたが、今度ばかりは打ち消すことはできないようじゃ。どういたそう。お千さまも、心当たりがあるなら、どうぞその方の霊を鎮めて下され」

母ならではの心配であった。自分が祈ってもたのんでも効き目がないなら、姫本人から祈ってもらうほかないではないか。そのように行き詰まったすえの言葉であった。だが誰に?

それは暗に、姫が秀頼に祟られているとの噂を認めたことになる。

返す言葉もなく、姫は押し黙った。今頃になって、本当に秀頼が祟っているのだろうか。姫自身、半ば、そうなのかという絶望がその顔に広がる。

馬鹿なことを。ちょぼは進み出てお熊の方に言いたかった。とうの昔に縁切りは済み、追善供養《ついぜんくよう》をまっとうした先代松坂《まつざか》でさえ、もうこの世にはいない。その後ちよぼがあの金蒔絵《きんまきえ》の櫃《ひつ》を通じ、ひそやかに供養は継続してきた。怨念《おんねん》など存在するはずがなかった。しかし侍女の立場ではどの反論も口にはできず、背後に控えて唇《くちびる》を嚙《か》むのみだ。

だが、はっきり打ち消してくれる声はすぐに上がった。

「そのような噂に耳を貸すでない。きっと回復してみせる」

病床の忠刻本人が発した声だ。弱く苦しげな声であったが、忠刻はまっすぐに姫をみつめ、そう励ましたのだ。

「殿……」

あとは、両の目からほとばしる涙を、姫は拭うこともできない。

心細かった。忠刻は本当に回復するのだろうか。必死につきそうお熊の方さえ、その目が自分を不吉な女と責めているようで、身を切られるようにつらかった。

「大丈夫じゃ。ここにいては腹の子に障る。松坂、姫を連れて、下がれ」

瀕死《ひんし》の床にありながら、忠刻はやはり千姫を気遣った。その思いを無駄にせぬよう、ちよぼは姫を促《うなが》す。

「さあ、姫さま、少しはお休みになりませぬと」

しかしじっと枕元から動かないお熊の方を見れば、どうして自分一人ここを離れていけようか。姫はここにいたいと駄々《だだ》をこねた。それを無理矢理連れ出すちょぼ。誰もいないところで、ちょぼにはぜひ、姫に聞かせたいことがあった。

「姫のせいではござりませぬ。殿は、毒を盛られたのでござります」

励ますつもりでそう断言したちょぼの声に、姫はしばらく何のことか理解できずにいた。

誰が、何のために？　愕然《がくぜん》とする姫に、ちょぼは言葉を選びながら言った。

「いえ、たとえばの話でござります。お考え下さりませ、姫。呪いはともかく、殿を殺《あや》めればその者にはどんな得がありまする？」

わからなかった。姫が悲しみ、絶望に沈む、というほかには。

「そう、それでござりますよ。それが狙《ねら》いでござります」

怖い目をしてちょぼが言うのを、震えながら聞いた。自分を悲しませ、泣かせるのが狙い、だというのか。

「そのとおりにござります。将軍家の姫君が不幸になり泣いていれば、ざまあみろと胸のすく思いになる者どもがいるのでござります」

誰だ、誰だ、それは。

幸千代が死んだ時も、亡き秀頼の祟りだと言われた。ゆえに姫は、秀頼を弔《とむら》うために播磨各地の寺社に多額の寄進をした。しかし本当は祟りでも呪いでもない、生きて自分の不幸を笑う人間の仕業《しわざ》だったというのか。

「それがおわかりなら、姫さまは悲しんではなりませぬ。泣けばその者どもの思うつぼ。喜ばせるだけにござります。今は全力を挙げて、殿の回復を祈りましょう」

今や影であったちょぼのほうが光である姫を超えていた。怯《おび》えて消え入りそうな光を前に、影は光を叱咤《しった》し、そそりたつ。

「わかった。おちょぼ」

いつも聞き分けのよい、まっすぐな人であった。ちょぼはその顔から怯えが去ったことだけを確かめる。

「ならばもう泣かぬ。うろたえたりも、せぬ」

言葉どおり、姫は自分をしっかり取り戻した。

「だから、殿の傍にいさせておくれ。どうせここにいても、眠れようはずがない」

そのとおりだった。よほど体に障るようならまた連れ出すことにして、今は姫の思いをかなえてやるほうが精神的にもよさそうだ。ちょぼはようやく微笑《ほほえ》んだ。

光は光たる様相に落ち着いた。ならば影も同じ大きさに収まるべきだった。ちょぼは、ほっと肩の力を抜く。

忠刻が死ぬはずはない、自分を残して逝くはずがない。どこまでも同じ船に乗っていこうと言ってくれた人なのだから。

姫はそのあと一睡《いっすい》もせず、忠刻の病床の傍で看病した。

だが、皆の願いはむなしく、忠刻は再び起き上がることはできなかった。

息を引き取るまぎわ、姫に言った。

「これからは夢で姫に会おう。炎ではないぞ。清らかな水の中で、な」

そして微笑んだ。

「どこに行っても、必ず姫を守るゆえ、悲しむでない。——姫は、どこまでも生きよ。わたしの分も、な」

そう言って、涙に濡《ぬ》れた姫の長いまつげにそっと触れた。

それが最期《さいご》であった。

殿、と叫ぶ千姫の悲痛な声に、彼は二度と微笑むことはなかった。

「呼び返すのじゃ、今ならまだ忠刻の魂《たましい》を摑《つか》まえられる。呼べ、呼ぶのじゃ」

狂ったようにお熊の方が命じる。祈禱のために枕元まで呼ばれていた僧侶《そうりょ》たちが、とまどいながらも読経《どきょう》の声をにわかに高めた。

護摩壇《ごまだん》の赤い炎、銅鑼《どら》の音、鐘の音。

それでも足りず、お熊の方は長刀《なぎなた》を持ってこさせ、かけがえのない息子の魂を持っていこうとする悪《あ》しき者が、まるでまだそのあたりに漂《ただよ》うのを斬り捨てるかのごとく、エイヤッと声を上げて振り回した。びゅん、と空《くう》を切る音、何かに憑《つ》かれたかのように必死のお熊の方の横顔。鬼気《きき》迫る形相《ぎようそう》であった。

「御台《みだい》、よせ。もうやめるのじゃ」

見かねた忠政が体を張って止めにかからねば、お熊の方は延々と長刀を振り回し続けただろう。髪は乱れ、呼吸は荒く、目は血走って、同じ人とも思えない。そして、忠政にがっしり肩を摑まれたとたん、力尽きて、大声を上げて泣き崩れた。

その思い、おそらく幸千代を喪った時の姫と同じものだろう。

歯をくいしばって、姫も泣いた。幼子《おさなご》であろうと成人であろうと、母親にとって、わが子を喪うということほど重く厳しい悲しみはない。嘆き悲しむ声は二重三重になり城内に沈んだ。

「お千さま、そなた、なぜに忠刻を逝《ゆ》かせたのじゃ」

髪も乱れ、涙でぐしょ濡れになった顔を上げ、お熊の方が、姫をみつめた。

「義母上《ははうえ》さま、……」

「なぜじゃ、なぜじゃ、なぜに幸千代ばかりか、忠刻までも」

息子の死で、錯乱《さくらん》している。そしてその死の原因が、祟られた姫にあると責めている。

そうなのか、やはり自分がいけないのか――。姫は言葉を失った。

その時、姫は一瞬、揺れ動く赤い炎の中に、こちらを見て笑う者の両の目を見たように思った。誰だ、自分から大切なものを奪っていこうとする者は。

しかしそれも、僧侶によって水が掛けられると、瞬時に勢いを潜めてしまう炎とともに姿を消す。

じゅう、と音をたて、舞い上がる白い煙の中に、今度は姫は一条の龍を見た。

必ず守る。消えていく龍の背に、忠刻の声を聞いた気がした。

それは最期まで忠刻がこの世に残した思いであったのか。

その時だった。姫は下腹に、鈍い痛みを感じた。腹を押さえ足下を見ると、今さっき見た赤い炎が、裾《すそ》をとらえて燃え広がろうとしていた。

ああ、まただ。またあの炎。

こんなに真っ赤なのに、足に感じるこのぬるりとした冷たさは。ちろちろ、青く冷たい炎の舌で、自分の裾を舐《な》めに来たのか。

だが違った。それは炎ではなく、下半身からしみ広がっていく鮮血だった。

「姫さま、いかがなされました」

ちょぼが、悲鳴に近い声を上げてかきついてくる。

「おちょぼ、だめじゃ。子が、流れる」

腹を押さえ、姫は声を上げげた。

やめてほしい。これ以上、自分から奪うのは。

殿が逝き、義母に責められ、そしてまたこの子まで。

悲鳴を上げようとした。だが、声は喉《のど》の奥で引きつり、姫は溺《おぼ》れるように炎のような血の中に沈んだ。

第十二章　沈黙の帰郷

遠く雨の音が聞こえていた。

ぼんやりと、また龍が、天の上から雨を呼んできたのかもしれないと思った。いつ終わるとも知れない単調な雨音。しかし、止《や》んでほしいとも、いつまでも降り続けとも思わなかった。

大切な人を、一度に喪《うしな》ったのだ。心が麻痺《まひ》して、雨のことなど、いや、なにもかも、もうどうでもよかった。半身をもがれたような喪失《そうしつ》感で、姫の生きる気力は失われていた。

流産による大量の出血と心的な衝撃と。起き上がれない深刻な容態《ようだい》は、長雨のあいだじゅう、何日も続いた。

今度は誰も、姫さえ元気であればと安直な慰《なぐさ》めを言う者もなかった。夫婦《めおと》の価値は二人で一つ。忠刻《ただとき》がいなくなった今、姫の未来も、この国の夢も、すべての可能性は消滅したのだ。

普段は雨の少ない瀬戸内《せとうち》沿いのこの播磨《はりま》だが、雨はじっとり、本多《ほんだ》家を襲った不幸を嘆《なげ》くかのように、大地にしみこみ、川に、水路に、満ちていった。

血の色をした炎の幻覚はその後もやまず、目覚めればただ涙に濡《ぬ》れる、そんな日がどれだけ続いたか、今となっては数えようとも思わない。

ちょぼたち侍女《じじょ》の必死の看病があることはそのうちにわかった。姫、と呼ぶ声の中に、いとおしい忠刻の声がまじり、誰かがしっかり握ってくれる手のぬくもりに彼を感じた。

――姫、しっかり。姫、……。

龍が暴れる。腹をくねらせ背をうねらせて、そこらじゅうを翔回《かけまわ》っていた。

雨はなおも降り続いた。書写《しょしゃ》の山にも、姫路《ひめじ》城の天守閣にも、港へ繋《つな》がる運河にも、そして、鉛《なまり》を流したような瀬戸の海にも。水という水の上ですべては静止し、大安宅船《おおあたけぶね》さえも墨絵《すみえ》のように雨に輪郭《りんかく》を溶かされていた。

それでもだんだん体の機能が回復していくにつれ、夢の中でずっと手を握ってくれていたはずの忠刻が、もう傍《そば》にいないことだけが確認されていった。

雨は止んだらしい。明かり採りの障子《しょうじ》窓から、わずかに陽《ひ》の光が射していた。

意識の奥で、銀色の鱗《うろこ》を光らせ曇天《どんてん》にひらめく龍の姿が遠くなる。重いまぶたを開いていくと、波打つような尾鰭《おひれ》の跡が残像となって目の奥に焼き付いた。

「姫。気がつかれましたか」

皆が自分を覗《のぞ》き込む顔、顔、顔。そしてはっきり目を開け、ちょぼの涙を認めた自分がまだ生きていると知った。忠刻の龍は、やはり自分を守ったのだ。

だがその瞬間は、一人生き残ったことが、皮肉にしか思えなかった。

一人生き残ったとして、どうするのだ。子供は流れた。そして自分を抱きしめてくれる殿《との》はいない。もう世継ぎを授かることはかなわないのだ。なのになのに、いったい何のために生き残ったのだ。

また慟哭《どうこく》が突き上げる。つらい現実に向き合いたくなくて、もう一度目を閉じた。今度は二度と目覚めたくない。

その時、自分の体にすがりつく者があった。

「母《かか》さままで行ってしまわれてはいやじゃ、いやじゃ」

ちい姫だった。ずっとそうして傍に伏して、泣いていたのか。

目を見開いて、周囲を眺《なが》めてみた。乳母《うば》が背後で泣き崩れている。ちょぼが、背中を震《ふる》わせ、うつむいている。そして皆が、やつれた泣き顔を伏せてもらい泣きしている。

姫は、やっと我に返った。

泣きじゃくるちい姫を引き寄せ、髪を撫《な》でる。忠刻がよくそうしていたように。

あわやこの子を孤児にしてしまうところであったのか。こんないたいけない小さな姫を。

龍はこの子のために千姫《せんひめ》を救い、現世へ押し戻してくれたのかもしれない。

お千、ともう一度、自分を呼ぶ忠刻の声を耳の底に聞いた。

「すまぬ、ちい姫。母はどこへも行きませぬ。いつまでも、一緒にいますからね」

起き上がれないまま、髪を撫で続けた。するとまた、母さま、とすがって泣いた、ちい姫だった。

この子のために、姫は生きて、生き残って、また生きてゆかねばならなかった。

「そうでござりますよ。どこまでも生きよと、殿はおっしゃったではござりませんか」

励ますちょぼも泣いている。泣きながら、姫に生きよと念じている。

そうであった、たしかに殿は言った。姫は自分の分まで生きよ、と。

今はそれが次なる〝賦〟か。だから自分に言い聞かせた。

「もう泣きませぬ。姫とは、どんな境遇にあっても泣かぬ者。国と家と民のために、この身は捧《ささ》げておりまする。……されど、なぜに心はこんなに悲しいのでありましょうなあ」

答えを忠刻に言ってほしかった。しかし、彼はいない。もうどこにもいない。姫を一人残して逝《い》ってしまった。

ちょぼにとっても、忠刻の死は天地がひっくり返るほどの衝撃《しょうげき》であった。比べることなどできないが、姫がいるべき場所が崩壊したのだから、それはまさに、大坂落城に匹敵《ひってき》する。

＊

姫はどうなるのか、自分が何をすればいいか、何もかもに錯乱《さくらん》していた。忠刻の若すぎる死と、姫の流産。加えてお熊《ゆう》の方の急逝《きゅうせい》と、衝撃で寝込んでしまった姫と。もう自分ではどうすることもできない量の不幸が城中に蔓延《まんえん》する中、いくら〝影〟であっても消えて薄れてなくなりそうな、そんな危うさの中でただおろおろと暮らした。

だから、江戸に残っていた三木之助《みきのすけ》が戻ってきた時、ちょぼは、やっと光明《こうみょう》を見たような気がした。

「三木之助どの。お留守《るす》のうちに、姫路は大変なことになってしまいました」

泣きつく、というのはこういう状態であろうか。言っても嘆いてもどうしようもないことなのに、櫃《ひつ》以外の生身の人に弱音《よわね》を吐くことがちょぼには必要だった。

「松坂《まつざか》どの、こもごも始末、大儀でござった」

儀礼的なねぎらいとはわかっても、どれほど彼の顔が懐かしかっただろう。そしてようやく自分の責務を思い出すことができた。今は千姫は、忠刻という帆《ほ》柱《ばしら》を失った船だ。だが自分たち漕《こ》ぎ手はいる。船をなんとか水平に保つのは自分たちなのだ。

「三木之助さまこそ。――江戸で、殿には何か異変でもございましたのか」

聞けば、忠刻が病臥したとの知らせは、江戸に居残る家臣たちにも知らされてきたのだった。報を聞いた時、まず三木之助は、しまった、と思わず舌打ちをした。前回同様、江戸滞在中に何か異変があったという疑念が頭をよぎったであろうことは想像に難くない。

三木之助は新年恒例の打込稽古に召し出されたため、忠刻の帰国に同行できなかったという。

「殿の周辺から目は離しませんでした。されど、……」

あとは言わなくてもわかる。勝手知ったる姫路とは異なり、江戸では人の配置も動線も違い、洩《も》れも生じる。許される限り殿に付き従って目を光らせていても、たとえば江戸城内の奥深くまでは、身分上、ついてはいけないのだ。家光や秀忠と語らう場で出される茶や菓子に、どうやって防御ができるだろう。いや、将軍の身辺でそのような大胆《だいたん》なことができようはずはないから、あるいは大名たちが控える詰めの間でのできごとか。そう考えて、三木之助は、すぐに井伊直勝《いいなおかつ》に目通りを願い出たという。

――おお、そなたが宮本武蔵《みやもとむさし》の養子であるか。よう来た。近《ちこ》う寄れ。

武勇で鳴らした井伊家の者だけに、直勝は三木之助の剣の腕のことも知ってお り、敬意をもって接してくれた。

家中《かちゅう》の者以外には、まだ忠刻が発病したとの報は届いていない。とはいえ、恐れ多くも江戸城内での不審事を疑うことはできなかったから、あくまで、忠刻の行動を日誌に記す参考までに、と言い添えた。そして誰が忠刻に近づいたか、どんな話をしていたかという程度のことを訊《き》くにとどめた。

直勝は三木之助の本意に気づくこともなく、楽しげに話してくれた。

すなわち、忠刻のもとにはかなりの数の大名、その子息らが、新年の挨拶《あいさつ》にやってきたというのだ。幸千代《こうちよ》の悔《く》やみを言う者、また次の子を授かるようにと励ます者、本心はともかく、譜代《ふだい》の大名としての本多家の位置づけを示すような賑《にぎ》わいであったらしい。それらの中には、改易《かいえき》になった福島《ふくしま》家の、旗本《はたもと》として残った一族の顔もあったという。

――今や本多公は譜代の指導的立場でござるからな。いや、めでたいことじゃよ。

何かを疑うどころか、最後はそのように忠刻を褒《ほ》めそやし、あっけらかんと笑う直勝を、まじまじと見た。

この男すら、疑ったとしても理由はある。四天王と言われながら、本多家に一歩後れを取ったかのような井伊家の今の情勢は、愉快とはいえないに違いないであろうから。

だが彼らすべてを疑うことも、調べることもできなかった。敵は、忠刻を嫉《ねた》み、やっかみ、千姫を不幸にすることで幕府へあてつけようと企《たくら》む下郎《げろう》にすぎない。それでも、人の命を危険にさらす悪意は許されるはずもなかった。

「江戸滞在時には何も異変はなかった。ということは、旅の途中……」

前回、父忠政《ただまさ》と同時に発病したのも東海道の帰路であった。

そうなると、もう調べようもない。

この時までに三木之助が受けた知らせはあくまで発病。まだ訃報《ふほう》は届いていなかった。だからその時、誓ったのだ。これで忠刻が命を落とすようなことがあったら許さない、と。三木之助は早々に聞き込みを終え、姫路への帰途についた。

「若殿逝去《せいきょ》の事実を知ったのは、大坂に入り、本多家蔵屋敷に着いてからのことでござった」

まさか、そんなに早く、逝ってしまわれるとは。

唇《くちびる》を嚙《か》みしめる三木之助から、無念さが伝わってくる。全身から力が抜け、呆《ぼう》然《ぜん》とするばかりだった様子が手に取るように思い描けた。

「やっとのことで、体を動かせたのは、大坂に滞在中の養父武蔵を訪ねようと思い立ってからのことでござった」

夜半、彼は武蔵を訪ねたのだという。気持ちはわかる、誰か思いをわかってくれる者に話して吐き出さねば、自分を立てなおすこともできなかっただろう。

武蔵は特に何を諭《さと》すこともなく、ただ夜を徹して酒を酌《く》み交《か》わしてくれたそうだ。この時のことを、ちょぼはあとで詳しく知ることになる。

——生涯かけて仕えるべき主《あるじ》を喪いました。拙者《せっしゃ》はこれからどう生きればよろしかろう。

彼の迷いはそれだけだった。剣を学んだ武蔵は人生の師でもある。これからの自分が進むべき道を、示してほしかったのにちがいない。

だが武蔵はあえて具体的なことを何も示さなかった。藤堂高虎《とうどうたかとら》のように生涯で七度主人を替えた例もあるとおり、乱世を生きて、その腕次第で主を転々と替えた武蔵に、何も言うべき言葉はなかっただろう。ただ、そんな自分と引き比べて、これだけを告げた。

——わしの生きた時代とは異なり、今は、人が人らしく生きる泰平の世だ。

その泰平の象徴こそが、忠刻と千姫であったのではないか。武将が自分の城の畳《たたみ》の上で死ねることは、とりもなおさず昔とは時代が変わったことの表れなのだ。

そうですね、と三木之助は笑ったのだという。そして最後の杯《さかずき》を一気に空《あ》けた。

――養父上《ちちうえ》、本当に、ありがとうございました。どうぞお体を大切に。

妙に丁寧《ていねい》すぎる礼の言葉の真意を、武蔵はあとになって理解する。

そして武蔵と別れ、三木之助は姫路への帰途についた。播磨までは一日。のどかな海と山に恵まれた風景の中で、彼は何をどう考えてきたのだろう。

「若殿のお命を守れなんだは、拙者の一生の不覚」

そう言って自分を責めるきまじめさを、ちょぼは、愚かでいとおしいと思った。

「三木之助さまのせいではございませぬ。卑怯《ひきょう》な企みをした者こそ責められるべきでありましょう」

三木之助が油断したというなら、それは江戸にいるという不自由さのせいだ。まさか将軍のお膝元《ひざもと》で、豊臣《とよとみ》に与《くみ》する者が動くとは思えない。しかし、狙《ねら》いが千姫の不幸でなく、単に本多家の繁栄を嫉む者の仕業《しわざ》であったなら、いくらでも忠刻を狙う機会はある。

意固地《いこじ》な心を揺り動かすようなちょぼの励ましに、三木之助はうつろな目を上げただけだった。

痛々しいまでの彼の様子を見ていると、ちょぼは、さらにこう言わずにはいられなかった。

「お願いいたしまする。この先は、姫さまのために働いてくれませぬか」

最初、ちょぼが三木之助に対して持った感情は、それぞれの主君を守ることを使命とする同志としての「共感」だった。だが、誠心誠意、忠刻を思う三木之助の純粋さに触れていくたび、だんだんと好意が深まっていった。とりわけ、剣に対する禁欲的なまでの自己研鑽《けんさん》は、いつかちょぼの思いを尊敬の域にまで押し上げている。

そんな彼に、これからは姫の力になってほしい。もう誰にたよることもできないどん底にいるちょぼにとって、わずかにたよれる希望であったのだ。

しかし彼は即答しなかった。

「考える時間をいただけまするか。ともかく拙者は主を喪ったところなのでござる」

それはそうであった。これからこの本多家がどうなるのかも見えてはこない。

「お察し申し上げまする……」

自分だとて、もしも千姫を喪ったならどうなるか。影が本体を失って、すぐに別の影になれるわけもないのだ。

それ以上、私的なことを話し合うような時間も場所も二人にはなかった。いやそれまでも、まるで姿の見えない敵と戦う戦場で二人寄り添っているようなもので、互いを信頼する気持ちだけは本物と信じつつも、男と女の睦言などは一片たりともなかったのだ。

ただ、一度だけ、姫や殿の身辺に心を砕くちょぼに向かって言った彼の言葉に、胸がつんとしたことはあった。

――せめて松坂どのは安寧《あんねい》に。けっして無茶はせずにいて下され。でないと拙者はうかうか外で戦えませぬ。

言ってしまってから、しまった、とでも言いたげに顔をそらした三木之助。

あれは誰にでも言う優しさなのか？　あんなに照れてまばたきを繰り返しても？

この先、それを確かめる機会は二人に与えられるのであろうか。その時は思った。まだまだこの先、時間はいくらでもある、と。

しかし、ちょぼと二人で未来を描く機会は永遠に失われてしまった。

ちょぼと話したその翌日、三木之助は、忠刻の墓がある書写山に行き、墓の前で追い腹を切って果てたのだ。

みごとな殉死《じゅんし》であった。

忠刻の死に責任を感じ、また、次なる主に仕えることをよしとしない、いちずな思いの発露《はつろ》であった。

皆は、三木之助あっぱれと声を上げ、これぞまことの武士、と唸《うな》った。

だが結局、ちょぼの声は届かなかったのだ。

＊

七日ごとの忌日法要《きにちほうよう》が、忠刻とお熊の方、追いかけあうように営まれていく。義母《はは》のお熊の方がうらやましかった。忠刻が逝った翌月に、あとを追うことができたのだから。

心労のせいであろう、朝の手水《ちょうず》の傍に倒れ、そのまま冷たくなっていた。いっとき雨が止んだ水無月《みなづき》のことであった。

それにひきかえ、自分は、幸千代の時もそうだったように、すぐにあとを追いかけて一緒に黄泉路《よみじ》を行くことさえもできなかった。

唯一たのみとなった忠政は、相次ぐ家族の死に、その葬送《そうそう》の手配をするだけで手一杯なのだ。姫だけがなおも漂流していた。

今後どうしたいか、江戸からも姫の本意をうかがう使者がやってきた。秀忠は、姫が望むのであればどのようにも対処したい考えだった。

「姫は、どうなされたい？」

義父忠政も、途方に暮れながら姫に訊いた。

相次ぐ家族の死に打ちのめされて、彼はわずかな間にめっきり老け込んでしまった。諸事洩《も》らすことなく幕府に報告し、意に背《そむ》くことなく善後策を講じることが譜代としての義務であったが、なすべきことはあまりに膨大《ぼうだい》で、慎重に気を遣《つか》いすぎる彼をすり減らしているようだった。かつて播磨本多家を誇らかに描き、まさに翼《つばさ》を広げた鳥のように威風堂々《いふうどうどう》と歩いた人が、今は丸まった背中も小さく見える。

げっそりとこけた顔を見ていると、この人に姫の今後のことを背負わせるのは酷《こく》な気さえした。

「義父上、お体にはくれぐれもお気を付けていただかないと」

千姫は嫁として、心からこのたびの不幸をいたわった。

「姫さまこそじゃ。この上、姫さまやわしに何かあれば、それこそ人に何と言われようか」

祟られている、との噂は、もはや打ち消しようもなく本多家の不幸の理由となって語られていた。

だが実際、姫はこの先、どこに身を置けばいいのか。ちょぼはため息をつく。

たとえば幸千代が生きていたなら、本多家継嗣《けいし》の母として、なおも姫路城に居残ることはできただろう。だが、夫も喪い、世継ぎもいないこの城に、姫が住み続ける理由がなかった。また逆に、姫がいなくなるのであれば、本多家がこの城を領有しつづけられるかどうかもわからない。ともかく化粧料の十万石《ごく》はただちに失うことになるであろう。

「よきにはからってたもれ」

口にしたのはただ一言《ひとこと》。

結局、千姫のことは、所領がからむこともあって、幕府が決めた。喪《も》が明ければ姫はちい姫を伴い、江戸城に戻る。その道中のこしらえについても、使者や付き添いの派遣人員にいたるまで、姫をわずらわせることなく、細かく手配されていた。

けれどもその沙汰《さた》を聞く段になって、姫は初めて使者に言った。

「待て。父上さまには一つ、申し上げたきことがある」

自分が姫路を去るのはいいが、その後、本多家はどうなる？　忠刻が心血を注いだ姫路の町はどうなるのだ？　父秀忠へのたのみごとは生涯一つ。秀頼《ひでより》と淀殿《よどどの》の命乞《いのちご》いはかなわなかったのだから、今こそ耳を傾けてほしい。

「本多家の本領《ほんりょう》は安堵されておりまするのか」

播磨三十万石はこのまま義父忠政の所領とし、あとは、龍野《たつの》を治めている義弟にこれを継がせてはもらえないか。

使者は急ぎこれを持ち帰り、あらたな思案がなされることとなる。むろん、三河《みかわ》以来の譜代の家であれば、姫がそう願うのにこれを却下《きゃっか》する理由はなかった。幕府は寛大にこれを受け入れ、本多家は姫路に据《す》え置かれることになった。

「姫、かたじけない」

忠政は深々と頭を下げた。なんといってもこの人は徳川の忠臣、姫が主《あるじ》の娘である以上、彼は姫の家来なのである。

「何をおっしゃいます。わたくしこそ、できることといえばこれくらい。義父上さま、今までお世話になりました」

忠刻の百ケ日法要をすませたなら、ちい姫ともども、他人になる人であった。姫たち二人は将軍家の人間となり、忠政を家臣と見下ろす主筋《しゅうすじ》に戻る。

「拙者がこんなことを申すのも口はばったいが、ちい姫の婚姻《こんいん》も決まっておりますれば、姫さまにはもう一度、良縁を得て、お幸せになっていただきたい」

それは実直な忠政の、心からの誠意であろう。

「忠刻は真直な男。こんなかたちで姫を不幸にするつもりは毛頭なく、自分が至らなかった分、浄土《じょうど》から姫がふたたび幸せになられることを願っておりましょう」

触れられればたちまち悲しみが涙になって落ちる。忠刻は自分を不幸にして去ったのか？　――違う、彼との日々はあんなにも満ち足りていた。

「義父上、わたくしはもう三十路《みそじ》でございます。いちばん美しい時を、忠刻さまとともに過ごせた、それでじゅうぶんなのでございます」

もう嫁《とつ》がない。もう誰にも添い伏すことはない。忠刻が、この世の夢を、すべて見せてくれたから。

これもまた、よきにはからえとすべてを家臣にまかせることは簡単だったが、そうはいかない。姫は今、自分の意志で人生を決める。

名残惜《なごりお》しそうな目で、忠政は姫を見た。姫を娶《めと》って将軍家と繋がりたいと願う大名はまだまだあろう。なにより、三十といっても姫はまだ気高《けだか》いばかりに美しい。

それでも姫の心は決まっていた。江戸に戻れば、どこかの寺で髪を下ろす覚悟であった。そして、幸千代と忠刻の冥福《めいふく》を祈りながら静かに余生を過ごしたい。

そうと決めると、十年を過ごした姫路は、人生のもっとも美しい季節の記憶そのものであった。どこを思い出しても輝いて、懐かしい。

陸路、桑名《くわな》からはるばる来た輿《こし》の中から初めて見上げた真っ白い城。白鷺城《しらさぎじょう》と呼ばれる理由を話してくれた忠刻の、きらきらとした得意げな顔や、勇ましく長刀《なぎなた》を振り回したお熊の方や、あどけない顔で笑った幸千代……。濠《ほり》から滑り出ていくきらびやかな川御座船や勇壮な大安宅船のことも忘れまい。ああ思い出せばきりはない。ここを出て行く日まで、姫は一つ一つをいとおしむように思い出しては胸に収めることにした。

「お見送りつかまつろう」

それが義父として最後の務めになる。忠政は江戸城まで、姫の供をしてついて行くことになる。

その間にも、またしても姫の不幸は続いた。

江戸城で姫の帰りを待っていてくれるはずのお江《ごう》の方が亡くなったのだ。病床に就《つ》いたとの知らせは受け取っていたが、忠刻の喪に服するあいだのことで、見舞いはおろか、死に目にも会えなかった。

「ちい姫。もうそなたしか、いなくなりました」

そう言ってすすり泣く母に、ちい姫はとまどいながらも、自分がしっかりせねばと心を確かにしたことだろう。

「母さま、大丈夫。ちいはどこにも行きませぬゆえ」

幼いながらもその顔には、母をささえようとのけなげな決意が宿《やど》っていた。生者必滅《しょうじゃひつめつ》、会者定離《えしゃじょうり》。――子は菩薩《ぼさつ》だと忠刻は言ったが、そのあどけない顔には、うちひしがれる姫を癒《い》やし導く、みほとけが宿っていた。この世は、会って、別れて、そうしてまた巡っていくのである。

ちい姫を抱きしめ、母お江の方の冥福を一心に祈った。

わたくしもおりまする、ちょぼはそう言いたかったが、しょせん家臣にすぎない自分たちが、姫にとっては何ほどの存在であろうはずもない。

＊

江戸へと発《た》つ日が決まり、ちょぼは姫に時間をもらって、供をつれて書写山の女人堂を訪ねた。最後に三木之助の供養をしておきたかったのだ。

「これは、千姫さまのお女中か」

参道下で下りた女駕籠《おんなかご》を見て、一人の侍《さむらい》が足を止めた。なんという偶然か、それは宮本武蔵だった。彼もまた養子とした三木之助の墓参に来たのだった。

「大坂で、拙者を訪ねてきたのですよ。あれは、もう死ぬことを決意した者の目をしておりました」

姫路に帰る前、死の数日前ということになる。

「なぜに止めては下さらなかったのです」

つい口にしてしまってから、ちょぼは口をつぐんだ。すでに心を決めた武士に、他人がいったい何を口出しできただろう。今さら何を言ってもどうにもならない。それに、これが三木之助が出した答えであると、頭ではわかっているのだ。

「武士は、自分の命の終焉《しゅうえん》を選ぶことができまする。それは、自分の役目が終わったと悟った時、自分の人生の意味が成り立った時。言い換えるなら、武士にとって人生こそが〝賦〟であり絵物語なのでござるよ」

何度もその言葉を嚙《か》みしめた。武士の人生は一幅《いっぷく》の絵物語。——わかるようで、難解で、いくとおりにも深く受け止められる。

小首を傾げたままのちょぼに、武蔵は言葉を重ね、助け船を出した。

「恥なき人生を生き、晴れやかに終える。誰かの胸に残るよき物語とは、そういうものではござらぬかな？」

三木之助はきっと、守ろうとして守り切れなかった忠刻が亡くなった時点で役目を終え、殉死によって侍としての人生の意味を成り立たせたのかもしれない。それが彼の、侍としての絵物語だったのだ。

「ではわたくしは、まだまだ生きねばなりませぬな」

ちょぼには、自分の役目がまだ終わったとは思えない。母に言われた、姫さまの影になることが自分の役目であり、また人生であるのならば、影が光より先に消えることなど許されないのだ。

「もとよりわたくしは武士ではありませぬし」

武蔵が苦笑するのがわかった。

「たしかに。武士とは不自由な生き物でござるよ」

そうして沈黙した二人の上に、山を覆《おお》う杉木立から木洩《こも》れ陽《び》が射した。

「そうじゃ、ここで千姫さまのお女中に会えたは三木之助の導きか。これを、姫さま付きの松坂どのに、お渡し願えないであろうか」

ちょぼが当人であるとは知らずにことづけるその品は、嵩《かさ》の低い抹茶《まっちゃ》色の袱紗《ふくさ》包みだった。

袱紗を開くと、桐《きり》の小箱が現れ、中には意外なものが収まっていた。広げた内には、銀を丹念に打ち込んで作った、華奢《きゃしゃ》な簪《かんざし》があった。

それ自体、武蔵のような男がさしだすことが不似合いな品。まして、あのお役目一辺倒の三木之助からのことづけ物などと。

ふいに胸の奥がつんとした。あの気まじめで無骨《ぶこつ》な三木之助が、こんな女の装身具をどこで、どのようにして購《あがな》ったのか。その様子を思うだけで、おかしいはずなのに、笑っていいはずなのに、ちょぼは簪がいとおしく、目頭《めがしら》が熱くなる。

「どういう思いでこれを拙者にことづけたのか、今は聞くこともできませぬが、お渡しいただければ、先様では何のことかおわかりになりましょう。いや、俗な想像で申し訳ないが、せっかくの泰平の世、三木之助と、そのお女中と、あるいはよき夫婦になれたやもしれませぬのになあ、と思えば残念で」

いや、渡されても、わからない。三木之助が、いったいどういうつもりでこれをちょぼにと考えたのか。だから武蔵の言葉がしみるのだ。本当に、彼と夫婦となって、殿と姫とに仕える未来がありえただろうか。

昔、大御所家康《おおごしょいえやす》に、次の移封先《いほうさき》でよき男をみつけるがよい、とからかわれたことを思い出した。姫と乗る二度目の船で、ちょぼはかけがえのない青春に出会っていたのかもしれない。そしてそれは三木之助の死とともに去り、もう手に入らない。

君なくは　なぞ身装《よそ》はむ　櫛笥《くしげ》なる　黄楊《つげ》の小櫛《をぐし》も　取らむとも思はず

これを挿《さ》したわたしを見て目を細めるあなたはもういないというのに、どうして髪をくしけずり美しくあろうと装う気持ちになれるでしょう。——播磨娘子《おとめ》が詠んだ歌が、じわりと胸に突き刺さる。二十三で死んだ三木之助の思いが、なおさら尊く、重かった。

以来、ちょぼはその簪以外で髪を飾ることはない。

十年も住んだだけに、別れは随所に訪れる。

「このたびは姫さま江戸へお戻りの由《よし》。まことに残念至極《しごく》にございまする」

芥田四左衛門《あくたしざえもん》もその一人だった。最初に姫の代わりに会見したのは先代の近江《おうみの》局《つぼね》とちょぼだったが、今はちょぼが筆頭お局となり、直接に言葉を交わすようになっている。

「せめてこの品が間に合いましたは神仏のお指図やも知れませぬ。どうぞ餞別《せんべつ》代わりにお収め下さりませ」

そう言ってうやうやしく三方《さんぽう》に載せて献上してきたのは、かねてちょぼが注文していた錠前《じょうまえ》と鍵《かぎ》の一組だった。あの金蒔絵《きんまきえ》の櫃《ひつ》をさらに厳重に秘するために新たに造らせたのだ。単に堅固《けんご》であることだけを申しつけただけなのに、錠前の表面には蔓草《つるくさ》の柄《がら》が彫り込まれ、たいそう美しいたたずまいに仕上がっている。だが今となってはこれを使うのは姫路ではなく、江戸に戻ってからのことになる。ちょぼは小さくため息を洩らす。

「それ以外はたいしてお役にも立てず、まことに申し訳なく存じまする」

その後も彼女なりに、忠刻に毒を盛ろうとした者の探索や毒の調査を続けてくれていたのだ。

「よい。すべては終わったことじゃ」

この件に力を注いだ三木之助はもう地下に眠り、命に代えても彼が守ろうとした忠刻本人が、すでにこの世の人ではないのだ。

「我々は姫路を去るが、そなたたちは城付き、町付きの者。これからも、姫路の城に忠義を尽くして下され」

心を開き合った者たちとの別れは、どんな場合もつらい。といって江戸に連れていくわけにもいかないのだ。

四左衛門は言った。

「我々は千姫さまゆえにお近づき申し上げた。千姫さまのために働きたかったからでございまする」

そうであった、夫や息子を傀儡《かいらい》と言ってはばからない真の当主が、わざわざ女であることを明らかにして挨拶に来たのは、将軍家の姫である千姫のために役立ちたいとの思いからだった。太閤《たいこう》時代から豊臣《とよとみ》家とつきあいは深く、かの国家安康《こっかあんこう》の鐘《かね》を鋳造《ちゅうぞう》したほどの信頼を置かれてもいた家系だが、その働きに偽《いつわ》りはなかった。豊臣、徳川の旗色《はたいろ》に従うのではなく、彼らは人を見て動く集団だったのだ。

「姫さまのためのお役目は、これで終わったとは思うておりませぬ。商人ゆえに土地を動くことはできませぬが、遠く離れても、またどれだけ時が経《た》とうとも、御用《ごよう》達《たし》をいただいておりますあいだは働き続けまする」

その姿勢こそが、群雄が割拠する戦国を生き抜いた商人の心意気であろう。

もっとも、さすがに姫路と江戸は遠く、そのまま縁は断ち切れてしまうだろう。江戸にはまた姫のために働きたい商人が大勢おり、姫ほどの財力があればけっして何事にも不自由はないのである。

しかしちょぼは、だからといって乾いた態度がとれなくて、最後のたのみごとを託《たく》した。

「江戸に戻れば、ふたたび姫路には来られぬであろう。そなた、毎年五月には、書写山のあの方の供養をしてはくれまいか」

城主である本多家の墓には花が絶えないであろう。だが、主のあとを追って死んだ武士を偲《しの》ぶ者が果たしてどれほどいるだろうか。それはあまりに寂しすぎる。

「心得ましてございます」

きっぱり、受けてくれた四左衛門のたのもしさ。ちょぼは永代の供養《くよう》の代価として小判《こばん》を袱紗に包んで手渡した。中を検《あらた》め、四左衛門は額の多さに驚いた。それは長い奥御殿の勤めを通じ、いつのまにか貯まった財のすべてであるが、ちょぼにはほかに使うあてとてないものなのだ。

曲者《くせもの》に襲われ、しばらくこの者の手配で町家に療養した三木之助の顔を思い出す。あの気まじめでいちずな目。二人とも、主を思って必死であったが、それはなんと幸せなことだったのだろう。

「それから、もう一つ」

はい、と四左衛門が目を上げる。二つが三つであっても、洩《も》らすことなくやりとげる、そんな誠意が伝わってくる。

「化粧櫓の石垣に、亡き殿が埋め込んだ銅の造り物のかけらがあります。おそらくそなたの家は今後も城の修復を申しつけられることだろうから、もしもそれがむきだしになったり揺らいでいたりしたならば、それとなく気をつけてほしいのです」

殿亡きあと、そして姫が去る今となっては、気に掛けるべきことではないかもしれない。それでもちょぼは、ここで起きたすべてのことに、心を注いで去りたかった。でないと、自分たちが生きて、出会って、心を震わせながら暮らしたあれらの日々が、まるで無であったようにむなしくなる。

「承《うけたまわ》ってございます」

もう一度、四左衛門が目を上げた。すでに大風でそれが失われていることを知らない約束だった。四左衛門は代わりの龍を納めて供養とする。

「息災に、な」

「はい。松坂さまも」

この地に根ざした者との別れは、この地を去る実感を本物にした。もうこれで、思い残すことはなかった。

十一月、播磨があらゆる実りを収穫し、村々で豊穣《ほうじょう》を祝う祭りがすべて終了した頃、ちい姫を連れた千姫の行列は、城主忠政に守られながら江戸に向かって出発した。

「千姫さまが江戸にお戻りになるのやそうや」

民は、いつものようには饒舌《じょうぜつ》ではなかった。夫君《ふくん》である忠刻を喪えば、姫が播磨に残る理由がないことは、誰もが理解していたのだ。

「まこと不運な姫さまじゃ」

姫の身に起きた度重《たびかさ》なる不幸は、姫が身分の高い方であるだけに気の毒で、誰もが同情した。

せめて江戸ではお幸せに。——畑仕事が一息《ひといき》ついた初冬のことで、民たちはこぞって家をとびだし、姫の行列を見送るために街道わきに場所をとった。

「来た来た来た」

先導役は城主忠政であろうか。騎乗《きじょう》の武士が次々と続き、立派な身なりの随行者たちが切れ目なく歩を運ぶ。また長持《ながもち》を担《かつ》ぐ者、挟箱《はさみばこ》を背負う者、荷役の者らもそれぞれ葵《あおい》の紋《もん》を染め抜いた真新しい法被《はっぴ》姿《すがた》で統一され、後ろに続く徒歩《かち》のお女中たちも揃《そろ》いの矢絣《やがすり》のあでやかさだ。

十年前の入城の時のようなめでたい行列ではないというのに、やはり将軍家の姫君となるとここまでの規模になるのかと誰もが唸《うな》った。すでに群衆は道に溢《あふ》れていた。土手の上から、橋の下から、また、畦《あぜ》の傍から、家々の前から、民はその麗々《れいれい》しい、威厳に溢れた行列をまぶたに焼き付けた。

やがて随行の者に護《まも》られながら駕籠や輿が進んでくる。どれが千姫の乗物で、ちい姫はどれに乗っておられるのやら、皆は口々に推測し、指をさしては語り合った。

乗物はどれも、金の梨地《なしじ》に蒔絵を施《ほどこ》した目にも華やかな女物で、長い竿《さお》には金彩で施された徳川家の葵の紋がきらめいている。引き戸に添えられた朱房《しゅぶさ》の飾り一つとっても、それ自体が工芸の最高技術をきわめたみごとさだ。見物人は、一つ前を通るたびに息を呑み、また次が登場しては嘆息《たんそく》するというあんばいで時を忘れた。

徒歩の人も、騎乗の人もまだまだ続いた。いつまでもいつまでもとぎれない行列の長さは、見物の者たちの目にあらためて、自分たちの土地が今失おうとしているものの大きさを思い知らせることとなった。それほどに、見送っても見送っても、姫の行列の末尾はなかなか現れないのだった。

「もう播磨にお越しになることもないのやろうなあ」

皆が千姫の帰郷を惜しがり、今さらながらに忠刻と幸千代の死を悔《く》やんだ。

江戸など行ったこともないはるかな東国《とうごく》であり、またこの先行く用事もない遠い地だった。だからこれは今生《こんじょう》の別れを意味する。

「姫さま、どうぞお幸せに」

小さくなる行列に、皆は手を合わせた。

ちょぼはそっと、乗物の窓を開けてみる。空は晴れ上がり、切り裂いたように長く白い雲がひとすじ、漂《ただよ》っていた。それはまるで行列を先導していく龍のようにも見える。

播磨姫君、千姫は、そのようにして姫路を去った。

第十三章　紫陽花《あじさい》の契《ちぎり》

鹿威《ししおど》しが、ふたたび姫の追憶《ついおく》を区切って鳴る。

そのあとに聞こえてくるのは降り続いていた雨の音と思っていたが、どうやらすっかり上がったようである。庭の泉水《せんすい》の、明《さや》かにこぼれる水音が戻ってきている。

「窓を開けてくれぬか、おちょぼ」

声をかければ影のように、すぐにちょぼが声を返す。

「まだお体に障《さわ》ります、すこしだけにいたしましょう」

そしてちょぼがそっと合図をすれば、座敷の端《はし》に控える侍女《じじょ》がうなずき、開き具合を窺《うかが》うように障子窓《しょうじまど》を滑《すべ》らす。

年が明け、寛永《かんえい》十八（一六四一）年となった睦月《むつき》に、姫は風邪《かぜ》をこじらせ、病床《びょうしょう》に就《つ》いていた。

「めったと寝付いたことはないのに、やはり、年であるな」

「何をおっしゃいます、ただのお風邪でござりますれば」

たしかに、その生涯において、姫はあまり病臥《びょうが》することはなかった。それでも江戸に戻り、ちい姫を嫁《とつ》がせたあとは、何度か疲れを感じて臥《ふ》せることがあった。

「本日はこのあと、上様《うえさま》がじきじきに、お見舞いのために御成りあそばす由《よし》」

「そうか、ではこのような姿では見苦しいな」

姫が寝付いたと伝わればすぐに、本丸からはわざわざ家光《いえみつ》が姫を見舞ってくれる。それは毎度のことだった。

むろん、逆に家光が病臥したと聞けば、すぐに見舞いに参じる千姫《せんひめ》である。天下《てんか》人《びと》の家とはいえ、父母なき今は、同じ江戸城に暮らす姉弟がそうして親しく顔を合わせる時間こそが、単調な日々に張りをもたせてくれる。

今回も家光は、姫の屋敷である竹橋御殿《たけばしごてん》まで軽々とやってきた。引き連れてきた大勢の従者を、次の間から廊下、玄関の外にまで控えさせ、将軍である弟は堂々と畳《たたみ》の中央を歩いて寝間《ねま》の上に起き上がった姉と対面する。

「このような姿でのお迎え、心苦しゅう存じます」

「病気のお方が何をおっしゃる。楽になさって下され」

姉というだけで、将軍が姫に対してそのように敬語を使うというのも心苦しい。それでも気遣いはありがたく、姫はそっと脇息《きょうそく》にもたれて上体を楽にした。

「今日は天樹院《てんじゅいん》さまに、この絵を見せようと思いましてな」

そう言って、家光は上機嫌のまま、小姓《こしょう》に巻物を持ってこさせた。

絵といえば、昔、まだ少年だった彼に、こうやって手持ちの絵巻をいくつも見せてやったものである。そのたび、目を輝かせながら絵の上にかがみこんだ彼。特に狩野《かのう》派の豪快な構図が好きで、虎《とら》や鷹《たか》の細かな写生を隅々《すみずみ》まで凝視しては飽きずにいた。今もあの時と少しも変わらない美への探究心が、姉として微笑《ほほえ》ましい。

「いかがです、この絵。船でございます」

姫の膝上《ひざうえ》に長々と開いた絵は、おお、と驚きの声を上げさせるものだった。そこに描かれていたのは、あの大安宅船《おおあたけぶね》だったのだ。

「上様が大船を造らせたとは聞き及んでおりましたが、まさか本当にこのようでありましたとはな」

いや、姫路にあったそれより、はるかにきらきらしい。民の噂《うわさ》では富士のごとく巨大で、日光東照宮《にっこうとうしょうぐう》のごとく壮麗《そうれい》だと、見る者すべての度肝《どぎも》を抜いたという。

「どうです、これぞ古今未曾有《みぞう》の船でありましょう」

姉の驚きに満足したようで、家光はいたずらっ子のようににやりと笑った。

「姉上にもぜひ一度お乗りいただきたいと思うておりまするに機会なく、せめて絵なりとも、お慰《なぐさ》みになればと」

その心づかいが嬉《うれ》しく、姫は何度もうなずいた。

「姉上から聞かされた話をもとに、伊豆《いず》の船大工《ふなだいく》たちに再現させようと思いたったのですが、実際にこれを見たことのある者は少なく、苦労しました」

たしかに家光は、姫路から戻った千姫から播磨《はりま》の話を聞く中で、とりわけ大安宅船には深く興味を示したものだ。なにしろもとは彼が生まれるずっと前、太閤秀吉《たいこうひでよし》が明《みん》国を攻めた時に、有力な大名たちが所有した大軍艦だ。平和な世となった今は想像もつかない巨艦である。武将という武将がこぞって乗り込み、玄界灘《げんかいなだ》を渡って朝鮮へ上陸していったその巨大な船の実物を、遺物としてであったにせよ、姫はその目で見た数少ない女性であった。

見たい、と彼は言ったが、姫路は遠い。もとより東国《とうごく》に船を保有する大名はなく、この国がそんな大規模な軍艦を有していたことも昔話となりはてていた。だから、語って聞かせるのももどかしく、絵に描いてみせるほかはなかったのだ。

姫が描いてみせたのは実に大まかな絵であったのに、彼は食い入るようにみつめ、細部の様子をあれこれ聞いては武者震《むしゃぶる》いした。そして遠い潮《しお》の音を聞くかのように目を瞑《つむ》ったものだ。

それを絵空事《えそらごと》として片付けず、まさか自分で建造してしまうとは。

「姉上から伺った話はただただ驚きでございました。夜、眠ろうと目を閉じても、その船へのあこがれはおさえがたく、ついにこうして、現実のものとせずにはいられませんでした」

得意げな家光の顔。大船の建造は禁じられているが、将軍であるなら誰をはばかることもない。彼は特権と財力を活かし、安宅丸という大船を絵の中からむくと立ち上がらせて、実際に海に浮かべてしまった。

何のために、とは訊《き》かずにおいた。父秀忠《ひでただ》の時代に、海外渡航はかたく禁じられることになった。布教と交易《こうえき》を表看板にして、その裏側ではこの国を植民地にしようと狙《ねら》っていた南蛮《なんばん》人の魂胆《こんたん》を知れば、国家権力者としては、厳しい政策で臨《のぞ》むほかはなかったのである。もとより欧州の国々は、長く続いた日本の戦国時代をつぶさに観察してきた中で、この国の軍事力がただものでないのを知っており、ほかの東洋の国々のように武力で占領しようという勇気はない。となれば、これほどの軍船があったところで、もはや前に敵なし。せいぜい江戸湾に浮かべて得意がるのが関の山であるのはわかっていたのだ。

「男とは、大きなもの、強いものへのあこがれを断ちがたいのでございまするよ」

誇らしげに言う彼の気持ちはよくわかる。死んだ忠刻《ただとき》にしても同じ。姫路で、城から海に繋《つな》がる運河を開削《かいさく》する大普請をやってのけたのは、すべて、海に乗り出すためだった。

「たのもしゅうございます。上様、よいではありませぬか、そのぐらいの楽しみがあっても、ねえ」

姫はむしろ弟の、変わらぬ少年らしさを好ましく思う。戦国を知らない彼は、この巨艦を有することで父や祖父を超えてみせたかったに違いない。

「これは嬉しきこと。だいたい、皆はうるさすぎるのです」

乗り込みまする。姉上がお味方について下さるならば、大手を振ってこの船に

そう言って家光は、背後の控えの間に向かって、ほれ見ろと言うような視線を投げた。そこには春日局《かすがのつぼね》が控えている。きっと、今も乗船についてはひどく反対されているのだろう。無理もない、家光が見たこともない大船で海になど出て、万一事故にでも遭《あ》っては取り返しがつかない。

「たしかに、父上がお元気でいらしたら、大目玉でございましたでしょうね」

とりとめもない会話の先は、やはり姉弟で共有できる家族の話に向かっていく。秀忠が亡くなってから、すでに九年。その前年、彼の忠臣であり、かつては舅《しゅうと》であった忠政は、秀忠を病床に見舞った夜に江戸屋敷で亡くなった。それらのことは、とりもなおさず世代が一つ進んだ証《あかし》であり、戦《いくさ》に明け暮れた時代が遠くになったことを物語る。家光をして、余《よ》は生まれながらの将軍である、と言わしめたように、もう揺るぎなき徳川《とくがわ》の時代であることは誰もが認めることだ。姫はかろうじて、それら二つの時代の両方を知り、のちの世代に繋いでいくべき代表として生き

残っていると言えなくもなかった。

「我々ももう人の親。次の世代を叱《しか》り、導く立場になりませんとな」

言われてみれば自分たち姉弟も、それぞれに濃い人生を送り、立派な大人になっている。しかも弟忠長《ただなが》や妹の初姫《はつひめ》など亡くなった者もあり、秀忠とお江《ごう》の方を父母として生まれた姉弟たちも数を欠くようになった。

「和子《まさこ》さまはいかがお過ごしでござりましょうや」

禁裏《きんり》に嫁ぎ、中宮《ちゅうぐう》となった末の妹、松姫《まつひめ》のことである。夫帝が譲位をなさった今は、東福門院《とうふくもんいん》と呼ばれ、今なお御所《ごしょ》の内にお住まいだった。上洛《じょうらく》の折にはたえずご機嫌伺いにも参内《さんだい》する家光だが、最近はとんとその機会もないらしい。

江戸に戻った千姫に、彼女が心のこもった見舞いの文《ふみ》を送ってくれたことは、今もありがたく思っている。姉を思い、他人事《ひとごと》ではなく慰めてくれる文面は奥ゆかしい手蹟《しゅせき》で書かれ、繰り返し読めば、同じ両親から姉妹として生まれたこの妹の、すぐれた気質が伝わってきて胸にしみたものだ。せめて彼女だけは、徳川の姫として幸せでいてほしいと願うのだが――。

「いやはや、ご夫君《ふくん》である帝《みかど》は、強烈な個性のお方にあらせられますからね。ご譲位後も、院となられて勝手気ままなことを申され、苦々しい限りですよ」

話す相手が姉だからこそ、つい本音が出るのであろう。本気で彼は朝廷が嫌いのようだった。　帝のほうでも同じこと。　実権を奪い、　朝廷の財政を逼迫させている幕府のことは腹に据《す》えかねるほど憎んでおられる。

そして度重なる幕府側の無礼に、とうとう帝はお怒りになり、突然に譲位をしてしまわれた。玉座《ぎよくざ》を継いだのは、和子が産んだ内親王《ないしんのう》である。奈良時代以来、とだえていた女性天皇の即位だった。

どうだこれで満足だろう、徳川の娘の子に天皇が務まるならばやってみよ。そう言いたげな地位放棄だったが、未熟で力なき新天皇に宮中《きゆうちゆう》の執政《しつせい》が務まるわけはなく、上皇となって後見するという建前で父帝がいまだ実権を握っておられるのだ。

「まだあの折の確執《かくしつ》が残っておりまするのか」

姫は暗い顔になる。実家徳川と入内《じゆだい》先の朝廷との間で板挟《いたばさ》みになり、和子はさぞつらい思いをしたであろう。

徳川家のごり押しも同然に女御《にようご》として入内した和子だったが、後水尾《ごみずのお》天皇との間には、この内親王のあとにもお子を授かっていた。二人目の内親王が生まれたあとに、ようやく待望の男皇子誕生。徳川にとって、外孫となる皇位継承者だった。

しかし、その子は育たなかったのである。悲しみを乗り越えて、またもう一人、男皇子を授かったが、その子もまた幼くして死んだ。和子の嘆《なげ》きは、幸千代《こうちよ》を喪《うしな》った自分だからこそ痛いほどに共感できると姫は思う。

噂《うわさ》では、和子が男児を産むまで、ほかの妃《きさき》が何度懐胎《かいたい》しても出産することは許されず、次々と堕胎《だたい》されていったとか。女院御所《にょいんごしょ》には徳川が送り込んださまざまな術に長《た》けた者たちがいるのだから不可能ではないだろう。和子入内前の、お与津御寮人《およつごりょうにん》への非情な仕打ちを考えれば、ありうる話ではあった。それが事実ならば、徳川の姫の輝きの陰で、どれほどの者が泣き、恨《うら》んでいることだろう。

それらの者の祟《たた》りである、と人は噂するのである。

「わたくしと和子さまと、鏡に映したように人生がまったく同じであるのは、どうしたことでありましょうなあ」

将軍の娘に生まれ、望みうる最上の幸せを与えられながら、たった一つ手に入らないもの。健全な息子に恵まれないことだけのために、徳川の姫は幸せにはなれぬのか。――つい、和子のために嘆きが出る。

千姫と和子で違ったのは、お互い男子を喪ってからであった。

世継ぎがないまま夫と死別した千姫はこうして江戸の実家に戻ったが、和子の場合、帝はいたって壮健、和子以外の女たちとの閨《ねや》のことも旺盛《おうせい》であられる。もう子を産める年でなくなった和子には帝のお渡りも遠のき、若い女御更衣《こうい》のもとに向かわれる帝の足音を、寂しくはかなく思ってお過ごしだろう。意地悪な女官たちも、ほれ徳川の姫が今は手も足も出まいと嗤《わら》い、無体《むたい》な仕打ちの報《むく》いであるぞと、陰口を囁《ささや》いているかもしれない。

男児さえ育っていれば、姫も、和子も、人生は変わったのだ。姫は江戸城に戻ってきたが、和子は帰ることもままならず、御殿という名の牢獄《ろうごく》からいまだ自由になれずにいる。

「おかわいそうに、江戸が恋しいことでありましょうな」

しかし、それには家光は不機嫌になる。

「父上の代に決められたことにございますれば、わたしにはどうにもしてやれませぬ」

はっとした。弟、弟と、ついうちとけて彼を幼い者のように思ってしまいがちだが、彼も兄として、和子のことは苦々しくも憐れに思っているのである。

「これは言葉に配慮が足りませんでした。住めば都と申しますのに、まさに都の中央、禁中《きんちゅう》に住まいなさる和子さまにござりますれば、愚《おろ》かな姉が案じることもなきほど、優雅にお住み慣れのことと察しまする」

そうであろう、あの聡明《そうめい》な和子であれば、自分が置かれた場所で最大限に花を咲かすであろう。姉としての心配は、もはや老婆心《ろうばしん》というものだった。

だが家光はまだうなずかない。やはり朝廷のことは、どうあっても好きにはなれないようだ。

りますする」

「ほかの姫も、上様のおかげをもって、安寧《あんねい》に幸せに暮らしておりまする」

話題を変えた。ほかの、とは、娘のちい姫のことである。

「この天樹院の幸せなわけは、ただ死者を弔《とむら》うばかりがお役目ではないからにござ
ります」

ちい姫というかけがえのない娘が、自分の手を離れ、満ち足りた人生へと羽ばたいていったのは、どれほどの果報《かほう》といえるだろう。世間は、男子を喪ったことを不幸と言うが、ちい姫がすこやかに育ち、新しい家族を持って幸せに過ごしていることは何物にも代えられない幸福だった。死者のためには冥福《めいふく》を祈り、多くの寺社に寄進をしたし、また姫自身も朝夕熱心に祈ったが、それに対する神仏の答えがあのちい姫の健康と安全であるなら、すべては報われているという気がする。

「おお、そうでありましたな。池田光政《いけだみつまさ》は、勝姫《かつひめ》のことを大事にしておる様子」

「はい。みな、上様のありがたきおぼしめしのたまもの」

本多《ほんだ》の家祖忠勝《ただかつ》から一字をもらったちい姫こと勝姫は、年ごと、忠刻の面影《おもかげ》を映す美しい姫に育った。彼女の中に、自分や忠刻がたしかに生きたという証が引き継がれていることは望外の喜びであった。そして十一の年でこの竹橋御殿を出て、かねて婚約中の鳥取藩池田光政に嫁いだのだ。

「何か不足があるならいつでもおっしゃって下さい。わたしは勝姫の後見人《こうけんにん》ゆえ」

「ありがたきお言葉。何の不足がございましょうや」

婚儀については、例によって化粧料のはからいがあったのである。勝姫は徳川将軍家の一員。母は千姫であり、また生前に秀忠が養女としてくれていたため、譜代《ふだい》大名本多家の娘ではなく、徳川の姫であるわけだ。

これにより、姫にふさわしい国替えが行われた。かつて千姫が嫁ぐのに本多家が大藩姫路へ国替えとなったように、徳川の姫は、どこまでも裕福に生きる権利を失うことはない。勝姫を御台所に迎えた池田光政は、誕生の地、備前《びぜん》へ国替えされることとなったのである。

これもまた、大きく巡る因縁《いんねん》であろう。千姫を移すについて播磨を追われるように因幡《いなば》へ去った池田光政だったが、年月は巡り、徳川の姫、勝姫によって、備前の地で繁栄を返り咲かせることになるのである。

「池田どのも、この縁組みを心より上様に感謝いたしておりますでしょう。おかげで姫も大事にしてもらえまする」

「いや、あれは、すべて亡き父上のおはからいだ。よくよく姉上のことがお気がかりであられたのだろう」

池田家への輿入《こしい》れと言うが、当今は千姫のように江戸から遠い実際の領地へ赴くことはない。参勤《さんきん》の制度が固まりつつあったため、輿入れは江戸大名小路の池田家の第《だい》へ向かうのである。したがって、もしも勝姫に会いたいならば、江戸城からはほんの一刻《いっとき》もかからない。身分上、それはなかなか実行しがたいにせよ、折につけ文や季節の品の往来があり、心賑《にぎ》やかでいる。

「先年、上様のおはからいで婿殿《むこどの》に会えたことは、本当に嬉しゅうござりました」

「ああ、あれは、たしかによろしゅうございましたな」

照れたように家光はごまかす。江戸に参勤していた光政を江戸城に呼び、その北の方となった勝姫ともども、大奥で対面させてくれたのは寛永十（一六三三）年のことだった。どんな男であろうと思っていた娘婿は、勝姫より九つ年上。嫁いだ頃の忠刻と同じ年格好で、姫は思わず胸が詰まった。育ちのよさと、書を好む落ち着いた面差《おもざ》しは、勝姫と並ぶと見惚《みと》れるばかりの似合いの夫婦《めおと》。姫もまた﨟長《ろうた》けて、ちい姫と呼ぶのがはばかられる大人の女性になっていた。

「忠刻どのも、きっと見ておりましたでしょう。わたくしたちの姫が、かように立派な殿の室として、なんの不安もなく暮らしておりますことを。それに勝る幸せがござりましょうか」

姫は幸せでなければならぬ。そうつぶやいた忠刻の言葉がよみがえる。

姫たちが政争のための架《か》け橋《はし》とされる不安定な時代は終わり、もはや徳川の世は盤石《ばんじゃく》となった。いまさらこれを覆《くつがえ》し、姫たちを不幸にしようと企《たくら》む者などいないだろう。千姫が受けた〝祟《たた》り〟の正体ともいえる天下を巡る抗争は、やっと終焉《しゅうえん》を迎えたのだ。勝姫はこの先も幸せに生きるにちがいない。

「それこそが、大御所さまや父上さまの望んだ、戦なき偃武《えんぶ》の時代の証でござりましょうねえ」

偃武の時代か、と家光が小さく繰り返すのがわかった。

「さよう、上様、姫が泣く国は、けっして幸せな国とはいえないのですよ」

いつかふたたび姉の口調になっていた。

「あいわかってございます。老いても幼くても、どの姫君方も泣かぬよう、守ってまいるのが将軍の務めでございまするな。となると、さしずめわたくしは徳川一門の親爺《おやじ》でございまするな」

これも、やんちゃな弟の口ぶりであった。二人は微笑み合い、さらに笑い合った。楽しいひとときであった。春日局が、上様そろそろ、と合図をした時も、さほど時間はたっていないかに感じられた。

「長居は天樹院さまのお体に障りますゆえ」

「おお、そうじゃな。では姉上、……天樹院さま、どうぞお大事に」

最後は将軍としての儀礼的な顔に戻り、家光は退出していった。

満たされた気分であった。彼が将軍であろうとなかろうと、同じ父母から血を分けた者がいて、天涯孤独《てんがいこどく》ではないということの、なんというありがたさであろうか。

「姫さま、横になられる前に、春日局さまがいま少し、お目通り賜《たまわ》りたいとのこと

でござりまするが」

何であろう、そういえば、さきほども何度か咳《せき》に苦しみ、邪魔にならないようこ

らえているのが気になったが。襖が開いて、そこに春日局が両手をついていた。

「お疲れでありましょうに、申し訳ござりませぬ」

「かまわぬ。上様のお見舞いで、なんだか具合もようなった」

その言葉に春日局はほっと大きく肩の力をぬき、心から嬉しそうな顔で姫を見た。

「さほどに仲むつまじきご姉弟でいらっしゃるからこそ、天樹院さまを信頼して

の、たってのお願い事でございまする」

何を今さら大仰《おおぎょう》なことを。いったいどんなたのみがあるというのか。肩に掛け

られた小袖《こそで》を引き寄せ、姫はいま一度しみじみと、春日局を見た。

また咳をしている。彼女のほうが、よほど病人のようだ。

「そなたも具合がようないのではないのか」

「いいえ、これはいつもの空咳《からせき》にて。年をとりますと、あちこち乾いて見苦しく聞

き苦しいことになり、お恥ずかしい次第でござります。実は、お願いの儀とは、上

様ご寵愛《ちょうあい》の、お夏《なつ》のことでござります」

体調の言い訳もそこそこに、春日局は本題を切り出した。

そういえば先般の来訪の折、新しく家光の寵愛を受けた女があると話していたのを思い出す。お夏、と名前を呼び捨てるところをみれば、まだ部屋も与えられずにいる不確かな存在なのだろう。

「もしも、この者がみごもりましたあかつきには、天樹院さまのこの竹橋御殿で、預かってやってはもらえますまいか」

背後でちょぼが驚いて固まる。平穏に暮らす姫に、またなぜにそんな厄介《やっかい》を。

「その者、身分卑《いや》しき者ではござりますが、上様のご寵愛深く、いずれ部屋を持たせて身を立てさせたいと考えまする。しかし今はその時期でなく、事を荒立てないよう、天樹院さまにおたのみするほかないのでござります」

いったいどうした事情なのだ。おちょぼも聞け、と近くに来させて春日局の話をよく聞いた。それによれば、女は、正室孝子《たかこ》のお下の侍女であるのだそうだ。汚れ物の処理をするいちばん末端の下女であるのを家光が目に留《と》めたとは、誇り高い孝子からすれば許せぬことであろう。まだ子のない今は身も軽く、なんとでも言い繕《つくろ》って匿《かくま》ってもおけるが、子ができ身が二つになればそうもいかず、これを守ってやらねばならない。

「上様の寵を受けることは、それ自体がお家のための重いお役目。徳川家お世継ぎさま、そしてお控えとなるお子が存在してこそお家は安泰《あんたい》なのでございます。ゆえに、身分の上下に関係なく、無事に産み落とすまで守ってやるのはわたくしの役目でございます」

きっぱりと言い切った春日局の、くもりのない家光への忠義。なるほど、家光の子は今のところ女児のみである。世継ぎがどれだけ大事であるかは、誰より深く知っている。姫は打たれたように聞いていた。

「そこでさすがにこの春日も考えました。そして考えたあげく思い至りましたのは、この江戸城の中で、御台さまの勘気《かんき》に触れることなくお夏を守れる安全な場所は、ただ一つ」

そう言って、春日局は姫を見上げた。そのまなざしに、ほかの誰でもない、姫だけを信頼し、たよろうというまっすぐな思いが汲《く》み取れた。

たしかに、不仲とはいえ将軍御台所は、江戸城内で女性として最高の地位にある。そのお方の機嫌をかわし、安全にその女を守れるのは、姫のほかにはないだろう。

「春日どの、ようわかりました。姫さまご決断となれば、皆で全力を尽くします。されど、それは懐妊《かいにん》とわかってからでよいのではござりませぬか」

差し出たことと思いながらも、姫に代わってちょぼが訊く。春日局が用意周到《よういしゅうとう》であるのは知っているが、今の段階ではまだ早いと思われるからだ。

彼女はまた激しく咳《せ》きこんだ。そして、咳が鎮《しず》まると、低い声で言い切った。

「いいえ、お世継ぎの誕生こそは、何より急がれるお家の急務。めでたき報がいつ飛び込んでもよきよう、備えこそが肝心にござりますれば」

咳が気になる。

ともかく、彼女の誠意にはこたえるつもりであった。弱い立場の者を守ってこその将軍の姫。家光の血筋に繋がる命を守りたいという彼女とは多少動機は異なるが、三代まで続いた徳川家に、今後も弥栄《いやさか》の慶《よろこ》びが続くことは、共通の願いである。

「安心するがよい。もしもの場合というのがどんな場合かは知らぬが、わたくしにできることなら全力で引き受けましょう」

病人とも思えない姫の力強い返事に、春日局は素直に微笑んだ。女と女、次に来《きた》るべき下の世代の血筋を守るのは、互いに大きな〝賦〟であろう。姫も、わずかに微笑みを返した。

「何でござりましょうなあ、春日さまの、あそこまでの思い詰めたご様子は」

春日局を送り出したあと、ちょぼが腑《ふ》に落ちない表情で戻ってきた。咳を繰り返してはいるが、姫の文鳥を捕《と》らえた時と同様、春日局の後ろ姿は揺るぎない。

外はいつのまにか日が射すまでに天気が回復したらしい。ちょぼに促《うなが》されて、姫はゆっくり横たわった。

春が訪れる前に姫はすっかり回復し、またもとの静かな生活に戻っていた。

やがて五月。姫がもっとも思いに沈む季節が来る。

「まもなく殿の命日であるな」

追憶《ついおく》と現実が符合《ふごう》するのは、いつも紫陽花の花の上だ。桜が散って牡丹《ぼたん》が咲いて、そして紫陽花が色づく頃のこと。懐かしい人を思い出すための暦《こよみ》はいつも花のように正確だった。

幸千代が生まれたのも五月。節句《せっく》の祝いに川御座船《かわござぶね》を繰り出したのも五月。今でも姫路城の濠《ほり》に映る蟠龍《ばんりゅう》の目がきらりと光ってこちらを見ていると錯覚《さっかく》をするのは、姫だけではない。忠刻の命日は、ちょぼにとっても、主《あるじ》を追って殉死《じゅんし》した三木之助《みきのすけ》をしのぶ日であった。

姫と同じ五月を共有できるのは、〝影〟にとってはよきことなのかもしれない。ちょぼは、つと左手で簪《かんざし》を挿《さ》し直す。あれ以来、髪にはこれだけを挿す簪だった。

だが今年ばかりは常とは違った。

「姫さま、東慶寺《とうけいじ》から急ぎの使者が参っております」

東慶寺なら、毎年この季節には前後して、天秀尼《てんしゆうに》が裏山の竹藪《たけやぶ》で採れた朝掘りの筍《たけのこ》を届けてくれるのだが、今はそんなのどかな使者ではないらしい。

まずは、ちょぼが差し出す書状を開いてみる。いつもの丁寧《ていねい》な手蹟《しゆせき》の文ではあったが、そこには驚くべきことがしたためられていた。

「いかがなされましたか」

姫の顔色が変わったのを見て取って、ちょぼが訊く。

「駆け込みじゃ」

言い放ち、書状をそのままちょぼに見せる。驚いてちょぼもそれを流し読んだ。

それは前代未聞の、大藩の家老の妻子の駆け込みだった。

「使いの者から直接聞こう」

ちょぼは驚いて、姫を見る。

「お会いになる、と？　姫さまが？」

身分上、それはありえないことである。

「かまわぬ。わが屋敷内のことじゃ」

もう一度、姫をみつめてその真意を探ったが、これは大まじめであるようだ。

「わかりました。そこの庭に呼びますゆえ、姫は階《きざはし》にお出まし下さい。――これ、使いの者とやらを、呼んでまいれ」

無礼がないよう、危険がないよう、ちょぼはぬかりなく指図して、やがて庭の白砂に、一人の女が連れられてきた。高めに髷《まげ》を結《ゆ》い、地味な縞《しま》の着物ではあるがきちんとした装いや物腰の正しさからは、天秀尼が使いによこす者として選んだだけのしっかりとした女であることが伺える。

「天樹院さまである。こたびは特別に、じきじきにお話をお聞き下さるゆえ、詳細を話してみよ」

ちょぼが言うと、女は全身を緊張させて、はい、と答え、話し始めた。

そもそもは陸奥国《むつのくに》会津《あいづ》若松《わかまつ》城主加藤明成《かとうあきなり》と、家老《かろう》の堀主水《ほりもんど》の諍《いさか》いに原因があったらしい。家督《かとく》を継いだ若き藩主明成の放埒《ほうらつ》ぶりに、父の代の功臣である堀が諫言《かんげん》したが、明成はきかず、対立が深まる中でささいなことから衝突《しょうとつ》が起き、堀に閉門を申し付けた。

「なんと、父の代からの忠臣を……」

「はい。ところがこの堀と申す家老、会津の城を立ち去り際に、あろうことか、鉄砲で天守閣を威嚇《いかく》したあげく、関所を押し破って江戸まで参った由《よし》。その後は高野《こうや》山《さん》に向かったとのことですが、妻子はとても一緒に逃げおおせるものではないと、東慶寺に逃げ込んだのでございます」

いきさつは同情できるにせよ、主君の城に向かって鉄砲を撃つとは、なんという暴挙《ぼうきょ》か。戦国武将の気骨《きこつ》の名残《なごり》というにもほどがある。姫とちょぼは、さらに、女の話を聞いた。

堀が仕えた先代城主は、大坂の陣の功績により会津四十万石《ごく》に封じられた。堀にしてみれば、それは自分が先代をささえて得たものであり、けっして馬鹿息子が自在にできるものではないという自負があった。天守への発砲は、目を覚ませという最後の諫言だったかもしれない。

「されど、いくら甘やかされた青二才《あおにさい》でも城主は城主であろう。家老にここまでされては面目《めんぼく》がたつまい」

「はい。そこで鎌倉の妻子をひきずり出そうと、やって来たのでございます。妻子を質《しち》にとれば、頭の固い家老もすぐに降参《こうさん》すると思ったのでありましょう」

どちらもどちら、とため息になる。どちらにも言い分はあり、どちらにも情状を酌量《しゃくりょう》する余地はある。だがそこに至るまでに、大の男が、なんとか穏便に事を収めることはできなかったのか。

「それで、天秀尼さまは、いったい姫さまに何を願ってこられたのですか」

これはちょぼが訊いた。それが大きな問題なのである。喧嘩両成敗《けんかりょうせいばい》とは大御所が定めた武家の決まりだ。刀を持って世を治める者として、むやみやたらに武力にたよらず、和平を保つ責任のありかたを両者に求めたのだ。天秀尼は、いったい何を頼んできたのだろう。

庭の女に答えさせず、姫は静かに立ち上がった。

「手紙には、こう書いてある。いかなる罪人の妻子であっても、一度東慶寺に駆け込んだ者は、権現様《ごんげんさま》お声掛かりの名のもと、けっして門から出すことはないと」

揺るぎなき天秀尼の信念。弱い立場の女や子供を守るのは、一命を賭《と》した責務であると、その文章がうったえている。姫にはそれが、あたかもみほとけの衣《ころも》で弱き者をくるんで守る尊い行為に思われた。

「会津の加藤どのは、尼《あま》ごときが何を大名にさからうのだと息巻いて、毎日、手勢を率いて門前に押しかけては大声で女を出せとわめかれるのです」

勢いを得たように、女が言う。

「それはまた、強硬《きようこう》な」

ちょぼはふたたび手紙の上に視線を落とした。水のしたたるようなたおやかな文字。なのに綴《つづ》る内容は激しい意志に燃え、一歩たりとも退かないとの気魄《きはく》に満ちている。

「ちょぼ、まいるぞ」

「はっ」

どこへ、と訊き返さなくても、ちょぼは影だから、もうよくわかる。

「大名がいかに強いか偉いか知らないが、脅《おど》しに屈《くつ》してはなりませぬ。もはや武力で競う時代ではないのです。天秀尼はけっして屈したりはしないでありましょう。急いでやらねば。男というものは、すぐに力ずくで押し通そうとする生き物じゃからな。天秀尼の身に危険がふりかかってはならぬゆえ」

「御意《ぎょい》にござりまする」

すぐにちょぼは配下の侍女たちに命じ、お着替えを手伝うように指示をした。姫は奥の間へと姿を消す。その一連の動きに、庭の女が、感激してひれ伏した。

「ありがとうございます、天樹院さま」

これにはちょぼが代わりに声をかける。

「大儀であった。あとのことは安心なされよ。姫さまがすべて、よしなにはからって下さるゆえ」

信じられないように、女は膝を一歩にじってちょぼに訊いた。

「あのう、よしなに、とは……。天樹院さまはどちらに行かれるのでござりますか」

すべてを訊かねば安心しないとは。ちょぼは半ば憐《あわ》れみつつ、答えてやる。

「公方様《くぼう》に、直接、おたのみ下さる。——よいか、ご政道にかかわることで公方様にじかにご意見できる女人《にょにん》は、世に天樹院さまをおいてはほかにおられぬ」

女はもう一度、感激の声を呑《の》みこみ、ひれ伏した。

その時、ちょぼは気づいた。この女、どこかで見覚えがある。

「ところでそなた、——天樹院さまの前に出るのはこれが初めてではないな？」

前にもそうやって、驚きで痺《しび》れたようにひれ伏した女があった。さて、いったいどこで、見たのだったか。

「畏《おそ》れながら、わたくしは以前、東慶寺《とうけいじ》の門前で、天樹院さまと天秀尼さま、お二人にお救いいただいた駆け込み女でございます」

驚きで目を見開きながら、もう一度、女をよく見た。そういえばあの時——姫が東慶寺へおしのびで行かれた時、石段下から駆け込んできて、あわやのところで取り押さえられそうになり、天秀尼に救われた女がいた。

「さようでございます。おかげさまをもちまして離縁が成立、こうして東慶寺に出入りしながら新しい人生を営んでおりまする」

そうであったか。ちょぼの顔が晴れやかになる。女の身なりや表情からしても、不幸ではなさそうだ。しっかりと新しい暮らしを切り開けたのだろう。

「それは、天樹院さまもお喜びになるであろう」

彼女のその後の話もじっくり聞いてみたい。だが今は会津の問題が先であった。

「事の次第は追って知らせるゆえ、少し待っているがよい」

ちょぼは、女をねぎらい、立ちあがる。随行し自分もともに見届けるつもりであった。

藩主加藤明成に手を引かせるか、寺を折れさせるか、二つに一つ——。

いずれとなっても影響が大きい決断であったが、権現様お声掛かりの寺法に照らし、東慶寺こそを後見すべしという千姫の声を、家光が退けようはずがなかった。

「天樹院さまが言われるとおりじゃ。東慶寺の住持《じゅうじ》は女ながら、あっぱれ義を通す者。すぐにも明成に手を引かせよう」

将軍の判断は明快だった。こわばっていた姫の顔に微笑みが戻る。

「賢明なる上様は必ずそうおっしゃって下さると信じておりました」

そうはいっても家光を不愉快にさせることになりはしないか、案じる気持ちも多少はあった。けれど、めったに相談ごとなど持ち込まない姉の、たってのたのみだ。ただ一人の弟は、打てば響く早さで処置してくれた。

「かたじけのうござります。あとのことは表のご政道ゆえ、わたくしが口を挟むことではござりませぬ。なにとぞよしなに」

寺の存在意義が世に明らかになり、駆け込んだ家老の妻子は命を救われることとなった。それだけが願いであったから、男たちの諍いの落とし前は、姫の知るところではない。

「やはり姉上は聡明でございまするな」

逆に家光は、姫がそれ以上の口出しをしてくるなら厄介であると案じていたところだったから、これを喜ばしく思うのだった。

のちに、家老の堀主水は、武士としての掟《おきて》で裁《さば》かれ、処刑されることになる。家臣でありながら城に鉄砲を撃ちかけ、関所を破ったのだから無理もない。家臣としての礼を失し、国家の法を乱したことは今の世では許されるはずもなかった。

それだけに、そんな男の妻子が助けられたことの意義は大きい。どんな罪人の妻子であっても、一度駆け込んだ女は最後まで預かるとの天秀尼の信義は、こうして姫の助力によって、徹頭徹尾《てつとうてつび》、守られたのであった。

「妻女は、夫のあとを追う、と申したそうでございます」

その後の話も、例の駆け込み女が伝えに来た。

「愚かな。それでは何のために姫さまや天秀尼さまが命を救ったのじゃ」

ちょぼは呆《あき》れて言う。

「おっしゃるとおりでございます。夫がいかな大罪人でも、これできっぱり縁が切れたのですし、そこは天秀尼さまが、せっかく救われた命をおろそかにするでないと、切々と戒《いまし》めておいででした」

その言葉の、なんと重いことであろうか。遠く離れていながら、水仙《すいせん》の花のように清浄《しょうじょう》な天秀尼の姿がそこに匂いたつかのように思われた。

かつて大坂の陣のあとに、抹殺《まっさつ》されるはずの天秀尼の命を救ったのは姫だったが、天秀尼は命のありがたさを日々受け止めて、生きる意味を考えてきた。そんな彼女の言葉だからこそ、夫だけを死なせられないと泣いていた女にも、死を思いとどまらせる力があったのだ。

「さよう、生きられる者は、生きねばならぬ」

あの日、龍に守られ、勝姫のために生き残った姫の心にも、深くしみいる言葉であった。

「こうして思いのほか長く生きたことも、今では何かの意味があったと思えるようになりましたよ」

姫のつぶやきに、ちょぼはうなずく。

「そうでござりますよ。姫さまが生かされてあるのは、女どもへ、幸せになることを伝えていくお役目のためでありましょう」

あの川船の流れとともに、生きてこの世で見るべきもののたいていは見た。戦乱も平和も、水も炎も、美しい月や壮麗な船も、そしてそして、かけがえのない家族たちも。何もわからぬ子供であったのに、長い旅路のはてに、生きたことがけっして無駄ではないと考え至った二人。

ちょぼはそっと頭を傾け、簪を抜いた。自分にも、これまで人生を投げ出すことなく生きてきたとの自負がある。忠刻を追って殉死した三木之助の生き様を、養父の武蔵《むさし》は絵物語と表現したが、ひたすら生きて命を繋いだ女たちにも、こうしてしぶといまでの物語が続く。小さな影だった自分も、今は筆頭老女となって、あとから来る者を照らし導く立場になった。母と離れて泣いたのを、先代松坂に導かれて姫の傍《そば》に侍《はべ》った頃を思い出せば、ただ懐かしくありがたかった。

そして思うのだった。もうあの櫃《ひつ》は必要ない。奥御殿で働く愚痴《ぐち》も不平も、今では自分でのりこえられる。櫃は手放し、たとえば東慶寺の奥深く、先に納めた豊臣ゆかりの品々同様、どこから来たか誰のものか由緒《ゆいしょ》も付けずに、開かずの錠前《じょうまえ》で封印していただこう。姫の意向というなら、寺では何も聞かずに収めてくれるはずだった。美しいものに罪はなく、いつか時間が禁断の櫃を解き放つだろう。

「それから、こちらは天秀尼さまからことづかってまいりました」

女が傍《かたわ》らに置いた竹籠《たけかご》を前に差し出した。大輪の紫陽花の花が一輪だけ挿してあるのが、ちょぼははじめから気になっていたのだ。

「東慶寺の境内《けいだい》に咲いた花でございます」

侍女が受け取ってちょぼへ、そしてちょぼから姫の前に。それは白から薄桃色、青に紫と、いくつもの色に染まったみずみずしい花だ。天秀尼は姫と約束したとおり、丹精《たんせい》込めて寺の花を育てているらしい。

「ところでそなた、その後も東慶寺近くにおるのか。国には帰らぬのか」

その女自身が駆け込み女であった。たしか鋳物師《いもじ》の元締めの娘で、婿養子に家の身上《しんしょう》を食い潰《つぶ》され、亭主《ていしゅ》の放蕩《ほうとう》に耐えかねて逃げ出してきたと聞いていたが、亭主と別れることができたのだから、親元へ帰ってもよさそうなものだが。

「それが、故郷の姫路に帰っても、もう親もきょうだいも、おりませぬ」

弾かれるように、姫とちょぼは、同時に庭の女を見、そして顔を見合わせる。姫路、と言ったか、この女は。思いがけなく、あのゆるやかな山なみ、島々をちりばめた播磨灘が目の前に広がる気がした。

「そなた、姫路の出であるのか」

播磨から遠い関東へ嫁いで来るなど、その距離からいってあまり聞かない話だ。

「鋳物師という特殊な技術の職人でござりますれば、手が足りないと全国どこにでもかり出されてまいります。たまたま亭主が東慶寺にお収めした鐘の修理に呼ばれまして、姫路から出てまいったのでござります。おかげで東慶寺が駆け込み寺であると知りました」

落慶《らっけい》を迎え、自分たちも仕事を終えて播磨へ帰ることとなったが、どう考えても夫とはやっていけない。それで、宿を抜け出し、命がけで寺まで駆けたのだと、女は淡々と話した。

「そなた、名は？」

直接に姫が言葉をさしむけることはない。訊くのはすべてちょぼである。

「おさと、と呼ばれておりますが、正式には、芥田四左衛門《あくたしざえもん》と申しまする」

きちんとした言葉であった。だが、ちょぼも姫も息を呑んだ。これはいったいどなたの導きであろうか。

「我が家では代々、家業を継ぐ総領《そうりよう》がこの名を名乗ります。そして、我が家に伝わる技術は一子相伝《いっしそうでん》。たとえ女子《おなご》であっても家業を受け継ぐのはその家の長子と決まっているのです。兄が病弱ゆえにわたくしが婿をとって七代目となりましたが、お恥ずかしながら、その亭主が、夜も昼も明けないほどの博打《ばくち》好き。これでは家業が傾いてしまうと、駆け込んだのでございます」

なるほどそういうことだったのかと、今になってすべてが符合した。

「姫路で、四左衛門には世話になりました。あれは、そなたの母か？　そしてそなたはあの時の……」

ちょぼが言った。昔、三木之助を匿《かくま》ってもらった時に、庭で手毬《てまり》をついて、伝言役を務めた少女がいたが、あれが長じて、この女となったのか。

「はい。あとになって、よくぁの時のお侍《さむらい》さまのことを母が話してくれました。母は、毎年五月には、書写山《しょしゃざん》での供養を欠かしませんでしたから」

ちょぼの目頭が熱くなる。姫路を去る時の約束を、四左衛門は生あるあいだ、守ってくれていたのだ。

「母は、よく申しておりました。松坂局さまには、よく目をかけていただいた、と。東慶寺山門で、天樹院さまのご一行に行き当たったは、母のみたまの導きかと思いました」

「亡くなったのか」

おさとはうなずき、唇《くちびる》を嚙《か》みしめた。傀儡《かいらい》というほどに気弱で、母のいいなりだった婿養子の父を騙《だま》し、おさととの結婚をとりつけたのが当時番頭だった前の亭主だった。母は認めず、逆に追い出そうとしたが、それを恨んで仕事場に火を付けた。さまざまな金属や薬物に引火して爆発事故となり、消火に入った母は病臥《びょうが》中の兄とともに焼死体となって発見された。再建は難しく、父は酒浸《さけびた》りとなり、おさとはいやいやながらに結婚するほかなかったという。

「なんと悲惨《ひさん》なことじゃ」

あの涼やかな切れ長の目を思い出す。どれほど無念であったろうか。

「証拠は何もございません。なので、わたくしは、親の仇《かたき》、人殺しの男と枕を並べなければならなかったのです。しかも、夫の仕事はずさんで、とても往年の芥田家の仕事とは言いがたく」

女はそこで絶句した。こみあげる無念の涙で、もうそれ以上は語れないようだ。懐かしい姫路の話を聞くつもりがかように不幸な話を聞いてしまい、ちょぼはそっと姫の顔を窺い見た。しかし、姫は心から女に同情しながら耳を傾けている。

「けれども、縁切寺のおかげをもって不正は正しました。わたくしとの離縁により、あの男はもう芥田四左衛門を名乗ることができません。信用を失ったあの男は、博打の負債もかさみ、先頃、人を殴《なぐ》ってお縄《なわ》を受け、所払《ところばら》いとなりました」

そういう悪党ならばいずれ罪を重ねただろう。別れることができたのはおさとにとっての幸いだった。

「今はわたくしは、往年の芥田家を復興すべく、腕の立つ職人の夫とともに、地道に鍋《なべ》を作っております」

もともと播磨の鋳物師は、高品質な鍋で全国に名を挙げたのだ。原点に返るといえば、それも正しいことかもしれない。

「そなた、瓦で龍は作れるか」

突然、姫が静かに言った。

「龍、でござりますか。あの、銅でなく、瓦で」

無言でうなずく姫。直《じか》にお声を掛けられ、おさとは一瞬、驚きはしたが、しっかり答えた。

「母が大事にとっておいた文箱《ふばこ》だけは火事の中から持ち出しました。その中に、姫路のお殿様からのご依頼で作った龍の図面もござりましたゆえ、……」

「殿が、――」

時間が止まる、巻き戻る。そしてあの日に帰りつく。

ちい姫、幸千代を乗せた川御座船を櫓下に回し、天高く昇る前の龍の造り物を指さした忠刻。龍の目玉は小さく穴がくりぬかれていて、そこからさしこむ空の光が、まるで龍の目が輝くかのように見えた。どうだ、あの龍は生きて目を光らせておるのだぞ。得意げな忠刻の横顔に、水面《みなも》の光が反射していた。あの見事なからくりともども、忠刻が依頼した龍は、この者の手に受け継がれていたのか。

姫は目を閉じ、大きく呼吸した。これもまた、人の力でははかれぬ巡り合わせ。

「では、造っておくれ。姫路の殿様が注文したものと、同じものを」

おさとの顔がぱっと華やぐ。将軍家御姉君《おんあねぎみ》からの注文とは、これほど名誉なことはない。ひれ伏しながらあとずさった。先祖もどれだけ喜ぶことか。とりわけ、きっと、母は。

「かしこまってござりまする。心を込めて、母が作りましたものに劣らぬ龍を、ごらんにいれてみせまする」

ふたたび地面に額《ひたい》をこすりつけ、おさとの心が燃え立っているのが見てとれる。よき因縁であった。これもきっと、神仏のお沙汰《さた》——。

おさとを下がらせ、ちょぼは、奥の座敷の襖を閉めた。色鮮やかな花鳥の絵が、姫の顔にも、さきほどとは違う生気《せいき》を映してみせる。

「女ながらに、守るべきものがあるのは幸いじゃ」

代を重ねた鋳物師の家に生まれ、先祖の働きぶりを誇らしく聞き、何より家業と技術を大切に思って育ったのであろう。あの者も、商家の生まれとはいえ、おのれの〝賦〟を自覚する者にちがいなかった。伝統も歴史も、実はあのような女たちが連綿《れんめん》と守り受け継いできたものではなかったか。ちょぼは、姫の考えるすべてを察したように、こう言った。

「まだまだ姫さまには、姫さまとしてなすべき仕事がおわしまするな」

そうか？　とちょぼを振り返る。

「そうじゃな。男たちだけにまかせておけぬこともあるようじゃ」

その調子、と言わんばかりにちょぼが手を打つ。

「さて、姫さま。感傷に浸《ひた》っておられる暇はございませんよ。かねてお考えだった護摩堂《ごまどう》の建立を、奉行《ぶぎょう》に指図せねばなりませぬ」

そうであった、姫は、播磨多可《たか》の地にある稲荷《いなり》神社に、領民が現世の願いをこめられるよう、護摩堂を建立《こんりゅう》してやるつもりだった。

「その後は、同じく播磨加西《かさい》の磯崎《いそざき》神社にも、何か寄進をお考え召されねば」

やれやれ、なすべきことはほとんど終えて、そろそろ姫であることを辞めたいのに、まだ解放される日は遠いようだ。そう言いたげに、姫はため息をつく。


二年後の秋、春日局が身罷《みまか》った。将軍の乳母として並びなき者となり、禁中においては従二位《じゅにい》を賜《たまわ》ったほどの烈女《れつじょ》も、肺を冒《おか》した病魔には勝てなかった。

「春日が、逝《い》ったか」

家光の落胆《らくたん》ははかりしれないだろう。

大奥の、勢力も変わる、空気も変わる。竹千代《たけちよ》はじめ、徳川の次の時代を担う者らはまだ幼い。せっかく彼女が将軍家の血筋の継承のために整えてきた壮大な仕組みであった。これが正しく引き継がれるよう、見守ってやるのは姫しかいない。

「まだまだわたくしにも、働き場所はあるのだな」

やがて春日局の想定したとおり、家光寵愛のお夏が懐妊した。姫がこれを屋敷に引き取ることになるのは、春日局が先に姫の内諾を取り、段取りをつけておいたからである。そうでなければ、将軍北の方から激しい攻撃を受け、春日局亡きあとの大奥は大混乱に陥っていただろう。

やがてお夏は姫の屋敷で、家光の次男となる男児を産み落とした。のちの、綱重《つなしげ》である。

「今になって、こんな男の子を授かるとは」

生母の身分が卑しいために未来を塞《ふさ》がれるより、千姫が養母となって育てれば、兄竹千代《たけちよ》に何かあった場合にこの子がお控えとなるについて誰も文句は言えまい。

立ち上がると、影の中からちょぼがうなずき、襖を開けてくれる。

その先の御殿の中を、姫が進むにつれて次々と開けられていく襖、襖。そして長廊下へと出れば、そこはまぶしい光が降り注《そそ》ぐ。光は、姫の居場所であった。ちょぼは影のようにそのあとに続く。

生きることは人に課せられた賦ではあるが、それが喜びであるなら人生を続けることは最後まで価値がある。

姫が進む廊下を見下ろす甍《いらか》の、さらに上。空にはひとすじ、龍の背のような白いかすれ雲が流れていた。

正保《しょうほう》二（一六四五）年、東慶寺《とうけいじ》住持《じゅうじ》天秀尼《てんしゅうに》、没。

慶安《けいあん》四（一六五一）年、将軍家光《いえみつ》、没。

将軍職は嫡男家綱が継承し、天樹院千姫《てんじゅいんせんひめ》と対面。

千姫自身は徳川宗家長者として、寛文《かんぶん》六（一六六六）年まで生きる。享年《きょうねん》七十。

葬儀は綱重が喪主となり、傳通院《でんづういん》で執《と》り行われた。

元禄《げんろく》元（一六八八）年、松坂局《まつざかのつぼね》こと、ちょぼ、身罷《みまか》る。

その後徳川家は時代が下るごとに財政が厳しくなり、化粧料十万石を有した姫たる姫は、千姫のあとにも先にも存在しない。

参考文献

『千姫考』橋本政次著／のじぎく文庫編　神戸新聞総合出版センター
『三くだり半と縁切寺』高木　侃　講談社
『豊臣秀頼』福田千鶴　吉川弘文館
『国史大系　第四十巻（徳川実紀　第三篇）新訂増補』黒板勝美、国史大系編修會編　吉川弘文館
『姫路市史　第十巻　史料編　近世I』姫路市史編集専門委員会編　姫路市
『姫路藩御船手組』下里　静編
『寛政重修諸家譜　第十一巻』堀田正敦　等編　続群書類従完成会
『対極　桃山の美』倉沢行洋　淡交社
開館二十周年記念特別展「江の娘　千姫」姫路文学館編・発行
特別展「戦国の女たち――それぞれの人生」大阪城天守閣編　大阪城天守閣特別事業委員会

取材協力・姫路市教育委員会文化財課／姫路市文化国際交流財団

著者紹介

玉岡 かおる（たまおか　かおる）

1956年、兵庫県生まれ。神戸女学院大学卒業。89年、神戸文学賞受賞作の『夢食い魚のブルー・グッドバイ』（新潮社）で文壇デビュー。2008年、『お家さん』（新潮社）で第25回織田作之助賞を受賞。執筆のかたわら、テレビやラジオにもコメンテーター、パーソナリティーとして出演中。大阪芸術大学教授。
主な著書に、『をんな紋』（角川文庫）、『天涯の船』『銀のみち一条』『負けんとき――ヴォーリズ満喜子の種まく日々』『天平の女帝 孝謙称徳――皇王の遺し文』『花になるらん――明治おんな繁盛記』（以上、新潮文庫）、『タカラジェンヌの太平洋戦争』（新潮新書）、『虹、つどうべし――別所一族ご無念御留』（幻冬舎時代小説文庫）、『夜明けのウエディングドレス』（幻冬舎文庫）、『ひこばえに咲く』（PHP文芸文庫）などがある。

本書は、2018年12月にＰＨＰ研究所より刊行された作品を、加筆・修正したものです。

ＰＨＰ文芸文庫　姫君の賦《ふ》
千姫流流《りゅうりゅう》

2021年5月25日　第1版第1刷

著　者　玉岡かおる
発行者　後藤淳一
発行所　株式会社ＰＨＰ研究所
東京本部　〒135-8137 江東区豊洲5-6-52
第三制作部　☎03-3520-9620(編集)
普及部　☎03-3520-9630(販売)
京都本部　〒601-8411 京都市南区西九条北ノ内町11
PHP INTERFACE　https://www.php.co.jp/
組　版　有限会社エヴリ・シンク
印刷所　図書印刷株式会社
製本所　東京美術紙工協業組合

ISBN978-4-569-90121-3

PHP文芸文庫

ひこばえに咲く

玉岡かおる 著

りんご畑の納屋に眠っていた一五〇枚の絵――。実在した画家の数奇な生涯を通し、芸術とは何か、愛とは何かを問いかける感動の物語。

PHP文芸文庫

大正の后《きさき》

昭和への激動

植松三十里 著

妻として大正天皇を支え、母として昭和天皇を見守り続けた貞明皇后。その感動の生涯と家族との絆を描いた著者渾身の長編小説。